DENNIS LEHANE

Absender unbekannt

Roman

Aus dem Englischen von
Andrea Fischer

Ullstein

Besuchen Sie uns im Internet:
www.ullstein-taschenbuch.de

Umwelthinweis:
Dieses Buch wurde auf chlor- und säurefreiem Papier gedruckt.

Jubiläumsausgabe Januar 2003
Ullstein Verlag
Ullstein ist ein Verlag des Verlagshauses Ullstein Heyne List GmbH & Co. KG

Titel der amerikanischen Originalausgabe: *Darkness, take my hand*
(William Morrow, New York)
Übersetzung: Andrea Fischer
Redaktion: Rainer Wieland
Umschlagkonzept: Sabine Wimmer, München
Umschlaggestaltung: Thomas Jarzina, Köln
Titelabbildung: Mauritius, Mittenwald
Gesetzt aus der Sabon
Druck und Bindearbeiten: Ebner & Spiegel, Ulm
Printed in Germany
ISBN 3-548-25613-9

Dieser Roman ist Mal Ellenburg und Sterling Watson gewidmet für unzählige gute Diskussionen über die Einstellung zur Arbeit und das Wesen des Bösen.

Danksagung

Für die Beantwortung einer Menge sicherlich dummer Fragen aus den Bereichen Medizin und Strafvollzug danke ich Dr. Jolie Yuknek, Abteilung für Kinderheilkunde am Boston City Hospital, und Sergeant Thomas Lehane, Abteilung für Strafvollzug Massachusetts.

Für das Lesen, Kritisieren und Redigieren des Manuskripts (und für die Beantwortung noch mehr dummer Fragen) geht mein Dank an Ann Rittenberg, Claire Wachtel, Chris, Gerry, Susan und Sheila.

Wir sollten dankbar sein, daß wir nicht schon in der Kindheit das Grauen und die Erniedrigungen, die unser harren, in Schränken, Bücherkasten, allüberall umherliegen sehen.

Graham Greene
Die Kraft und die Herrlichkeit

Als ich klein war, nahm mich mein Vater mit auf das Dach eines kurz zuvor ausgebrannten Hauses.

Er zeigte mir gerade die Feuerwache, als der Alarm losging; und so saß ich dann neben ihm auf dem Führersitz des Feuerwehrwagens und verfolgte aufgeregt, wie das Heck ausbrach, wenn der Wagen um die Ecke bog, während die Sirenen heulten und uns der dicke Rauch blauschwarz entgegenquoll.

Eine Stunde nachdem die Flammen gelöscht waren, seine Kollegen mir ein dutzendmal übers Haar gestrichen hatten, mir die Hot dogs der Straßenverkäufer zum Hals heraushingen und ich auf dem Rand des Bürgersteigs saß, um den Feuerwehrleuten bei der Arbeit zuzusehen, kam mein Vater auf mich zu, nahm mich bei der Hand und führte mich die Feuertreppe hinauf.

Ölige Ascheflocken hingen in unserem Haar, umwehten den Backstein, als wir nach oben kletterten. Durch zerborstene Fenster blickte ich in verkohlte, ausgebrannte Stockwerke. Aus Rissen in der Decke tropfte trübes Wasser.

Ich hatte Angst vor diesem Haus, mein Vater mußte mich auf den Arm nehmen, als er das Dach betrat.

»Patrick«, flüsterte er, als er mit mir über die Teerpappe schritt, »ist schon gut. Guck doch mal!«

Ich blickte mich um und sah die Stadt hinter uns stahlblau und gelb aufragen. Unter mir stieg der Geruch von Hitze und Zerstörung auf.

»Guck doch mal!« wiederholte mein Vater. »Hier oben sind wir sicher. Wir haben das Feuer in den unteren Stockwerken aufgehalten. Es kann nicht an uns hier oben heran. Wenn man es in den unteren Stockwerken aufhält, kann es sich nicht ausbreiten.«

Er strich mir übers Haar und küßte mich auf die Wange. Und ich zitterte.

Prolog

Heiligabend, 18.15 Uhr
Vor drei Tagen, dem Kalender zufolge Winteranfang, wurde ein Freund von mir aus Kindertagen, Eddie Brewer, zusammen mit drei anderen Menschen in einem Lebensmittelgeschäft Opfer einer Schießerei. Es war kein Überfall. Dem Schützen, James Fahey, hatte kurz zuvor die Freundin den Laufpaß gegeben – Laura Stiles, die dort von vier Uhr nachmittags bis zwölf Uhr nachts an der Kasse saß. Um Viertel nach elf, Eddie Brewer füllte gerade einen Styroporbecher mit Eiswürfeln und Sprite, kam James Fahey hereinspaziert und schoß Laura Stiles einmal ins Gesicht und zweimal ins Herz.

Dann schoß er Eddie Brewer einmal in den Kopf, ging die Reihe mit dem Gefriergut entlang und fand ein älteres vietnamesisches Ehepaar, das bei den Milchprodukten in der Ecke kauerte. Beide bekamen zwei Kugeln ab, dann entschied James Fahey, daß sein Werk vollbracht war.

Er ging nach draußen zu seinem Auto, setzte sich hinters Lenkrad und klebte die Unterlassungsverfügung, die Laura Stiles mit ihrer Familie erfolgreich gegen ihn erwirkt hatte, an den Rückspiegel. Dann band er sich einen von Lauras BHs um den Kopf, nahm einen Schluck Jack Daniels und jagte sich eine Kugel in den Mund.

James Fahey und Laura Stiles wurden noch am Tatort für tot erklärt. Der ältere Vietnamese starb auf dem Weg zum Carney Hospital, seine Frau einige Stunden später. Eddie Brewer liegt im Koma, und obwohl ihm die Ärzte keine besonders großen Chancen einräumen, geben sie doch zu, daß es ein Wunder ist, daß er bis jetzt überlebt hat.

Die Presse hat sich in letzter Zeit in aller Ausführlichkeit mit der Angelegenheit beschäftigt, weil Eddie Brewer, in seiner Jugend ganz und gar kein Heiliger, nämlich Priester ist. In der Nacht, als auf ihn geschossen wurde, war er joggen gewesen und trug Thermohosen und Sweatshirt, so daß Fahey nicht wußte, wen er vor sich hatte, obwohl ich bezweifle, daß das etwas geändert hätte. Doch die Presse setzte unmittelbar vor den Weihnachtstagen darauf, einer etwas aus der Mode gekommenen Geschichte neues Leben einzuhauchen, und schlachtete seine Priesterschaft nach allen Regeln der Kunst aus.

Fernsehkommentatoren und Zeitungsherausgeber deuteten den willkürlichen Schuß auf Eddie Brewer als Vorzeichen der Apokalypse, in seiner Gemeinde in Lower Mills und vor dem Krankenhaus werden rund um die Uhr Mahnwachen abgehalten. Eddie Brewer, ein unbedeutender Mann der Kirche, ein völlig unauffälliger und bescheidener Typ, ist auf dem besten Wege, ein Märtyrer zu werden, selbst wenn er überleben sollte.

Nichts von all dem hat irgend etwas mit dem Alptraum zu tun, der mein Leben und das von vielen anderen Menschen in dieser Stadt vor zwei Monaten heimsuchte, ein Alptraum, der mir Wunden zugefügt hat, die nach Aussagen der Ärzte den Umständen entsprechend verheilt sind, obwohl die rechte Hand noch immer taub ist und die Narben im Gesicht manchmal unter dem Bart brennen, den ich mir habe wachsen lassen. Nein, ein angeschossener Priester, ein Massenmörder, der in mein Leben getreten ist, die neuesten »ethnischen Säuberungen« in einer ehemaligen Sowjetrepublik, der Mann, der nicht weit von hier eine Abtreibungsklinik in die Luft jagte, oder ein anderer Serienmörder, der in Utah zehn Menschen umgebracht hat und noch nicht gefaßt wurde – all das hat nichts miteinander zu tun.

Und doch habe ich manchmal das Gefühl, diese Ereignisse seien miteinander verkettet, als gäbe es einen roten Faden, der all diese willkürlichen, wahllosen Gewaltausbrüche verbindet, und daß wir nur den Anfang dieses Fadens finden bräuchten, nur an ihm ziehen, ihn entwirren müßten, und alles ergäbe einen Sinn.

Seit Thanksgiving trage ich einen Bart, zum ersten Mal in meinem Leben, und obwohl ich ihn regelmäßig stutze, überrascht mich jeden Morgen mein Anblick im Spiegel, so als träumte ich jede Nacht von einem glatten, unversehrten Gesicht ohne Narben, von reinen Gesichtszügen, wie sie nur Babys haben, von unberührter Haut, an die nur milde Luft und die zärtlichen Berührungen der Mutter gelangen.

Das Büro, *Kenzie/Gennaro Investigations,* ist geschlossen, verstaubt wahrscheinlich allmählich, vielleicht finden sich schon die ersten Spinnweben in einer Ecke hinter meinem Schreibtisch, vielleicht auch hinter dem von Angie. Seit Ende November ist Angie weg, und ich versuche, nicht an sie zu denken. Oder an Grace Cole. Oder an Grace' Tochter Mae. Oder überhaupt an irgend etwas.

Auf der anderen Straßenseite ist gerade die Messe zu Ende, die meisten Gemeindemitglieder laufen bei dem ungewöhnlich warmen Wetter noch draußen herum – es sind immer noch um die fünf, sechs Grad, obwohl die Sonne schon vor eineinhalb Stunden untergegangen ist –, in der Abendluft sind ihre Stimmen deutlich zu hören, sie wünschen einander ein frohes Fest und schöne Feiertage. Sie reden über das sonderbare Wetter, wie unberechenbar es das ganze Jahr über gewesen ist, wie kalt der Sommer und wie warm der Herbst war und wie es dann plötzlich eiskalt wurde, so daß sich niemand wundern sollte, wenn es Weihnachten plötzlich wieder warm würde und die Temperaturen auf zwanzig Grad stiegen.

Jemand erwähnt Eddie Brewer, und eine Weile wird über ihn gesprochen, aber nur kurz, ich merke, daß sie sich nicht um ihre festliche Stimmung bringen lassen wollen. Sie seufzen und sagen, ach, was für eine kranke, verrückte Welt. Verrückt ist die Welt, sagen sie, vollkommen verrückt und durchgedreht.

In letzter Zeit sitze ich meistens hier draußen. Von der Veranda aus kann ich die Leute beobachten, und obwohl es hier draußen oft kühl ist, obwohl meine verletzte Hand vor Kälte steif wird und ich anfange, mit den Zähnen zu klappern, halten mich ihre Stimmen fest.

Morgens trage ich meinen Kaffee nach draußen, setze mich an die frische Luft und beobachte den Schulhof auf der anderen Straßenseite, wo kleine Jungs mit blauen Krawatten und dazu passenden blauen Hosen und kleine Mädchen mit karierten Röcken und blinkenden Haarspangen herumlaufen. Ihr plötzliches Kreischen und ihre blitzschnellen Bewegungen, ihre scheinbar unerschöpfliche Energie können mich ermüden oder aufmuntern, je nach Laune. An einem schlechten Tag fährt mir ihr Gekreische wie ein eiskalter Schauer den Rücken hinunter. Doch an guten Tagen bekomme ich eine Ahnung von dem Gefühl, wie es ist, ein in sich ruhender Mensch zu sein, vielleicht eine Erinnerung an die Zeit, als der einfache Vorgang des Atmens noch nicht schmerzte.

Das Wichtigste, hatte er geschrieben, ist der Schmerz. Wie stark ich ihn empfinde, wieviel davon ich weitergebe.

Er suchte uns heim im wärmsten, unberechenbarsten Herbst seit Menschengedenken, als das Wetter vollkommen verrückt zu spielen schien, als alles drunter und drüber ging, als blicke man in ein Loch in der Erde und sähe dort Sterne und Planeten am Boden kreisen und wenn man den Kopf zum Himmel wandte, Bäume vom Erdboden herabhängen. Als hätte er Hand an den Globus gelegt, hätte dagegen geschlagen, so daß die Welt, zumindest mein Teil der Welt, aus den Angeln geriet.

Manchmal kommen Bubba, Richie oder Devin und Oscar vorbei, setzen sich zu mir nach draußen und sprechen mit mir über die Entscheidungsspiele der Football-Liga, die Collegemeisterschaften oder die neuesten Filme. Wir sprechen nicht über den vergangenen Herbst oder über Grace und Mae. Wir sprechen nicht über Angie. Und wir sprechen nie von ihm. Er hat seinen Schaden angerichtet, es ist nichts mehr zu sagen.

Das Wichtigste, schrieb er, ist der Schmerz.

Diese Worte, geschrieben auf ein weißes DIN-A4-Blatt, verfolgen mich. Diese so schlichten Worte wirken auf mich, als seien sie in Stein gemeißelt.

1

Angie und ich waren oben in unserem Glockenturm und versuchten, die Klimaanlage zu reparieren, als Eric Gault anrief.

Normalerweise wäre eine kaputte Klimaanlage Mitte Oktober in Neuengland kein Problem gewesen. Schon eher eine kaputte Heizung. Doch es sollte kein normaler Herbst werden. Um zwei Uhr nachmittags waren es über zwanzig Grad, und an den Fensterscheiben hing noch immer der klebrige, feuchtwarme Geruch des Sommers.

»Vielleicht rufen wir besser den Kundendienst an«, meinte Angie.

Ich hämmerte mit der Handfläche gegen den im Fenster angebrachten Kasten und schaltete wieder ein. Nichts.

»Ist bestimmt der Antriebsriemen«, sagte ich.

»Das behauptest du auch immer, wenn das Auto liegenbleibt.«

»Hmm.« Ich starrte die Klimaanlage ungefähr zwanzig Sekunden lang böse an, doch sie reagierte nicht.

»Beschimpf sie doch!« schlug Angie vor. »Vielleicht hilft das.«

Jetzt sah ich sie böse an, doch das zeigte genausoviel Wirkung wie bei der Klimaanlage. Vielleicht sollte ich etwas an meinem bösen Blick arbeiten.

Als das Telefon klingelte, hob ich in der Hoffnung ab, der Anrufer könne sich mit solchen Anlagen auskennen, doch es war Eric Gault.

Eric unterrichtete Kriminologie an der Bryce-Universität. Ich lernte ihn kennen, als er noch an der Universität von Massachusetts lehrte und ich einige seiner Kurse besuchte.

»Hast du Ahnung von Klimaanlagen?«

»Hast du schon versucht, sie einzuschalten, dann aus und wieder ein?« fragte er.

»Ja.«

»Und nichts passiert?«

»Nein.«

»Hau doch ein paarmal drauf!«

»Hab ich schon.«

»Ruf den Kundendienst an!«

»Du bist ja eine große Hilfe.«

»Hast du immer noch das Büro im Glockenturm, Patrick?«

»Ja, warum?«

»Weil, ich hätte eine potentielle Klientin für dich.«

»Und?«

»Ich möchte gerne, daß sie dich engagiert.«

»Schön. Dann komm doch mit ihr vorbei!«

»In den Glockenturm?«

»Klar.«

»Ich hab doch gesagt, ich möchte, daß sie dich engagiert.«

Ich sah mich in unserem kleinen Büro um. »Das ist schlecht, Eric.«

»Kannst du, sagen wir, morgen früh um neun in der Lewis Wharf vorbeikommen?«

»Ich denke schon. Wie heißt deine Bekannte?«

»Diandra Warren.«

»Was ist ihr Problem?«

»Wäre mir lieber, wenn sie es dir erzählt.«

»Gut.«

»Dann sehen wir uns morgen bei ihr.«

»Bis morgen dann.«

Ich wollte gerade auflegen.

»Patrick?«

»Ja?«

»Hast du eine jüngere Schwester namens Moira?«

»Nein. Ich habe eine ältere Schwester namens Erin.«

»Oh.«

»Warum?«

»Nur so. Wir sprechen morgen drüber.«

»Bis morgen also.«

Ich legte auf, warf einen Blick auf die Klimaanlage, dann auf Angie, dann wieder auf die Klimaanlage und rief den Kundendienst an.

Diandra Warren wohnte in einem Loft in der vierten Etage eines umgebauten ehemaligen Kaigebäudes namens Lewis Wharf. Aus den riesigen Erkerfenstern, die die Ostseite des Loft in weiches Morgenlicht tauchten, genoß man einen Panoramablick über den Hafen. Und Diandra Warren sah aus wie eine Frau, die in ihrem ganzen Leben noch nie um etwas hatte bitten müssen.

Pfirsichfarbenes Haar umgab ihre Stirn in einer anmutigen Welle und lief an den Seiten in einen Pagenkopf aus. Ihre dunkle Seidenbluse und die hellblaue Jeans sahen aus, als seien sie noch nie getragen worden, die Gesichtszüge wirkten wie gemeißelt, und die goldene Haut war so makellos, daß ich an die unbewegte Oberfläche eines Sees erinnert wurde.

Sie öffnete die Tür und begrüßte uns mit einem sanften,

vertraulichen Flüstern: »Mr. Kenzie, Ms. Gennaro. Kommen Sie bitte herein!«

Der Loft war mit Bedacht eingerichtet. Die cremefarbene Couch und die gleichfarbigen Sessel im Wohnbereich ergänzten sich mit dem hellen skandinavischen Holz der Küchenmöbel und dem gedämpften Rot und Braun der persischen und indianischen Teppiche, die strategisch auf dem Parkettboden verteilt waren. Die Farbzusammenstellung verlieh der Wohnung zwar eine gewisse Wärme, doch war an der fast spartanischen, funktionellen Einrichtung abzulesen, daß dem Bewohner romantische Unübersichtlichkeit und Unordnung ein Greuel waren.

Vor der freigelegten Backsteinmauer neben den Erkerfenstern standen ein Messingbett, eine Kommode aus Walnußholz, drei Aktenschränke aus Birke und ein massiver antiker Mahagoni-Schreibtisch. In der gesamten Wohnung konnte ich keinen Wandschrank oder herumhängende Kleidungsstücke finden. Vielleicht wünschte sie sich einfach jeden Morgen eine neue Garderobe, und wenn sie aus der Dusche stieg, warteten die Klamotten frisch gebügelt auf sie.

Sie führte uns in den Wohnbereich, und wir nahmen in den Sesseln Platz, während sie sich leicht zögernd auf der Couch niederließ. Zwischen uns stand ein Rauchglastisch, auf dem ein Umschlag lag; links daneben befanden sich ein schwerer Aschenbecher und ein antikes Feuerzeug.

Diandra Warren lächelte uns an.

Wir lächelten zurück. In unserem Geschäft muß man improvisieren können.

Ihre Augen weiteten sich leicht, das Lächeln blieb auf ihrem Gesicht. Vielleicht wartete sie darauf, daß wir unsere Qualifikationen aufzählten, ihr unsere Waffen zeigten und erzählten, wie viele heimtückische Ganoven wir seit Sonnenaufgang erledigt hatten.

Angies Lächeln verschwand, ich hielt ein paar Sekunden länger durch. Der unbekümmerte Detektiv, der seine potentielle Klientin beruhigt. Patrick »Strahlemann« Kenzie. Zu Ihren Diensten.

Diandra Warren sagte: »Ich weiß nicht, wie ich anfangen soll.«

»Eric meinte, Sie hätten Ärger, bei dem wir Ihnen vielleicht helfen könnten«, erwiderte Angie.

Diandra nickte, und die haselnußbraunen Pupillen schienen einen Moment abzuschweifen, als habe sie kurzzeitig die Kontrolle darüber verloren. Sie schürzte die Lippen, blickte auf ihre schlanken Hände hinab und wollte gerade wieder aufsehen, als sich die Wohnungstür öffnete und Eric hereinkam. Er hatte das graumelierte Haar zu einem Pferdeschwanz zusammengebunden, oben lichtete es sich schon merklich. Aber obwohl ich wußte, daß er 46 oder 47 war, wirkte er immer noch um zehn Jahre jünger. Er trug eine khakifarbene Hose zu einem Jeanshemd und einem anthrazitfarbenen Sportsakko, dessen unterer Knopf geschlossen war. Das Sportsakko saß etwas komisch, so als hätte der Schneider nicht bedacht, daß Eric darunter eine Pistole trug.

»Hey, Eric!« Ich hielt ihm die Hand hin.

Er ergriff sie. »Schön, daß du kommen konntest, Patrick!«

»Hi, Eric!« Angie streckte ihm ebenfalls die Hand entgegen.

Als er sich vorbeugte, um sie zu schütteln, merkte er, daß die Waffe zu sehen war. Er schloß kurz die Augen und errötete.

Angie sagte: »Es wäre mir lieber, wenn du die Pistole auf den Couchtisch legst, bis wir wieder weg sind, Eric.«

»Das ist mir äußerst peinlich«, entschuldigte er sich und versuchte ein schwaches Lächeln.

»Bitte, Eric«, mahnte Diandra, »leg sie auf den Tisch.«

Er öffnete das Holster, als wären Stacheln daran, und legte eine Luger .38 auf den Umschlag.

Ich sah ihn verwundert an. Eric Gault und eine Pistole passen ungefähr so gut zusammen wie Kaviar und Hot dogs.

Er nahm neben Diandra Platz. »Wir sind etwas nervös in letzter Zeit.«

»Warum?«

Diandra seufzte. »Ich bin Psychologin, Mr. Kenzie, Ms. Gennaro. Ich unterrichte zweimal pro Woche in Bryce und halte Sprechstunden für die Lehrenden und die Studierenden ab, außerdem führe ich noch eine Praxis außerhalb des Campus. Bei meiner Arbeit ist man so einiges gewöhnt: gefährliche Patienten, die allein mit mir in dem kleinen Büro einen psychotischen Schub bekommen, paranoide dissoziative Schizophrene, denen es gelingt, meine Adresse herauszufinden. Mit diesen Ängsten muß ich leben. Ich schätze, man erwartet, daß sie eines Tages Wirklichkeit werden. Aber das hier ...« Sie blickte auf den Umschlag auf dem Tisch zwischen uns. »Das hier ist ...«

Ich half ihr: »Versuchen Sie uns zu beschreiben, wie alles angefangen hat!«

Sie lehnte sich zurück und schloß einen Moment die Augen. Eric legte ihr sanft die Hand auf die Schulter, doch sie schüttelte den Kopf, so daß er sie rasch wieder wegzog und auf seinen Oberschenkel legte. Dabei sah er seine Hand an, als wisse er nicht, wie sie dort hingelangt sei.

»Eines Morgens kam eine Studentin in meine Sprechstunde in Bryce. Jedenfalls behauptete sie, Studentin zu sein.«

»Bestand Anlaß, ihr nicht zu glauben?« fragte Angie.

»Damals nicht. Das Mädchen hatte einen Studentenausweis.« Diandra öffente die Augen. »Aber als ich dann etwas nachforschte, stellte sich heraus, daß sie nicht registriert war.«

»Wie hieß diese Person?« wollte ich wissen.

»Moira Kenzie.«

Ich warf Angie einen Blick zu, und sie hob die Augenbrauen.

»Sehen Sie, Mr. Kenzie, als Eric Ihren Namen erwähnte, da wurde ich sofort aufmerksam. Ich dachte, Sie könnten mit ihr verwandt sein.«

Ich dachte darüber nach. Kenzie ist kein besonders gängiger Familienname. Selbst in Irland gibt es nur einige von uns in der Gegend von Dublin, und oben in Ulster sind ein paar verstreut. Aber angesichts der Grausamkeit und Gewalttätigkeit, die in den Seelen meines Vaters und seiner Brüder faulte, war es nicht unbedingt ein schlechtes Zeichen, daß diese Blutslinie auszusterben drohte.

»Sie sagen, diese Moira Kenzie war ein Mädchen?«

»Ja.«

»Also war sie noch nicht so alt?«

»Neunzehn, vielleicht zwanzig.«

Ich schüttelte den Kopf. »Nein, dann kenne ich sie nicht, Dr. Warren. Die einzige Moira Kenzie, die ich kenne, ist eine Cousine meines verstorbenen Vaters. Sie ist Mitte Sechzig und seit zwanzig Jahren nicht aus Vancouver herausgekommen.«

Diandra nickte kurz und bitter, ihre Pupillen schienen sich zu trüben. »Tja, dann ...«

»Dr. Warren«, versuchte ich es erneut, »was war denn, als diese Moira Kenzie zu Ihnen kam?«

Diandra schürzte die Lippen und sah Eric an, dann blickte sie zu dem schweren Deckenventilator über ihr. Langsam atmete sie durch den Mund aus – da wußte ich, daß sie sich entschlossen hatte, uns Vertrauen zu schenken.

»Diese Moira sagte, sie sei die Freundin eines Mannes namens Hurlihy.«

»Kevin Hurlihy?« fragte Angie.

Diandra Warrens goldene Haut wurde noch einen Ton bleicher. Sie nickte.

Angie warf mir einen Blick zu und hob wieder die Augenbrauen.

Eric sagte: »Kennt ihr ihn?«

»Leider haben wir seine Bekanntschaft gemacht«, erwiderte ich.

Kevin Hurlihy ist mit uns aufgewachsen. Er sieht ziemlich dämlich aus – ein hoch aufgeschossener Typ mit knochigem Körperbau und widerspenstigem, borstigem Haar, das aussieht, als halte er seinen Kopf jeden Morgen in die Kloschüssel und drücke auf die Spülung, um sich zu frisieren. Als er zwölf Jahre alt war, wurde ihm ein Krebsgeschwür am Kehlkopf entfernt. Durch das Narbengewebe von dieser Operation bekam er eine furchtbar hohe, ständig brechende Stimme, die wie das verärgerte Heulen eines Teenagers klingt. Er trägt eine Brille mit flaschenbodendikken Gläsern, durch die seine Augen wie die eines Frosches hervorquellen, und Klamotten wie der Akkordeonspieler einer Polkagruppe. Er ist die rechte Hand von Jack Rouse, und Jack Rouse ist der Chef der irischen Mafia in dieser Stadt. Auch wenn Kevin ein bißchen komisch aussieht und redet: Er ist alles andere als witzig.

»Was ist passiert?« erkundigte sich Angie.

Diandra sah zur Decke hoch, die Haut an ihrem Hals zitterte. »Moira erzählte mir, Kevin würde ihr Angst einjagen. Sie sagte, er würde sie ständig verfolgen lassen, würde sie zwingen, ihm beim Sex mit anderen Frauen zuzusehen, ihm beim Sex mit Männern zuzusehen, daß er Männer zusammenschlagen würde, die sie nur zufällig angeguckt hätte, und daß er ...« Sie schluckte, und Eric legte seine Hand zögernd auf die ihre. »Dann hat sie mir erzählt, daß sie eine Affäre mit einem Typen hatte, und Kevin hätte das herausgefunden und hätte ... den Mann umgebracht und irgendwo in Somerville begraben. Sie flehte mich an, ihr zu helfen. Sie ...«

»Hat man Sie bedroht?« fragte ich Diandra.

Sie rieb sich das linke Auge und zündete sich dann mit dem Antik-Feuerzeug eine lange weiße Zigarette an. Obwohl sie so große Angst hatte, zitterte ihre Hand nur ein klein wenig. »Kevin«, kam es aus ihrem Mund, als hätte sie gerade etwas Faules gegessen. »Er hat mich um vier Uhr morgens angerufen. Wissen Sie, wie man sich fühlt, wenn man um vier Uhr morgens angerufen wird?«

Verwirrt, bestürzt, allein und verängstigt. Genau das beabsichtigt ein Typ wie Kevin Hurlihy ja.

»Er hat eine Menge ekliger Sachen gesagt. Zum Beispiel, ich zitiere: ›Wie fühlt man sich so, die letzte Woche auf der Erde, du alte Fotze?‹«

Hört sich nach Kevin an. Oberste Liga.

Zischend sog sie die Luft ein.

»Wann haben Sie diesen Anruf erhalten?« fragte ich.

»Vor drei Wochen.«

»Vor drei Wochen?« wiederholte Angie erstaunt.

»Ja. Ich habe versucht, es zu vergessen. Ich habe die Polizei angerufen, aber die meinten, sie könnten nichts tun, weil ich keinen Beweis dafür hätte, daß es wirklich Kevin war.« Sie fuhr sich mit der Hand durchs Haar, machte sich auf der Couch noch ein bißchen kleiner und sah uns an.

»Als Sie mit der Polizei sprachen«, fragte ich, »haben Sie da etwas von dieser Leiche in Somerville erzählt?«

»Nein.«

»Gut!« sagte Angie.

Diandra beugte sich vor und schob Erics Pistole von dem Umschlag. Dann reichte sie ihn Angie, die ihn öffnete und ein Schwarzweißfoto herauszog. Angie sah es an und gab es an mich weiter.

Der junge Mann auf dem Foto sah aus, als sei er ungefähr zwanzig: ein hübscher Junge mit langem rotbraunen Haar und einem Dreitagebart. Er trug eine Jeans mit Löchern über den Knien und ein T-Shirt unter einem offenen Flanellhemd, darüber eine schwarze Lederjacke. Typische Unikleidung. Unter dem Arm hielt er einen Schreibblock. Er ging gerade an einer Backsteinmauer vorbei und schien nicht zu bemerken, daß er fotografiert wurde.

»Mein Sohn Jason«, erklärte Diandra. »Er ist im zweiten Jahr in Bryce. Das Gebäude hinter ihm ist die Bibliothek von Bryce. Das Foto kam gestern ganz normal mit der Post.«

»Kein Begleitschreiben?«

Sie schüttelte den Kopf.

Eric ergänzte: »Ihr Name und Ihre Anschrift waren auf den Umschlag getippt, sonst nichts.«

»Vor zwei Tagen«, fuhr Diandra fort, »war Jason das Wochenende über hier, und ich konnte zufällig mithören, daß er einem Freund am Telefon erzählte, er würde das Gefühl nicht los, daß jemand hinter ihm herschleiche. Herschleiche. So hat er sich ausgedrückt.« Sie wies mit der Zigarette auf das Foto, und nun zitterte ihre Hand stärker. »Einen Tag später kam das da an.«

Ich betrachtete das Bild noch einmal. Klassische Mafiawarnung: Auch wenn du meinst, irgend etwas über uns zu wissen, wir wissen alles über dich!

»Seit dem Tag damals habe ich Moira Kenzie nicht mehr

gesehen. Sie ist nicht in Bryce eingeschrieben, die Telefonnummer, die sie mir gegeben hat, gehört einem chinesischen Restaurant, und im Telefonbuch steht sie auch nicht. Und trotzdem ist sie zu mir gekommen. Und jetzt ist diese Sache in meinem Leben. Und ich weiß nicht, warum. O Gott!« Sie schlug mit den Händen auf die Oberschenkel und schloß die Augen. Als sie sie wieder öffnete, war all der Mut verschwunden, den sie in den letzten drei Wochen aus dem Nichts geschöpft hatte. Sie sah verängstigt aus, so als sei sie sich plötzlich bewußt, wie schwach die Mauern wirklich sind, die wir um unser Leben errichten.

Ich blickte Eric an, dessen Hand auf Diandras ruhte, und versuchte ihre Beziehung zu ergründen. Ich hatte ihn noch nie von einer Frau sprechen hören, hatte ihn immer für schwul gehalten. Doch abgesehen davon kannte ich ihn seit zehn Jahren, ohne daß er von einem Sohn gesprochen hätte.

»Wer ist Jasons Vater?« wollte ich wissen.

»Was? Warum?«

»Wenn ein Kind bedroht wird«, erklärte Angie, »dann müssen wir auch Sorgerechtsfragen in Betracht ziehen.«

Diandra und Eric schüttelten gleichzeitig den Kopf.

»Diandra ist seit fast zwanzig Jahren geschieden«, antwortete Eric. Ihr Exmann kommt gut mit Jason aus, aber sie sehen sich selten.«

»Ich brauche seinen Namen«, sagte ich.

»Stanley Timpson«, erwiderte Diandra.

»Stan Timpson, der Staatsanwalt von Suffolk?«

Sie nickte.

»Dr. Warren«, versuchte es Angie, »da es sich bei Ihrem Exmann um den einflußreichsten Beamten in Massachusetts handelt, müssen wir annehmen, daß . . .«

»Nein.« Diandra schüttelte den Kopf. »Die meisten

Leute wissen nicht einmal, daß wir verheiratet waren. Er hat eine neue Frau, drei kleine Kinder und kaum noch Kontakt zu mir und Jason. Glauben Sie mir, das hat nichts mit Stan zu tun!«

Ich sah Eric an.

»Da stimme ich zu«, sagte er. »Jason trägt Diandras Namen, nicht den von Stan, und außer einem Anruf zum Geburtstag und einer Karte zu Weihnachten hat er keinen Kontakt zu seinem Vater.«

»Werden Sie mir helfen?« fragte Diandra.

Angie und ich blickten uns an. Dieselbe Postleitzahl zu haben wie Kevin Hurlihy und sein Chef Jack Rouse finden wir beide unserer Gesundheit nicht gerade zuträglich. Jetzt wurden wir sogar gebeten, uns geradewegs mit ihnen an einen Tisch zu setzen und sie zu bitten, unsere Klientin nicht länger zu belästigen. Wenn wir diesen Fall annähmen, wäre das eine der vielversprechendsten Methoden, Selbstmord zu begehen.

Angie las meine Gedanken. »Was?« fragte sie. »Willst du ewig leben?«

2

Als wir Lewis Wharf verließen und die Commercial Street hinaufgingen, hatte der überraschende Neuengland-Herbst einen häßlichen Morgen in einen wunderschönen Nachmittag verwandelt. Beim Aufwachen pfiff ein so eiskalter, gemeiner Wind durch die Ritzen unter meinem Fenster, daß es der Atem eines arktischen Gottes hätte sein können. Der Himmel war zugezogen und blaß wie das Leder eines Baseballs, und die Leute kuschelten sich auf dem Weg zu ihren Autos in dicke Jacken und riesige Sweatshirts, während ihnen der Atem aus dem Mund dampfte.

Als ich meine Wohnung verließ, war die Temperatur schon auf zehn Grad gestiegen, und die Sonne sah bei ihrem Versuch, sich durch den milchglasigen Himmel zu kämpfen, wie eine Apfelsine aus, die unter der Oberfläche eines gefrorenen Teiches eingeschlossen war.

Auf dem Weg zu Diandra Warrens Wohnung hatte ich meine Jacke ausgezogen, da die Sonne doch durchgekommen war, und als wir jetzt nach Hause fuhren, zeigte das Quecksilber schon gut 20 Grad an.

Wir fuhren an Copp's Hill vorbei, und die vom Hafen herüberwehende warme Brise raschelte in den Bäumen auf der Kuppe des Hügels. Kleine Haufen glänzender roter Blätter bedeckten die Schiefersteine und wehten aufs Gras.

Rechts von uns blitzten die Kaianlagen und Docks in der Sonne, und zu unserer Linken erzählten die braunen, roten und schmutzigweißen Ziegelsteine des North End Geschichten von gefliesten Böden, offenstehenden alten Torbögen und vom Geruch dick eingekochter Saucen, von Knoblauch und frisch gebackenem Brot.

»An so einem Tag muß man die Stadt einfach lieben«, schwärmte Angie.

»Auf jeden Fall.«

Sie griff sich mit der Hand an den Hinterkopf und drehte das Haar zu einem provisorischen Pferdeschwanz zusammen, dann lehnte sie den Kopf aus dem Fenster und legte ihn in den Nacken, so daß ihr die Sonne auf Gesicht und Hals schien. Wenn ich sie so ansah, wie sie mit geschlossenen Augen lächelte, wäre ich gerne bereit gewesen zu glauben, daß es ihr gutging.

Doch das tat es nicht. Nachdem sie ihren Mann Phil verlassen hatte, nachdem sie ihn wie ein Häufchen Elend blutend und würgend vor ihrer Haustür liegengelassen hatte (die Rache für jahrelanges Verprügeln), ging Angie im Verlauf des Winters zunehmend oberflächlichere und schneller aufeinanderfolgende Affären ein und ließ einen Mann nach dem anderen hinter sich, der sich schließlich ratlos am Kopf kratzte, weil sie sich ohne Vorwarnung dem nächstbesten zugewandt hatte.

Da ich selbst nie ein Ausbund an Tugend gewesen bin, hätte ein mahnendes Wort von mir äußerst unglaubwürdig gewirkt, und zu Beginn des Frühlings schien sie sich schließlich vorerst ausgetobt zu haben. Sie brachte keine heißblütigen Männer mehr nach Hause und arbeitete wieder mit voller Kraft an unseren Fällen mit, kümmerte sich sogar ein bißchen um ihre Wohnung, was bei Angie bedeutete, daß sie den Herd putzte und einen Besen kaufte. Aber sie war nicht mehr sie selbst, nicht so wie früher.

Sie war stiller, nicht mehr so ungeniert. Sie rief zu den seltsamsten Tageszeiten an oder kam vorbei, um über den Tag zu sprechen, den wir gerade zusammen verbracht hatten. Sie behauptete ständig, Phil seit Monaten nicht gesehen zu haben, doch aus irgendeinem Grund glaubte ich ihr nicht.

Dazu kam noch die Tatsache, daß ich zum zweiten Mal in all den Jahren, seit wir uns kannten, nicht immer für sie dasein konnte, wenn sie mich brauchte. Seit ich im Juli Grace Cole kennengelernt hatte, verbrachte ich ganze Tage und Nächte, manchmal sogar das gesamte Wochenende mit ihr, wann immer wir Zeit füreinander hatten. Hin und wieder mußte ich sogar auf Grace' Tochter Mae aufpassen, so daß ich für meine Kollegin ziemlich oft nicht zu erreichen war, es sei denn, es handelte sich um einen absoluten Notfall. Eigentlich war keiner von uns beiden so richtig darauf vorbereitet gewesen; Angie hatte es einmal so beschrieben: »Die Chance ist größer, daß ein Schwarzer in einem Woody-Allen-Film mitspielt, als daß Patrick eine ernsthafte Beziehung eingeht.«

An der Ampel merkte sie, daß ich sie beobachtete. Sie öffnete die Augen, um ihre Lippen spielte ein schwaches Lächeln. »Machst du dir Sorgen um mich, Kenzie?«

Meine Kollegin kann Gedanken lesen.

»Ich checke dich nur ab, Gennaro. Rein sexuell, sonst nichts.«

»Ich kenne dich, Patrick.« Sie zog den Kopf ein. »Du spielst immer noch den großen Bruder.«

»Ja, und?«

»Und«, fuhr sie fort und strich mir mit dem Handrücken über die Wange, »es wird Zeit, daß du damit aufhörst.«

Ich schob ihr eine Haarsträhne aus dem Auge, dann sprang die Ampel auf Grün. »Nein«, widersprach ich.

Wir hielten uns gerade lange genug in ihrem Haus auf, daß sie sich eine abgeschnittene Jeanshose anziehen und ich zwei Flaschen Bier aus dem Kühlschrank holen konnte. Dann setzten wir uns nach draußen auf die hintere Veranda, lauschten den im Wind flatternden Hemden des Nachbarn und freuten uns des Lebens.

Sie stützte sich auf die Ellbogen und streckte die Beine aus. »Tja, da haben wir also einen neuen Fall!«

»Stimmt!« pflichtete ich ihr bei und sah mir ihre glatten olivbraunen Beine in der ausgewaschenen Jeans an. Vielleicht gibt es wirklich nicht viel Gutes auf dieser Welt, aber ich möchte mal einen sehen, der ein schlechtes Wort über abgeschnittene Jeanshosen sagt.

»Hast du eine Idee, wie wir anfangen?« wollte sie wissen, doch dann schimpfte sie: »Hör sofort auf, meine Beine anzugaffen, du Perverso! Du bist jetzt so gut wie verheiratet!«

Ich zuckte mit den Achseln, lehnte mich zurück und sah zum klaren Marmorhimmel hoch. »Keine Ahnung. Weißt du, was mich stört?«

»Außer elektronische Hintergrundmusik, Fernsehwerbung und der Akzent von New Jersey?«

»An diesem Fall.«

»Sag's mir!«

»Warum dieser Name Moira Kenzie? Ich meine, wenn der schon falsch ist, und davon können wir ja wohl ausgehen, warum dann mein Nachname?«

»Es gibt so etwas wie Zufall. Vielleicht hast du schon davon gehört. Das ist, wenn ...«

»Okay. Was anderes.«

»Und zwar?«

»Ist Kevin Hurlihy für dich ein Typ, der eine Freundin hat?«

»Ähm, nee. Aber das ist schon Jahre her, daß wir mit ihm zu tun hatten.«

»Trotzdem ...«

»Wer weiß?« sagte sie. »Ich habe schon viele komische, häßliche Typen mit hübschen Frauen gesehen und umgekehrt.«

»Kevin ist aber nicht einfach komisch. Er ist ein Schwein.«

»Das sind auch viele Profiboxer. Und die haben auch immer Frauen dabei.«

Ich zuckte mit den Achseln. »Stimmt schon. Okay. Also, was machen wir mit Kevin?«

»Und Jack Rouse«, ergänzte sie.

»Gefährliche Typen«, warf ich ein.

»Und wie!«

»Tja, wer hat denn täglich mit gefährlichen Leuten zu tun?«

»Wir bestimmt nicht«, antwortete sie.

»Nee«, stimmte ich zu, »wir sind Luschen.«

»Und stolz darauf«, sagte sie. »Da bleibt nur ...« Sie wandte sich zu mir und blinzelte gegen die Sonne. »Du meinst doch nicht ...«

»Doch.«

»Oh, Patrick.«

»Wir müssen Bubba einen Besuch abstatten.«

»Wirklich?« fragte sie.

Ich seufzte und freute mich selbst nicht unbedingt. »Wirklich.«

»Scheiße«, fluchte Angie.

3

»Links«, befahl Bubba, »und jetzt ungefähr 20 Zentimeter nach rechts! Gut. Fast geschafft.«

Er ging ein paar Meter vor uns rückwärts, die Hände auf Brusthöhe und winkte mit den Händen, als würde er einen Lkw einweisen. »Gut«, sagte er, »den linken Fuß ungefähr 23 Zentimeter nach links. Genau so.«

Ein Besuch in Bubbas Zuhause, einem alten Lagerhaus, ist so, als spiele man am Rande des Abgrunds Blinde Kuh. Bubba hat die ersten zwölf Meter seiner ersten Etage mit so viel Sprengstoff vermint, daß er die gesamte Ostküste in die Luft jagen könnte, deshalb muß man seinen Anweisungen auf den Buchstaben genau folgen, wenn man den Rest des Lebens ohne künstliche Beatmung auskommen will. Obwohl Angie und ich die Prozedur schon unzählige Male durchgemacht haben, vertrauen wir unserem Gedächtnis niemals so, daß wir die zwölf Meter ohne Bubbas Hilfe überwinden würden. Auch wenn wir deshalb als übervorsichtig gelten.

»Patrick«, mahnte er mich mit ernstem Gesichtsausdruck, während mein Fuß fünf Millimeter über dem Boden schwebte. »Ich habe gesagt, fünfzehn Zentimeter nach rechts. Nicht vierzehn.«

Ich atmete tief ein und verschob den Fuß um einen Zentimeter.

Er grinste und nickte.

Ich setzte den Fuß ab. Und flog nicht in die Luft. Glück gehabt!

Hinter mir fragte Angie: »Bubba, warum kaufst du dir keine Alarmanlage?«

Bubba runzelte die Stirn. »Das ist meine Alarmanlage.«

»Das ist ein Minenfeld, Bubba.«

»So nennst du das«, erwiderte Bubba. »Zehn Zentimeter nach links, Patrick!«

Hinter mir atmete Angie laut aus.

»Du bist durch, Patrick«, lobte mich Bubba, als ich auf ein Stück Fußboden ungefähr drei Meter von ihm entfernt trat. Er sah Angie an und runzelte die Stirn. »Stell dich nicht so an, Angie!«

Angie stand mit angewinkeltem Knie da und sah aus wie ein Storch. Aber ein ziemlich wütender Storch. Sie sagte: »Wenn ich dich kriege, bringe ich dich um, Bubba Rogowski!«

»Ooooh«, entgegnete Bubba. »Sie hat mich mit meinem vollen Namen angeredet. Genau wie meine Mutter immer.«

»Du hast deine Mutter doch gar nicht gekannt«, erinnerte ich ihn.

»In Gedanken, Patrick«, erwiderte er und berührte seine vorspringende Stirn, »in Gedanken.«

Von seinem ausgeklügelten Frühwarnsystem mal abgesehen – machmal mach ich mir Sorgen um ihn.

Angie trat auf das Stück Boden, das ich gerade geräumt hatte.

»Du bist durch«, sagte Bubba, und sie boxte ihn auf den Arm.

»Müssen wir noch an irgendwas anderes denken?« wollte ich wissen. »Fallen gleich Speere von der Decke, oder springen Rasierklingen aus den Stühlen?«

»Nur wenn ich sie aktiviere.« Bubba ging zu einem alten Kühlschrank hinüber, der sich hinter zwei abgesessenen braunen Sofas, einem orangen Bürostuhl und einer uralten Steroanlage befand. Vor dem Bücherregal stand eine Holzkiste, mehr davon waren hinter einer Matratze gestapelt, die wiederum hinter die Sofas geworfen worden war. Einige der Kisten waren geöffnet; ich konnte die häßlichen Kolben von geölten schwarzen Handfeuerwaffen zwischen gelbem Stroh hervorlugen sehen. Bubbas täglich Brot.

Er öffnete den Kühlschrank und holte eine Flasche Wodka aus dem Eisfach. Aus seinem Trenchcoat zog er drei Schnapsgläser hervor. Ganz egal ob Hochsommer oder tiefster Winter – Bubba trennt sich nie von seinem Mantel. Ein Harpo Marx mit schlechtem Benehmen und Mordgelüsten. Er goß Angie und mir einen Wodka ein und reichte uns die Gläser. »Soll angeblich die Nerven beruhigen.« Er schüttete seinen Wodka herunter.

Meine Nerven beruhigten sich. Nach Angies geschlossenen Augen zu urteilen, wirkte er auch bei ihr. Bubba zeigte keine Reaktion, aber er hat ja keine Nerven und auch sonst nichts, was Menschen so zum Leben brauchen.

Er ließ seine gut 230 Pfund auf eins der Sofas plumpsen. »Also, warum müßt ihr Jack Rouse treffen?«

Wir erzählten es ihm.

»Hört sich nicht gerade nach ihm an. Die Scheiße mit dem Bild – ich meine, die wirkt vielleicht, aber die ist viel zu ausgebufft für einen wie Jack.«

»Was ist mit Kevin Hurlihy?« hakte Angie nach.

»Wenn das zu ausgebufft für Jack ist«, erwiderte Bubba, »dann ist es erst recht nichts für Kevin.« Er trank aus der Flaschc. »Wenn ich so darüber nachdenke, gibt es kaum irgendwas, das etwas für Kevin wäre. Plus und minus rechnen, das Alphabet und so'n Scheiß. Mensch, das müßt ihr doch noch von früher wissen!«

»Wir dachten, er hätte sich vielleicht geändert.«

Bubba lachte. »Nee. Ist schlimmer geworden.«

»Dann ist er also gefährlich?« fragte ich.

»Und wie«, antwortete Bubba. »Wie ein Hund auf dem Schrottplatz. Weiß, wie man jemandem an die Gurgel springt und kämpft, und macht den Leuten eine Heidenangst, aber das ist es auch schon. Aber darin ist er um so besser.« Er reichte mir die Flasche, ich goß mir noch ein Glas ein.

»Also sind zwei Leute, die wissentlich einen Fall annehmen, bei dem sie es mit ihm und seinem Chef zu tun haben ...«

»... absolute Schwachköpfe, ja.« Er nahm die Flasche zurück.

Ich sah Angie böse an, sie streckte mir die Zunge heraus.

Bubba fragte: »Soll ich ihn für euch erledigen?« und reckte sich auf der Couch.

Ich zwinkerte. »Ähm ...«

Bubba gähnte. »Ist kein Problem.«

Angie strich ihm übers Kinn. »Im Moment besser nicht.«

»Echt«, beharrte er und richtete sich wieder auf, »ganz ohne Streß. Ich habe so'n neues Teil gebaut, das mußt du dem Typen um den Kopf klemmen, hier, genau so, und dann ...«

»Wir sagen dir früh genug Bescheid«, lenkte ich ein.

»Cool.« Er lehnte sich wieder zurück und sah uns kurze Zeit an. »Aber ich hätte nicht gedacht, daß son Freak wie Kevin 'ne Freundin hat. Für mich ist er ein Typ, der entweder dafür zahlt oder sich einfach eine nimmt.«

»Das hat mich auch gewundert«, bestätigte ich.

»Egal«, sagte Bubba, »auf jeden Fall trefft ihr Jack Rouse und Kevin nicht allein.«

»Nicht?«

Er schüttelte den Kopf. »Wenn ihr zu denen sagt: ›Laßt unsere Klientin in Ruhe!‹, dann bringen sie euch um. Müssen sie. Die sind nicht gerade charakterfest.«

Ein Kerl, der sein Haus mit einem Minenfeld absichert, erzählt uns, Jack und Kevin seien nicht charakterfest. Nun, da ich wußte, wie gefährlich die beiden wirklich waren, überlegte ich mir, es wäre vielleicht besser, einfach zurück zum Minenfeld zu gehen und einmal kurz zu hüpfen. Dann wäre es wenigstens schnell vorbei.

»Wir gehen über Fat Freddy«, entschied Bubba.

»Meinst du das ernst?« fragte Angie.

Fat Freddy Constantine ist der Pate der Bostoner Mafia; er hatte der früher führenden Clique aus Providence die Kontrolle entrissen und seine Macht dann ausgebaut. Jack Rouse, Kevin Hurlihy und jeder, der in dieser Stadt nur ein einziges Gramm Stoff verkaufte, unterstand Fat Freddy.

»Das ist die einzige Möglichkeit«, erklärte Bubba. »Wenn ihr über Fat Freddy geht, erweist ihr ihm Respekt; und wenn ich ein Treffen arrangiere, wissen sie, daß ihr Freunde seid, dann schlagen sie euch nicht zusammen.«

»Spitze«, bemerkte ich.

»Wann wollt ihr ihn treffen?«

»So schnell wie möglich«, erwiderte Angie.

Er zuckte mit den Achseln und hob ein schnurloses Telefon vom Boden. Dann wählte er und nahm noch einen Schluck aus der Flasche, während er wartete. »Lou«, sprach er in den Hörer, »sag dem Boss, daß ich angerufen habe.« Dann legte er auf.

»Dem Boss?« wiederholte ich.

Bubba streckte die Hände aus. »Die gucken alle die Scorcese-Filme und Bullenserien und glauben, sie müßten so reden. Ich tue ihnen den Gefallen.« Er beugte sich mit seinem gewaltigen Oberkörper vor und schenkte Angie noch einen Kurzen ein. »Bist du schon geschieden, Gennaro?«

Sie lächelte und stürzte das Glas runter. »Offiziell noch nicht.«

»Und wann ist es soweit?« fragte Bubba mit erhobenen Augenbrauen.

Sie stellte die Füße auf dem Rand einer offenen Kiste mit AK-47 ab und lehnte sich zurück. »Die Mühlen der Justiz mahlen langsam, Bubba, eine Scheidung ist eine komplizierte Sache.«

Bubba verzog das Gesicht. »Boden-Luft-Raketen aus Libyen schmuggeln ist kompliziert. Aber eine Scheidung?«

Angie fuhr sich mit den Händen durchs Haar an die Schläfen und blickte zu den abblätternden Heizungsrohren hoch, die sich über Bubbas Decke erstreckten. »Bei dir, Bubba, hält eine Beziehung ungefähr so lange wie ein Sixpack. Was weißt du also über Scheidung? Hm?«

Er seufzte. »Ich weiß nur, daß sich manche Leute richtig den Arsch aufreißen, um alles zu versauen, was eigentlich ganz ruhig über die Bühne gehen könnte.« Er nahm die Beine von der Couch und stampfte mit seinen schweren Kampfstiefeln auf den Boden. »Was ist mit dir, Kumpel?«

»Mit mir?« fragte ich.

»Ja«, bestätigte er. »Wie war deine Scheidung?«

»Kinderspiel«, antwortete ich. »Wie Pizza bestellen: Ein Anruf, und alles ist erledigt.«

Bubba wandte sich wieder an Angie. »Siehst du?«

Sie wedelte abschätzig mit der Hand in meine Richtung. »Und das nimmst du ihm ab? Unserem Mr. Ehrlich?«

»Ich lege Protest ein«, sagte ich.

»Du legst einen Scheißdreck ein«, verbesserte mich Angie.

Bubba rollte mit den Augen. »Könnt ihr beiden nicht einfach 'ne Nummer schieben, und dann ist es gut?«

Wie immer trat eine von diesen peinlichen Pausen ein, die immer entstehen, wenn jemand andeutet, zwischen mir und meiner Kollegin bestehe mehr als nur Freundschaft. Bubba grinste triumphierend, doch dann klingelte dankenswerterweise das Telefon.

»Ja.« Er nickte uns zu. »Mr. Constantine, wie geht es Ihnen?« Er rollte mit den Augen, während Mr. Constantine ausführte, wie es ihm ginge. »Freut mich zu hören«, antwortete Bubba. »Hören Sie, Mr. C., ich habe hier zwei Freunde, die mit Ihnen reden möchten. Nur'n paar Minuten.«

Ich wiederholte lautlos: »Mr. *C.?*«, und Bubba zeigte mir einen Vogel.

»Yes, Sir, die sind in Ordnung. Gehören nicht zur Familie, aber sie sind da vielleicht über etwas gestolpert, was Sie interessieren könnte. Hat was mit Jack und Kevin zu tun.« Fat Freddy begann wieder zu reden, und Bubba machte mit der Faust die auf der ganzen Welt bekannte Masturbationsgeste. »Yes, Sir«, sagte er schließlich. »Patrick Kenzie und Angela Gennaro.« Er lauschte, blinzelte dann und sah Angie an. Mit der Hand über der Sprechmuschel fragte er: »Bist du mit den Patrisos verwandt?«

Sie zündete sich eine Zigarette an. »Leider ja.«

»Yes, Sir«, sagte Bubba ins Telefon, »genau die Angela Gennaro.« Er sah sie mit erhobener Augenbraue an. »Heute abend um zehn. Danke, Mr. Constantine.« Er machte eine Pause und blickte auf die Holzkiste, die Angie gerade als Fußhocker verwendete. »Was? Oh, ja, Lou weiß wo. Sechs Kisten. Morgen abend. Ganz bestimmt. Wie bestellt, Mr. Constantine. Yes, Sir. Alles Gute!« Er legte auf und seufzte laut, dann schob er die Antenne mit dem Handrücken ins Telefon zurück. »Verfluchte Spaghettis!« motzte er. »Immer nur: ›Yes, Sir‹, ›No, Sir‹, ›Wie geht's Ihrer Frau?‹ Den Iren ist es wenigstens scheißegal, wie's der Frau geht.«

Wer Bubba kannte, wußte, daß das ein hohes Lob für meine Volksgruppe war. Ich erkundigte mich: »Wo treffen wir ihn?«

Er blickte Angie mit einem Anflug von Ehrfurcht in seinem gummiartigen Gesicht an. »In diesem Café auf der Prince Street. Heute abend um zehn. Wieso hast du mir nie erzählt, daß du Verbindungen hast?«

Angie schnippte ihre Asche auf den Boden. Das war kein schlechtes Benehmen, sie benutzte Bubbas Aschenbecher. »Ich habe keine Verbindungen.«

»Freddy behauptet, du hättest welche.«

»Tja, dann irrt er sich halt. Kleiner Fehler in der Erbmasse, mehr nicht.«

Er sah mich an. »Wußtest du, daß sie mit der Patriso-Sippe verwandt ist?«

»Jawoll.«

»Und?«

»Das schien ihr immer egal zu sein, also war's mir auch egal.«

»Bubba«, versuchte es Angie, »ich bin nicht gerade stolz darauf.«

Er pfiff vor sich hin. »Die ganzen Jahre habt ihr so oft in der Klemme gesessen, und du hast nicht einmal um Unterstützung gebeten?«

Angie sah ihn durch die langen Locken hindurch an, die ihr vor das Gesicht gefallen waren. »Hab nicht mal dran gedacht.«

»Warum nicht?« Er war wirklich verwirrt.

»Weil wir außer dir keine Mafia brauchen, Süßer.«

Bubba errötete. Das schaffte nur Angie bei ihm, und es ist ein lohnender Anblick. Sein riesiges Gesicht lief an wie eine überreife Tomate, und einen Augenblick lang sah er fast harmlos aus. Fast.

»Hör auf«, sagte er, »du bringst mich in Verlegenheit.«

Im Büro kochte ich einen Kaffee, um die Wirkung des Wodkas zu neutralisieren, während Angie die Nachrichten auf dem Anrufbeantworter abhörte.

Die erste kam von unserem letzten Auftraggeber, Bobo Gedmenson, Inhaber von Bobo's Yo-Yo Chain, einer Discokette für Jugendliche unter 21, und einigen Stripschuppen in Saugus und Peabody mit Namen wie »Tropfende Vanille« und »Goldener Honig«. Nachdem wir Bobos ehemaligen Geschäftspartner aufgespürt und den Großteil des veruntreuten Geldes zurückgebracht hatten, stellte Bobo nun plötzlich unsere Tarife in Frage und behauptete, er sei ein armer Schlucker.

»Leute gibt's . . .«, schüttelte ich den Kopf.

»Scheißdreck«, stimmte mir Angie zu, während Bobo mit einem Piepston endete.

Ich überlegte mir, Bubba mit dem Geldeintreiben zu beauftragen, als die zweite Nachricht ablief: »Hallo. Dachte nur, ich wünsche euch beiden ordentlich Glück für den neuen Fall und so weiter. Schätze, er ist großartig. Ja? Wir bleiben in Verbindung!«

Ich sah Angie an. »Wer war das denn?«

»Ich dachte, du wüßtest das. Ich kenne keine Engländer.«

»Ich auch nicht.« Ich zuckte mit den Achseln. »Vielleicht verwählt?«

»Viel Glück für den neuen Fall? Hört sich an, als wüßte er, wovon er spricht.«

»Hörte sich der Akzent nicht irgendwie unecht an?«

Sie nickte. »Als hätte einer zuviel Monty Python geguckt.«

»Kennen wir einen, der Dialekte nachmacht?«

»Ich nicht.«

Als nächstes kam die Stimme von Grace Cole. Im Hintergrund konnte ich die seufzenden Geräusche der Menschen in der Notaufnahme hören, wo sie arbeitete.

»Ich habe gerade tatsächlich zehn Minuten Kaffeepause, deshalb versuche ich, dich zu erreichen. Ich bin bis mindestens morgen früh hier, aber du kannst mich morgen abend zu Hause anrufen. Du fehlst mir.«

Es piepste, und Angie fragte: »Und? Wann ist die Hochzeit?«

»Morgen. Wußtest du das nicht?«

Sie lächelte. »Du bist ihr verfallen, Patrick! Das weißt du doch, oder?«

»Wer sagt das?«

»Ich und alle deine Freunde.« Ihr Lächeln wurde etwas schwächer. »Ich habe noch nie gesehen, daß du eine Frau so angesehen hast wie Grace.«

»Und wenn es so ist?«

Sie sah aus dem Fenster auf die Straße. »Dann wünsche ich dir viel Kraft«, sagte sie sanft. Sie versuchte, wieder zu lächeln, doch gelang es ihr nicht. »Ich wünsche euch beiden nur das Beste.«

4

Am Abend saßen Angie und ich gegen zehn Uhr in einem kleinen Café auf der Prince Street und erfuhren von Fat Freddy Constantine mehr über Prostatabeschwerden, als wir je hatten wissen wollen.

Freddy Constantines Café auf der Prince Street war ein kleiner Laden in einer engen Straße. Die Prince Street erstreckt sich von der Commercial zur Moon Street durchs gesamte North End und ist wie die meisten Straßen in dieser Gegend so schmal, daß man kaum ein Fahrrad hindurchschieben kann. Als wir ankamen, war die Temperatur draußen auf dreizehn Grad gefallen, doch auf der Prince Street saßen Männer nur mit T-Shirts oder Muskelshirts und kurzärmeligen Hemden bekleidet vor den Restaurants und Kneipen, lehnten sich in ihren Stühlen zurück, rauchten Zigarren oder spielten Karten und lachten plötzlich laut auf, wie es nur Menschen tun, die sich ihrer Umgebung sicher fühlen.

Freddys Café war nur ein winziger, dunkler Raum mit zwei kleinen Tischen vor der Tür und vier Tischen innen auf dem schwarz-weiß gefliesten Boden. An der Decke drehte sich träge ein Ventilator und blätterte in den Seiten einer Zeitung auf dem Tresen, während Dean Martin irgendwo hinter dem schweren schwarzen Vorhang vor dem Hinterausgang ein Lied schmetterte.

An der Eingangstür fingen uns zwei junge Burschen mit schwarzem Haar, im Fitneßstudio gestählten Körpern und rosa Shirts mit V-Ausschnitt und Goldkettchen ab.

Ich fragte: »Habt ihr ein Versandhaus, wo ihr alle eure Klamotten bestellt?«

Der eine fand die Bemerkung so witzig, daß er es besonders gut mit mir meinte, als er mir mit dem Handrücken so hart zwischen Brustkorb und Hüften schlug, daß ich den Eindruck hatte, sie würden sich irgendwo in der Mitte treffen. Wir hatten unsere Knarren im Auto gelassen, deshalb nahmen sie uns die Portemonnaies ab. Das gefiel uns nicht, aber den Türstehern war das egal, und bald führten sie uns an einen Tisch, an dem Don Frederico Constantine höchstpersönlich saß.

Fat Freddy sah aus wie ein Walroß ohne Schnurrbart. Er war ein aschgrauer Riese und trug seine dunkle Kleidung in mehreren Lagen übereinander, so daß der vierschrötige Schädel auf dem dunklen Körper wie ein Pickel aussah, der aus den Kragenfalten geplatzt war und sich über die Schultern ergossen hatte. Seine feuchten, mandelförmigen Augen blickten warmherzig und väterlich. Er lächelte viel. Lächelte auf der Straße Fremde an, lächelte Reporter an, wenn er aus dem Gerichtssaal kam, wahrscheinlich auch seine Opfer, bevor seine Leute ihnen die Kniescheiben zerschossen.

»Bitte«, lud er uns ein, »setzt euch!«

Außer uns und Freddy war nur noch eine weitere Person im Café. Der Mann saß in ungefähr sieben Meter Entfernung an einem Tisch unter einem Stützbalken, eine Hand auf dem Tisch, die Beine verschränkt. Er trug eine khakifarbene Sommerhose, ein weißes Hemd und einen grauen Schal zu einer curryfarbenen Segeltuchjacke mit Lederkragen. Er sah uns nicht an, doch war ich mir auch nicht sicher, daß er etwas anderes ansah. Er hieß Pine, von einem Vornamen hatte ich nie etwas gehört, und war eine Legende in seinen Kreisen: der Mann, der vier verschiedene Bosse und drei Familienkriege überlebt hatte und dessen Feinde immer wieder spurlos von der Bildfläche verschwanden, so daß man schnell vergaß, daß es sie überhaupt gegeben hatte. Wie er so am Tisch saß, sah er vollkommen normal aus, fast ein bißchen langweilig: Man hätte sagen können, er sei hübsch, aber so, daß man sich später nicht an ihn erinnerte; eins fünfundsiebzig bis eins achtzig groß, schmutzigblondes Haar, grüne Augen und normale Statur.

Allein das Wissen, mich mit ihm in einem Raum aufzuhalten, ließ meinen Schädel brummen.

Angie und ich nahmen Platz, und Fat Freddy sagte: »Prostata.«

»Wie bitte?« fragte Angie.

»Prostata«, wiederholte Freddy. Aus einer Zinnkanne goß er Kaffee in eine Tasse und reichte sie Angie. »Damit hat Ihr Geschlecht so gut wie nichts zu tun.« Er nickte mir zu, während er mir eine Tasse gab, dann schob er Sahne und Zucker in unsere Richtung. »Ich sage Ihnen«, begann er, »ich habe in meinem Beruf alles erreicht, meine Tochter wurde gerade in Harvard angenommen, und finanziell steht alles zum Besten.« Er rutschte auf dem Stuhl herum und verzog das Gesicht, so daß sich seine Backen zur Gesichtsmitte hin drückten und die Lippen einen Moment lang vollkommen verdeckten. »Aber, ich schwöre Ihnen, das alles würde ich auf der Stelle gegen eine gesunde Prostata eintauschen.« Er seufzte. »Und Sie?«

»Was?« fragte ich.

»Ist Ihre Prostata gesund?«

»Beim letzten Mal war sie es noch, Mr. Constantine.«

Fat Freddy beugte sich vor. »Da können Sie dankbar sein, mein junger Freund. Und wie Sie da dankbar sein können! Ein Mann mit einer kranken Prostata ist ...« Er legte die Hände auf den Tisch. »Tja, er ist ein Mann ohne Geheimnisse, ein Mann ohne Würde. Diese Ärzte, o Gott, sie werfen einen auf den Bauch und gehen dann mit ihren gemeinen kleinen Werkzeugen da rein und stochern und bohren, reißen und ...«

»Das klingt ja furchtbar!« unterbrach Angie ihn.

Das brachte ihn zum Einhalten, Gott sei Dank.

Er nickte. »Furchtbar ist nicht das richtige Wort.« Plötzlich sah er sie an, als hätte er sie gerade erst bemerkt. »Und Sie, meine Liebe, sind etwas viel zu Besonderes, um so ein Gespräch mit anhören zu müssen.« Er küßte ihr die Hand, ich versuchte, nicht die Augen zu verdrehen. »Ich kenne Ihren Großvater ziemlich gut, Angela. Ziemlich gut.«

Angie lächelte. »Er ist stolz auf die Verbindung, Mr. Constantine.«

»Jetzt kann ich ihm erzählen, daß ich das Vergnügen hatte, seine wunderbare Enkeltochter kennenzulernen.« Er blickte mich an, und das Leuchten in seinen Augen wurde schwächer. »Und Sie, Mr. Kenzie, Sie hüten diese Frau doch wie Ihren Augapfel, Sie passen auf, daß ihr nichts Böses widerfährt?«

»Diese Frau kann ganz gut auf sich selbst aufpassen, Mr. Constantine!« erwiderte Angie.

Freddys Augen blieben auf mir haften und wurden immer dunkler, als erfreue ihn mein Anblick nicht besonders. »Unsere Freunde werden in einer Minute bei uns sein.«

Als sich Freddy zurücklehnte, um sich eine weitere Tasse Kaffee einzugießen, hörte ich einen der Bodyguards vor dem Laden sagen: »Gehen Sie einfach rein, Mr. Rouse!«

Als Jack Rouse und Kevin Hurlihy über die Schwelle traten, weiteten sich Angies Pupillen leicht.

Jack Rouse kontrollierte Southie, Charlestown und die Gegend zwischen Savin Hill und dem Neponset River in Dorchester. Er war dünn und drahtig, und seine Augen hatten das gleiche Stahlgrau wie sein kurzes, krauses Haar. Er sah nicht unbedingt bedrohlich aus, aber dafür hatte er ja auch Kevin.

Ich kenne Kevin seit meinem sechsten Lebensjahr. Weder sein Gehirn noch irgend etwas in seinem Körper sind jemals von einer menschlichen Regung berührt worden. Er schritt durch die Tür und vermied es, Pine anzusehen oder ihn zu grüßen. Da wußte ich, daß Kevin wie Pine sein wollte. Aber Pine war die Ruhe selbst, während Kevin ein unter Strom stehendes, wandelndes Nervenbündel mit irrem Blick war, die Sorte Mann, die jeden hier einfach erschießen würde, nur weil ihm das eine gute Idee zu sein schien. Pine war angsteinflößend, weil das Töten für ihn ein Job unter vielen war. Kevin war furchterregend, weil das Töten der einzige Job war, auf den er scharf war und den er sogar umsonst erledigen würde.

Das erste, was er tat, nachdem er Freddy die Hand geschüttelt hatte, war, sich neben mich zu setzen und seine Zigarette in meine Kaffeetasse zu werfen. Dann fuhr er sich mit einer Hand durchs Kraushaar und starrte mich an.

Freddy stellte uns vor: »Jack, Kevin, ihr kennt doch Mr. Kenzie und Ms. Gennaro, oder?«

»Alte Freunde, klar«, sagte Jack, während er neben Angie Platz nahm. »Alle aus der gleichen Gegend, so wie Kevin.« Rouse schälte sich aus einer alten blauen Clubjacke und hängte sie über die Rücklehne seines Stuhls. »Ist das nicht die reine Wahrheit, Kev?«

Kevin antwortete nicht, er war zu sehr damit beschäftigt, mich anzustarren.

Fat Freddy begann: »Ich möchte, daß das hier gesittet abgeht. Rogowski sagt, ihr beiden seid in Ordnung und hättet vielleicht ein Problem, bei dem ich euch helfen könnte – nun gut. Aber ihr zwei seid aus Jacks Gegend, deshalb habe ich ihn dazugebeten. Versteht ihr, was ich meine?«

Wir nickten.

Kevin zündete sich eine neue Zigarette an und blies mir den Rauch ins Haar.

Freddy drehte seine Handflächen auf dem Tisch nach oben. »Also sind wir uns alle einig. Gut, sagen Sie mir, was Sie brauchen, Mr. Kenzie!«

»Wir wurden von einer Klientin beauftragt, die ...«

Freddy unterbrach mich: »Ist dein Kaffee in Ordnung, Jack? Genug Sahne?«

»Sehr gut, Mr. Constantine. Wirklich.«

»Eine Klientin«, wiederholte ich, »die den Eindruck hat, sie habe einen von Jacks Männern gereizt.«

»Männer?« fragte Freddy und hob die Augenbrauen. Er sah erst Jack und dann mich an. »Wir sind alles kleine Geschäftsleute, Mr. Kenzie. Wir haben Angestellte, doch deren Loyalität hört bei der Lohntüte auf.« Wieder blickte er Jack an. »Männer?« wiederholte er, und beide kicherten.

Angie seufzte.

Kevin blies mir noch mehr Qualm ins Haar.

Ich war müde, die Wirkung von Bubbas Wodka machte meinem Hirn zu schaffen, ich war wirklich nicht in der Stimmung, mit einer Gruppe Schwachköpfe der untersten Kategorie Verstecken zu spielen, die zu oft den *Paten* gesehen hatten und sich für Mitglieder der ehrenwerten Gesellschaft hielten. Doch rief ich mir ins Gedächtnis, daß zumindest Freddy ein sehr mächtiger Schwachkopf war, der schon morgen meine Milz verspeisen konnte, wenn er nur wollte.

»Mr. Constantine, einer von Mr. Rouse' . . ., nun, Geschäftspartnern, hat sich unserer Klientin gegenüber ungehalten geäußert und gewisse Drohungen ausgestoßen . . .«

»Drohungen?« fragte Freddy, »Drohungen?«

»Drohungen?« wiederholte Jack und grinste Freddy an.

»Drohungen«, bestätigte Angie. »Es sieht so aus, als hätte unsere Klientin Pech gehabt, mit der Freundin Ihres Geschäftspartners zu sprechen, die behauptete, von den kriminellen Aktivitäten ihres Freundes Kenntnis zu besitzen, darunter auch – wie soll ich mich ausdrücken?« Sie sah Freddy in die Augen. »Die Beseitigung ehemals belebter Gewebezellen?«

Er brauchte eine Minute, bis er verstand, doch dann verengten sich seine kleinen Augen, er warf den massigen Kopf in den Nacken und lachte los. Das Gelächter dröhnte gegen die Decke und hallte die Prince Street hinunter. Jack sah verwirrt aus. Kevin wirkte genervt, aber so hatte er schon immer ausgesehen.

»Pine«, japste Freddy, »hast du das gehört?«

Pine gab kein Anzeichen, daß er etwas gehört hatte. Er gab nicht mal ein Anzeichen, daß er atmete. Er saß unbeweglich da, und es war unmöglich zu sagen, ob er uns zusah oder nicht.

»Beseitigung ehemals belebter Gewebezellen!« wiederholte Freddy prustend. Er warf Jack einen Blick zu und merkte, daß der den Witz noch nicht verstanden hatte. »Scheiße, Jack, geh dir mal'n bißchen Verstand kaufen, hm?«

Jack blinzelte, Kevin beugte sich vor, und Pine drehte den Kopf leicht zu ihm herum. Freddy sah aus, als hätte er nichts davon bemerkt.

Er wischte sich die Mundwinkel mit einer Leinenserviette ab und schüttelte dann langsam den Kopf. »Wenn ich das den Typen im Club erzähle! Sie tragen vielleicht den Namen Ihres Vaters, Angela, aber Sie sind eine echte Patriso. Keine Frage.«

Jack fragte: »Patriso?«

»Ja«, entgegnete Freddy. »Das ist Mr. Patrisos Enkelin. Wußtest du das nicht?«

Wußte Jack nicht. Es schien ihn zu stören. »Gib mir eine Zigarette, Kev!« sagte er.

Kevin beugte sich über den Tisch und zündete ihm eine Zigarette an. Sein Ellenbogen befand sich ungefähr einen Zentimeter von meinem Auge entfernt.

»Mr. Constantine«, begann Angie von neuem, »unsere Klientin möchte nicht über die Sachen Buch führen, die Ihr Geschäftspartner für beseitigenswert hält.«

Freddy hob seine fleischige Hand. »Worüber reden wir hier eigentlich?«

»Unsere Klientin glaubt, sie hätte Mr. Hurlihy verärgert.«

»Was?« fragte Jack.

»Erklären!« befahl Freddy. »Sofort!«

Das taten wir, jedoch ohne Diandras Namen zu nennen.

»Also«, faßte Freddy zusammen, »Kevin vögelt irgendeine Schlampe, und die erzählt dieser Psychologin irgendeinen Schwachsinn über – verstehe ich das richtig? – über eine Leiche oder so, und Kevin regt sich etwas auf und ruft sie an und macht einen kleinen Aufstand.« Er schüttelte den Kopf. »Kevin, willst du was dazu sagen?«

Kevin sah Jack an.

»Kevin«, mahnte Freddy.

Kevin wandte den Kopf.

»Hast du eine Freundin?«

Kevins Stimme klang, als rasselten Glassplitter durch einen Motor. »Nein, Mr. Constantine.«

Freddy blickte Jack an, und beide lachten.

Kevin sah aus, als habe man ihn dabei erwischt, wie er bei einer Nonne Pornohefte kaufte.

Freddy wandte sich an uns: »Wollt ihr mich hier verarschen?« Er lachte noch lauter. »Bei allem Respekt für Kevin, aber er ist nicht unbedingt ein Freund der Frauen, wenn ihr wißt, was ich meine.«

Angie erklärte: »Mr. Constantine, bitte verstehen Sie uns, wir haben uns das nicht ausgedacht.«

Er beugte sich vor und tätschelte ihr die Hand. »Angela, das behaupte ich ja auch nicht. Aber ihr seid verarscht worden. Dieses Weibsbild behauptet, Kevin hätte sie bedroht wegen seiner *Freundin*? Ach, kommt!«

»Und dafür habe ich ein Kartenspiel sausenlassen?« rief Jack. »Für diesen Scheiß?« Er schnaubte und wollte sich erheben.

»Setz dich hin, Jack!« befahl Freddy.

Auf halber Höhe hielt Jack inne.

Freddy blickte Kevin an. »Sitz, Jack!«

Jack setzte sich.

Freddy grinste uns an. »Haben wir das Problem gelöst?«

Ich griff in die Innentasche meiner Jacke, um das Foto von Jason Warren herauszuholen. Augenblicklich schoß Kevins Hand in seine Jacke, und Jack lehnte sich im Stuhl zurück, während Pine leicht das Gewicht verlagerte. Freddy ließ meine Hand nicht aus den Augen. Ganz langsam zog ich das Foto heraus und legte es auf den Tisch.

»Das hat unsere Klientin gestern mit der Post erhalten.«

Freddy zog eine seiner schnurrbartförmigen Augenbrauen in die Höhe. »Und?«

»Und«, erklärte Angie, »wir dachten, es könnte eine

Nachricht von Kevin sein, mit der er unserer Klientin zeigen will, daß er ihre Schwächen kennt. Jetzt glauben wir das natürlich nicht mehr, wissen aber auch nicht weiter.«

Jack nickte Kevin zu, der die Hand daraufhin aus der Jacke zog.

Wenn Freddy das bemerkt haben sollte, zeigte er es nicht. Er blickte auf das Foto von Jason Warren und nippte an seinem Kaffee. »Der Junge, ist das der Sohn von eurer Klientin?«

»Meiner ist es jedenfalls nicht«, erwiderte ich.

Langsam hob Freddy den riesigen Kopf und sah mich an. »Wer bist du überhaupt, du Arschloch?« Die eben noch warmen Augen schienen nun so kalt wie Eispickel zu sein. »Sprich nie wieder in diesem Ton mit mir! Verstanden?«

Mein Mund fühlte sich plötzlich an, als hätte ich einen Wollpullover verschluckt.

Kevin unterdrückte ein Kichern.

Freddy griff in die Falten seiner Jacke, ließ mich jedoch nicht aus den Augen, während er ein in Leder gebundenes Notizbuch hervorholte. Er öffnete es, blätterte kurz darin herum, bis er die Stelle fand, die er gesucht hatte.

»Patrick Kenzie«, las er, »dreiunddreißig Jahre. Mutter und Vater verstorben. Eine Schwester, Erin Margolis, sechsunddreißig Jahre, wohnt in Seattle, Washington. Im letzten Jahr haben Sie zusammen mit Ms. Gennaro hier mit ihrem Unternehmen einen Umsatz von 48 000 Dollar gemacht. Seit sieben Jahren geschieden. Exfrau ist momentan unbekannt verzogen.« Er lächelte mich an. »Aber das bekommen wir auch noch raus, glauben Sie mir.« Er blätterte um und spitzte die wulstigen Lippen. »Letztes Jahr haben Sie unter der Zufahrt zur Schnellstraße kaltblütig einen Zuhälter erschossen.« Freddy blinzelte und tätschelte mir die Hand. »Tja, Kenzie, das ist uns bekannt. Wenn Sie noch mal einen erledigen, lassen Sie es sich eine Lehre sein: Niemals einen Zeugen leben lassen!« Dann blickte er wieder ins Notizbuch. »Wo waren wir? Ach ja. Lieblingsfarbe blau. Lieblingsbier St. Pauli Girl, Lieblingsessen mexikanisch.« Wieder blätterte er um und sah dann zu uns auf. »Wie hört sich das an?«

»Oh, Mann«, antwortete Angie, »wir sind echt beeindruckt!«

Er wandte sich ihr zu. »Angela Gennaro. Momentan getrennt lebend, Ehemann Phillip Dimassi. Vater verstorben. Mutter Antonia lebt mit zweitem Ehemann in Flagstaff, Arizona. War an der Erschießung des Zuhälters letztes Jahr beteiligt. Wohnt in einer Erdgeschoßwohnung in der Howes Street, Hintertür nicht richtig verriegelt.« Er klappte das Notizbuch zu und sah uns gutmütig an. »Wenn meine Freunde und ich solche Informationen zur Hand haben, warum sollten wir jemandem dann ein Foto schicken, verdammt noch mal?«

Ich versuchte, ruhig zu bleiben, drückte die rechte Hand auf den Oberschenkel, die Finger gruben sich ins Fleisch. Dann räusperte ich mich. »Klingt eher unwahrscheinlich.«

»Verfluchte Scheiße, es ist unwahrscheinlich!« verbesserte mich Jack Rouse.

»Wir schicken keine Fotos, Mr. Kenzie«, erklärte Freddy. »Unsere Botschaften sind ein bißchen direkter.«

Jack und Freddy starrten uns an wie zwei Menschenfresser, und Kevin Hurlihy grinste so breit, daß sich fast ein Abgrund in seinem Gesicht auftat.

Angie fragte: »Meine Hintertür ist nicht richtig verriegelt?«

Freddy zuckte mit den Achseln: »So erzählt man sich.«

Jack Rouse tippte sich mit den Fingern an seine Tweedkappe.

Angie lächelte und sah erst mich, dann Freddy an. Man mußte sie schon sehr gut kennen, um zu wissen, wie fuchsteufelswild sie war. Sie gehörte zu der Sorte Mensch, deren Bewegungen einfroren, wenn sie wütend waren. Nach ihrer steineren Haltung zu urteilen, war ich mir ziemlich sicher, daß sie den Punkt ohne Wiederkehr vor zirka fünf Minuten überschritten hatte.

»Freddy«, sprach sie ihn an und blinzelte dabei, »Sie unterstehen doch dem Imbruglia-Clan in New York. Korrekt?«

Freddy glotzte sie an.

Pine setzte sich gerade.

»Und die Imbruglias«, fuhr sie fort und beugte sich leicht vor, »unterstehen dem Moliach-Clan, die wiederum die berühmten Capos der Patrisos sind. Korrekt?«

Freddy blickte ruhig und ausdruckslos, Jacks linke Hand war irgendwo zwischen Tischkante und Kaffeetasse festgewachsen, und neben mir hörte ich Kevin tief durch die Nase atmen.

»Und Sie – verstehe ich das richtig? – schicken Männer aus, um Sicherheitsmängel in der Wohnung von Mr. Patrisos einziger Enkeltochter ausfindig zu machen? Freddy«, sagte sie und griff über den Tisch nach seiner Hand, »glauben Sie, daß Mr. Patriso dieses Vorgehen ehrenwert findet?«

Freddy versuchte es: »Angela ...«

Sie tätschelte ihm die Hand und erhob sich. »Danke, daß Sie sich Zeit genommen haben!«

Ich stand ebenfalls auf. »War mir ein Vergnügen.«

Kevins Stuhl kreischte laut über die Fliesen, als er sich mir in den Weg stellte und mich mit seinen tiefgründigen Augen anblickte.

Freddy befahl: »Setz dich hin, verdammt noch mal!«

»Hast du nicht gehört, Kevin?« fragte ich. »Setz dich hin, verdammt noch mal!«

Kevin fuhr sich über den Mund und hörte auf zu grinsen.

Aus dem Augenwinkel konnte ich erkennen, daß Pine wieder die Beine übereinanderschlug.

»Kevin!« mahnte Jack Rouse.

In Kevins Gesicht sah ich all die jahrelange Unterdrükkung in der Schule und das helle Flackern puren Wahnsinns. Ich konnte den kleinen jähzornigen Jungen erkennen, dessen Verstand in der ersten oder zweiten Klasse erstickt wurde, verkümmerte und niemals wieder zu wachsen begann. Ich sah Mord und Totschlag.

»Angela«, wiederholte Freddy, »Mr. Kenzie, bitte setzen Sie sich!«

»Kevin!« mahnte Jack Rouse noch einmal.

Kevin legte mir die Hand auf die Schulter, mit der er sich vorher das Grinsen aus dem Gesicht gewischt hatte. Was in den nächsten ein, zwei Sekunden zwischen uns vorging, während seine Hand dort lag, war weder angenehm noch erfreulich. Schließlich nickte Kevin kurz, als beantworte er eine von mir gestellte Frage und trat neben seinen Stuhl zurück.

»Angela«, versuchte es Freddy wieder, »können wir nicht ...«

»Schönen Tag noch, Freddy.« Sie ging an mir vorbei, und wir traten zusammen auf die Prince Street.

Wir gingen zu unserem Auto auf der Commercial Street, das einen Block entfernt von Diandra Warrens Wohnung geparkt war, und Angie sagte: »Ich habe noch einiges zu erledigen, ich nehme mir besser ein Taxi.«

»Wirklich?«

Sie sah mich an wie eine Frau, die gerade einen ganzen Raum voller Mafiosi vor den Kopf gestoßen hatte und nicht in der Stimmung war, sich noch mehr Scheiße anzuhören. »Was hast du vor?«

»Mit Diandra reden, nehme ich an. Mal sehen, ob ich noch was über diese Moira Kenzie herausbekomme.«

»Brauchst du mich dabei?«

»Nein.«

Sie blickte zurück in die Prince Street. »Ich glaube ihm.«

»Wem? Kevin?«

Sie nickte.

»Ich auch«, bestätigte ich. »Er hat eigentlich keinen Grund zu lügen.«

Sie sah zur Lewis Wharf herüber, auf das einsame Licht, das in Diandra Warrens Wohnung brannte. »Was bedeutet das für sie? Wenn Kevin ihr das Foto nicht geschickt hat, wer dann?«

»Keine Ahnung.«

»Tolle Detektive!«

»Wir finden es raus«, sagte ich. »Darin sind wir gut.« Ich schaute ebenfalls die Prince Street hinunter und sah zwei Männer auf uns zukommen. Der eine war klein, dünn und sehnig und trug eine Tweedkappe. Der andere war groß und dünn und kicherte wahrscheinlich, wenn er jemanden umbrachte. An der Ecke zur Commercial blieben sie neben einem goldfarbenen Diamante stehen, der genau gegenüber von uns geparkt war. Während Kevin Jack die Beifahrertür öffnete, starrte er uns böse an.

»Der Typ mag euch beide nicht besonders«, sagte eine Stimme.

Ich blickte mich um und sah Pine auf meiner Motorhaube sitzen. Mit einer schnellen Bewegung des Handgelenks warf er mir mein Portemonnaie vor die Brust.

»Nein«, bestätigte ich.

Kevin ließ den Blick nicht von uns, als er zur Fahrertür

ging. Dann stieg er ein und bog auf die Commercial, fuhr um den Waterfront Park und verschwand in der Kurve der Atlantic Avenue.

»Miss Gennaro!« Pine beugte sich vor und händigte Angie ihre Brieftasche aus.

Angie nahm sie an sich.

»Das war eine sehr gute Vorstellung eben. Bravo!«

»Vielen Dank«, erwiderte Angie.

»Würde ich aber kein zweites Mal versuchen.«

»Nein?«

»Das wäre dumm.«

Sie nickte. »Stimmt.«

»Dieser Typ«, sagte Pine und deutete auf die Stelle, wo der Diamante gestanden hatte, »wird euch einigen Kummer bereiten.«

»Kann ich nicht viel dran ändern«, warf ich ein.

Mit einer fließenden Bewegung glitt Pine von der Motorhaube, so als seien ihm linkische Gesten ein Greuel.

»Ich für meinen Teil«, hakte er nach, »wenn der mich so angeguckt hätte, der wäre nicht lebend in sein Auto gestiegen.« Er zuckte mit den Schultern. »Na ja, ist was anderes.«

Angie bemerkte: »Wir wissen, wie Kevin ist. Wir kennen ihn schon seit dem Kindergarten.«

Pine nickte. »Hättet ihn besser schon damals umgelegt.« Als er zwischen uns hindurchging, verspürte ich einen eisigen Hauch in der Herzgegend. »Gute Nacht!« Er überquerte die Commercial und ging die Prince Street hoch. Eine frische Brise wehte durch die Straßen.

Angie zitterte in ihrem Mantel. »Der Fall gefällt mir nicht, Patrick.«

»Mir auch nicht«, antwortete ich, »ganz und gar nicht.«

5

Abgesehen von der einen Lampe in der Küche, wo wir saßen, lag Diandra Warrens Loft vollkommen im Dunkeln; die Möbelstücke warfen riesige Schatten in den leeren Raum. Das Licht aus den benachbarten Gebäuden beleuchtete Diandras Fensterscheiben, drang jedoch kaum nach innen. Auf der anderen Seite des Hafens malten die Lichter von Charlestown ein gelbweißes Karomuster in den schwarzen Himmel.

Die Nacht war relativ warm, doch von Diandras Wohnung aus betrachtet wirkte sie kalt.

Diandra stellte die zweite Flasche Bier auf den massiven Holztisch vor mir. Dann setzte sie sich und hantierte nervös mit ihrem Weinglas herum.

»Du sagst, du glaubst diesen Mafiosi?« fragte Eric.

Ich nickte. Gerade hatte ich ihnen eine Viertelstunde lang von meinem Treffen mit Fat Freddy erzählt, wobei ich lediglich Angies Verbindung zu Vincent Patriso ausgelassen hatte.

Ich fragte: »Warum sollten sie lügen?«

»Das sind Verbrecher!« Eric sah mich mit aufgerissenen Augen an. »Lügen ist denen wie angeboren.«

Ich nippte an meinem Bier. »Das stimmt. Aber Verbrecher lügen normalerweise aus Angst oder um einer Sache Nachdruck zu verleihen.«

»Ja, aber ...«

»Und diese Typen, das könnt ihr mir glauben, haben keinen Grund, vor mir Angst zu haben. Für die bin ich ein Nichts. Wenn Sie, Dr. Warren, von ihnen wirklich bedroht würden, und ich würde mich in Ihrem Namen mit denen treffen, dann hätten die zu mir gesagt: Ja, und? Wir schüchtern sie ein. Und jetzt kümmer dich um deinen eigenen Kram, sonst bringen wir dich um. Schluß, Ende, aus.«

»Aber das haben sie nicht gesagt.« Sie nickte vor sich hin.

»Nein. Und wenn man dann noch bedenkt, daß Kevin einfach nicht der Typ für eine feste Freundin ist, wird es noch unwahrscheinlicher.«

»Aber ...«, begann Eric wieder.

Ich hob die Hand und blickte Diandra an. »Das hätte ich schon bei unserem ersten Treffen fragen sollen, aber ich bin nie auf die Idee gekommen, daß es auch ein Scherz gewesen sein könnte. Der Kerl, der unter dem Namen Kevin bei Ihnen anrief, hatte der irgendwie eine komische Stimme?«

»Komisch? Wieso?«

Ich schüttelte den Kopf. »Denken Sie mal nach!«

»Die Stimme war tief und rauh, glaube ich.«

»Sonst nichts?«

Sie nippte an ihrem Wein und nickte dann. »Nein.«

»Dann war es nicht Kevin.«

»Woher ...?«

»Kevin hat eine kaputte Stimme, Dr. Warren. Schon seit seiner Kindheit. Sie hört sich an, als würde sie ständig brechen, wie ein Pubertierender im Stimmbruch.«

»So eine Stimme war das nicht am Telefon.«

»Nein.«

Eric rieb sich das Gesicht. »Also: Wenn Kevin nicht angerufen hat, wer dann?«

»Und warum?« fragte Diandra.

Ich sah die beiden an und hob die Hände. »Ehrlich, ich habe keine Ahnung. Haben Sie irgendwelche Feinde?«

Diandra schüttelte den Kopf.

»Was nennst du Feinde?« fragte Eric.

»Feinde«, sagte ich, »sind Menschen, die um vier Uhr nachts anrufen und Drohungen ausstoßen oder dir Fotos von deinem Kind ohne irgendeine Erklärung schicken oder dir schlicht und einfach den Tod wünschen. Feinde halt.«

Er dachte einen Augenblick darüber nach und schüttelte dann den Kopf.

»Bist du sicher?«

Er verzog das Gesicht. »Ich habe berufliche Konkurrenten, würde ich sagen, und Kritiker, Menschen, die nicht meiner Meinung sind . . .«

»In welcher Hinsicht?«

Er lächelte ein wenig trübselig. »Patrick, du warst doch in meinen Kursen. Du weißt, daß ich mit vielen Experten auf dem Gebiet nicht übereinstimme und daß andere Leute meine Kritik kritisieren. Aber ich bezweifle, daß diese Menschen mir körperlichen Schaden zufügen möchten. Außerdem: Würden meine Feinde nicht mich verfolgen, anstatt Diandra und ihren Sohn?«

Diandra zuckte zusammen und blickte zu Boden.

Ich zuckte mit den Achseln. »Wahrscheinlich. Weiß man aber nie so genau.« Ich sah Diandra an. »Sie haben erzählt, daß Sie sich schon vor Patienten gefürchtet haben. Ist in letzter Zeit jemand aus der Haft oder aus einer geschlossenen Anstalt entlassen worden, der einen Groll gegen Sie hegen könnte?«

»Dann hätte man mich benachrichtigt.« Sie schaute mir in die Augen. In ihrem Blick lagen Unsicherheit und Angst, eine tiefsitzende, alles umfassende Angst.

»Haben Sie momentan irgendeinen Patienten, der ein Motiv und die nötigen Voraussetzungen für so etwas besäße?«

Sie dachte eine gute Minute lang darüber nach, schüttelte aber den Kopf. »Nein.«

»Ich muß mit Ihrem Exmann sprechen.«

»Mit Stan? Warum? Dafür sehe ich keinen Grund.«

»Ich muß jede mögliche Verbindung zu ihm ausschließen. Tut mir leid, wenn Sie das stört, aber es wäre dumm von mir, wenn ich's nicht täte.«

»Ich bin nicht begriffsstutzig, Mr. Kenzie, aber ich kann Ihnen versichern, daß Stan schon seit mindestens zwanzig Jahren keinerlei Verbindung mehr zu mir hat.«

»Ich muß alles über die Menschen wissen, mit denen Sie zu tun haben, Dr. Warren, besonders die, mit denen Sie eine Beziehung haben, die über den alltäglichen Umgang hinausgeht.«

»Patrick«, mahnte Eric, »komm! Was ist mit der Privatsphäre?«

Ich seufzte. »Ich scheiß auf die Privatsphäre.«

»Wie bitte?«

»Du hast mich schon verstanden, Eric!« erwiderte ich. »Ich scheiß drauf. Auf die von Dr. Warren und auf deine, tut mir leid. Du hast mich hier reingezogen, Eric, und du weißt, wie ich arbeite.«

Er blinzelte.

»Mir gefällt es nicht, wie sich diese Sache entwickelt.« Ich blickte aus der Wohnung in die Dunkelheit draußen, auf den eisigen Glanz auf den Fensterscheiben. »Es gefällt mir nicht, und ich versuche gerade, mir einige Einzelheiten zusammenzureimen, damit ich meinen Job tun und Dr. Warren und ihren Sohn beschützen kann. Um das zu können, muß ich alles über euch beide wissen. Über beide. Und wenn mir der Zugang dazu verweigert wird« – ich sah Diandra an –, »dann gibt es hier nichts mehr für mich zu tun.«

Diandra betrachtete mich ruhig.

Eric fragte: »Und du würdest eine Frau in der Not sitzenlassen? Einfach so?«

Ich ließ Diandra nicht aus den Augen. »Einfach so.«

»Sind Sie immer so gefühllos?« fragte sie.

Nur einen Sekundenbruchteil lang hatte ich das Bild einer Frau vor Augen, die auf den harten Betonboden fällt, ihr Körper durchlöchert, mein Gesicht und meine Klamotten mit ihrem Blut getränkt. Jenna Angeline – sie war tot, bevor sie an jenem Sommermorgen auf dem Boden aufschlug, und ich war nur einen Zentimeter von ihr entfernt.

Ich antwortete: »Jemand ist in meinen Armen gestorben, weil ich eine Sekunde zu spät kam. Ich möchte nicht, daß das noch mal passiert.«

An ihrem Hals war ein schwaches Zittern zu sehen. Sie hob die Hand und rieb sich die Stelle. »Also sind Sie der Meinung, daß ich mich in großer Gefahr befinde.«

Ich schüttelte den Kopf. »Ich weiß es nicht. Aber Sie wurden bedroht. Sie haben dieses Foto erhalten. Irgend jemand gibt sich größte Mühe, Ihnen das Leben schwerzumachen, und ich möchte gerne wissen, wer das ist, und dafür sorgen, daß er damit aufhört. Darum haben Sie mich engagiert. Können Sie Timpson für mich anrufen und einen Termin für morgen vereinbaren?«

Sie zuckte mit den Schultern. »Ich denke schon.«

»Gut. Ich brauche eine Beschreibung von Moira Kenzie – alles, woran Sie sich erinnern können, egal wie unbedeutend.«

Während Diandra die Augen schloß, um sich Moira

Kenzie in Erinnerung zu rufen, schlug ich mein Notizbuch auf, zog die Kappe von meinem Füller und wartete.

»Sie trug Jeans und ein rotes Flanellhemd, darunter ein schwarzes T-Shirt.« Diandra öffnete die Augen. »Sie war sehr hübsch, hatte langes, dunkelblondes Haar, ein bißchen strähnig, und sie rauchte Kette. Sie wirkte vollkommen verängstigt.«

»Größe?«

»Ungefähr eins sechzig.«

»Gewicht?«

»Ich würde sagen, um die fünfzig Kilo.«

»Welche Marke hat sie geraucht?«

Wieder schloß Diandra die Augen. »Es waren lange mit weißem Filter. Die Packung war Gold. ›Deluxe‹ irgendwas oder so.«

»Benson und Hedges Deluxe Ultra Lights?«

Sie schlug die Augen auf. »Genau.«

Ich zuckte mit den Achseln. »Die raucht meine Kollegin immer, wenn sie wieder versucht aufzuhören. Augenfarbe?«

»Grün.«

»Irgendwelche Vermutungen bezüglich der Volkszugehörigkeit?«

Sie nippte an ihrem Wein. »Wohl nordeuropäisch vor ein paar Generationen, vielleicht auch gemischt. Sie könnte irischer, englischer, auch slawischer Abstammung sein. Ihre Haut war ziemlich blaß.«

»Sonst noch etwas? Was sagte sie noch gleich, woher sie komme?«

»Belmont«, antwortete sie und guckte dabei leicht irritiert.

»Scheint Ihnen das aus irgendeinem Grund nicht einleuchtend zu sein?«

»Nun ja . . . wenn jemand aus Belmont kommt, dann geht er normalerweise auf eine bessere Schule und so weiter.«

»Stimmt.«

»Und was die Leute als erstes ablegen, wenn sie ihn je besessen haben, ist der Bostoner Akzent. Vielleicht kann man ihn noch so gerade hören . . .«

»Aber nicht so breit wie in ›Wenn du zu meiner Paaty kommst, vagiß das Bia nich‹, oder?«

»Genau.«

»Aber Moira hatte diesen Akzent?«

Diandra nickte. »Damals fiel mir das nicht auf, aber jetzt, ja, kommt es mir schon etwas komisch vor. Das war kein Akzent aus Belmont, das war Revere oder East Boston oder . . .« Sie blickte mich an.

»Oder Dorchester«, ergänzte ich.

»Ja.«

»Ein Akzent aus meiner Gegend.« Ich schloß das Notizbuch.

»Ja. Wie gehen Sie jetzt weiter vor, Mr. Kenzie?«

»Ich werde Jason überwachen. Er wurde bedroht. Er fühlt sich verfolgt, und Sie haben ein Foto von ihm erhalten.«

»Ja.«

»Ich möchte, daß Sie Ihre Aktivitäten einschränken.«

»Ich kann nicht . . .«

»Ihre Sprechstunden und Termine können Sie beibehalten«, erklärte ich, »aber machen Sie eine kleine Pause in Bryce, bis ich etwas weitergekommen bin.«

Sie nickte.

»Eric?« fragte ich.

Er sah mich an.

»Die Pistole, die du trägst: Kannst du damit umgehen?«

»Ich übe jede Woche. Ich bin ein guter Schütze.«

»Das ist ein bißchen was anderes, als auf Menschen zu schießen, Eric.«

»Ich weiß.«

»Ich möchte, daß du Dr. Warren in den nächsten Tagen nicht von der Seite weichst. Geht das?«

»Ja, sicher.«

»Wenn was passiert, dann verschwende keine Zeit damit, auf den Kopf oder das Herz des Angreifers zu zielen.«

»Sondern?«

»Pump die ganze Ladung in den Körper, Eric. Sechs Treffer sollten selbst ein Nashorn erledigen.«

Er sah enttäuscht aus, so als habe sich gerade herausgestellt, daß er die ganze Zeit umsonst im Schießclub geübt hatte. Vielleicht war er ja ein guter Schütze, doch bezweifle ich, daß sich Diandras Angreifer eine Zielscheibe auf die Stirn malen würde.

»Eric«, fragte ich. »Bringst du mich zur Tür?«

Er nickte. Wir verließen die Wohnung und gingen durch den kurzen Flur bis zum Aufzug.

»Egal wie ich meinen Job hier mache: Mit unserer Freundschaft hat das nichts zu tun. Das verstehst du doch, oder?«

Eric blickte auf seine Schuhe und nickte.

»Was für eine Beziehung hast du zu ihr?«

Er sah mich mit unbeweglichem Blick an. »Warum?«

»Keine Privatsphäre, Eric! Denk dran. Ich muß wissen, wie hoch dein Einsatz hier ist.«

Er zuckte mit den Achseln. »Wir sind Freunde.«

»Freunde, die miteinander schlafen?«

Er schüttelte den Kopf und lächelte bitter. »Manchmal, Patrick, denke ich, dir fehlen ein paar Umgangsformen.«

Ich zuckte mit den Achseln. »Ich werde nicht für meine Tischmanieren bezahlt, Eric.«

»Diandra und ich lernten uns in Brown kennen, als ich dort meinen Doktor machte und sie gerade graduiert war.«

Ich räusperte mich. »Noch mal: Seid ihr zwei intim?«

»Nein«, erklärte er. »Wir sind nur sehr gute Freunde. Wie du und Angie.«

»Du verstehst doch, warum ich davon ausgehen muß?«

Er nickte.

»Ist sie mit jemand anders intim?«

Er schüttelte den Kopf. »Sie ist ...« Er blickte hoch zur Decke, dann hinunter auf seine Füße.

»Sie ist was?«

»Sie ist sexuell inaktiv, Patrick. Das ist eine philosophische Entscheidung. Sie lebt seit mindestens zehn Jahren enthaltsam.«

»Warum?«

Sein Blick verdunkelte sich. »Ich habe es dir schon gesagt: aus freiem Willen. Es gibt Menschen, die nicht von ihrer Libido beherrscht werden, Patrick, auch wenn diese Einstellung für jemanden wie dich schwer vorstellbar ist.«

»Gut, Eric«, lenkte ich ein. »Gibt es sonst noch was, das du mir nicht erzählt hast?«

»Zum Beispiel?«

»Irgendwelche Leichen im Keller«, sagte ich. »Irgendein Grund, warum dieser Mensch Jason bedroht, um dir zu schaden?«

»Worauf spielst du an?«

»Ich spiele auf gar nichts an, Eric. Ich habe eine direkte Frage gestellt. Ja oder nein, mehr will ich nicht hören.«

»Nein.« Seine Stimme klang eisig.

»Tut mir leid, daß ich dir diese Fragen stellen muß.«

»Ach ja?« erwiderte er, drehte sich um und ging zurück in die Wohnung.

6

Es war schon fast Mitternacht, als ich Diandras Wohnung verließ; ich fuhr in Richtung Süden an der Mole entlang, die Stadt war schon still. Die Temperatur lag noch immer um die zwölf Grad, und ich ließ die Fensterscheiben meines rollenden Schrotthaufens herunter, damit die warme Brise die muffige Luft vertrieb.

Nachdem mein letzter Firmenwagen auf einer düsteren, vergessenen Straße in Roxbury einen Herzinfarkt erlitten hatte, hatte ich diesen nußbraunen Crown Victoria Baujahr 86 auf einer Polizeiauktion erstanden, von der mir mein Freund Devin, ein Polizist, erzählt hatte. Der Motor war unverwüstlich: Man konnte einen Crown Victoria von einem Wolkenkratzer stürzen – der Motor tuckerte noch, wenn der Rest des Autos schon längst in alle Himmelsrichtungen verstreut war. Für die Erneuerung der Technik gab ich eine Menge Geld aus, außerdem kaufte ich hochwertige Reifen, doch das Wageninnere ließ ich so, wie ich es vorgefunden hatte: Himmel und Sitze vergilbt von den billigen Zigarren des Vorbesitzers, aus den zerrissenen Rücksitzen hervorquellendes Schaumgummi, kaputtes Radio. Beide Hintertüren waren stark eingedrückt, so als sei der Wagen in die Zange genommen worden, und die Lackierung des Kofferraums war in Form eines gezackten Kreises abgetragen, so daß die alte Farbe zutage trat.

Das Auto war ein Ausgeburt an Häßlichkeit, so daß ich ziemlich sicher sein konnte, daß kein halbwegs vernünftiger Autoknacker darin gefaßt werden wollte.

Ich hielt vor der Ampel bei den Harbor Towers, der Motor summte munter weiter, während er pro Minute mehrere Liter Sprit verschluckte. Vor mir überquerten zwei attraktive junge Frauen die Straße. Sie sahen wie Büroangestellte aus: Beide trugen enge, aber schlichte Röcke und Blusen, darüber zerknitterte Regenmäntel. Die dunklen Strumpfhosen steckten in weißen Tennisschuhen. Ihr Gang war ein wenig unsicher, als habe sich der Bürgersteig in einen Sumpf verwandelt, und die Rothaarige lachte ein wenig zu laut.

Die Brünette sah mich an, und ich grinste das harmlose Grinsen eines Menschen, der in einer lauen, ruhigen Nacht in einer ansonsten geschäftigen Stadt einen anderen erkennt.

Sie lächelte zurück, und ihre Freundin bekam einen lauten Schluckauf, worauf die beiden zusammenstießen und laut drauflosachten.

Ich fuhr weiter und bog auf die Hauptstraße ab, über mir zog sich die dunkelgrüne Schnellstraße entlang, und ich dachte, was für ein komischer Kerl ich war, daß das Lächeln einer beschwipsten Frau mich noch immer so leicht aufheitern konnte.

Aber es war auch eine komische Welt, auf der es zu viele Menschen wie Kevin Hurlihy und Fat Freddy Constantine gab oder wie die Frau, von der ich am Morgen in der Zeitung gelesen hatte: Sie hatte ihre drei Kinder in einer von Ratten befallenen Wohnung sich selbst überlassen, während sie mit ihrem neuesten Freund eine viertägige Spritztour unternahm. Als die Beamten des Jugendamtes die

Wohnung betraten, mußten sie eins der schreienden Kinder vorsichtig von der Matratze nehmen, weil es sich wundgelegen hatte. Manchmal sollte man meinen, daß das Lächeln irgendeiner Frau in einer solchen Welt, in der ich mir Sorgen um eine Klientin machte, die aus unbekannten Gründen von Unbekannten bedroht wurde, daß ein Lächeln in einer solchen Welt keine Wirkung hatte. Hatte es aber.

Und wenn mich schon das Lächeln dieser Unbekannten aufheiterte, so gab es kaum noch Worte für das, was Grace' Lächeln bewirkte, als ich vor meinem Haus parkte und sie auf der Veranda sitzen sah. Sie trug eine dunkelgrüne Leinenjacke, die ihr vier oder fünf Nummern zu groß war, darunter ein weißes T-Shirt und die blaue OP-Hose. Normalerweise umspielten die kurzen, kastanienbraunen Locken das Gesicht, doch war sie sich während ihrer Dreißig-Stunden-Schicht offensichtlich unzählige Male durchs Haar gefahren, und ihr Gesicht war gezeichnet von zuwenig Schlaf, zuviel Kaffee und dem grellen Licht der Notaufnahme.

Und trotzdem war sie eine der schönsten Frauen, die ich je gesehen hatte.

Sie sah mir mit einem halben Lächeln auf den Lippen und einem schelmischen Blick in den blassen Augen entgegen, wie ich die Treppe emporstieg. Als ich drei Stufen von ihr entfernt war, breitete sie die Arme aus und neigte sich wie ein Schwimmer auf dem Sprungbrett nach vorne.

»Fang mich!« Sie schloß die Augen und ließ sich fallen.

Der Aufprall ihres Körpers auf meinen war so schön, daß es fast weh tat. Sie küßte mich, und ich spreizte die Beine, weil sie die Oberschenkel um meine Hüfte schlang und die Füße hinter meinem Rücken verschränkte. Ich roch ihre Haut und spürte ihre Wärme, die Wärme, die von jeder einzelnen Faser unserer Körper ausging, so als säße jedes Organ direkt unter der Haut. Grace löste sich von mir, ihre Lippen streiften mein Ohr.

»Du hast mir gefehlt«, flüsterte sie.

»War nicht zu übersehen.« Ich küßte ihren Hals. »Haben sie dich gehenlassen?«

Sie stöhnte. »Zum Schluß wurde es weniger.«

»Wartest du schon lange?«

Sie schüttelte den Kopf und biß mir zärtlich in die Schulter, bevor sie ihre Umklammerung lockerte und sich vor mich stellte, die Stirn an meine gelehnt.

»Wo ist Mae?« fragte ich.

»Zu Hause bei Annabeth. Schläft tief und fest.«

Grace wohnt mit ihrer jüngeren Schwester Annabeth zusammen, die öfter auf Mae aufpaßt.

»Hast du sie noch gesehen?«

»Ich konnte ihr gerade noch eine Gute-Nacht-Geschichte vorlesen und einen Kuß geben. Dann schlief sie wie ein Murmeltier.«

»Und was ist mit dir?« fragte ich und streichelte ihren Rücken. »Brauchst du Schlaf?«

Sie stöhnte wieder und nickte, wobei wir mit den Köpfen zusammenstießen.

»Autsch!«

Sie lachte leise. »'tschuldigung.«

»Du siehst kaputt aus.«

Sie sah mir in die Augen. »Und wie! Aber was ich noch dringender brauche als Schlaf, das bist du.« Sie küßte mich. »Und zwar ganz tief in mir. Glauben Sie, Sie können diesem Bedürfnis nachkommen, Detective?«

»Und wie ich dem nachkommen kann, Dr. Cole!«

»Davon habe ich schon gehört. Nimmst du mich jetzt mit rein, oder bieten wir den Nachbarn eine schöne Show?«

»Tja . . .«

Sie legte mir ihre Hand auf den Bauch. »Sag mir, wo es weh tut.«

»Ein bißchen tiefer«, antwortete ich.

Sobald ich die Wohnungstür hinter mir geschlossen hatte, drückte mich Grace gegen die Wand und fuhr mir mit der Zunge in den Mund. Mit der linken Hand hielt sie meinen Kopf, die rechte jedoch krabbelte wie ein kleines, hungriges Tier über meinen Körper. Hormonell bin ich normalerweise immer gut dabei, doch wenn ich nicht vor einigen Jahren mit dem Rauchen aufgehört hätte, hätte mich Grace auf die Intensivstation verfrachten können.

»Heute abend hat offenbar die Dame das Kommando.«

»Die Dame«, hauchte Grace und biß mir nicht gerade sanft in die Schulter, »ist so heiß, daß sie dringend eine Abkühlung braucht.«

»Dem kommt der Herr wiederum gerne nach«, erwiderte ich.

Sie löste sich von mir und blickte mich an, während sie die Jacke auszog und ins Wohnzimmer warf. Grace ist nicht gerade eine Ordnungsfanatikerin. Dann küßte sie mich heftig auf den Mund, wandte sich um und ging.

»Wo willst du hin?« Meine Stimme klang ein bißchen rauh.

»Duschen gehen.«

An der Badezimmertür angekommen, schälte sie sich aus dem T-Shirt. Die Straßenlaternen warfen einen schmalen Streifen Licht vom Schlafzimmer in den Flur und beleuchteten ihre kräftigen Rückenmuskeln. Sie hängte das T-Shirt über den Türknauf und sah mich wieder an, die Arme über der nackten Brust verschränkt. »Du bewegst dich nicht!« warnte sie mich.

»Ich genieße den Anblick«, entgegnete ich.

Sie fuhr sich mit den Händen durchs Haar und lehnte sich zurück, so daß sich ihr Brustkorb unter der Haut abzeichnete. Wieder sah sie mir in die Augen, als sie die Schuhe abstreifte und dann die Socken auszog. Sie strich sich mit der Hand über den Bauch und schob den Bund der Strumpfhose herunter. Dann streifte sie sie ab.

»Ist das eine Totenstarre?« fragte sie mich.

»O nein!«

Sie lehnte sich gegen den Türrahmen und hakte die Daumen in das Gummiband ihres schwarzen Slips. Als ich auf sie zukam, hob sie eine Augenbraue und grinste anzüglich.

»Ach, Detective, könnten Sie mir beim Ausziehen behilflich sein?«

Aber sicher. Darin bin ich klasse.

Als Grace und ich uns unter der Dusche liebten, fiel mir auf, daß ich bei ihr immer an Wasser dachte. Wir lernten uns in der feuchtesten Woche eines kalten und verregneten Sommers kennen, und ihre grünen Augen waren so blaß, daß sie mich an einen Winterregen erinnerten. Das erste Mal schliefen wir im Meer miteinander, unsere Körper naß vom nächtlichen Regen.

Nach dem Duschen legten wir uns ins Bett, wir waren noch ganz naß, ihr kastanienbraunes Haar hob sich dunkel von meiner Brust ab, und in meinen Ohren hallten noch die Geräusche unseres Liebesspiels wider.

Auf der Schulter hatte sie eine Narbe von der Größe einer Heftzwecke – der Preis dafür, daß sie als Kind in der Scheune ihres Onkels neben offen herumliegenden Nägeln gespielt hatte. Ich beugte mich vor und küßte sie.

»Hmmm«, schnurrte sie. »Tu das noch mal!«

Ich ließ meine Zunge über die Narbe gleiten.

Sie legte ein Bein über meins und fuhr mir mit dem Fußrücken über den Knöchel. »Kann eine Narbe eine erogene Zone sein?«

»Ich finde, alles kann eine erogene Zone sein.«

Ihre warme Hand tastete sich zu meinem Bauch vor und streichelte über das harte, gummiartige Narbengewebe in Form einer Qualle. »Was ist mit der hier?«

»An der ist nichts erogen, Grace.«

»Du weichst mir immer aus, wenn ich danach frage. Das ist ganz offensichtlich eine Brandnarbe.«

»Was bist du – eine Ärztin?«

Sie kicherte. »Angeblich ja.« Sie fuhr mit der Hand zwischen meinen Oberschenkeln hoch. »Sagen Sie mir, wo's weh tut, Detective.«

Ich versuchte zu lächeln, aber es gelang mir nicht richtig.

Sie stützte sich auf den Ellenbogen und sah mich lange an. »Du mußt es mir nicht sagen«, flüsterte sie sanft.

Ich hob die linke Hand und schob ihr mit dem Handrücken eine Haarsträhne aus der Stirn, ließ die Finger dann langsam an ihrem Gesicht heruntergleiten, an ihrem weichen, warmen Hals entlang, dann um die kleine, feste Rundung der rechten Brust. Als ich die Hand drehte, streifte ich mit der Handfläche die Brustwarze, dann fuhr ich wieder hoch zu ihrem Gesicht und zog Grace auf mich. Einen Augenblick lang hielt ich sie so fest, daß ich unsere Herzen so laut klopfen hörte, als falle Hagel in einen Wassereimer.

»Mein Vater«, begann ich, »hat mich mit einem Bügeleisen verbrannt, um mir eine Lektion zu erteilen.«

»Was für eine Lektion?« fragte sie.

»Nicht mit dem Feuer zu spielen.«

»Was?«

Ich zuckte mit den Achseln. »Vielleicht nur, um seine

Macht zu beweisen. Er war der Vater, ich der Sohn. Er wollte mich verbrennen, also hat er's getan.«

Sie hob den Kopf, und ihre Augen füllten sich mit Tränen. Dann grub sie die Finger in mein Haar, suchte mit ihren großen, geröteten Augen meinen Blick. Ihr Kuß war hart und heftig, so als wolle sie den Schmerz aus mir heraussaugen.

Als sie mich freigab, war ihr Gesicht naß.

»Er ist tot, oder?«

»Mein Vater?«

Sie nickte.

»O ja. Er ist tot, Grace.«

»Gut«, antwortete sie.

Als wir uns einige Minuten später wieder liebten, war es eins der schönsten und verwirrendsten Erlebnisse in meinem ganzen Leben. Wir hielten die Handflächen gegeneinandergepreßt, die Unterarme ebenfalls, mein ganzer Körper, jeder Muskel, jeder Knochen wurde von ihrem Körper bedeckt. Dann zog sie die Knie hoch zu meinen Hüften und nahm mich in sich auf. Sie schob die Beine seitlich an mir herunter und klemmte die Fersen unter meine Knie, so daß ich ganz und gar eingewickelt war, als sei mein Fleisch mit ihrem verschmolzen, als hätte sich unser beider Blut vereint.

Sie schrie laut auf, und ich spürte den Schrei, als entstammte er meinen eigenen Stimmbändern.

»Grace«, flüsterte ich, als ich in sie eindrang. »Grace.«

Kurz vor dem Einschlafen flüsterte sie mir etwas ins Ohr.

»Nacht«, sagte sie schläfrig.

»Nacht.«

Heiß und elektrisierend fuhr sie mir mit der Zunge ins Ohr.

»Ich liebe dich«, murmelte sie.

Als ich die Augen aufschlug, um sie anzusehen, schlief sie bereits.

Um sechs Uhr morgens wachte ich von dem Geräusch der Dusche auf. Das Bettlaken roch nach ihrem Parfüm und ihrem Körper, ein bißchen nach dem Desinfektionsmittel aus dem Krankenhaus, nach unserem Schweiß und nach Sex. Das alles schien sich im Stoff verewigt zu haben, so als befände es sich dort schon seit langer Zeit.

Ich ging ins Badezimmer. Sie lehnte sich gegen mich, während sie sich das Haar kämmte.

Ich griff unter das Handtuch, Wasserperlen von ihren Unterschenkeln liefen an meiner Hand herunter.

»Mach dir keine Hoffnung!« Sie küßte mich. »Ich muß zu meiner Tochter und dann ins Krankenhaus. Nach der Nacht bin ich froh, daß ich noch gehen kann. Los, fang an mit dem Aufräumen!«

Ich duschte alleine, während sie in der Kommode, die ich ihr überlassen hatte, nach sauberen Kleidungsstücken suchte. Ich merkte, daß ich auf das übliche Gefühl von Unbehagen wartete, das mich immer beschleicht, wenn eine Frau mehr als, sagen wir, eine Stunde in meinem Bett verbracht hat. Aber es kam nicht.

»Ich liebe dich«, hatte sie kurz vor dem Einschlafen gemurmelt.

Komisch.

Als ich ins Schlafzimmer zurückkehrte, zog sie gerade die Betten ab; sie trug eine schwarze Jeans und ein dunkelblaues Oxfordhemd.

Ich stellte mich hinter sie, während sie sich über die Kopfkissen beugte.

»Wenn du mich anfaßt, Patrick, bist du tot!«

Ich legte die Hände auf den Rücken.

Als sie sich mit dem Bettzeug in der Hand umdrehte, lächelte sie und fragte: »Wäsche waschen – kommt dir das bekannt vor?«

»Schon mal gehört.«

Sie warf alles auf einen Haufen in der Ecke. »Kann ich davon ausgehen, daß du das Bett frisch beziehst, oder schlafen wir das nächste Mal, wenn ich hier bin, auf der nackten Matratze?«

»Ich werde mein Bestes tun, Madam.«

Sie schlang mir die Arme um den Hals und küßte mich. Dann zog sie mich fest an sich, und ich drückte sie genauso fest.

»Es hat jemand angerufen, als du geduscht hast.« Sie lehnte sich in meinen Armen zurück.

»Wer? Es ist noch nicht mal sieben Uhr morgens.«

»Das habe ich auch gedacht. Er hat seinen Namen aber nicht genannt.«

»Was hat er denn gesagt?«

»Er wußte, wie ich heiße.«

»Was?« Ich löste die Hände von ihrer Taille.

»Es war ein Ire. Ich dachte, es sei ein Onkel von dir oder so.«

Ich schüttelte den Kopf. »Ich rede nicht mit meinen Onkeln.«

»Warum nicht?«

»Weil sie die Brüder meines Vaters sind und nicht viel besser als er.«

»Oh.«

»Grace«, ich griff nach ihrer Hand und zog sie neben mich aufs Bett, »was hat dieser irische Kerl gesagt?«

»Er sagte: Sie müssen die wunderbare Grace sein. Nett, Sie kennenzulernen.« Sie sah kurz auf den Stapel mit der Bettwäsche. »Als ich ihm sagte, daß du unter der Dusche bist, meinte er: Na, dann sagen Sie ihm einfach, daß ich angerufen habe und demnächst mal vorbeikomme, dann hat er einfach aufgelegt, bevor ich nach seinem Namen fragen konnte.«

»Das war alles?«

Sie nickte. »Warum?«

Ich zuckte mit den Achseln. »Ich weiß nicht. Ich werde nicht oft vor sieben Uhr morgens angerufen, und wenn doch, nennen die Leute meistens ihren Namen.«

»Patrick, wer von deinen Freunden weiß, daß wir zusammen sind?«

»Angie, Devin, Richie und Sherilynn, Oscar und Bubba.«

»Bubba?«

»Du kennst ihn. Dieser große Typ, der immer einen Trenchcoat trägt ...«

»Dieser Furchtbare«, schnitt sie mir das Wort ab. »Der so aussieht, als würde er eines Tages, mir nichts, dir nichts, in den Supermarkt gehen und alle umbringen, nur weil die Softeis-Maschine nicht funktioniert.«

»Genau der. Den hast du kennengelernt ...«

»Auf dieser Party letzten Monat. Ich erinnere mich.« Sie schüttelte sich.

»Er ist harmlos.«

»Für dich vielleicht«, gab sie zurück. »Mein Gott.«

Ich drehte ihr Gesicht zu mir. »Nicht nur für mich, Grace. Für jeden, der mir etwas bedeutet. Bubba ist in dieser Hinsicht seltsamerweise loyal.«

Mit den Händen fuhr sie mir durch das nasse Haar an den Schläfen. »Aber er ist verrückt. Leute wie Bubba liefern den Nachschub für die Notaufnahme.«

»Stimmt.«

»Deshalb will ich ihn nie in der Nähe von meiner Tochter sehen. Verstanden?«

Eltern haben so einen bestimmten Blick in den Augen, wenn sie ihre Kinder meinen schützen zu müssen, es ist der Blick eines Tieres, der spürbar nichts Gutes verheißt. Man sieht ihm an, daß mit ihm nicht zu spaßen ist, und er kennt kein Erbarmen, obwohl er aus tiefer Liebe entspringt.

So sah mich Grace an.

»In Ordnung«, lenkte ich ein.

Sie gab mir einen Kuß auf die Stirn. »Trotzdem wissen wir immer noch nicht, wer dieser irische Typ war.«

»Nee. Hat er sonst was gesagt?«

»Bald«, erwiderte sie im Aufstehen. »Wo habe ich meine Jacke gelassen?«

»Im Wohnzimmer«, antwortete ich. »Was meinst du mit ›bald‹?«

Auf dem Weg zur Tür hielt sie kurz inne und blickte zu mir zurück. »Als er meinte, er käme demnächst mal vorbei. Er legte eine kurze Pause ein, und dann sagte er: ›Bald‹.«

Sie ging aus dem Schlafzimmer, und ich hörte eine lose Diele knarren, als sie durchs Wohnzimmer ging.

Bald.

7

Kurz nachdem Grace gegangen war, rief Diandra an. Stan Timpson würde mir um elf Uhr fünf Minuten am Telefon gewähren.

»Ganze fünf Minuten«, staunte ich.

»Für Stans Verhältnisse ist das großzügig. Ich habe ihm Ihre Nummer gegeben. Er wird sich um Punkt elf bei Ihnen melden. Stanley ist pünktlich.«

Dann diktierte sie mir Jasons Stundenplan und gab mir die Nummer seines Zimmers im Studentenwohnheim auf dem Campus. Ich schrieb alles auf, während ihre Stimme vor Angst klein und brüchig wurde. Kurz vor dem Auflegen bemerkte sie: »Ich bin so nervös. Ich hasse das.«

»Machen Sie sich keine Sorgen, Dr. Warren! Das klärt sich schon alles auf.«

»Wirklich?«

Ich rief Angie an, die sich schon nach dem zweiten Klingeln meldete. Bevor ich ihre Stimme vernahm, war ein Rascheln zu hören, als würde das Telefon von einer Hand zur nächsten weitergereicht, dann flüsterte sie: »Ja, ich hab's!«

Ihre schläfrige Stimme klang rauh und schleppend. »Ja?«

»Morgen!«

»Aha«, stöhnte sie, »du bist es.« Dann war wieder ein

Rascheln zu hören, das Entwirren von Bettzeug, das Ächzen einer Bettfeder. »Was ist, Patrick?«

Ich faßte meine Unterhaltung mit Diandra und Eric zusammen.

»Also war es auf gar keinen Fall Kevin, der Sie angerufen hat.« Sie sprach immer noch sehr langsam. »Das ergibt doch keinen Sinn!«

»Nee. Hast du einen Stift?«

»Irgendwo schon. Ich suche eben einen.«

Noch mehr Geraschel. Ich wußte, daß sie das Telefon hatte aufs Bett fallen lassen, während sie nach dem Stift suchte. Angies Küche ist keimfrei, weil sie sie noch nie benutzt hat; auch ihr Badezimmer glänzt, weil sie Schmutz verabscheut, doch ihr Schlafzimmer sieht immer aus, als habe sie inmitten eines Wirbelsturms einen riesigen Koffer ausgepackt. Aus geöffneten Schubladen quellen Socken und Unterwäsche hervor, saubere Jeans, Hemden und Leggings liegen auf dem Fußboden verstreut oder hängen an Türgriffen oder am Kopfende des Bettes. Solang ich sie kenne, hat sie tagsüber noch nie das getragen, was sie morgens als erstes in der Hand hielt. In all dem Durcheinander lugen Bücher und Zeitschriften mit geknickten Seiten oder zerrissenem Rücken hervor.

In Angies Schlafzimmer sind schon ganze Fahrräder verlorengegangen – und jetzt suchte sie nach einem Stift.

Nachdem mehrere Schubladen aufgezogen, Kleingeld, Feuerzeuge und Ohrringe auf den Nachtschränken hin- und hergeschoben worden waren, sagte eine Stimme: »Was suchst du?«

»Einen Stift.«

»Hier!"

Sie kam wieder ans Telefon. »Hab einen Stift.«

»Papier?« fragte ich.

»Oh, Scheiße.«

Das nahm eine weitere Minute in Anspruch.

»Schieß los!«

Ich gab ihr Jason Warrens Stundenplan und Zimmernummer. Sie sollte ihn beobachten, während ich auf Stan Timpsons Anruf wartete.

»In Ordnung«, meldete sie. »Scheiße, ich muß in die Gänge kommen.«

Ich warf einen Blick auf die Uhr. »Sein erstes Seminar fängt doch erst um halb elf an. Du hast Zeit.«

»Nee. Hab noch einen Termin um halb zehn.«

»Bei wem?«

Sie atmete nun etwas schwerer, ich nahm an, sie schlüpfte in ihre Jeans. »Bei meinem Anwalt. Wir sehen uns dann in Bryce.«

Sie legte auf, und ich blickte nach unten auf die Straße. Sie glich einem Canyon, so klar war die Luft. Wie ein gefrorener Fluß setzte sich der Asphalt deutlich von den zweistöckigen Häusern aus Backstein ab. Die Windschutzscheiben der Autos waren von der Sonne ausgebleicht und versengt.

Beim Anwalt? In den letzten drei berauschenden Monaten mit Grace war mir manchmal mit großem Erstaunen eingefallen, daß meine Kollegin da draußen ihr eigenes Leben führte. Das mit meinem nichts zu tun hate. Ein Leben mit Rechtsanwälten, kurzen Affären, Minidramen und Männern, die ihr morgens um halb neun im Schlafzimmer einen Stift reichten.

Wer war dieser Anwalt? Und wer war der Typ, der ihr den Stift gegeben hatte? Und warum interessierte mich das überhaupt?

Und was, zum Teufel, hieß »bald«?

Ich mußte ungefähr eineinhalb Stunden totschlagen, bis Timpson anrufen würde. Nachdem ich meine Übungen absolviert hatte, blieb immer noch mehr als eine Stunde übrig. Ich suchte in meinem Kühlschrank nach etwas anderem als Bier oder Wasser, fand aber nichts, so daß ich auf einen Kaffee zum Laden um die Ecke ging.

Ich nahm die Tasse mit auf die Straße und lehnte mich für einen Moment gegen eine Straßenlaterne, genoß den Tag und schlürfte meinen Kaffee, während der Verkehr an mir vorbeirollte und Fußgänger zur U-Bahn-Haltestelle am Ende der Crescent Street eilten.

Hinter mir konnte ich den Gestank von abgestandenem Bier und ins Holz eingezogenem Whiskey riechen, der aus der Black Emerald Tavern herüberwehte. Der Emerald öffnete morgens um acht für die Heimkehrer aus der zweiten Nachtschicht, und jetzt, um kurz vor zehn, klang es dort schon genauso wie Freitag abends; man hörte ein Durcheinander von genuschelten, trägen Stimmen, das hin und wieder von einem Grölen oder dem kurzen Klacken eines Billardqueues unterbrochen wurde.

»Hallo, Fremder!«

Ich drehte mich um und blickte in das Gesicht einer zierlichen Frau mit einem vagen, verschwommenen Gesicht. Mit der Hand schirmte sie die Augen vor der Sonne ab. Ich brauchte eine ganze Minute, um sie zu erkennen, denn sie trug andere Kleidung als sonst und einen anderen Haarschnitt, und selbst ihre Stimme war tiefer geworden, seit ich sie zum letzten Mal gesehen hatte. Doch noch immer klang ihre Stimme leicht und vergänglich, so als verfliege sie mit dem Wind, bevor man sich die Worte einprägen konnte.

»Hi, Kara! Seit wann bist du denn wieder hier?«

Sie zuckte die Achseln. »Schon 'ne ganze Zeit. Wie geht's dir, Patrick?«

»Gut.«

Kara wippte vor und zurück und verdrehte die Augen, ihr Lächeln umspielte sanft die linke Gesichtshälfte – sofort war sie mir wieder vertraut.

Sie war ein Kind mit sonnigem Gemüt, aber eine Einzelgängerin. Während die anderen Ball spielten, schrieb oder malte sie in ihr Notizbuch. Als sie älter wurde und die Ecke, von der aus man den Blake Yard überblicken konnte, zu ihrem Platz auserkoren hatte, als ihre Altersgruppe den Platz einnahm, den meine Kameraden zehn Jahre zuvor verlassen hatten, sah man sie abseits an einen Zaun oder Verandapfeiler gelehnt sitzen, einen Fruchtwein trinken und auf die Straße gucken, als käme sie ihr plötzlich fremd vor. Sie war eine Außenseiterin und als seltsam verschrien, weil sie schön war, mindestens doppelt so schön wie die anderen Mädchen, und Schönheit galt in dieser Gegend mehr als jedes andere Gut, weil sie noch stärker vom Zufall abhängig war als ein Lottogewinn.

Schon als sie laufen lernte, wußte jeder, daß sie niemals hierbleiben würde. Die Schönen waren nicht zu halten, ihnen stand der Abschied im Gesicht geschrieben. Wenn man mit ihr sprach, war immer ein Teil von ihr in Bewegung, der Kopf, die Arme oder die zappelnden Beine, so als ließe dieses Körperteil den Gesprächspartner und alle anderen bereits hinter sich und bewege sich auf den Ort zu, den sie in der Ferne wähnte.

Wenn sie unter ihren Freunden auch eine Ausnahme war, so tauchte doch alle fünf Jahre eine wie Kara auf. Zu meiner Zeit war das Angie gewesen. Und soweit ich weiß, ist sie die einzige, die die seltsam verdrehte Logik dieses Ortes durchbrach und blieb.

Vor Angie war es Eileen Mack, die noch im Universitätstalar in den Zug stieg und einige Jahre später in *Starsky und Hutch* zu sehen war. Innerhalb von sechsundzwanzig Minuten lernte sie Starsky kennen, schlief mit ihm, erwarb sich die Anerkennung von Hutch (obwohl das eine Weile ganz und gar nicht so schien) und nahm Starskys gestotterten Heiratsantrag an. Nach der nächsten Werbepause war sie bereits tot, und Starsky tobte herum, fand ihren Mörder und erschoß ihn mit einem wilden, selbstgerechten Gesichtsausdruck. Die Folge endete damit, daß er im Regen vor ihrem Grab stand, und wir Zuschauer wußten, daß er nie darüber hinwegkommen würde.

In der nächsten Folge hatte er eine neue Freundin, und Eileen ward nie wieder gesehen, weder von Starsky noch von Hutch oder irgend jemand aus unserer Gegend.

Kara ging nach einem Jahr an der Universität von Massachusetts nach New York – das war das letzte, was ich von ihr gehört hatte. Angie und ich hatten sie sogar in den Bus steigen sehen, als wir eines Nachmittags aus dem Pub kamen. Es war Hochsommer, und Kara stand auf der anderen Straßenseite an der Bushaltestelle. Ihre natürliche Haarfarbe war weizenblond, die dünnen Strähnen wehten ihr in die Augen, während sie den Träger ihres hellen Strandkleides zurechtrückte. Sie winkte uns zu, und wir winkten zurück. Als dann der Bus hielt, griff sie nach ihrem Koffer, stieg ein und war wie vom Erdboden verschluckt.

Jetzt war ihr Haar blauschwarz gefärbt, kurz geschnitten und stand vom Kopf ab. Ihre Haut war kreidebleich. Sie trug ein ärmelloses schwarzes Oberteil mit Rollkragen, das sie in eine bemalte schwarze Jeans gestopft hatte. Jeden ihrer Sätze beendete sie mit einem nervösen, halb keuchenden Laut, der wie ein Schluckauf klang.

»Schöner Tag, hm?«

»Ja, wirklich. Letztes Jahr hatten wir im Oktober schon Schnee.«

»In New York auch.« Sie kicherte, nickte sich zu und blickte auf ihre abgelaufenen Stiefel hinunter. »Hm. Ja.«

Ich nahm einen Schluck Kaffee. »Wie geht's dir, Kara?«

Sie legte wieder die Hand über die Augen und sah sich den durch die Straße kriechenden morgendlichen Berufsverkehr an. Grelles Sonnenlicht wurde von den Windschutzscheiben zurückgeworfen und blitzte durch ihr stacheliges Haar. »Mir geht's gut, Patrick. Wirklich gut. Und was ist mit dir?«

»Kann nicht klagen.« Ich blickte nun auch die Straße hinunter, und als ich mich ihr wieder zuwandte, betrachtete sie aufmerksam mein Gesicht, als denke sie gerade darüber nach, ob sie es anziehend oder abstoßend fände.

Sie schwankte leicht hin und her, eine fast nicht wahrnehmbare Bewegung, und durch die offene Tür des Black Emerald hörte ich zwei Männer etwas von fünf Dollar und einem Baseballspiel rufen.

Sie fragte: »Immer noch Detektiv?«

»Aham.«

»Ist es in Ordnung?«

»Manchmal schon«, erwiderte ich.

»Meine Mom hat letztes Jahr in einem Brief was von dir geschrieben; daß du in allen Zeitungen warst. Riesensache damals.«

Es überraschte mich, daß Karas Mutter in der Lage war, das Scotchglas so lange zur Seite zu stellen, um eine Zeitung zu lesen, ganz zu schweigen davon, ihrer Tochter einen Brief über dieses Erfolgserlebnis zu schreiben.

»Gab sonst nicht viel zu schreiben.«

Sie warf einen Blick zur Bar hinüber und fuhr sich dann mit dem Finger über das Ohr, als streiche sie eine nicht vorhandene Haarsträhne nach hinten. »Wieviel nimmst du?«

»Hängt vom Fall ab. Brauchst du einen Detektiv, Kara?«

Einen Moment lang wirkten ihre Lippen schmal und einsam, so als hätte sie beim Küssen die Augen geschlossen und danach wieder geöffnet, aber der Geliebte war verschwunden. »Nein.« Sie lachte und gluckste dann wieder. »Ich ziehe bald nach L. A. Hab eine Rolle in *Zeit der Sehnsucht.*«

»Echt? Hey, Glückwunsch ...«

»Nur als Statistin«, schüttelte sie den Kopf. »Ich bin die Krankenschwester, die immer mit den Papieren herumfuchtelt hinter der Schwester, die an der Anmeldung steht.«

»Na ja«, lenkte ich ein, »ist ein Anfang.«

Ein Mann streckte den Kopf aus der Bar, sah nach rechts, dann nach links und erkannte uns schließlich mit verschwommenen Augen. Es war Micky Doog, nebenberuflich Bauarbeiter, hauptberuflich Koksdealer, früher der Herzensbrecher in Karas Clique, der trotz zurückweichendem Haaransatz und schwindenden Muskeln immer noch versuchte, jugendlich zu wirken. Als er mich sah, blinzelte er, dann zog er den Kopf wieder zurück.

Karas Nacken spannte sich an, als hätte sie Micky hinter sich gespürt. Dann beugte sie sich mir entgegen, und ich spürte den scharfen Geruch von Rum aus ihrem Mund, und das um zehn Uhr morgens.

»Ganz schön verrückt, was?« Ihre Pupillen blitzten wie Rasierklingen.

»Hm ... ja«, bestätigte ich. »Brauchst du Hilfe, Kara?«

Wieder lachte sie und gluckste.

»Nein, nein. Nein, ich wollte dir nur hallo sagen, Patrick. Du warst für unsere Clique so was wie der große Bruder.« Sie wies mit dem Kopf in Richtung Bar, so daß ich sah, wohin es ihre »Clique« heute morgen verschlagen hatte. »Ich wollte nur, du weißt schon, dir einfach hallo sagen.«

Ich nickte und sah, daß ihr kleine Schauer über die Haut an ihren Armen liefen. Sie beobachtete weiter mein Gesicht, als könne sie darin etwas lesen, wandte den Blick dann enttäuscht ab, nur um mich eine Sekunde später wieder anzusehen. Ich mußte an ein armes Kind denken, das zusammen mit anderen, reichen Kindern vor einem Eiswagen steht. Es war so, als sähe sie zu, wie die Eistüten und Schokoladeneclairs über ihren Kopf hinweg den Besitzer wechselten, und ein Teil von ihr wüßte, daß sie nichts bekommen würde, der andere Teil aber immer noch hoffte, der Eismann könnte ihr irrtümlich oder aus Mitleid doch etwas geben. Sie litt, weil sie sich schämte, etwas zu begehren.

Ich zog meine Brieftasche hervor und entnahm ihr eine Visitenkarte.

Sie runzelte die Stirn und sah mich an. Dann lächelte sie sarkastisch, es wirkte ein bißchen häßlich.

»Mir geht's gut, Patrick.«

»Du bist um zehn Uhr morgens schon halb voll, Kara!«

Sie zuckte die Achseln. »Irgendwo ist es schon Mittag.«

»Hier aber noch nicht.«

Micky Doog steckte wieder den Kopf aus der Tür. Er blickte mich direkt an, jetzt waren seine Augen nicht mehr so verschwommen, sondern waren durch eine Prise Koks, oder was immer er momentan verkaufte, mutig geworden.

»Hey Kara, kommst du wieder rein?«

Sie machte eine kleine Bewegung mit den Schultern, meine Visitenkarte in ihrer Hand wurde feucht. »Bin sofort wieder da, Mick.«

Mickey schien noch mehr sagen zu wollen, trommelte jedoch gegen die Tür, nickte und verschwand.

Kara blickte die Straße hinunter und starrte lange die Autos an.

»Wenn man irgendwo weggeht«, stellte sie fest, »glaubt man, daß alles kleiner aussieht, wenn man zurückkommt.« Sie schüttelte den Kopf und seufzte.

»Tut es nicht?«

Wieder schüttelte sie den Kopf. »Sieht genauso beschissen aus wie zuvor.«

Sie ging ein paar Schritte rückwärts und tippte sich mit meiner Karte auf die Hüfte. Als sie mich wieder ansah, hatte sie große Augen. »Alles Gute, Patrick!«

»Dir auch, Kara.«

Sie hielt meine Karte hoch. »Hey, jetzt wo ich die hier habe, hm?«

Sie schob die Karte in die Gesäßtasche ihrer Jeans und wandte sich der offenen Tür des Black Emerald zu. Dann hielt sie inne, drehte sich um und lächelte mir zu. Es war ein breites, hübsches Lächeln, doch schien ihr Gesicht nicht daran gewöhnt zu sein: Die Wangen zitterten angestrengt.

»Paß auf, Patrick, ja?«

»Worauf?«

»Auf alles, Patrick. Auf alles.«

Ich warf ihr einen verständnislosen Blick zu, und sie nickte mir zu, so als teilten wir ein Geheimnis, dann ging sie in die Bar und war verschwunden.

8

Schon bevor mein Vater sich für den Stadtrat aufstellen ließ, hatte er sich in der Lokalpolitik engagiert. Er tat seine Meinung auf Protestschildern kund und ging von Haus zu Haus, und alle Chevys, die wir in meiner Kindheit und Jugend besessen hatten, trugen immer unzählige Aufkleber auf der Stoßstange, die von der Parteizugehörigkeit meines Vaters kündeten. Für ihn hatte Politik nichts mit gesellschaftlichem Wandel zu tun, auch war es ihm scheißegal, was die meisten Politiker öffentlich versprachen. Was ihn interessierte, waren Beziehungen. Die Politik war das letzte richtige Baumhaus im Leben, und wenn man darin mit den besten Kindern aus der Gegend saß, konnte man die Leiter einziehen, und die anderen waren die Dummen.

Mein Vater hatte Stan Timpson unterstützt, als dieser noch neu in der Staatsanwaltschaft war und frisch von der Uni für den Stadtrat kandidierte. Schließlich kam Timpson aus unserem Stadtteil, er war der kommende Mann, und wenn alles nach Plan verlief, würde er bald derjenige sein, den man anrufen mußte, wenn eine Straße gesperrt, lärmende Nachbarn verwarnt oder der Cousin auf die Gehaltsliste der Gewerkschaften gesetzt werden sollte.

Aus meiner Kindheit habe ich nur vage Erinnerungen an Timpson, doch konnte ich nicht sagen, inwiefern meine eigenen Erinnerungen von dem Bild Timpsons beeinflußt worden waren, das mir im Fernsehen geboten wurde. Als ich dann seine Stimme gefiltert durch meinen Hörer vernahm, klang sie seltsam körperlos, als sei sie vorher aufgezeichnet worden.

»Pat Kenzie?« fragte er freundlich.

»Patrick, Mr. Timpson.«

»Wie geht's dir, Patrick?«

»Ganz gut, Sir. Und Ihnen?«

»Bestens, wirklich. Könnte nicht besser sein.« Er lachte warmherzig wie über einen gemeinsamen Scherz, der mir leider entgangen war. »Diandra sagte, du wolltest mir ein paar Fragen stellen?«

»Ja, das stimmt.«

»Na, dann schieß mal los, mein Junge.«

Timpson war vielleicht zehn oder zwölf Jahre älter als ich. Keine Ahnung, wieso ich da sein Junge sein konnte.

»Hat Diandra Ihnen von dem Foto von Jason erzählt, das ihr zugeschickt wurde?«

»Klar hat sie das, Patrick. Und ich muß dir sagen, es kommt mir etwas komisch vor.«

»Also, tja . . .«

»Ich persönlich glaube, da spielt ihr jemand einen Streich.«

»Ganz schön aufwendiger Streich.«

»Sie sagte, die Mafia-Connection hättest du verworfen?«

»Momentan ja.«

»Tja, ich weiß nicht, was ich dir erzählen soll, Pat.«

»Arbeitet die Staatsanwaltschaft vielleicht an einem Fall, Sir, der jemand veranlaßt haben könnte, Ihre Exfrau und Ihren Sohn zu bedrohen?«

»Das ist doch nur in Filmen so, Pat.«

»Patrick.«

»Ich meine, vielleicht führt man in Bogotá private Rachefeldzüge gegen Staatsanwälte. Aber in Boston? Ach komm, mein Junge, mehr fällt dir nicht ein?« Noch ein herzlicher Lacher.

»Sir, das Leben Ihres Sohnes ist vielleicht in Gefahr und ...«

»Dann schütze ihn, Pat.«

»Das versuche ich ja, Sir. Aber das kann ich nicht, wenn ...«

»Weißt du, was ich von der ganzen Sache halte? Ich sag's dir: Das ist einer von Diandras Verrückten. Hat vergessen, seine Tabletten zu nehmen, und möchte ihr jetzt richtig Angst einjagen. Geh einfach mal ihre Patientenliste durch, mein Junge! Das ist mein Vorschlag.«

»Sir, wenn Sie mir nur ...«

»Pat, hör mir mal zu! Ich bin jetzt schon seit fast zwanzig Jahren nicht mehr mit Diandra verheiratet. Als sie gestern abend anrief, war das das erste Mal nach sechs Jahren. Keiner weiß, daß wir mal verheiratet waren. Keiner weiß von Jason. Beim letzten Wahlkampf, kannst du mir glauben, haben wir damit gerechnet, daß die Sache hochkommt: daß ich meine erste Frau samt kleinem Sohn verlassen und mich in der ganzen Zeit nicht groß um sie gekümmert habe. Und was glaubst du, Pat? Niemand kam damit an. Ein schmutziger Wahlkampf in einer schmutzigen Stadt, doch keiner kam damit an. Keiner weiß, daß zwischen mir und Diandra und Jason eine Verbindung besteht.«

»Was ist mit ...«

»War schön, mit dir zu sprechen, Pat. Sag deinem Vater, Stan Timpson läßt ihn grüßen! Fehlt mir, der alte Junge. Wo treibt er sich denn im Moment herum?«

»Auf dem Cedar Grove Friedhof.«

»Ach, hat er einen Job als Friedhofswächter angenommen? Gut, ich muß Schluß machen. Alles Gute, Pat.«

»Dieser Junge«, stöhnte Angie, »vögelt noch schlimmer herum als du zu deinen besten Zeiten.«

»Hey!« mahnte ich.

Den vierten Tag lang beobachteten wir nun Jason Warren, und langsam kam es uns vor, als verfolgten wir den jungen Rudolph Valentino. Diandra hatte darauf bestanden, daß Jason nicht wissen sollte, daß er beobachtet wurde, und hatte sich dabei auf die Abneigung von jungen Männern berufen, das eigene Leben von jemand anderem kontrollieren oder beeinflussen zu lassen, sowie auf Jansons ›ausgeprägtes Bedürfnis nach Privatsphäre‹, wie sie sich ausdrückte.

Mir wäre meine Privatsphäre auch wichtig, wenn ich auf drei Frauen in drei Tagen käme.

»Ein Hattrick«, bemerkte ich.

»Was?« fragte Angie.

»Am Mittwoch hat der Junge einen Hattrick geschossen. Damit kommt er in die Hall of Fame für Superrammler.«

»Männer sind Schweine!«

»Das stimmt«, bestätigte ich.

»Dann grins nicht so dreckig!«

Wenn Jason glaubte, ihm schleiche jemand hinterher, so war das mit größter Wahrscheinlichkeit eine gekränkte Geliebte, eine junge Frau, der es nicht sonderlich gefiel, eine von vielen oder Nummer zwei von dreien zu sein. Aber wir hatten ihn nun fast nonstop über achtzig Stunden beobachtet und niemand anders auf seiner Fährte gesehen. Auch war er nicht schwer zu finden. Tagsüber ging Jason in seine Seminare, verabredete sich danach zu einem Schäferstündchen in seiner Studentenbude (das schien er mit seinem

Zimmerkollegen, einem Drogenfreak aus Oregon, abgesprochen zu haben, der jeden Abend um sieben seine Haschparties abhielt, wenn Jason nicht da war), lernte dann bis Sonnenuntergang draußen auf dem Rasen, aß mit einem ganzen Tisch voller Frauen, aber ohne Männer in der Cafeteria zu Abend und machte danach die Bars in der Umgebung von Bryce unsicher.

Die Frauen, mit denen er schlief (wenigstens die drei, die wir gesehen hatten), schienen voneinander zu wissen und nicht eifersüchtig zu sein. Sie waren alle ungefähr der gleiche Typ: Sie kleideten sich modisch, meistens schwarze Sachen, die an allen möglichen Stellen ultracool eingerissen waren. Da sie gute Autos fuhren und ihre Stiefel, Jacken und Rucksäcke aus teurem, weichem Leder waren, trugen sie den unverkennbaren Modeschmuck wohl mit Absicht. Der war schon wieder so peinlich, daß es cool war, nehme ich an – eine ironische postmoderne Geste gegenüber einer Welt, die keine Bodenhaftung mehr hatte. Oder so ähnlich. Keine von ihnen hatte einen festen Freund.

Alle drei waren in der Geisteswissenschaftlichen Fakultät eingeschrieben. Gabrielle studierte im Hauptfach Literatur, Lauren beschäftigte sich mit Kunstgeschichte, spielte aber hauptsächlich Gitarre in einer Frauenpunkband, deren Vorbilder Courtney Love und Kim Deal zu sein schienen. Und Jade – klein, schlank und selbstsicher mit großer Klappe – war Malerin.

Keine der Frauen schien allzu oft zu duschen. Für mich wäre das ein Problem gewesen, Jason jedoch schien es nicht zu stören. Er duschte auch nicht gerade oft. Was meinen Frauengeschmack angeht, bin ich alles andere als konservativ, aber es gibt bei mir ein ungeschriebenes Gesetz, was Duschgewohnheiten und Genitalschmuck anbetrifft, da bin ich gnadenlos. Macht mich bei den Grunge-Leuten zum absoluten Liebestöter, schätze ich mal.

Doch dafür tat Jason sein Bestes. Er war offensichtlich so was wie die männliche Campusnutte. Am Mittwoch abend stieg er mit Jade aus dem Bett und ging mit ihr zu einer Bar namens Harper's Ferry, wo sie Gabrielle trafen. Jade blieb in der Bar, und Jason zog sich mit Gabrielle in ihren BMW zurück. Dort hatten sie oralgenitalen Kontakt, was ich leider beobachten mußte. Als sie zurückkamen, gingen Gabrielle und Jade zusammen zur Toilette, wo sie, wie Angie behauptete, fröhlich ihre Erfahrungen austauschten.

»Es war von einer Boa Constrictor die Rede«, erzählte Angie.

»Es kommt nicht auf die Größe an ...«

»Red dir das ruhig ein, Patrick, vielleicht glaubst du's dann eines Tages.«

Dann machten die beiden Frauen mit ihrem lebendigen Spielzeug das Bear's Place am Central Square unsicher, wo Lauren mit ihrer Band, allesamt offensichtlich stocktaube Möchtegern-Punks, spielte. Nach dem Auftritt fuhr Jason mit Lauren nach Hause. Sie gingen in ihr Zimmer, zündeten Räucherstäbchen an und rammelten wie die Karnickel bis kurz vor Morgengrauen zu alten Patty-Smith-CDs.

Am zweiten Abend stieß ich mit ihm in einer Bar in North Harvard zusammen, als ich von der Toilette kam. Ich versuchte, Angie in der Menschenmenge zu finden, und bemerkte Jason deshalb erst, als ich ihn schon angerempelt hatte.

»Suchst du jemanden?«

»Was?« fragte ich.

Der Schalk blitzte ihm aus den Augen, aber nicht bösartig. Sie leuchteten hellgrün in dem Licht, das von der Bühne herunterfiel.

»Ich hab gefragt, ob du jemanden suchst!« Er zündete sich eine Zigarette an und nahm sie in die Hand, in der er schon ein Scotchglas hielt.

»Ja, meine Freundin«, erklärte ich. »Sorry, ich hab nicht aufgepaßt!«

»Kein Problem«, schrie er mir zu, um die langweiligen Gitarrenriffs der Band zu übertönen. »Du sahst nur 'n bißchen verloren aus. Viel Glück!«

»Wobei?«

»Viel Glück«, schrie er mir ins Ohr, »daß du deine Freundin findest oder so!«

»Danke.«

Ich bahnte mir einen Weg durch die Menge, und er wandte sich wieder Jade zu und sagte ihr etwas ins Ohr, worüber sie lachen mußte.

»Zuerst hat's ja Spaß gemacht«, bemerkte Angie am vierten Tag.

»Was?«

»Der Voyeurismus.«

»Sag nichts gegen Voyeurismus. Ohne den gäbe es die amerikanische Kultur nicht.«

»Tu ich ja nicht«, lenkte sie ein, »aber langsam wird es, na ja, langweilig, diesem Jüngelchen dabei zuzugucken, wie er alles bumst, was nicht niet- und nagelfest ist. Verstehst du?«

Ich nickte.

»Sie wirken einsam.«

»Wer?« fragte ich.

»Sie alle. Jason, Gabrielle, Jade, Lauren.«

»Einsam. Hm. Dann sind sie aber ziemlich gut darin, das vor dem Rest der Welt zu verstecken.«

»Das hast du ja auch ziemlich lange geschafft, Patrick. Du auch.«

»Autsch!« rief ich.

Am Ende des vierten Tages teilten wir uns die Arbeit. Für jemanden, der so viele Frauen und Bars an einem Tag abklapperte, war Jason sehr diszipliniert. Man konnte fast minutiös vorhersagen, wo er sich zu einem bestimmten Zeitpunkt aufhalten würde. An dem Abend ging ich nach Hause, während Angie sein Zimmer beobachtete.

Sie rief an, als ich mir gerade mein Abendessen machte, und erzählte mir, Jason schien es sich für die Nacht in seinem Zimmer mit Gabrielle gemütlich gemacht zu haben. Angie wollte sich noch ein bißchen Schlaf gönnen und ihm am nächsten Morgen wieder zur Uni folgen.

Nach dem Essen setzte ich mich draußen auf die Veranda und blickte auf die Straße. Schnell wurde es dunkel und kühl. Die Temperatur sank. Der Mond hing wie eine Scheibe kalten Eises am Himmel, und die Luft roch wie nach einem abendlichen Footballspiel an der High-School. Über die Straße wehte eine steife Brise, fegte durch die Bäume und nagte an trockenen Blatträndern.

Ich ging gerade herein, als Devin anrief.

»Was ist passiert?« wollte ich wissen.

»Wie meinst du das?«

»Du rufst doch nicht einfach so an, Dev! Das ist nicht deine Art.«

»Vielleicht ist das meine neue Art.«

»Nee.«

Er grummelte: »Na gut. Wir müssen reden.«

»Warum?«

»Weil auf dem Meeting House Hill gerade ein Mädchen

erledigt wurde, und die hatte keinen Ausweis bei sich, und ich wüßte gerne, wer sie ist.«

»Und was genau hat das mit mir zu tun?«

»Vielleicht nichts. Aber sie hatte deine Visitenkarte in der Hand, als sie starb.«

»Meine Karte?«

»Genau. Meeting House Hill. Wir treffen uns in zehn Minuten.«

Er legte auf. Ich saß da mit dem Hörer am Ohr und legte ihn selbst dann nicht zur Seite, als das Besetztzeichen erklang. Ich saß da, hörte auf den Ton und wartete darauf, daß er mir sagte, das tote Mädchen auf dem Meeting House Hill sei nicht Kara Rider, wartete darauf, daß der Ton mir irgend ewas sagte. Ganz egal was.

9

Als ich am Meeting House Hill ankam, war die Temperatur auf ungefähr null Grad gesunken. Es regte sich nicht der leiseste Windhauch. Die Kälte war durchdringend, sie fuhr mir in die Knochen und ließ mein Blut gefrieren.

Meeting House Hill liegt zwischen meiner Heimat Dorchester und dem Stadtteil Field's Corner. Der Anstieg des Hügels ist schon am Straßenbelag zu bemerken, die Straßen steigen so stark an, daß ein Auto im dritten Gang bei Glatteis schon mal rückwärts fährt. Oben auf der höchsten Stelle von Meeting House Hill, wo mehrere Straßen aufeinandertreffen, bricht die Spitze des Hügels durch das Netz von Zement und Teer und bildet eine armselige Grünfläche inmitten einer derart heruntergekommenen Siedlung, daß es niemandem auffallen würde, wenn dort eine Bombe einschlüge, es sei denn, es würde eine Kneipe oder eine Ausgabestelle von Lebensmittelmarken für Obdachlose getroffen.

Die Glocke von St. Peter schlug einmal, als Devin mich vom Auto abholte und mit mir den Hügel hinauftrottete. Die Glocke klang gleichgültig, unbekümmert schlug sie in dieser kalten Nacht in dieser gottverlassenen Gegend. Der Erdboden war schon fast gefroren, unter unseren Füßen knirschten vereiste Grasbüschel.

Im Licht der Laterne oben auf dem Hügel konnte ich nur wenige Gestalten ausmachen. Ich fragte Devin: »Ist heute das gesamte Revier auf den Beinen, Dev?«

Er sah mich an, die Schultern hochgezogen. »Möchtest du lieber, daß wir die Sache an die große Glocke hängen? Damit hier massenweise Reporter, Neugierige und unser Nachwuchs auf den Beweisstücken rumtrampelt?« Er warf einen Blick auf die zweistöckige Häuserreihe oben auf dem Hügel. »Das ist das Tolle an Mordfällen in so einer kaputten Gegend: Keiner schert sich drum, deshalb steht uns auch keiner im Weg.«

»Wenn es allen scheißegal ist, Devin, dann erzählt dir aber auch keiner was.«

»Das ist der Nachteil, klar.«

Devins Kollege Oscar Lee war der erste Bulle, den ich erkannte. Oscar ist der größte Mann, den ich je gesehen habe. Neben ihm sieht Hulk Hogan magersüchtig und Michael Jordan wie ein Zwerg aus; selbst Bubba wirkt neben Oscar etwas mickrig. Auf dem ballongroßen schwarzen Kopf trug er eine schwarze Lederkappe, und er rauchte eine Zigarre, die wie ein Strand nach einem Tankerunglück roch.

Als wir auf ihn zukamen, drehte er sich um. »Verflucht noch mal, was soll denn Kenzie hier, Devin?«

Oscar. Der wahre Freund zeigt sich erst in der Not.

Devin erwiderte: »Die Karte. Du weißt doch.«

»Also kannst du diese Frau eventuell identifizieren, Kenzie?«

»Wenn ich sie mal sehen könnte, Oscar. Vielleicht.«

Oscar zuckte mit den Achseln. »Vorher sah sie wahrscheinlich besser aus.«

Er trat zur Seite, so daß ich die unter einer Straßenlaterne liegende Leiche sehen konnte.

Sie trug nichts außer einem hellblauen Slip. Durch die Kälte oder die Totenstarre oder etwas anderes war ihr Körper geschwollen. Man hatte ihr die Haarsträhnen aus der Stirn geschoben, Mund und Augen waren geöffnet. Die Lippen waren blaugefroren, sie schien etwas anzusehen, das sich direkt hinter mir befand. Die dünnen Arme und Beine waren ausgestreckt; unten am Hals, aus den nach oben gedrehten Handflächen und den Fußsohlen quoll dunkles Blut hervor, das zu einer dicken Masse gefroren war. In der Mitte ihrer Handflächen und in den verdrehten Fußknöcheln glänzten kleine runde, abgeflachte Metallstücke.

Es war Kara Rider.

Sie war gekreuzigt worden.

»Ganz normale Nägel«, erklärte Devin, als wir anschließend in der Black Emerald Tavern saßen. »Ganz einfache. Gibt's bloß in zwei Dritteln aller Haushalte in dieser Stadt. Werden häufig von Tischlern benutzt.

»Tischler«, wiederholte Oscar.

»Genau«, meinte Devin. »Der Täter ist Tischler. Er hat die ganze Sache mit Jesus satt. Hat sich vorgenommen, den Helden seiner Zunft zu rächen.«

»Notierst du dir das?« fragte mich Oscar.

Wir waren zur Bar gefahren, weil wir Micky Doog suchten, die letzte Person, mit der ich Kara gesehen hatte, doch war er seit dem frühen Nachmittag nicht mehr aufgetaucht. Devin hatte seine Adresse von Gerry Glynn bekommen, dem Inhaber der Kneipe, und ein paar Streifenpolizisten vorbeigeschickt, doch selbst Mickys Mutter hatte ihren Sohn seit gestern nicht mehr gesehen.

»Heute morgen waren ein paar von denen da«, erzählte uns Gerry. »Kara, Micky, John Buccierri, Michelle Rourke.

Die gehörten alle zu der Clique, die hier vor ein paar Jahren herumhing.«

»Sind sie zusammen gegangen?«

Gerry nickte. »Ich kam gerade rein, als sie gingen. Sie waren schon ziemlich voll, und es war noch nicht mal ein Uhr mittags. Aber Kara ist eigentlich ein nettes Mädchen.«

»War«, verbesserte Oscar, »war ein nettes Mädchen.«

Es war schon fast zwei Uhr nachts, und wir waren betrunken.

Gerrys Hund Patton, ein riesiger Deutscher Schäferhund mit schwarzbeigem Fell, lag in drei Metern Entfernung auf der Theke und sah uns an, als überlege er, ob er uns die Autoschlüssel abnehmen solle. Schließlich gähnte er und ließ seine schinkengroße Zunge heraushängen, während er offensichtlich desinteressiert in die andere Richtung blickte.

Nachdem der ärztliche Leichenbeschauer gekommen war, hatte ich noch zwei weitere Stunden in der Kälte verbracht, während Karas Leiche in einen Krankenwagen geladen und zum Leichenschauhaus gebracht wurde, die Leute von der Spurensicherung die Gegend nach Indizien durchkämmten und Devin und Oscar in den Häusern mit Blick auf den Park nach jemandem suchten, der etwas mitbekommen hatte. Es war nicht so, daß niemand etwas gehört hatte, nur schrien hier jede Nacht irgendwelche Frauen, das war schon fast so wie mit der Diebstahlsirene bei Autos: Man hörte sie so oft, daß keiner mehr darauf achtete.

Aufgrund der Textilfasern, die Oscar zwischen Karas Zähnen bemerkte, und Devins Entdeckung, daß sich in den unter Karas Händen und Füßen in den gefrorenen Boden gebohrten Nagellöchern kein Blut befand, wurde angenommen, daß sie an einem anderen Ort umgebracht worden war. Zuerst hatte ihr der Mörder ein Taschentuch oder einen Hemdfetzen in den Mund gestopft, dann hatte er mit einem Stilett oder einem sehr scharfen Eispickel unten am Hals einen Schnitt gesetzt, damit der Kehlkopf keine Geräusche mehr hervorbringen konnte. Die Todesursache konnte man sich aussuchen: Entweder starb sie an einem Schocktrauma, einem Herzinfarkt, oder sie erstickte langsam an ihrem eigenen Blut. Aus welchem Grund auch immer hatte der Mörder die Leiche dann zum Meeting House Hill gebracht und sie auf dem gefrorenen Erdboden gekreuzigt.

»Ist bestimmt ein reizendes Kind, dieser Typ«, sagte Devin.

»Muß wahrscheinlich einfach nur mal richtig in den Arm genommen werden«, fügte Oscar hinzu. »Dann ist er wieder in Ordnung.«

»Es geht doch nichts über so ein richtiges Schwein«, sagte Devin.

»Da hast du verdammt recht!« brummte Oscar.

Seit ich die Leiche gesehen hatte, hatte ich nicht viel gesprochen. Anders als Oscar und Devin bin ich nicht auf gewaltsame Tode spezialisiert. Ich hab schon einiges gesehen, aber nichts davon war auch nur ansatzweise mit dem vergleichbar, was die beiden schon erlebt hatten.

»Ich komm nicht klar damit«, stöhnte ich.

»Doch«, widersprach Devin, »kommst du wohl.«

»Trink noch einen!« schlug Oscar vor. Er nickte in die Richtung von Gerry Glynn. Seit er kein Bulle mehr war, führte er den Black Emerald, und obwohl Gerry normalerweise um ein Uhr schloß, machte er für seine ehemaligen Kollegen gerne eine Ausnahme. Unsere Getränke standen bereits vor uns, bevor Oscar zu Ende genickt hatte, und ehe wir merkten, daß Gerry sie dort hingestellt hatte, war er schon wieder am anderen Ende der Theke. Der Inbegriff eines guten Wirtes.

»Gekreuzigt«, sagte ich zum zwanzigsten Mal, während mir Devin ein Bier in die Hand drückte.

»Ich denke, in dem Punkt sind wir uns alle einig, Patrick.«

»Devin«, begann ich wieder und versuchte, ihn anzusehen, doch konnte ich nicht mehr klar gucken, »das Mädchen war noch keine zweiundzwanzig. Ich kannte sie, seit sie zwei Jahre alt war.«

Devin sah mich mit leerem Blick an. Ich schaute zu Oscar hinüber. Er kaute auf einer halb gerauchten, erloschenen Zigarre herum und blickte mich an, als sei ich ein Möbelstück, für das er noch keinen Platz gefunden hatte.

»Scheiße!« stieß ich hervor.

»Patrick«, rief Devin. »Patrick! Hörst du zu?«

Ich wandte mich zu ihm um. Einen Moment lang verschwamm sein Gesicht nicht vor meinen Augen. »Was?«

»Sie war zweiundzwanzig. Ja. So jung. Aber wenn sie fünfzehn oder vierzig gewesen wäre, hätte das auch nichts geändert. Tot ist tot, und Mord ist Mord. Mach's nicht noch schlimmer, nur weil sie noch jung war, Patrick! Sie wurde umgebracht. Auf grausamste Art. Keine Diskussion. Aber ...« Desorientiert lehnte er sich an die Theke und kniff ein Auge zu. »Kollege! Wie geht's weiter nach ›aber‹?«

»Aber«, half Oscar aus, »egal ob sie ein Mann oder eine Frau war, reich oder arm, jung oder alt ...«

»Schwarz oder weiß«, ergänzte Devin.

»... schwarz oder weiß«, wiederholte Oscar und blickte Devin böse an, »sie wurde trotzdem umgebracht, Kenzie. Auf ganz schlimme Art.«

»Hast du schon mal so etwas Schlimmes gesehen?« fragte ich.

Er kicherte. »Noch viel Schlimmeres, Kenzie!«

Ich wandte mich an Devin. »Und du?«

»Scheiße, ja.« Er nahm einen Schluck. »Die Welt ist brutal, Patrick. Den Menschen macht es Spaß zu töten. Es ...«

»... verleiht ihnen Macht«, fuhr Oscar fort.

»Genau«, bestätigte Devin. »Irgend was daran verleiht dir so ein richtiges Scheiß-Hochgefühl. Eine unglaubliche Macht!« Er zuckte mit den Achseln. »Aber warum erzählen wir dir das? Du weißt das doch alles!«

»Wie bitte?«

Oscar legte mir seine Hand von der Größe eines Boxhandschuhs auf die Schulter. »Komm, Kenzie, jeder weiß, daß du letztes Jahr Marion Socia erledigt hast. Außerdem wissen wir, daß du an der Sache mit den Rotznasen in der Siedlung beim Melnea Cass Boulevard beteiligt warst.«

»Was?« rief ich. »Und ihr habt mich nicht festgesetzt?«

»Patrick, Patrick, Patrick«, lallte Devin, »wenn's nach uns ginge, bekämst du eine Medaille für Socia. Scheiß auf ihn, wenn's nach mir geht. Aber«, fügte er hinzu und kniff dabei wieder ein Auge zu, »du kannst mir nicht erzählen, daß sich ein Teil von dir nicht wirklich toll gefühlt hat, als du ihm eine Kugel durch den Kopf gepustet hast und das Licht in seinen Augen ausging.«

»Kein Kommentar«, antwortete ich.

»Kenzie«, mischte sich Oscar ein, »du weißt, daß er recht hat. Er ist blau, aber er hat recht. Du hast die Pistole auf diesen Widerling Socia gerichtet, ihm in die Augen geguckt und ihn umgenietet.« Mit Daumen und Zeigefinger bildete er eine Pistole und drückte sie mir an die Schläfe.

»Peng. Peng. Peng.« Er nahm die Hand wieder herunter. »Kein Marion Socia mehr. Fühlt sich doch so an, als wäre man einen Tag lang Gott, oder?«

Wie ich mich fühlte, als ich unter einer Schnellstraße Marion Socia tötete, während über uns die Lkws die Stahlstreben erbeben ließen, gehörte zu den heikelsten Fragen, mit denen ich mich je auseinanderzusetzen hatte, und ich hatte auf gar keinen Fall vor, die Sache mit zwei Detektiven der Mordkommission in einer Kneipe zu erörtern, während ich schon blitzeblau war. Vielleicht stimmt mit mir ja irgendwas nicht.

Devin lachte. »Jemand umbringen fühlt sich richtig gut an, Patrick. Mach dir nichts vor!«

Gerry Glynn gesellte sich zu uns. »Noch 'ne Runde, Männer?«

Devin nickte. »Ja, los, Gerry!«

Gerry hielt auf halbem Weg inne.

»Hast du damals einen umgebracht?«

Gerry sah peinlich berührt aus, als hätte man ihm die Frage schon zu oft gestellt. »Hab noch nicht mal meine Pistole gezogen.«

»Nein«, bescheinigte Oscar.

Gerry zuckte mit den Achseln, sein freundlicher Blick paßte überhaupt nicht zu dem Job, in dem er zwanzig Jahre lang gearbeitet hatte. Geistesabwesend streichelte er Pattons Bauch. »Das waren andere Zeiten damals. Weißt du noch, Dev?«

Devin nickte. »Andere Zeiten.«

Gerry zog den Hahn nach vorne, um Bier zu zapfen. »Wirklich völlig andere Zeiten.«

»Andere Zeiten«, wiederholte Devin.

Gerry brachte uns das Bier. »Würd' euch gerne behilflich sein, Jungs.«

Ich sah Devin an. »Hat jemand Karas Mutter benachrichtigt?«

Er nickte. »Sie lag weggetreten in der Küche, aber wir haben sie geweckt und es ihr erzählt. Es ist jemand bei ihr.«

»Kenzie«, sagte Oscar, »wir kriegen diesen Micky Doog. Wenn es jemand anders war, eine Gang oder so, egal, wir kriegen sie. In ein paar Stunden, wenn alle auf sind, befragen wir noch mal jedes Haus; irgendeiner wird schon was gesehen haben. Und wir greifen uns diesen mickrigen Hurensohn und machen ihn fertig, wir nehmen ihn in die Mangel, bis er aufgibt. Davon wird sie nicht wieder lebendig, aber vielleicht wäre das in ihrem Sinn.«

»Ja, aber ...«, versuchte ich einzuwenden.

Devin beugte sich vor. »Dieser Wichser, der das gemacht hat, der ist dran, Patrick. Glaub's mir.«

Das wollte ich. Von ganzem Herzen.

Kurz bevor wir gingen, verschwanden Devin und Oscar aufs Klo, und ich blickte von der verschwommenen Theke hoch und bemerkte, daß Gerry und Patton mich anstarrten. In den vier Jahren, die Gerry den Hund besaß, hatte ich Patton nicht ein einziges Mal bellen hören, doch man brauchte ihm nur in die ruhigen, ausdruckslosen Augen zu sehen und war nie wieder versucht, sich mit ihm anzulegen. Für Gerry hatte der Blick dieses Hundes vielleicht vierzig verschiedene Bedeutungen, von inniger Liebe bis einfacher Zuneigung, doch allen anderen sagte er nur eins: Nimm dich in acht!

Gerry kraulte Patton hinter den Ohren. »Kreuzigung.«

Ich nickte.

»Was meinst du, Patrick, wie oft hat's das in dieser Stadt gegeben?«

Ich zuckte mit den Achseln, weil ich nicht mehr darauf

vertraute, daß meine Zunge die Wörter klar artikulieren konnte.

»Wahrscheinlich nicht oft«, beantwortete Gerry seine eigene Frage und sah zu Patton herunter, der ihm die Hand leckte.

Dann kam Devin zurück.

In der Nacht träumte ich von Kara Rider.

Ich ging durch ein Feld mit Kohlköpfen, auf dem Black-Angus-Kühe standen und Menschenköpfe lagen, deren Gesichter ich nicht erkennen konnte. In der Ferne brannte die Stadt, und ich konnte meinen Vater hoch oben auf einer Feuerwehrleiter stehen stehen; er löschte die Flammen mit Benzin.

Das Feuer breitete sich ständig weiter aus, schon züngelte es an den Rändern des Kohlkopffeldes. Um mich herum begannen die Menschenköpfe zu sprechen, zuerst brabbelten sie unzusammenhängend, doch bald konnte ich die eine oder andere Stimme erkennen.

»Riecht nach Rauch«, sagte eine.

»Das sagst du immer«, sagte eine der Kühe und erbrach wiedergekäutes Futter auf ein Kohlblatt, während ihr ein totgeborenes Kalb aus dem Bauch fiel und neben ihren Hufen liegenblieb.

Irgendwo auf dem Feld hörte ich Kara schreien, die Luft wurde schwarz und ölig, der Rauch biß mir in den Augen, und Kara rief immerfort meinen Namen, doch konnte ich die Menschenköpfe nicht von den Kohlköpfen unterscheiden, und die Kühe stöhnten und wankten im Wind, überall um mich herum war Rauch, und bald verebbten Karas Schreie, und ich war dankbar, als die Flammen an meinen Beinen züngelten. Da hockte ich mich mitten aufs Feld, um wieder Mut zu sammeln; um mich herum brannte die Welt, und die Kühe kauten Gras, wiegten sich vor und zurück und wollten nicht weglaufen.

Als ich aufwachte, schnappte ich nach Luft, in der Nase der Geruch von verbranntem Fleisch. Ich konnte mein Herz klopfen sehen und schwor mir, nie wieder mit Devin und Oscar einen trinken zu gehen.

10

Ich war um vier Uhr morgens ins Bett gekrabbelt, so gegen sieben von meinem Salvador-Dalí-Traum geweckt worden und schlief erst gegen acht wieder ein.

Was Lyle Dimmick und seinem Helden, dem Countrysänger Waylon Jennings, völlig egal war. Um Punkt neun ging es los: Waylon sang ein Jammerlied über die Frau, die ihn verlassen hatte, und das scharfe Krächzen einer Countrygeige drang über meine Fensterbank und zertrümmerte Porzellan in meinem Schädel.

Lyle Dimmick war ein Anstreicher mit ständigem Sonnenbrand. Wegen einer Frau war er aus Odessa, Texas, nach Boston gezogen. Hier hatte er sie gefunden, verloren, zurückgewonnen und wieder verloren, denn sie ging mit einem Typen zurück nach Odessa, den sie in einer Kneipe um die Ecke kennengelernt hatte, ein irischer Rohrleger, der entdeckt hatte, daß er tief in seinem Herzen doch ein Cowboy war.

Außer meinem gehörten fast alle Häuser in dieser Straße Ed Donnegan, und er ließ sie alle zehn Jahre streichen. Und wenn es soweit war, heuerte er einen einzigen Anstreicher an, der, egal ob Regen, Schnee oder Sonnenschein, ein Haus nach dem anderen abarbeitete.

Lyle trug einen Cowboyhut und ein rotes Tuch um den

Hals, dazu eine durchgehende Sonnenbrille, die sein kleines, verkniffenes Gesicht zur Hälfte verdeckte. Er schien zu glauben, eine Sonnenbrille gehöre zum klassischen Outfit eines Städters, sie war sein einziges Zugeständnis an das Leben in einer gottverdammten Yankeewelt, die Gottes drei große Gaben nicht zu schätzen wußte: Jack Daniels, Pferde und natürlich Countrymusik.

Ich steckte den Kopf zwischen Vorhang und Fensterscheibe und sah, daß er mir beim Anstreichen des Nachbarhauses den Rücken zugekehrt hatte. Die Musik war so laut, daß er mich nicht hören würde, deshalb schloß ich lieber das Fenster und auch die anderen im Schlafzimmer, so daß Waylon nur noch eine blecherne Stimme unter vielen war, die in meinem Kopf schepperten. Dann krabbelte ich zurück ins Bett, schloß die Augen und betete um Stille.

Doch das war Angie völlig egal.

Um kurz nach zehn wurde ich von ihr geweckt, weil sie durch die Wohnung polterte, Kaffee machte, die Fenster öffnete, um den schönen Herbsttag hereinzulassen, und im Kühlschrank herumwühlte. Dazu drangen Waylon, John Denver und Hank Williams wieder durchs Fenster herein.

Als ich trotzdem im Bett blieb, öffnete sie die Schlafzimmertür und rief: »Aufstehen!«

»Geh weg!« Ich zog die Bettdecke über den Kopf.

»Aufstehen, Süßer! Mir ist langweilig. Los!«

Ich warf mit dem Kopfkissen nach ihr, doch duckte sie sich, so daß es über ihren Kopf hinwegsegelte und in der Küche etwas zerbrach.

»Ich hoffe, du hängst nicht an diesen Tellern!« lachte sie.

Ich stand auf und wickelte mir die Bettdecke um den Bauch, um meine im Dunkeln leuchtenden Boxershorts mit Marvin dem Marsianer zu verdecken. Dann stolperte ich in die Küche.

Angie stand mitten im Zimmer und hielt eine Kaffeetasse in den Händen. Auf dem Boden und in der Spüle lagen Scherben von Tellern.

»Kaffee?« fragte sie.

Ich suchte einen Handfeger und kehrte die Scherben zusammen. Angie stellte die Tasse auf den Tisch und bückte sich mit einem Kehrblech neben mich.

Ich sagte: »Die Sache mit dem Schlafen hast du immer noch nicht ganz verstanden, oder?«

»Wird viel zu wichtig genommen.« Sie schaufelte ein paar Scherben auf und warf sie in den Mülleimer.

»Woher willst du das wissen? Hast du nie versucht.«

»Patrick«, mahnte sie, während sie eine weitere Ladung Scherben im Müll versenkte, »es ist nicht meine Schuld, daß du bis in die Puppen mit deinen kleinen Freunden gesoffen hast.«

Meine kleinen Freunde.

»Woher weißt du, daß ich mit irgend jemandem einen getrunken habe?«

Sie entsorgte die letzten Reste und richtete sich auf. »Weil dein Gesicht so grün ist, wie ich's noch nie gesehen habe, und weil ich heute morgen eine unglaublich besoffene Nachricht auf dem Anrufbeantworter hatte.«

»Ah.« Vage erinnerte ich mich an eine Telefonzelle und einen Piepton. »Was war das für eine Nachricht?«

Sie nahm wieder die Kaffeetasse in die Hand und lehnte sich gegen die Waschmaschine. »So was wie: Wo bist du, es ist drei Uhr nachts, es gibt Schwierigkeiten, ich muß mit dir reden. Den Rest konnte ich nicht verstehen, da hast du angefangen, Suaheli zu reden.«

Ich brachte Kehrblech, Handfeger und Mülleimer in die Abstellkammer und goß mir einen Kaffee ein. »Also, wo warst du um drei Uhr nachts?«

»Spielst du jetzt meinen Vater?« Sie runzelte die Stirn und kniff mir in die Seite, direkt über die umgeschlungene Decke. »Du bekommst kleine Pölsterchen.«

Ich griff nach der Sahne. »Ich habe keine Pölsterchen.«

»Und weißt du, warum? Weil du immer noch soviel Bier trinkst wie damals in deiner Jugend.«

Ich blickte sie ruhig an und goß mir noch mehr Sahne in den Kaffee. »Beantwortest du jetzt meine erste Frage?«

»Wo ich letzte Nacht war?«

»Ja.«

Sie trank einen Schluck Kaffee und sah mich über den Rand der Tasse hinweg an. »Nein. Aber ich bin mit einem warmen, benommenen Gefühl und einem breiten Grinsen aufgewacht. Mit einem sehr breiten Grinsen.«

»So breit wie jetzt?«

»Noch breiter.«

»Hmm«, brummte ich.

Sie hievte sich auf die Waschmaschine. »Es gab also noch einen anderen Grund, mich um drei Uhr morgens blitzeblau anzurufen, als nur mein Sexleben abzuchecken. Was ist passiert?« Sie zündete sich eine Zigarette an.

Ich fragte sie: »Kennst du noch Kara Rider?«

»Ja.«

»Sie wurde gestern abend umgebracht.«

»Nein!« Angie riß die Augen weit auf.

»Doch.« Mit soviel Sahne war der Kaffee ungenießbar. »Wurde auf dem Meeting House Hill gekreuzigt.«

Sie schloß kurz die Augen und öffnete sie wieder. Dann betrachtete sie ihre Zigarette, als könne die ihr etwas verraten. »Schon eine Ahnung, wer es getan hat?«

»Also, es wanderte keiner mit einem blutverschmierten Hammer auf dem Meeting House Hill herum und sang:

Yippie yeah, wie gerne ich Frauen kreuzige, wenn du das meinst.« Ich goß meinen Kaffee in die Spüle.

Ruhig fragte sie: »Bist du jetzt mit dem Meckern fertig?«

Ich schenkte mir neuen Kaffee ein. »Weiß ich noch nicht. Ist noch früh.« Ich drehte mich um, und sie rutschte von der Waschmaschine und stellte sich vor mich.

Ich sah Karas schmalen Körper in der Kälte liegen, angeschwollen und nackt, die Augen leer.

»Ich habe sie vorgestern vor dem Emerald getroffen. Ich hatte so ein Gefühl, eine Ahnung, daß sie in Schwierigkeiten war oder so, aber ich habe nichts gesagt. Hab's verdrängt.«

»Ja, und?« antwortete Angie. »Hast du jetzt schuld?«

Ich zuckte mit den Schultern.

»Nein, Patrick«, versuchte sie mich zu beruhigen und streichelte mir mit ihrer warmen Hand den Nacken. Ich mußte sie ansehen. »Verstanden?«

So ein Tod wie der von Kara war niemandem zu wünschen.

»Verstanden?« fragte sie noch mal.

»Ja«, erwiderte ich, »ich denke schon.«

»Du brauchst nicht denken«, bemerkte sie. Dann zog sie ihre Hand wieder weg, holte einen weißen Briefumschlag aus der Handtasche und reichte ihn mir. »Der klebte unten an der Eingangstür.« Sie wies auf eine kleine Pappschachtel auf dem Küchentisch. »Und die stand davor.«

Ich wohnte in einer Wohnung im zweiten Stock, deren Vorder- und Hintertür mit Bolzenschlössern verriegelt sind, und habe meistens zwei Pistolen im Hause. Aber was potentielle Einbrecher wohl noch viel stärker abschrecken dürfte, sind die beiden Haustüren des Gebäudes. Es gibt eine innere und eine äußere, und beide sind aus stahlverstärkter schwerer deutscher Eiche. Das Glasfenster in der äußeren ist mit einem Alarmdraht durchzogen, und mein Vermieter Stanis hat die Türen mit insgesamt sechs Schlössern gesichert, für die man drei verschiedene Schlüssel braucht. Ich habe ein Set, Angie hat eins. Die Frau meines Vermieters besitzt ebenfalls eins, sie wohnt im Erdgeschoß, weil sie nicht mit ihm zusammenleben kann. Mein verrückter Vermieter selbst verfügt über zwei Sets, weil er Angst hat, die Bolschewiken schickten ihm einen Schlägertrupp hinterher.

Insgesamt war mein Haus so sicher, daß es mich wunderte, wie jemand einen Umschlag an die Haustür kleben und eine Schachtel darunterstellen konnte, ohne neun oder zehn Sirenen auszulösen, die fünf Häuserblöcke weit zu hören waren.

Es war ein schlichter Briefumschlag, weiß und die übliche Größe. In der Mitte stand mit der Schreibmaschine »patrick kenzie« geschrieben. Keine Anschrift, keine Briefmarke, kein Absender. Ich öffnete ihn, holte ein Blatt Papier heraus und faltete es auseinander. Es war keine Adresse angegeben, kein Datum, keine Anrede, keine Unterschrift. In der Mitte des Blattes war ein einziges Wort getippt:

HI!

Der Rest des Blattes war unberührt.

Ich reichte es Angie. Sie sah es an, drehte es hin und her. »Hi!« las sie vor.

»Hi!« wiederholte ich.

»Nein«, kritisierte sie, »du mußt es anders sagen. Mit so einem mädchenhaften Kichern.«

Ich versuchte es.

»Nicht schlecht.«

HI!

»Kann das von Grace sein?« Angie goß sich noch eine Tasse Kaffee ein.

Ich schüttelte den Kopf. »Sie sagt ganz anders ›hi‹, glaub mir.«

»Von wem dann?«

Ich wußte es wirklich nicht. Es war eine harmlose Botschaft, aber sie war auch seltsam. »Wer auch immer das geschrieben hat, ist ein Meister der prägnanten Formulierung.«

»Oder hat einen extrem begrenzten Wortschatz.«

Ich warf den Brief auf den Tisch und zog das Klebeband von der Schachtel. Angie blickte mir über die Schulter, während ich sie öffnete.

»Was ist denn das?« rief sie aus.

Die Schachtel war voller Aufkleber. Ich holte eine Handvoll heraus, zwei Handvoll blieben zurück.

Angie griff hinein.

»Das ist aber ... komisch«, staunte ich.

Sie runzelte die Stirn, auf ihrem Gesicht lag ein verwundertes Lächeln. »Das kannst du wohl sagen, ja.«

Wir nahmen die Sticker mit ins Wohnzimmer und breiteten sie auf dem Boden zu einer bunten Collage aus schwarzen, gelben, roten, blauen und silber reflektierenden Flekken aus. Sah man auf alle 96 Sticker zusammen hinab, erweckten sie den Eindruck, als läge dort eine Welt voller Mißmut, Nörgelei und leerer Worte, die vollkommen mißglückte Suche nach dem treffenden Spruch:

MAKE LOVE NOT WAR; MEIN BAUCH GEHÖRT MIR; LIEBE DEINE NÄCHSTE, ABER LASS DICH NICHT DABEI ERWISCHEN; ALS GOTT DEN MANN SCHUF, ÜBTE SIE NUR; LIEBER DIE SAU RAUSLASSEN ALS DIE BULLEN HOLEN; DU BIST SCHNELLER ALS ICH, ABER ICH FAHRE VOR DIR; PETTING STATT PERSHING; MÄNNER SIND WIE AUTOS: WENN MAN

NICHT AUFPASST, LIEGT MAN DRUNTER; ARBEIT IST DER UNTERGANG DER TRINKENDEN KLASSE; MEINE KNARRE BEKOMMT IHR ERST, WENN ICH TOT BIN; WAHLEN ÄNDERN NICHTS, SONST WÄREN SIE JA VERBOTEN; SCHÜTZT DAS UNGEBORENE LEBEN; STELL DIR VOR, ES IST KRIEG, UND KEINER GEHT HIN; NIEDER MIT DEN YUPPIES; MEIN KARMA SCHLÄGT DEIN DOGMA; MEIN CHEF IST EIN JÜDISCHER ZIMMERMANN; LIEBER FRIEDEN AUF ERDEN ALS KRIEG DER STERNE; KEIN BLUT FÜR ÖL; GLOBAL DENKEN, LOKAL HANDELN; HUPE, WENN DU REICH UND SCHÖN BIST; EIN TAG, AN DEM DU NICHT LÄCHELST, IST EIN VERLORENER TAG; ICH BRINGE DAS ERBE MEINER KINDER DURCH; WER ZU SPÄT KOMMT, DEN BESTRAFT DAS LEBEN; SHIT HAPPENS; SAG NEIN ZU DROGEN; ICH LIEBE FRAUENBEWEGUNGEN, ABER RHYTHMISCH MÜSSEN SIE SEIN; LIEBER ARM DRAN ALS ARM AB; WISSEN IST MACHT, WIR WISSEN NICHTS – MACHT NICHTS; JEDEN TAG ’NE GUTE TAT: HEUTE SCHEISS ICH AUF DEN STAAT; FUCK YOU, FUCK ME; ICH BREMSE AUCH FÜR TIERE; ICH BREMSE AUCH FÜR MÄNNER; HAVE A NICE DAY, ASSHOLE; FREE MANDELA; FREE HAITI; FREE TIME; BROT FÜR SOMALIA; CHRISTEN SIND DIE BESSEREN MENSCHEN ...

... und noch 57 weitere.

Als ich so dastand und alle ansah, all die Parolen mit ihren unterschiedlichen, teils entgegengesetzten Botschaften, bekam ich Kopfschmerzen. Es war, als betrachte man das Computertomogramm eines Schizophrenen, während alle Persönlichkeiten des armen Wichts durcheinanderschrien.

»Abgedreht!« murmelte Angie.

»Das kannst du laut sagen.«

»Siehst du etwas, was alle gemeinsam haben?«

»Abgesehen davon, daß es Aufkleber sind?«

»Das versteht sich doch von selbst, Patrick.«

Ich schüttelte den Kopf. »Dann weiß ich es nicht.«

»Ich auch nicht.«

»Ich denke unter der Dusche darüber nach«, erwiderte ich.

»Gute Idee«, gab Angie zurück, »du stinkst total nach Bier.«

Als ich unter der Dusche die Augen schloß, sah ich Kara auf dem Bürgersteig stehen, roch den Geruch von abgestandenem Bier aus der Kneipe hinter mir, während sie die Autos auf der Dorchester Avenue betrachtete und sagte, es sähe alles genauso beschissen aus wie vorher.

»Paß auf!« hatte sie gesagt.

Ich stieg aus der Dusche und trocknete mich ab, sah ihren bleichen, nackten, gekreuzigten Körper, festgenagelt auf die schmutzige Erde.

Angie hatte recht. Es war nicht meine Schuld. Man kann Menschen nicht vor ihrem Schicksal bewahren. Schon gar nicht, wenn derjenige nicht mal darum bittet. Wir torkeln, taumeln und stolpern durchs Leben und sind dabei meistens allein. Ich war Kara nichts schuldig.

Aber so wie sie darf niemand sterben, flüsterte eine Stimme.

In der Küche rief ich meinen alten Freund Richie Colgan an, ein Journalist der Bostoner *Trib*. Er war wie immer im Streß, seine Stimme klang weit entfernt und gehetzt, er redete ohne Punkt und Komma: »AchhalloPat. Wasistlos?«

»Viel zu tun?«

»Oja.«

»Könntest du etwas für mich prüfen?«

»Schießlos!«

»Kreuzigung als Todesursache. Wie oft in dieser Stadt?«

»In?«

»Was?«

»In wie vielen Jahren?«

»Sagen wir, in fünfundzwanzig.«

»Bibliothek.«

»Was?«

»Bibliothek. Schonmalvongehört?«

»Ja.«

»Binicheine?«

»Wenn ich eine Information von einer Bibliothek bekomme, schenke ich dem Bibliothekar hinterher keine Kiste Bier.«

»Heineken.«

»Ja, klar.«

»Inordnung. Meldmichwieder.« Er legte auf.

Als ich ins Wohnzimmer zurückkehrte, lag der Zettel mit dem »HI!« auf dem Couchtisch, die Aufkleber waren sauber zu zwei Häufchen gestapelt, und Angie guckte Fernsehen. Ich hatte mir eine Jeans und ein Baumwollhemd angezogen und trocknete mir gerade das Haar.

»Was guckst du da?«

»CNN«, antwortete sie, in die Zeitung auf dem Schoß vertieft.

»Heute irgendwas Aufregendes in der Welt passiert?«

Sie zuckte mit den Schultern. »Bei einem Erdbeben in Indien sind über neuntausend Menschen gestorben, und ein Typ in Kalifornien hat sein ganzes Büro über den Haufen geschossen. Hat sieben Leute mit 'nem Maschinengewehr umgelegt.«

»Ein Postamt?« fragte ich.

»Abrechnungsfirma.«

»Das kommt davon, wenn Rechnungsprüfer Maschinengewehre in die Hand bekommen«, bemerkte ich.

»Sieht so aus.«

»Noch mehr frohe Botschaften für mich?«

»Irgendwann haben sie zwischendurch gemeldet, daß sich Liz Taylor wieder scheiden läßt.«

»Na, toll!«

»Also«, fing Angie an, »was haben wir vor?«

»Wir hängen uns wieder an Jason dran und gucken vielleicht bei Eric Gault vorbei, ob er uns was zu erzählen hat.«

»Und wir gehen weiterhin davon aus, daß weder Jack Rouse noch Kevin das Foto geschickt haben.«

»Ja.«

»Dann bleiben also noch wieviel Verdächtige?« Sie erhob sich.

»Wie viele Einwohner hat diese Stadt?«

»Keine Ahnung. Die Stadt selbst so um die sechshunderttausend; mit Vororten und allem zirka vier Millionen.«

»Dann sind es irgendwo zwischen sechshunderttausend und vier Millionen Verdächtige«, antwortete ich, »minus zwei.«

»Danke, daß du es etwas einschränken konntest, Scooter. Du bist Spitze.«

11

Die Räume des soziologischen, psychologischen und kriminologischen Instituts von Bryce befanden sich in der ersten und zweiten Etage von McIrwin Hall, darunter auch das von Eric Gault. Im Erdgeschoß waren die Seminarräume, und in einem von ihnen hielt sich momentan Jason Warren auf. Glaubte man dem Vorlesungsverzeichnis von Bryce, so nahm er dort an dem Seminar »Die Hölle als soziologisches Konzept« teil und untersuchte die »sozialen und politischen Motive hinter dem patriarchalischen Konstrukt einer Bestrafungsinstanz von den Sumerern über die Akkadier bis zum christlichen Recht in Amerika.« Wir hatten alle Lehrer von Jason überprüft und dabei nur festgestellt, daß Ingrid Uver-Kett vor kurzer Zeit aus einer Ortsgruppe der Frauenrechtsorganisation NOW ausgeschlossen worden war, weil sie Ansichten vertrat, neben denen die Radikalfeministin Andrea Dworkin wirklich gemäßigt wirkte. Ihr Kurs dauerte dreieinhalb Stunden ohne Pause und fand zweimal pro Woche statt. Ms. Uver-Kett kam für den Unterricht montags und donnerstags aus Portland, Maine, herüber und verbrachte, soweit für uns ersichtlich, den Rest ihrer Zeit damit, haßerfüllte Briefe an den liberalen Talkmaster Rush Limbaugh zu verfassen.

Angie und ich kamen überein, daß Ms. Uver-Kett viel zu

sehr damit beschäftigt war, sich selbst in Gefahr zu bringen, als daß sie eine Gefahr für Jason darstellte. Daher strichen wir sie von unserer Liste.

McIrwin Hall war ein weißes, im georgianischen Stil erbautes Gebäude, das vor einem kleinen Wäldchen aus Birken und leuchtend rotem Ahorn stand. Ein kleiner Weg aus Kopfsteinpflaster führte auf das Haus zu. Jason war in einer Horde von Studenten verschwunden, die sich durch die Eingangstüren gedrängt hatten. Dann hörten wir Schritte und Pfiffe, und plötzlich trat eine fast vollkommene Stille ein.

Wir frühstückten und kehrten dann zurück, um uns mit Eric zu unterhalten. Zu dem Zeitpunkt war ein vergessener Stift am Fußende der Treppe der einzige Hinweis darauf, daß an diesem Morgen Hunderte von Studenten durch diese Türen geströmt waren.

Das Foyer roch nach Ammoniak, Desinfektionsreiniger und zweihundert Jahren intellektueller Transpiration auf der Suche nach Erkenntnis, nach weltbewegenden Entwürfen im staubschweren Licht der Sonnenstrahlen, die durch die Bleiglasscheiben gebrochen wurden.

Rechts von uns befand sich eine Empfangstheke, doch saß niemand dahinter. Hier in Bryce wurde offenbar erwartet, daß man sein Ziel kannte.

Angie zog ihr Jeanshemd aus und zerrte am Saum ihres T-Shirts, weil es am Körper klebte. »Allein um der Atmosphäre willen möchte man hier studieren!«

»Hättest du in der High-School besser nicht Geometrie geschwänzt!«

»Autsch!« rief ich aus.

Wir stiegen eine geschwungene Mahagonitreppe hinauf, deren Wände mit Bildern ehemaliger Bryce-Rektoren überladen waren. Allesamt mürrisch dreinblickende Männer mit bedrückten, angespannten Mienen, weil sie so viele geniale graue Zellen mit sich herumtrugen. Erics Büro befand sich am Ende des Ganges. Wir klopften einmal und hörten ein unterdrücktes: »Herein!« von der anderen Seite der Milchglasscheibe.

Der lange, graumelierte Pferdeschwanz fiel Eric über die rechte Schulter. Er trug eine blau-braune Strickjacke, darunter ein jeansblaues Oxfordhemd und eine handbemalte dunkelblaue Krawatte, von der uns ein Robbenbaby herzzerreißend anstarrte.

Ich warf einen skeptischen Blick auf die Krawatte und setzte mich.

»Wirst du mich vor Gericht bringen, weil ich jede Mode mitmache?« fragte Eric. Er machte es sich auf seinem Stuhl bequem und wies auf das geöffnete Fenster. »Tolles Wetter, was?«

»Tolles Wetter«, stimmte ich zu.

Er seufzte und rieb sich die Augen. »Und? Was macht Jason?«

»Er ist ein vielbeschäftigter junger Mann«, erwiderte Angie.

»Als Kind war er ein Einzelgänger, ob ihr's glaubt oder nicht«, lachte Eric. »Immer brav und lieb, hat Diandra nie auch nur den geringsten Ärger gemacht, aber er war von Anfang an introvertiert.«

»Jetzt nicht mehr.«

Eric nickte. »Seitdem er hier ist, ist er richtig aufgeblüht. Klar, es ist normal, daß Kinder, die auf der High-School mit den Sportskanonen und den Schickimickis nichts zu tun hatten, na ja, wenn die sich ein bißchen austoben an der Uni.«

»Jason tobt sich gründlich aus«, bekräftigte ich.

»Er wirkt einsam«, fügte Angie hinzu.

Eric nickte. »Das kann ich verstehen. Daß der Vater ihn verlassen hat, als er noch ganz klein war, erklärt das vielleicht ein bißchen, aber trotzdem gab es immer diese . . . Distanz. Wenn ich das nur erklären könnte. Wenn man ihn mit seinem ganzen . . .« – er lächelte – »Harem sieht und er nicht weiß, daß er beobachtet wird, dann ist er ein ganz anderer Mensch als der schüchterne Junge, der er früher war.«

»Was hält Diandra davon?« wollte ich wissen.

»Sie bekommt es nicht mit. Die beiden stehen sich sehr nahe; wenn er mit jemandem über etwas Persönliches sprechen will, geht er zu ihr. Aber er bringt keine Mädchen mit nach Hause, er verliert kein einziges Wort über seinen Lebensstil hier. Sie weiß wohl, daß er etwas vor ihr verheimlicht, aber sie sagt sich, daß er halt gerne seine Ansichten für sich behält, und das respektiert sie.«

»Aber du bist anderer Meinung«, warf Angie ein.

Er zuckte mit den Achseln und blickte kurz aus dem Fenster. »Als ich so alt war wie er, wohnte ich im gleichen Zimmer hier auf dem Campus und war vorher auch ein ziemlich in mich gekehrtes Kind gewesen und kam hier, genau wie Jason, das erste Mal aus mir heraus. Ich meine, so ist die Uni. Man lernt, trinkt, raucht Gras, pennt mit Leuten, die man nicht kennt, hält sein Mittagsschläfchen. Das ist doch normal, wenn man mit achtzehn an so einen Ort kommt.«

»Du hast mit Leuten, die du nicht kanntest, geschlafen?« fragte ich. »Ich bin schockiert!«

»Und das ist mir heute peinlich. Wirklich. Na gut, ich war ja auch kein Heiliger, aber bei Jason ist diese radikale Wendung hin zu Exzessen von den Ausmaßen eines Marquis de Sade doch ein bißchen drastisch.«

»Marquis de Sade?« wiederholte ich. »Ihr Intellektuellen, also wirklich, ihr redet immer ultracool!«

»Woher kommt also diese Veränderung? Was will er beweisen?« fragte Angie.

»Ich weiß es nicht genau.« Eric neigte den Kopf zur Seite, so daß er mich, wie schon so oft, an eine Kobra erinnerte. »Jason ist ein guter Junge. Ich persönlich kann mir nicht vorstellen, daß er in etwas verwickelt ist, das ihn oder seine Mutter in Gefahr bringt, aber na ja, obwohl ich ihn von klein auf kenne, wäre ich nie auf die Idee gekommen, daß er einmal einen Don-Juan-Komplex entwickeln würde. Habt ihr die Mafia-Connection verworfen?«

»Eigentlich ja«, antwortete ich.

Er verzog die Lippen und atmete langsam aus. »Dann weiß ich auch nicht weiter. Was ich über Jason weiß, habe ich euch erzählt. Ich wüßte auch gerne mit absoluter Sicherheit, wer er ist oder nicht ist, aber ich bin jetzt schon lange genug dabei, um begriffen zu haben, daß man niemanden wirklich kennt.« Er wies auf seine Bücherregale, die mit Werken zur Kriminologie und Psychologie vollgestopft waren. »Wenn ich in den ganzen Jahren an der Uni etwas gelernt habe, dann das.«

»Tiefschürfend«, merkte ich an.

Eric lockerte seine Krawatte. »Du hast mich nach meiner Meinung über Jason gefragt, und ich hab sie dir erzählt, aber über allem steht meine Überzeugung, daß alle Menschen ihre kleinen Geheimnisse haben.«

»Und was ist deins, Eric?«

Er zwinkerte. »Das wüßtest du gerne, hm?«

Als wir wieder nach draußen in den Sonnenschein traten, hakte sich Angie bei mir ein. Dann setzten wir uns auf die Wiese unter einen Baum und beobachteten die Eingangstür, durch die Jason in wenigen Minuten treten sollte. Bei der Verfolgung einer Person ein Liebespaar zu spielen gehört zu unseren alten Tricks; wenn jemand einen von uns an irgendeinem Ort auffällig findet, würdigt er uns keines Blikkes mehr, wenn wir als Paar auftauchen. Aus irgendeinem Grund öffnen sich manche Türen für Liebende, die für Einzelpersonen verschlossen bleiben.

Sie sah zu dem Gewirr von Blättern und Zweigen im Baum über uns auf. Die feuchte Luft wehte gelbe Blätter über trockene Grashalme, und Angie lehnte den Kopf an meine Schulter und ließ ihn eine ganze Weile dort.

»Alles in Ordnung?« fragte ich.

Sie drückte mir mit der Hand den Arm.

»Ange?«

»Ich habe gestern die Papiere unterschrieben.«

»Was für Papiere?«

»Die Scheidungspapiere«, antwortete sie sanft. »Die lagen schon seit über zwölf Monaten bei mir zu Hause herum. Ich hab sie unterschrieben und bei meinem Anwalt abgegeben. Einfach so.« Sie bewegte leicht den Kopf und legte ihn dann wieder an meine Schulter. »Als ich meinen Namen druntersetzte, hatte ich das Gefühl, es würde nun alles irgendwie viel klarer.« Ihre Stimme war belegt. »War das bei dir auch so?«

Ich dachte darüber nach, wie ich mich gefühlt hatte, als ich im klimatisierten Zimmer eines Anwalts saß und meine kurze, armselige, fehlgeschlagene Ehe abhakte, indem ich auf einer gestrichelten Linie unterschrieb, die Papiere dreimal sauber faltete und in einen Umschlag schob. Auch wenn es therapeutisch wirken kann, die Vergangenheit einzupacken und eine Schleife drumzubinden, es hat doch etwas Erbarmungsloses an sich.

Meine Ehe mit Renee hatte keine zwei Jahre gedauert, und ich war in vielerlei Hinsicht in weniger als zwei Monaten darüber hinweggewesen. Aber Angie war über zwölf

Jahre lang mit Phil verheiratet gewesen. Ich hatte keine Vorstellung davon, wie es sein mochte, zwölf Jahre hinter sich zu lassen, auch wenn der Großteil davon noch so schlecht gewesen sein mochte.

»Ist dadurch alles klarer und besser geworden?« wollte sie wissen.

»Nein«, erwiderte ich und zog sie an mich. »Kein bißchen.«

12

Eine weitere Woche lang folgten wir Jason auf dem Campus und durch die Stadt, die Treppen hinauf zu Türen von Klassenräumen und Schlafzimmern, brachten ihn abends ins Bett und standen am nächsten Morgen mit ihm auf. Es war nicht gerade spannend. Sicher, Jason führte ein ziemlich bewegtes Leben, aber wenn man das Muster einmal erkannt hatte – Aufstehen, Essen, Unterricht, Sex, Lernen, Essen, Trinken, Sex, Schlafen – wurde es ziemlich schnell langweilig. Ich bin sicher, wäre ich beauftragt worden, den Marquis de Sade in seiner Blütezeit zu beschatten, wäre es auch sehr schnell öde geworden, wenn er zum dritten oder vierten Mal aus dem Schädel eines Kindes trank oder einen flotten Fünfer arrangierte.

Angie hatte recht gehabt: Das Leben von Jason und seinen Partnerinnen hatte etwas Einsames und Trauriges. Sie schaukelten durch ihr Leben wie Plastikenten in der Badewanne, fielen gelegentlich um und warteten so lange, bis sie wieder jemand aufrichtete, dann schaukelten sie weiter wie zuvor. Es gab keine Auseinandersetzungen, aber auch keine echte Leidenschaft. Es ging so ein Gefühl von der ganzen Gruppe aus, eine gewisse hilflose Unverbindlichkeit, eine leichte Selbstironie, eine Distanz zum eigenen Leben.

Und es schlich ihm niemand hinterher. Da waren wir uns

sicher. In den zehn Tagen hatten wir niemanden gesehen. Und wir hatten gut aufgepaßt.

Am elften Tag brach Jason aus seinem Trott aus.

Ich hatte keine Informationen über den Mord an Kara Rider erhalten, da Devin und Oscar nicht zurückriefen; der Zeitung entnahm ich lediglich, daß die Ermittlungen in einer Sackgasse steckten.

Das Beschatten von Jason lenkte mich anfangs ab, doch inzwischen war ich so gelangweilt, daß ich zu grübeln begann, aber auch das brachte mich nicht weiter. Kara war tot. Ich hätte es nicht verhindern können. Ihr Mörder war unbekannt und noch auf freiem Fuß. Richie Colgan hatte sich noch nicht wieder bei mir gemeldet, er hatte lediglich eine Nachricht hinterlassen, daß er am Ball bleibe. Hätte ich die Zeit gehabt, hätte ich mich selbst drum gekümmert, aber ich mußte ja Jason und seine Horde hilfloser Groupies beobachten, die einem herrlichen, leuchtenden *Indian summer* den Rücken kehrten, um die meiste Zeit schwarz gekleidet oder nackt in engen, verrauchten Räumen zu verbringen.

»Es tut sich was!« meldete Angie. Wir verließen die Gasse, in der wir gestanden hatten, und folgten Jason durch Brookline Village. Er schaute sich in einer Buchhandlung um, kaufte bei Egghead Software eine Packung mit 3,5-Zoll-Disketten und schlenderte dann ins Coolidge-Corner-Kino.

»Mal was Neues«, sagte Angie.

Seit zehn Tagen war Jason nicht wesentlich von seinem Tagesablauf abgewichen. Jetzt ging er ins Kino. Alleine.

Ich blickte zur Anzeigetafel hoch und dachte, daß ich wohl so oder so mit ihm hineingehen mußte. Hoffentlich war es kein Film von Bergman. Oder, noch schlimmer, ein Film von Fassbinder.

Das Coolidge Corner tendiert zu esoterischen Autorenfilmen und zu Klassikern, was in Zeiten stereotyper Hollywood-Produktionen eine tolle Sache ist. Dafür gibt es aber auch Wochen, in denen im Coolidge nichts anderes als Sozialdramen aus Finnland oder Kroatien zu sehen sind oder aus einem anderen frostigen Land mit Weltuntergangsstimmung, dessen blasse, ausgemergelte Bewohner nichts anderes zu tun haben, als den ganzen Tag herumzusitzen und über Kierkegaard, Nietzsche und ihr Elend zu philosophieren, anstatt sich vorzunehmen, an einen Ort mit mehr Licht und optimistischeren Menschen zu ziehen.

Heute jedoch wurde die ungekürzte Fassung von Coppolas *Apocalypse Now* gezeigt. Angie haßt den Film ebensosehr, wie ich ihn liebe. Sie behauptet, wenn sie ihn sehe, fühle sie sich immer, als habe sie zuviel Valium genommen und säße in einem Sumpf fest.

Sie blieb draußen, und ich ging hinein. In einem solchen Moment ist es von Vorteil, eine Kollegin zu haben, denn es ist sehr riskant, jemandem in ein Kino zu folgen, das nur zur Hälfte besetzt ist. Wenn die Zielperson mitten im Film beschließt zu gehen, kann man ihr kaum folgen, ohne sich verdächtig zu machen. Aber der Kollege kann sie ohne weiteres draußen übernehmen.

Das Kino war fast leer. Jason setzte sich weit vorne in die Mitte, ich saß zehn Reihen weiter hinten auf der linken Seite. Ein paar Reihen vor mir rechts befand sich ein Pärchen, und daneben machte ein ständig mit den Augen blinzelndes Mädchen mit einem roten Bandana im Haar Aufzeichnungen. Eine Filmstudentin.

Als Robert Duvall gerade am Strand eine Grillparty veranstaltete, kam ein Mann herein und setzte sich in die Reihe hinter Jason, ungefähr fünf Sessel links von ihm. Als die Kampfhubschrauber zur Musik von Wagner am frühen

Morgen das Dorf mit Geschützfeuer und Sprengstoff in Schutt und Asche legten, beleuchtete das Licht von der Leinwand das Gesicht des Mannes, so daß ich ihn betrachten konnte: glatte Wangen mit einem akkurat gepflegten Ziegenbärtchen, dunkles, gelocktes Haar und ein Stecker im Ohr.

Als Martin Sheen und Sam Bottoms in der Szene an der Do-Long-Brücke durch einen belagerten Schützengraben krochen und nach ihrem Bataillonsführer suchten, setzte sich der Mann vier Sessel weiter nach links.

»He, Soldat«, rief Sheen einem verängstigten schwarzen Jungen im Mörserfeuer zu, während Leuchtbomben den Himmel erhellten. »Welcher Offizier hat hier das Kommando?«

»Nicht Sie?« schrie der Junge zurück, und der Typ mit dem Zigenbärtchen beugte sich vor, während Jason den Kopf in den Nacken legte.

Kurz sagte er etwas zu Jason, doch als Martin Sheen den Schützengraben verließ und zum Boot zurückkehrte, trat der Typ in den Gang und kam auf mich zu. Er war ungefähr von meiner Statur und Größe, um die Dreißig und sah gut aus. Er trug einen dunklen, sportlichen Mantel und ein weites grünes, ärmelloses Shirt, dazu verwaschene Jeans und Cowboystiefel. Als er meinen Blick bemerkte, blinzelte er und sah auf seine Füße hinunter, die ihn aus dem Kino trugen.

»Hier gibt's keinen befehlshabenden Offizier«, erwiderte Sheen und kletterte ins Boot, während Jason aufstand und das Kino verließ.

Ich wartete drei Minuten und erhob mich dann ebenfalls. Das Patrouillenboot trieb unerbittlich auf Kurtz' Lager zu. Ich sah kurz auf der Toilette nach, um sicherzugehen, daß dort niemand war, dann ging ich nach draußen.

Auf der Harvard Street blinzelte ich wegen der plötzlichen Helligkeit und suchte dann alle Richtungen nach Angie, Jason oder dem Typ mit dem Ziegenbart ab. Nichts.

Ich ging die Beacon Street hoch, doch da war auch niemand. Angie und ich hatten vor langer Zeit beschlossen, daß derjenige ohne Auto nach Hause zurückkehrt, der bei einer Verfolgung abgehängt wird. So summte ich »O Sole mio«, ergatterte ein Taxi und fuhr damit zurück nach Hause.

Jason und der Typ mit dem Bart hatten sich zum Mittagessen im Sunset Grill auf der Brighton Avenue getroffen. Angie fotografierte sie von der anderen Straßenseite aus, und auf einem Bild waren die Hände beider Männer unter dem Tisch verschwunden. Mein erster Verdacht war ein Drogendeal.

Die beiden teilten sich die Rechnung, und als sie draußen auf der Brighton standen, streiften sich kurz ihre Hände, und beide lächelten scheu. So wie in dem Moment hatte ich Jason in den letzten Tagen nicht lächeln sehen. Normalerweise hatte er ein anzügliches, träges Grinsen im Gesicht, das vor Selbstbewußtsein strotzte. Doch jetzt lächelte er aufrichtig, fast schon schwärmerisch, als hätte er keine Zeit gehabt, darüber nachzudenken, bevor es auf seinen Wangen erschien.

Angie hielt das Lächeln und die Berührung der Hände auf einem Foto fest. Da änderte sich mein Verdacht.

Der Typ mit dem Bart ging die Brighton Street hoch bis zum Union Square, und Jason lief zurück nach Bryce.

Abends breiteten Angie und ich die Fotos auf ihrem Küchentisch aus und versuchten zu entscheiden, was wir Diandra Warren sagen sollten.

Es handelte sich um einen der Punkte, wo meine Verantwortung gegenüber dem Klienten nicht klar definiert war. Ich hatte keinen Grund zur Annahme, daß Jasons offenbare Bisexualität etwas mit den Drohanrufen zu tun haben könnte, die Diandra erhalten hatte. Auf der anderen Seite bestand aber auch kein Anlaß, ihr nichts von diesem Treffen zu sagen. Ich wußte jedoch nicht, ob Jason sich ihr gegenüber geoutet hatte, und wollte das nicht unbedingt selbst übernehmen, zudem er auf diesem einen Foto zum ersten Mal, seitdem wir ihn beschatteten, wirklich glücklich aussah.

»Okay«, begann Angie, »ich glaub, ich hab's.«

Sie reichte mir das Bild von Jason und seinem Freund, auf dem beide aßen und sich nicht ins Gesicht sahen, sondern sich aufs Essen konzentrierten.

»Er hat sich mit ihm getroffen und mit ihm zu Mittag gegessen. Das ist alles«, legte Angie mir dar. »Wir zeigen Diandra dieses Foto und die anderen mit Jason und seinen Frauen, fragen sie, ob sie den Typen kennt, aber solange sie nicht damit anfängt, erzählen wir nichts von einer möglichen Liebesgeschichte.«

»Hört sich gut an.«

»Nein«, entschied Diandra, »den Mann habe ich noch nie gesehen. Wer ist das?«

Ich schüttelte den Kopf. »Weiß ich nicht. Eric?«

Eric betrachtete das Foto lange und schüttelte schließlich den Kopf. »Nein.« Er gab es mir zurück. »Nein«, wiederholte er.

Angie erklärte: »Dr. Warren, das ist alles, was wir nach zehn Tagen haben. Jason begrenzt seine sozialen Kontakte auf wenige Menschen, und das waren bis heute ausschließlich Frauen.«

Diandra nickte und tippte dann mit dem Finger auf den Kopf von Jasons Freund. »Sind die beiden ein Paar?«

Ich sah Angie an. Sie sah mich an.

»Kommen Sie, Mr. Kenzie, glauben Sie, ich weiß nichts von Jasons sexueller Orientierung? Er ist mein Sohn.«

»Also spricht er darüber?« wollte ich wissen.

»Nein. Er hat sich noch nie mit mir darüber unterhalten, aber ich wußte es schon, würde ich sagen, als er noch ein kleiner Junge war. Und ich habe ihn wissen lassen, daß ich absolut kein Problem habe mit Homosexualität, Bisexualität oder wie man es auch immer nennen mag, ohne jedoch von ihm selbst zu sprechen. Aber ich glaube, daß ihm seine Sexualität irgendwie peinlich ist und ihn verwirrt.« Wieder tippte sie auf das Foto. »Ist dieser Mann gefährlich?«

»Wir haben keinen Grund zu dieser Annahme.«

Sie zündete sich eine Zigarette an, lehnte sich dann auf der Couch zurück und blickte mich an. »Und? Wo sind wir jetzt?«

»Haben Sie keine weiteren Drohungen oder Fotos per Post erhalten?«

»Nein.«

»Dann sehe ich es so, daß wir momentan nur Ihr Geld verschwenden, Dr. Warren.«

Sie warf Eric einen Blick zu, der zuckte mit den Schultern.

Dann wandte sie sich wieder an uns. »Am Wochenende fahre ich mit Jason zu unserem Haus in New Hampshire. Wenn wir zurückkommen, können Sie Jason dann noch ein paar Tage beobachten, damit ich beruhigt sein kann?«

»Ja, sicher.«

Am Freitag morgen rief Angie an, um mir zu sagen, daß Diandra Jason abgeholt habe und mit ihm nach New Hampshire gefahren sei. Ich hatte ihn den ganzen Donnerstag abend beobachtet, es war jedoch nichts passiert. Keine Drohungen, keine verdächtig aussehenden Gestalten vor seiner Zimmertür, kein Stelldichein mit dem Spitzbart.

Wir hatten uns den Arsch aufgerissen, um den Typen zu identifizieren, aber es war fast, als sei er aus dem Nichts gekommen und wieder dahin zurückgekehrt. Er war kein Student oder Dozent in Bryce. Er arbeitete in keinem der Etablissements, die im Umkreis von einer Meile vom Campus lagen. Wir hatten sogar einen Freund von Angie, einen Kriminalbeamten, gebeten, das Gesicht in den Computer zu füttern und mit der Verbrecherkartei abzugleichen. Da er Jason ganz offen getroffen hatte und ihr Treffen mehr als freundschaftlich gewesen war, gab es keinen Grund zu der Annahme, er könne gefährlich sein, deshalb beschlossen wir, die Augen offenzuhalten, falls er wieder auftauchen sollte. Vielleicht kam er aus einem anderen Staat. Vielleicht war er eine Fata Morgana.

»Also haben wir das Wochenende frei«, freute sich Angie. »Was hast du vor?«

»Soviel Zeit wie möglich mit Grace verbringen.«

»Du bist ihr verfallen!«

»Stimmt. Was ist mit dir?«

»Sag ich dir nicht!«

»Och, bitte!«

»Nein!«

»Dann paß gut auf!« ermahnte ich sie.

»Ja, gut.«

Ich machte meine Wohnung sauber. Das dauerte nicht lange, weil ich nie lange genug da bin, um sie in Unordnung zu bringen. Als ich auf den Zettel mit dem »HI!« und die Aufkleber stieß, spürte ich ein warmes Prickeln im Nacken, doch schüttelte ich es ab und warf alles in ein Fach meines Fernsehschranks.

Erneut rief ich Richie Colgan an, erreichte aber nur seine Mailbox und hinterließ eine Nachricht. Dann blieb nichts mehr zu tun, als zu duschen, mich zu rasieren und zu Grace zu gehen. Oh, happy day!

Als ich die Treppe runterging, hörte ich unten in der Eingangshalle zwei Menschen schwer atmen. Ich kam um die Ecke und sah Stanis und Liva, die sich wie zwei Boxer zur zwanzigsten Runde gegenüberstanden.

Stanis hatte ein paar Kilo Weizenmehl auf dem Kopf, und der schmierige Hausmantel seiner Frau war über und über mit frischem Ketchup und dampfendem Rührei bedeckt. Die beiden starrten sich an, die Adern am Hals waren hervorgetreten, Livas linkes Augenlid zuckte wie verrückt, während sie mit der rechten Hand eine Apfelsine knetete.

Ich kannte sie gut genug, um keine Fragen zu stellen.

Auf Zehenspitzen schlich ich an ihnen vorbei, öffnete die erste Tür und machte sie hinter mir wieder zu, als ich den schmalen Flur betrat. Dort stieß ich auf einen weißen Briefumschlag. Das schwarze Gummi unter der Eingangstür sitzt so fest an der Schwelle, daß es leichter wäre, ein Nilpferd in eine Klarinette zu quetschen, als ein Blatt Papier unter der Eingangstür hindurchzuschieben.

Ich sah mir den Umschlag an. Keine Risse oder Falten.

In die Mitte waren die Worte »patrick kenzie« getippt.

Ich ging zurück in die Eingangshalle, wo Stanis und Liva noch immer in der gleichen Position verharrten wie zuvor: Das Essen dampfte auf ihrer Kleidung, und Liva hielt die Apfelsine umklammert.

»Stanis«, sprach ich ihn an, »haben Sie heute jemandem die Tür geöffnet? Ungefähr in der letzten halben Stunde?«

Er schüttelte den Kopf, wobei etwas Mehl auf den Boden

rieselte, wandte den Blick aber nicht von seiner Frau ab. »Die Tür aufgemacht? Einem Fremden? Ich bin nicht verrückt!« Er wies auf Liva. »Sie ist verrückt.«

»Ich werd's dir zeigen«, rief sie und warf ihm die Orange an den Kopf.

Ich hörte ihn aufschreien, machte mich davon und schloß die Tür hinter mir.

Dann stand ich im Flur, den Briefumschlag in der Hand, und fühlte im Magen eine zähe Angst aufsteigen, konnte jedoch den Grund nicht genau benennen.

Warum? flüsterte eine Stimme.

Dieser Umschlag. Dieser Zettel mit dem »HI!«. Diese Aufkleber.

Nichts davon bedroht mich, flüsterte die Stimme. Zumindest nicht offenkundig. Nur Wörter und Papier.

Ich öffnete die Tür und trat auf die Veranda. Gegenüber von mir auf dem Schulhof war gerade Pause. Nonnen jagten Kinder in die Ecke des Hofes, wo man Himmel und Hölle spielen konnte, und ich sah, wie ein Junge ein Mädchen an den Haaren zog, das mich an Mae erinnerte, so wie sie mit leicht seitlich geneigtem Kopf dastand, als verrate ihr die Luft ein Geheimnis. Als sie der Junge an den Haaren zog, schrie sie auf und schlug sich an den Hinterkopf, als würde sie von Fledermäusen angegriffen, und der Junge rannte zu seinen Freunden hinüber. Das Mädchen hörte auf zu kreischen und sah sich um, verwirrt und allein, und ich wollte hinüberlaufen, den kleinen Dreckskerl fangen und ihn an den Haaren ziehen, damit er sich genauso verwirrt und einsam fühlte, selbst wenn ich in seinem Alter selbst wohl hundertmal dasselbe getan hatte wie er.

Ich nehme an, mein Gefühl hatte etwas mit dem Älterwerden zu tun, mit der Einsicht, daß Gewalt gegen Kinder nur sehr selten unwillkürlich geschieht, und dem Wissen, daß jeder noch so kleine Schmerz das Reine und unendlich Zerbrechliche in einem Kind verletzt und zerstört.

Vielleicht hatte ich aber auch einfach nur schlechte Laune.

Ich sah den Briefumschlag in meiner Hand an, und etwas sagte mir, daß ich nicht allzu viel Lust hatte, seinen Inhalt zu lesen. Ich tat es trotzdem. Als ich ihn gelesen hatte, betrachtete ich die Eingangstür aus eindrucksvoll schwerem Holz mit dem Glaseinsatz, daneben die Alarmdrähte und die drei in der späten Morgensonne glänzenden Messingschlösser. Sie schienen mich zu verhöhnen.

Auf dem Zettel stand:

patrick,
vergißnichthochzusehen.

13

»Paß auf, Mae!« mahnte Grace.

Wir überquerten die Mass. Ave. Bridge von der Cambridge-Seite aus. Der Charles unter uns glitzerte karamelfarben in der untergehenden Sonne, wir sahen die Harvard-Mannschaft im Boot vorbeifahren, die Ruderblätter schnitten scharf wie Macheten ins Wasser.

Mae stand auf dem fünfzehn Zentimeter hohen Bordstein, der den Bürgersteig von der Straße trennt, mit den Fingern ihrer rechten Hand in meiner versuchte sie die Balance zu halten.

»Smoots?« fragte sie erneut, ihre Lippen schmatzten das Wort, als wäre es aus Schokolade. »Wieso heißen die Smoots, Patrick?«

»So haben sie die Brücke ausgemessen«, erklärte ich. »Die Studenten von Harvard haben Oliver Smoot benutzt, um die Brücke zu messen, sie haben ihn draufgelegt.«

»Mochten sie ihn nicht?« Sie sah mit verdunkeltem Blick auf die nächste Smoot-Marke.

»Doch, sie mochten ihn. Es war nur ein Spaß.«

»Ein Spiel?« Sie schaute mir ins Gesicht und lachte.

Ich nickte. »So haben sie die Messung in Smoots ins Leben gerufen.«

»Smoots«, wiederholte sie und kicherte. »Smoots.«

Ein Lkw fuhr vorbei und erschütterte die Brücke unter unseren Füßen.

»Du kommst jetzt besser herunter, mein Schatz«, sagte Grace.

»Ich ...«

»Komm!«

Sie hüpfte neben mir herunter. »Smoots«, sagte sie zu mir mit einem verrückten Grinsen, als sei das nun unser Privatwitz.

1958 hatten einige Stundenten aus den höheren Semestern des Massachusetts Institute of Technology Oliver Smoot auf die Mass. Ave. Bridge gelegt und dann erklärt, die Brücke sei 364 Smoots plus ein Ohr lang. Irgendwie wurde diese Maßeinheit zum gemeinsamen Kulturgut von Boston und Cambridge, und immer, wenn die Brücke überholt wird, werden die Smoot-Marken frisch nachgemalt.

Wir verließen die Brücke und gingen in östlicher Richtung am Fluß entlang. Es war früher Abend, die Luft hatte die Farbe von Scotch, die Bäume leuchteten in allen erdenklichen Rottönen, als würden sie brennen, das dunstige, dunkle Gold des Himmels setzte sich vom explosiven Kirschrot, Limettengrün und Hellgelb des Blätterdachs ab, das sich über uns erstreckte.

»Erklär mir das noch mal!« sagte Grace und schob ihren Arm unter meinen. »Deine Klientin hat eine Frau kennengelernt, die behauptet, sie sei die Freundin eines Mafioso.«

»War sie aber nicht, und soweit wir wissen, hat er mit der ganzen Sache auch nichts zu tun. Die Frau ist verschwunden, wir haben keinen einzigen Beweis, daß es sie überhaupt je gegeben hat. Der Sohn meiner Klientin, Jason, scheint außer seiner möglichen Bisexualität, die seine Mutter nicht stört, keine weiteren Leichen im Keller zu haben.

Wir haben den Jungen eineinhalb Wochen lang beschattet, können aber nichts weiter vorweisen als einen Typ mit einem Ziegenbärtchen, der vielleicht eine Affäre mit ihm hat, der sich aber ebenfalls in Luft aufgelöst hat.«

»Und dieses Mädchen, das du kanntest? Die umgebracht worden ist?«

Ich zuckte mit den Achseln. »Nichts. All ihre Freunde und Bekannten sind entlastet, selbst die Penner, mit denen sie sich herumgetrieben hat, und Devin nimmt nicht ab, wenn ich anrufe. Es ist total beschissen ...«

»Patrick!« mahnte Grace.

Ich blickte auf Mae hinunter.

»Ups«, verbesserte ich mich. »Es ist wie verhext.«

»Schon besser.«

»Scottie!« rief Mae. »Scottie!«

Vor uns neben dem Joggingpfad saß ein Ehepaar mittleren Alters auf der Wiese, neben dem Mann lag ein schwarzer Scotch Terrier, den dieser geistesabwesend tätschelte.

»Darf ich?« fragte Mae Grace.

»Frag erst den Mann!«

Mae trat leicht zögernd vom Pfad auf den Rasen, als nähere sie sich einer unsichtbaren Grenze. Der Mann und die Frau lächelten sie an, dann blickten sie zu uns herüber, und wir winkten ihnen zu.

»Ist der Hund lieb?«

Der Mann nickte. »Viel zu lieb.«

Mae hielt die Finger ungefähr zwanzig Zentimeter vom Kopf des Terriers entfernt. Er hatte sie noch nicht bemerkt. »Beißt er auch nicht?«

»Nein, der beißt nicht«, beruhigte die Frau. »Wie heißt du?«

»Mae.«

Der Hund sah hoch, und Mae zuckte mit dem Arm zurück, doch der Hund stellte sich nur langsam auf die Hinterbeine und schnüffelte.

»Mae«, stellte die Frau vor, »das ist Indy.«

Indy schnüffelte an Maes Bein, und sie sah unsicher über die Schulter zu uns herüber.

»Er möchte gestreichelt werden«, erklärte ich.

Ganz langsam senkte sie sich hinab und berührte seinen Kopf. Er stieß mit der Schnauze an ihre Handfläche, und sie ging noch ein bißchen weiter herunter. Je näher sie ihm kam, desto stärker wurde mein Bedürfnis, die Besitzer zu fragen, ob ihr Hund wirklich nicht beiße. Es war ein komisches Gefühl. Scotch Terrier sind ungefähr so gefährlich wie Guppies oder Sonnenblumen, doch das beruhigte mich momentan nicht gerade, als ich Maes winzigen Körper immer näher an diese mit Zähnen bewehrte Kreatur heranrücken sah.

Als Indy Mae ansprang, wollte ich mich schon dazwischenwerfen, doch Grace legte mir die Hand auf den Arm. Mae quietschte, und dann tollte sie mit dem Hund auf dem Rasen herum, als seien sie alte Freunde.

Grace seufzte. »Bis eben war das Kleid noch sauber.«

Wir setzten uns auf eine Bank und sahen eine Weile Mae und Indy zu, die sich jagten, übereinander stolperten und herfielen, wieder aufstanden und von neuem anfingen.

»Sie haben eine wunderbare Tochter«, bemerkte die Frau.

»Vielen Dank«, antwortete Grace.

Mae raste an der Bank vorbei, die Hände hoch über dem Kopf, und kreischte, während Indy ihr in die Beine zwickte. Sie liefen noch ungefähr zwanzig Meter weiter, dann purzelten beide in einer kleinen Wolke von Gras und Staub übereinander.

»Wie lange sind Sie schon verheiratet?« wollte die Frau wissen.

Bevor ich antworten konnte, kniff mir Grace mit den Fingern in den Oberschenkel.

»Fünf Jahre«, erwiderte sie.

»Sie sehen aus wie frisch verheiratet«, meinte die Frau.

»Sie auch.«

Der Mann lachte, und seine Frau stieß ihn mit dem Ellenbogen an.

»Wir fühlen uns wie frisch verheiratet«, fügte Grace hinzu. »Stimmt doch, Liebling, oder?«

Gegen acht brachten wir Mae ins Bett, und sie war sofort weg, so sehr hatte unser langer Spaziergang am Fluß und das Herumtollen mit Indy sie erschöpft. Als wir wieder ins Wohnzimmer zurückgingen, fing Grace sofort an aufzuräumen, sie hob Malbücher, Spielzeug, Illustrierte und Horror-Romane vom Boden auf. Die Zeitschriften und die Bücher gehörten nicht Grace, sondern Annabeth. Grace' Vater starb, als sie noch zum College ging; er hinterließ seinen Töchtern ein bescheidenes Vermögen. Grace verbrauchte ihren Anteil ziemlich schnell, sie zahlte in den letzten beiden Jahren die Gebühren in Yale, die nicht durch ihr Stipendium abgedeckt wurden, und finanzierte dann sich selbst, ihren damaligen Ehemann Bryan und Mae, bevor Bryan sie verließ und Tufts Medical sie für ein Forschungsstipendium annahm.

Die vier Jahre jüngere Annabeth absolvierte ein Jahr an einem College und verpulverte dann den Großteil ihres Erbes auf einer einjährigen Reise durch Europa. Die Fotos von dieser Tour hatte sie an das Kopfende ihres Bettes und an ihre Frisierkommode geklebt – sie waren allesamt in Kneipen aufgenommen worden. Wie man sich mit vierzig Riesen durch Europa säuft.

Aber sie kam klasse mit Mae aus. Annabeth sorgte dafür,

daß die Kleine rechtzeitig ins Bett kam, daß sie richtig aß und sich die Zähne ordentlich putzte und nur an ihrer Hand die Straße überquerte. Annabeth ging mit Mae zu Kindergartenaufführungen, ins Kindermuseum, auf den Spielplatz. Sie tat all das, wozu Grace keine Zeit hatte, weil sie neunzig Stunden die Woche arbeitete.

Wir räumten die Sachen der beiden auf und machten es uns dann auf der Couch gemütlich. Im Fernsehen gab es nichts, was sich anzusehen lohnte. Bruce Springsteen hatte recht: 57 Kanäle und nichts drin.

Also schalteten wir den Fernseher aus und setzten uns so hin, daß wir uns ansehen konnten. Sie erzählte mir von den letzten drei Tagen in der Notaufnahme, daß immer mehr Verletzte reingebracht wurden, daß sich die Körper auf den Bahren stapelten wie Klafterholz in einer Skihütte, daß der Geräuschpegel den eines Heavy-metal-Konzerts erreichte, daß eine alte Frau, die bei einem Handtaschendiebstahl umgestoßen worden und mit dem Kopf auf den Bürgersteig gefallen war, Grace' Hand gehalten hatte und einfach so gestorben war, während ihr lautlos die Tränen das Gesicht hinunterliefen. Sie erzählte von vierzehnjährigen Bandenmitgliedern mit unschuldigem Gesicht, denen das Blut aus der Brust strömte wie aus einem Farbtopf, während die Ärzte versuchten, das Leck zu stopfen. Von einem Baby, dessen linker Arm dreimal am Ellenbogen gebrochen und am Schultergelenk nach hinten gedreht worden war und dessen Eltern behaupteten, es sei hingefallen. Von einer kreischenden Cracksüchtigen, die mit den Krankenpflegern kämpfte, weil sie die nächste Ration brauchte und es ihr scheißegal war, daß die Ärzte ihr erst das Messer, das in ihrem Auge steckte, entfernen wollten.

»Und meinen Job findest du brutal?« fragte ich.

Sie lehnte ihre Stirn gegen meine. »Noch ein Jahr, dann

bin ich in der Kardiologie. Noch ein Jahr.« Sie lehnte sich zurück, nahm meine Hände in ihre und legte sie in ihren Schoß. »Dieses Mädchen, das im Park umgebracht wurde«, wollte sie wissen, »hat die was mit dem anderen Fall zu tun?«

»Wie kommst du darauf?«

»Nur so. War nur eine Frage.«

»Nein. Wir haben den Warren-Fall nur zufällig zu der Zeit angenommen, als Kara umgebracht wurde. Warum meinst du das?«

Sie fuhr mir mit den Händen die Arme hoch. »Weil du angespannt bist, Patrick. So habe ich dich noch nicht erlebt.«

»Wieso?«

»Ach, du überspielst es gut, aber ich spüre es an deinem Körper, ich sehe es daran, wie du stehst, als ob du erwartest, jeden Moment von einem Lkw umgefahren zu werden.« Sie küßte mich. »Irgendwas hat dich aus dem Gleichgewicht gebracht.«

Ich dachte an die letzten elf Tage. Ich hatte mit drei geisteskranken Mafiosi (vier, wenn man Pine dazuzählte) an einem Tisch gesessen. Dann hatte ich eine Frau gesehen, die auf dem Boden festgenagelt war. Dann hatte mir jemand eine Schachtel mit Aufklebern und ein »HI!« geschickt. Dann hatte ich einen Zettel mit der Nachricht »vergißnichthochzusehen« gefunden. Menschen ballerten auf Abtreibungskliniken und U-Bahn-Waggons und jagten Botschaften in die Luft. In Kalifornien rutschten Häuser von den Hängen, in Indien verschwanden sie in der Erde. Hatte ich nicht Grund genug, aus dem Gleichgewicht zu sein?

Ich schlang die Arme um ihre Taille und zog sie zu mir herunter, schob die Hände unter ihren Pullover und fuhr mit den Handflächen an der Seite ihrer Brüste entlang. Sie biß sich auf die Unterlippe, ihre Pupillen weiteten sich ein wenig.

»Du hast letztens morgens etwas zu mir gesagt«, begann ich.

»Ich habe letztens morgens ’ne ganze Menge zu dir gesagt«, gab sie zurück. »Zum Beispiel habe ich ein paarmal ›O Gott‹ gesagt, wenn ich mich richtig erinnere.«

»Das meine ich nicht.«

»Oh«, bemerkte sie und schlug mir mit den Händen auf die Brust. »Dieses ›Ich liebe dich‹. Meinen Sie das, Detective?«

»Ja, Ma’am.«

Sie knöpfte mein Hemd bis zum Bauchnabel auf und streichelte mir über die Brust. »Und? Was ist damit? Ich – liebe – dich.«

»Warum?«

»Warum?« wiederholte sie.

Ich nickte.

»Das ist ja wohl die dümmste Frage, die ich je gehört habe. Fühlst du dich nicht liebenswert, Patrick?«

»Vielleicht nicht«, entgegnete ich, während sie die Narbe auf meinem Bauch berührte.

Sie sah mir in die Augen. Ihr Blick war freundlich und warm. Sie beugte sich vor und glitt an meinem Körper herunter, bis ihr Kopf in meinem Schoß lag. Sie knöpfte den Rest des Hemdes auf und legte das Gesicht auf die Narbe. Mit der Zunge zog sie die Umrisse nach, dann küßte sie sie.

»Ich liebe diese Narbe«, sagte sie und stützte das Kinn darauf ab, während sie mir ins Gesicht sah. »Ich liebe sie, weil sie ein Zeichen des Bösen ist. Genau das war dein Vater, Patrick. Böse. Und so wollte er dich auch machen. Aber er hat es nicht geschafft. Du bist nämlich freundlich und zärtlich, du kommst so toll mit Mae zurecht, und sie hat dich richtig lieb.« Mit den Fingerkuppen trommelte sie auf die Narbe. »Siehst du, dein Vater hat verloren, weil du ein guter Mensch bist, und wenn er dich nicht geliebt hat, dann ist das, verdammt noch mal, sein Problem, nicht deins. Er war ein Arschloch, und du bist alle Liebe wert.« Sie erhob sich auf allen vieren über mich. »Meine ganze Liebe und Maes ganze Liebe.«

Eine Minute lang konnte ich nicht sprechen. Ich blickte in Grace' Gesicht und sah all die Fältchen, ich wußte, wie sie im Alter aussehen würde, daß viele Männer in fünfzehn oder zwanzig Jahren nicht mehr erkennen würden, wie wunderschön ihr Gesicht und ihr Körper einmal gewesen waren, und es war mir egal. Weil es auf lange Sicht vollkommen nebensächlich war. Ich habe meiner Exfrau Renee gesagt, daß ich sie liebe, und sie hat es auch zu mir gesagt, aber wir wußten beide, daß es eine Lüge war, vielleicht ein verzweifelter Wunsch, aber ganz und gar unrealistisch. Ich liebte meine Kollegin und meine Schwester, und meine Mutter hatte ich auch geliebt, obwohl ich sie nie wirklich gekannt hatte.

Aber so etwas wie jetzt hatte ich noch nie gespürt.

Als ich zu sprechen versuchte, war meine Stimme rauh und unsicher, die Worte blieben mir im Hals stecken. Ich hatte feuchte Augen, und mein Herz fühlte sich an, als blute es.

Als ich klein war, liebte ich meinen Vater, aber er tat mir immer nur weh. Er hörte einfach nicht auf damit. Egal wie sehr ich weinte, egal wie sehr ich ihn anflehte, egal wie sehr ich versuchte zu verstehen, was er von mir wollte, was ich tun konnte, um seine Liebe zu verdienen, anstatt Opfer seines Zorns zu sein.

»Ich liebe dich«, sagte ich zu ihm, und er lachte. Und lachte. Und dann schlug er mich noch ein paarmal.

»Ich liebe dich«, sagte ich einmal, als er meinen Kopf gegen eine Tür schlug, da drehte er mich um und spuckte mir ins Gesicht.

»Ich hasse dich«, sagte ich ihm ganz ruhig, kurz bevor er starb.

Darüber lachte er ebenfalls. »Ein Punkt für den alten Mann.«

»Ich liebe dich«, sagte ich nun zu Grace.

Und sie lachte. Aber es war ein wunderbares Lachen. Ein überraschtes, erleichtertes, befreites Lachen, auf das zwei Tränen folgten, die von ihren Wangen in meine Augen fielen und sich dort mit meinen Tränen vermischten.

»O mein Gott«, stöhnte sie, legte sich wieder auf mich und streifte meine Lippen mit den ihren. »Ich liebe dich auch, Patrick.«

14

Grace und ich waren noch nicht ganz soweit, daß ich so lange bei ihr blieb, bis Mae uns morgens zusammen im Bett fand. Der Moment stand kurz bevor, doch keiner von uns nahm ihn auf die leichte Schulter. Mae wußte, daß ich ein »besonderer Freund« ihrer Mutter war, aber bis wir sicher waren, daß dieser besondere Freund längerfristig dasein würde, brauchte sie nicht wissen, was besondere Freunde so miteinander anstellten. Ich hatte zu viele Bekannte, die ohne Vater, dafür aber mit einem beachtlichen Arsenal an Onkeln im Bett ihrer Mutter aufwuchsen, und ich hatte gesehen, wie sehr es sie verstört hatte.

Deshalb ging ich kurz nach Mitternacht. Als ich den Schlüssel unten in die Eingangstür steckte, hörte ich mein Telefon in der Ferne klingeln. Als ich oben ankam, sprach Richie Colgan auf den Anrufbeantworter:

». . . namens Jamal Cooper wurde im September '73 . . .«

»Ich bin's, Rich.«

»Patrick, lebst du also doch noch! Und dein Anrufbeantworter geht auch wieder.«

»Der war doch nicht kaputt.«

»Na, dann nimmt er halt nur keine Nachrichten vom schwarzen Mann entgegen.«

»Bist du nicht durchgekommen?«

»Ich habe in der letzten Woche bestimmt ein halbes dutzendmal angerufen, aber es hat immer nur geklingelt und geklingelt.«

»Und mein Büro?«

»Das gleiche.«

Ich hob meinen Anrufbeantworter hoch und guckte drunter. Nicht, daß ich nach irgend etwas Besonderem suchte, es schien mir einfach die übliche Reaktion zu sein. Ich prüfte die Buchsen und Eingänge; nichts – alles war richtig eingesteckt. Und ich hatte die ganze Woche über Nachrichten erhalten.

»Ich weiß nicht, was ich sagen soll, Rich. Scheint alles in Ordnung zu sein. Vielleicht hast du dich verwählt.«

»Ist ja egal. Ich habe die Informationen, die du brauchst. Ach ja, wie geht es Grace?«

Richie und seine Frau Sherilynn hatten mich im Sommer mit Grace verkuppelt. Sherilynn vertrat schon seit zehn Jahren die Theorie, daß ich nur eine starke Frau brauchte, um mein Leben auf die Reihe zu bekommen, eine Frau, die mir regelmäßig die Hölle heiß macht und mir nichts durchgehen läßt. Neunmal hatte sie sich geirrt, aber beim zehnten Versuch schien es zu klappen, so wie es aussah.

»Sag Sheri, ich bin hin und weg.«

Er lachte. »Das wird ihr gefallen. Aber wirklich! Haha, als du Grace das erste Mal angesehen hast, wußte ich, daß du erledigt warst. Fix und fertig.«

»Hmm«, brummte ich.

»Gut«, sagte er zu sich selbst und gluckste. »Okay, willst du deine Infos?«

»Der Stift liegt schon bereit.«

»Hauptsache, es steht auch ein Kasten Heineken bereit.«

»Versteht sich von selbst.«

»In den letzten fünfundzwanzig Jahren«, begann Richie, »hat es in dieser Stadt eine Kreuzigung gegeben. Der Junge hieß Jamal Cooper. Schwarz, einundzwanzig Jahre alt. Er wurde im September '73 gefunden, war auf die Bohlen im Keller einer Absteige am alten Scollay Square genagelt.«

»Kurze Biographie von Cooper?«

»Er war ein Junkie. Heroin. Vorstrafenregister so lang wie ein Footballfeld. Das meiste war Kleinscheiß: Bagatelldelikte, Anstiftung zur Prostitution, aber auch ein paar Einbrüche, dafür hat er zwei Jahre in der ehemaligen Strafvollzugsanstalt Dedham bekommen. Aber trotzdem, Cooper war nur ein kleiner Fisch. Wäre er nicht gekreuzigt worden, hätte gar keiner mitbekommen, daß er tot war. Und selbst hier haben sich die Bullen am Anfang nicht gerade den Arsch aufgerissen.«

»Wer war der ermittelnde Beamte?«

»Zwei Leute. Ein Inspector Brett Hardiman und, laß mal sehen, ja, ein Detective Sergeant Gerald Glynn.«

Ich wurde aufmerksam. »Haben sie jemanden eingebuchtet?«

»Tja, da wird es interessant. Ich mußte ein bißchen wühlen, aber es gab einen Tag lang ein bißchen Aufregung in den Zeitungen, als ein Typ namens Alec Hardiman vernommen wurde.«

»Warte mal, hast du nicht gerade ...?«

»Ja. Alec Hardiman war der Sohn des leitenden ermittelnden Beamten Brett Hardiman.«

»Was passierte?«

»Der junge Hardiman wurde entlastet.«

»Wurde gemauschelt?«

»Sieht nicht so aus. Hatten wohl nicht viel in der Hand gegen ihn. Er kannte Jamal Cooper flüchtig, glaube ich, und das war's auch schon. *Aber ...*«

»Was?«

Mehrere Telefone bei Richie klingelten gleichzeitig, und er sagte: »Warte mal.«

»Nein, Rich. Nein, ich ...«

Er ließ mich in der Leitung hängen, das Schwein. Ich wartete. Als er wieder dranging, war seine Stimme wieder die des gestreßten Lokalredakteurs. »Patrick, ichmußschlußmachen.«

»Nein.«

»Doch. Hier, dieser Alec Hardiman wurde '75 wegen eines anderen Mordes verurteilt. Er sitzt lebenslänglich in Walpole. Mehr hab ich nicht. Mußschlußmachen.«

Er legte auf, und ich blickte auf die Namen auf meinem Blatt herunter: Jamal Cooper. Brett Hardiman. Alec Hardiman. Gerald Glynn.

Ich zog in Erwägung, Angie anzurufen, doch war es schon spät; Jason die ganze Woche beim Nichtstun zu beobachten hatte sie bestimmt geschafft.

Eine Weile starrte ich das Telefon an, dann nahm ich meine Jacke und verließ die Wohnung.

Die Jacke brauchte ich gar nicht. Es war ein Uhr nachts, und die Feuchtigkeit legte sich auf meine Haut, bis sie die Poren verklebte und sich die Haut eklig schmierig anfühlte.

Oktober. Nun gut.

Gerry Glynn spülte Gläser an der Theke, als ich den Black Emerald betrat. Die Kneipe war leer, die drei Fernseher liefen, doch der Ton war abgestellt, aus der Jukebox drangen leise die Pogues mit ihrer Version von »Dirty Old Town«, die Barhocker standen auf der Theke, der Boden war gewischt, die bernsteinfarbenen Aschenbecher glänzten.

Gerry blickte ins Waschbecken. »Sorry«, sagte er, ohne hochzublicken. »Geschlossen.«

Auf dem Billardtisch im hinteren Bereich hob Patton den Kopf und sah mich an. Ich konnte seinen Kopf im Zigarettenqualm, der dort noch immer wie eine Wolke hing, nicht deutlich erkennen, doch wußte ich, was er sagen würde, wenn er sprechen könnte: »Hast du nicht gehört? Wir haben *geschlossen.*«

»Hi, Gerry.«

»Patrick«, sagte er verwirrt, aber erfreut. »Was führt dich her?«

Er trocknete sich die Hände ab und streckte mir seine Rechte entgegen. Ich schüttelte sie, er drückte meine fest und sah mir in die Augen, eine Gewohnheit der älteren Generation, die mich an meinen Vater erinnerte.

»Ich müßte dir ein, zwei Fragen stellen, Gerry, wenn du ein bißchen Zeit hast.«

Er legte den Kopf schief, und die sonst immer freundlichen Augen verloren ihre Sanftheit. Dann klärten sie sich wieder auf, er hievte seinen schweren Körper auf den Kühlschrank hinter sich und hob die Hände. »Klar. Willst du ein Bier oder so?«

»Ich will dir keine Umstände machen, Gerry.« Ich ließ mich auf einem Barhocker gegenüber von ihm nieder.

Er öffnete die Tür des Kühlschranks unter ihm. Sein dicker Arm tauchte hinein, Eiswürfel klapperten. »Kein Problem. Weiß nur nicht, was ich jetzt in der Hand halte.«

Ich lächelte. »Solange es kein Busch ist.«

Er lachte. »Nein. Es ist ein ...« Er zog den in Eiswasser gebadeten Arm heraus, auf der Unterseite seines Armes hatten sich weiße Flecken gebildet. »... Lite.«

Ich grinste, als er es mir reichte. »Wie Sex im Segelboot«, zitierte ich.

Er lachte laut auf und sprudelte die Pointe hervor: »Verdammt nah am Wasser. Den Spruch find ich klasse.« Er griff hinter sich und nahm, ohne hinzusehen, eine Flasche Wodka Stolichnaya aus dem Regal. Dann goß er sich einen Schluck in ein hohes Schnapsglas, stellte die Flasche zurück und hob sein Glas.

»Prost!«

»Prost!« erwiderte ich und trank einen Schluck Lite. Das Bier schmeckte wirklich wie Wasser, aber immer noch besser als Busch. Klar, selbst ein Glas Benzin ist besser als ein Busch.

»Also, was wolltest du wissen?« fragte Gerry. Er klopfte auf seinen dicken Bauch. »Neidisch auf meinen Körper?«

Ich lächelte. »Ein bißchen.« Dann nahm ich noch einen Schluck Bier. »Gerry, was kannst du mir über einen Mann namens Alec Hardiman erzählen?«

Er hielt das Schnapsglas gegen das Neonlicht, so daß sich die klare Flüssigkeit im schimmernden Licht auflöste. Er drehte das Glas in der Hand und betrachtete es.

»Also«, sagte er ruhig, den Blick aufs Glas gerichtet, »woher könntest du wohl den Namen kennen, Patrick?«

»Er wurde mir genannt.«

»Du hast nach Mordfällen gesucht, bei denen ähnlich vorgegangen wurde wie bei Kara Rider.« Gerry stellte das Glas ab und sah mich an. Er schien weder wütend noch gereizt zu sein, seine Stimme war gelassen und monoton, doch sein gedrungener Körper strahlte jetzt eine Ruhe aus, die noch eine Minute vorher nicht dagewesen war.

»Auf deine Anregung hin, Gerry.«

In der Jukebox hinter mir hatten die Pogues den Waterboys mit »Dont't Bang the Drum« Platz gemacht. Die Fernseher über Gerrys Kopf waren auf drei verschiedene Kanäle eingestellt. Einer zeigte Football nach australischen Regeln, einer offenbar eine Folge Kojak, und der dritte ließ zum Sendeschluß die glorreiche Fahne Amerikas im Wind wehen.

Gerry hatte sich nicht bewegt, hatte nicht einmal geblinzelt, seit er das Schnapsglas neben sich gestellt hatte. Ich konnte ihn kaum atmen hören, so flach blies er die Luft durch die Nase. Er beobachtete mich gar nicht, sondern starrte durch mich hindurch, als sähe er etwas hinter meinem Kopf.

Dann griff er wieder nach der Flasche Wodka hinter sich und schenkte sich noch einen ein. »Also ist Alec wieder da und verfolgt uns alle wieder.« Er kicherte. »Ach, ich hätte es wissen müssen.«

Patton sprang vom Billardtisch und trabte in die Mitte der Kneipe, er sah mich an, als säße ich auf seinem Platz, dann sprang er vor mir auf die Theke und legte sich hin, die Pfoten über den Augen.

»Er möchte, daß du ihn streichelst«, erklärte Gerry.

»Nein, will er nicht.« Pattons Brustkorb hob und senkte sich.

»Er mag dich, Patrick. Na los!«

Einen Augenblick fühlte ich mich wie Mae, als ich zögernd die Hand nach dem wunderschönen schwarz-braunen Fell ausstreckte. Unter dem Fell ertastete ich harte, angespannte Muskeln, dann hob Patton den Kopf, winselte und leckte mir über die andere Hand, drückte seine kühle Nase dankbar dagegen.

»Ein riesiger Schmusekater, was?« flüsterte ich.

»Leider«, antwortete Gerry. »Aber erzähl's nicht weiter.«

»Gerry«, begann ich erneut, während Pattons dickes Fell unter meiner Hand hin und her wogte, »könnte dieser Alec Hardiman Kara Rider . . .?«

»Umgebracht haben?« Er schüttelte den Kopf. »Nein, nein. Das wäre selbst für Alec ein bißchen zu schwer. Alec Hardiman ist seit 1975 im Knast, und solange ich lebe, kommt er nicht mehr heraus. Wahrscheinlich auch nicht, solange du lebst.«

Ich trank mein Bier aus, und Gerry, ganz Kneipier, hatte die Hand schon wieder in den Eiswürfeln, bevor ich die Flasche auf der Theke abgestellt hatte. Diesmal holte er ein Harpoon hervor, drehte die Flasche in der fleischigen Hand und öffnete sie mit dem an der Seitenwand des Kühlschranks angebrachten Flaschenöffner. Ich nahm das Bier entgegen. Etwas Schaum lief an meiner Hand herunter, und Patton leckte ihn ab.

Gerry lehnte den Kopf gegen das Regal hinter ihm. »Kanntest du einen Jungen namens Cal Morrison?«

»Nicht richtig«, erwiderte ich und schluckte, denn immer wenn ich den Namen Cal Morrison hörte, lief mir ein Schauer den Rücken herunter. »Er war ein paar Jahre älter als ich.«

Gerry nickte. »Aber du weißt, was mit ihm passiert ist.«

»Er wurde auf dem Blake Yard erstochen.«

Gerry starrte mich einen Moment lang an, dann seufzte er. »Wie alt warst du damals?«

»Neun oder zehn.«

Er griff nach einem weiteren Schnapsglas, goß einen Fingerbreit Stolichnaya ein und stellte es vor mir auf die Theke. »Trink!«

Ich erinnerte mich an Bubbas Wodka und an seine Wirkung auf meinen Gleichgewichtssinn. Anders als mein Vater und seine Brüder hatte ich wohl ein entscheidendes Gen der Kenzies nicht mitbekommen, denn ich konnte Hochprozentiges nie einfach so wegkippen.

Ich lächelte Gerry schwach an. »Doswidanja.«

Er hob sein Glas, und wir tranken, aber mir stiegen die Tränen in die Augen. Ich mußte blinzeln.

»Cal Morrison«, sagte er, »wurde nicht erstochen, Patrick.« Er seufzte wieder, es war ein tiefes, melancholisches Seufzen. »Cal Morrison wurde gekreuzigt.«

15

»Cal Morrison wurde nicht erstochen?« fragte ich.

»Nein!« höhnte Gerry. »Ich hab die Leiche gesehen, du auch?«

»Nein.«

Er nippte an seinem Schnapsglas. »Ich aber. Wir haben ihn gefunden. Ich und Brett Hardiman.«

»Alec Hardimans Vater.«

Er nickte. »Mein Kollege.« Er beugte sich vor und goß mir Wodka ins Schnapsglas. »Brett ist 1980 gestorben.«

Ich blickte das Glas an und schob es ein Stück weit von mir weg, während Gerry seines füllte.

Gerry sah es und lächelte. »Du bist nicht wie dein Vater, Patrick.«

»Danke für das Kompliment.«

Er kicherte leise. »Du siehst ihm aber ganz schön ähnlich. Wie aus dem Gesicht geschnitten. Das weißt du doch.«

Ich zuckte mit den Achseln.

Er drehte die Hände um und betrachtete einen Augenblick seine Handgelenke. »Blut ist was Komisches.«

»Wieso?«

»Es fließt in den Bauch der Mutter, und ein Mensch entsteht. Dieser Mensch kann mit einem Elternteil fast identisch sein, aber auch so anders, daß der Vater den Postboten verdächtigt, mehr als nur die Post zugestellt zu haben. In dir ist das Blut deines Vaters, in mir das Blut meines Vaters, und Alec Hardiman hatte das Blut seines Vaters in sich.«

»Und sein Vater war . . .«

»Ein guter Mann.« Er nickte eher sich selbst als mir zu und nahm noch einen Schluck Schnaps. »Ein wirklich netter Mann. Aufrichtig. Anständig. Und so gescheit. Wenn man es nicht wußte, kam man nicht auf die Idee, daß er ein Bulle war. Man hätte ihn für einen Pfarrer oder einen Banker halten können. Er kleidete sich tadellos, drückte sich tadellos aus, tat alles . . . tadellos. Er hatte ein schlichtes weißes Haus im Kolonialstil in Melrose, eine süße, liebe Frau und einen hübschen blonden Sohn, und alles war so sauber, daß man mit Sicherheit von seinem Autositz essen konnte.«

Ich nippte an meinem Bier. Jetzt war auch der zweite Fernseher zur guten alten Fahne übergegangen, gefolgt von einer blauen Mattscheibe. Ich bemerkte, daß die Chieftains in der Jukebox jetzt »Coast of Malabar« sangen.

»Er war perfekt und hatte ein perfektes Leben. Perfekte Frau, perfektes Auto, perfektes Haus, perfekter Sohn.« Er schielte auf seinen Daumennagel. Dann blickte er mich an, doch lag in seinen Augen ein verstörter Blick, als versuchte er gerade, sich wieder zurechtzufinden, nachdem er zu lange in die Sonne gesehen hatte. »Und dann ist, keine Ahnung, irgendwas ist in Alec gefahren. Einfach . . . in ihn gefahren. Kein Psychologe konnte das je erklären. Den einen Tag war er noch ganz normal, völlig unauffällig, und am nächsten . . .« Er hob die Hände. »Am nächsten Tag, keine Ahnung.«

»Und er hat Cal Morrison umgebracht?«

»Das wissen wir nicht«, antwortete er mit belegter

Stimme. Aus irgendeinem Grund konnte er mich nicht ansehen. Sein Gesicht war gerötet, die Adern am Hals waren dick geschwollen, er sah auf den Boden und schlug mit dem Absatz gegen die Wand des Kühlschranks. »Das wissen wir nicht«, wiederholte er.

»Gerry«, sprach ich ihn an, »warte mal kurz! Soweit ich weiß, wurde Cal Morrison von irgendeinem Herumtreiber auf dem Blake Yard erstochen.«

»Von einem Schwarzen«, sagte er, ein Lächeln huschte um seine Lippen. »Das wurde damals erzählt, oder?«

Ich nickte.

»Wenn man den Schuldigen nicht findet, ist es ein Bimbo gewesen. Stimmt's?«

Ich zuckte mit den Achseln. »So hieß es damals.«

»Tja, er wurde aber nicht erstochen. Das haben wir bloß der Presse erzählt. Er wurde gekreuzigt. Und es hat auch kein Schwarzer getan. Wir fanden rote, blonde und braune Haare an Cal Morrisons Kleidung, aber keine schwarzen. Und Alec Hardiman war mit einem Freund, Charles Rugglestone, vorher an jenem Abend in der Gegend gesehen worden, und wir waren schon ganz nervös wegen der anderen Morde, also war es uns ganz recht, daß zuerst einmal die Geschichte mit dem Neger die Runde machte, bis wir jemanden in die Finger bekamen.« Er zuckte mit den Achseln. »Damals verliefen sich nicht gerade viele Schwarze in diese Gegend, schien uns deshalb eine ganz gute Geschichte zur Ablenkung zu sein.«

»Gerry«, fragte ich, »was für andere Morde?«

Die Tür der Kneipe ging auf, das schwere Holz schlug gegen die Ziegelsteine der Außenwand, und vor uns stand ein Mann mit stoppeligem Haar, einem Nasenring und einem zerrissenen T-Shirt, das über einer modisch verschlissenen Jeans hing.

»Geschlossen«, sagte Gerry.

»Nur 'nen kleinen Schnaps, damit ich mich in so 'ner einsamen Nacht aufwärmen kann«, bettelte der Typ mit furchtbar falschem Akzent.

Gerry glitt vom Kühlschrank herunter und kam hinter der Theke hervor. »Weißt du überhaupt, wo du bist, Junge?«

Unter meiner Hand spannte Patton die Muskeln an, hob den Kopf und sah den jungen Mann an.

Der trat einen Schritt vor. »Nur 'nen kleinen Whiskey.« Er kicherte und blinzelte gegen das Licht. Sein Gesicht war aufgedunsen vom Alkohol und wer weiß was sonst noch.

»Zum Kenmore Square geht's da lang.« Gerry zeigte in Richtung Ausgang.

»Will nicht zum Kenmore Square«, erwiderte der Typ. Er schwankte leicht, während er am Hosenbund nach seinen Zigaretten fummelte.

»Junge«, mahnte Gerry, »wird Zeit, daß du nach Hause gehst.«

Gerry legte ihm den Arm um die Schulter. Einen Augenblick sah es so aus, als wolle der Betrunkene ihn abschütteln, doch dann warf er einen Blick auf mich, auf Patton und auf Gerry. Gerry verhielt sich freundlich und nett, auch war er zehn Zentimeter kleiner als sein Gast, doch spürte dieser, so betrunken er auch war, wie schnell diese Freundlichkeit verschwinden konnte, wenn er es darauf anlegte.

»Wollte nur was trinken«, murmelte er.

»Ich weiß«, erwiderte Gerry. »Aber ich kann dir nichts geben. Hast du Geld für ein Taxi? Wo wohnst du?«

»Wollte nur was trinken«, wiederholte der Typ. Er blickte zu mir hoch, und Tränen rannen ihm die Wangen hinunter; eine feuchte Zigarette hing schlaff im Mundwinkel. »Ich wollte nur ...«

»Wo wohnst du?« fragte Gerry erneut.

»Hm? Lower Mills.« Er schniefte.

»Du kannst in diesem Aufzug in Lower Mills rumlaufen, ohne daß dir einer in den Arsch tritt?« Gerry grinste. »Dann muß sich da in den letzten zehn Jahren aber viel geändert haben.«

»Lower Mills«, schluchzte der Typ.

»Junge«, beruhigte ihn Gerry, »pssst! Ist schon gut. Alles in Ordnung. Du gehst jetzt hier raus, dann nach rechts, ein paar Häuser weiter steht ein Taxi. Der Taxifahrer heißt Achal, er ist bis Punkt drei Uhr da. Sag ihm, er soll dich nach Lower Mills fahren.«

»Ich hab kein Geld.«

Gerry klofte dem jungen Mann auf die Hüfte. Als er die Hand wieder wegzog, steckte eine Zehn-Dollar-Note im Hosenbund. »Sieht aus, als hättest du noch einen Zehner übrig.«

Der Typ blickte auf seinen Hosenbund. »Meiner?«

»Meiner ist es nicht. Los, jetzt geh zum Taxi. Okay?«

»Okay.« Gerry führte den schniefenden jungen Mann zum Ausgang, wo dieser sich plötzlich umdrehte und Gerry, so gut er konnte, in den Arm nahm.

Gerry kicherte. »Schon gut. Schon gut.«

»Ich liebe dich, Mann!« sagte der Typ. »Ich liebe dich!«

Draußen hielt ein Taxi am Straßenrand. Gerry nickte dem Fahrer zu und löste sich. »Los, jetzt geh! Los!«

Patton senkte den Kopf, rollte sich auf der Theke zusammen und schloß die Augen. Ich kraulte ihm die Nase, worauf er zärtlich gegen meine Hand stupste. Er schien mich schläfrig anzugrinsen.

»Ich liebe dich!« grölte der junge Mann, während er nach draußen stolperte.

»Ich bin gerührt«, erwiderte Gerry. Er schloß die Eingangstür. Draußen hörten wir, wie das Taxi auf der Straße wendete und in Richtung Lower Mills fuhr. »Tief gerührt.« Gerry verschloß die Tür, sah mich mit erhobenen Augenbrauen an und fuhr sich mit der Hand durch die rostroten Haarstoppeln.

»Immer noch jedermanns Freund und Helfer«, bemerkte ich.

Er zuckte mit den Achseln und legte dann die Stirn in Falten. »Hab ich das bei dir in der Schule erzählt? Die Sache mit dem Freund und Helfer?«

Ich nickte. »Zweite Klasse auf St. Bart's.«

Er trug Flasche und Schnapsglas zu einem Tisch neben der Jukebox, und ich folgte ihm, ließ mein Glas aber in zwei Metern Entfernung auf der Theke stehen, wo es hingehörte. Patton blieb ebenfalls dort liegen, mit geschlossenen Augen, und träumte von großen Katzen.

Gerry lehnte sich auf dem Stuhl zurück, streckte sich und gähnte laut. »Weißt du was? Jetzt kann ich mich wieder erinnern.«

»O bitte«, stöhnte ich. »Das ist mehr als zwanzig Jahre her.«

»Hm.« Er setzte sich wieder normal hin und schenkte sich noch einen Schnaps ein. Ich hatte sechs Schnäpse gezählt, konnte aber nicht die geringste Wirkung erkennen. »Aber die Klasse damals war schon etwas Besonderes«, sagte er und hielt mir prostend das Glas entgegen. »Du warst da drin und Angela und dieser Trottel, den sie geheiratet hat, wie hieß der noch mal?«

»Phil Dimassi.«

»Stimmt, Phil.« Er schüttelte den Kopf. »Dann gab's da noch diesen Spinner Kevin Hurlihy und diesen anderen schrägen Vogel, Rogowski.«

»Bubba ist in Ordnung.«

»Ich weiß, daß ihr Freunde seid, Patrick, aber paß mal auf! Er steht in mindestens sieben ungelösten Fällen unter Mordverdacht.«

»Bestimmt echt nette Leute, die Opfer.«

Gerry zuckte mit den Achseln. »Mord ist Mord. Wenn man jemandem ohne Grund das Leben nimmt, sollte man bestraft werden. So einfach ist das.«

Ich nippte an meinem Bier und blickte auf die Jukebox.

»Bist du anderer Meinung?«

Ich streckte die Hände aus und lehnte mich zurück. »Früher nicht. Aber manchmal, ich meine, hör mal, Gerry, Kara Riders Leben war mehr wert als das Leben ihres Mörders.»

»Wunderschön«, erwiderte er und lächelte mich düster an. »Ein Musterbeispiel utilitaristischer Logik, ein Grundstein der meisten faschistischen Ideologien, wenn ich das bemerken darf.« Gerry schüttete einen weiteren Schnaps herunter und betrachtete mich mit klarem, festem Blick. »Wenn du davon ausgehst, daß das Leben eines Opfers mehr wert ist als das eines Mörders, und dann losgehst und den Mörder umbringst, ist dann dein Leben nicht auch weniger wert als das des Mörders, den du umgebracht hast?«

»Was soll das, Gerry?« wehrte ich mich. »Spielst du jetzt den Jesuiten? Willst du mich in Syllogismen einwickeln?«

»Beantworte meine Frage, Patrick! Weich mir nicht aus!«

Selbst als ich noch ein Kind war, hatte ich das Gefühl, daß Gerry immer schon irgendwie entrückt war. Er lebte einfach nicht auf derselben Stufe wie wir. Man spürte, daß ein Teil von ihm in dem spirituellen Nebel schwebte, von dem die Priester behaupten, er befände sich nur eine Stufe höher als unser normales Bewußtsein. Dort entstanden Träume, Kunst, Glaube und göttliche Inspiration.

Ich holte mir hinter der Theke noch ein Bier. Gerry verfolgte mich dabei mit seinem ruhigen, gutmütigen Blick. Ich suchte eine Weile im Kühlschrank und fand eine Flasche Harpoon, mit der ich an den Tisch zurückkehrte.

»Wir könnten uns die ganze Nacht darüber streiten, Gerry. In einer Idealwelt, da hättest du vielleicht recht. Aber in dieser Welt, ja, da sind manche Leben sehr viel mehr wert als andere.« Ich zuckte mit den Achseln, weil er mich erstaunt ansah. »Jetzt bin ich vielleicht ein Faschist, aber ich würde behaupten, daß das Leben von Mutter Teresa mehr wert war als das von Al Capone. Ich würde behaupten, das Leben von Martin Luther King war viel mehr wer als das von Hitler.«

»Interessant.« Er flüsterte jetzt fast. »Wenn du also in der Lage bist, den Wert eines anderen Menschenlebens einzuschätzen, folgt daraus, daß du selbst diesem Leben überlegen bist.«

»Nicht unbedingt.«

»Bist du besser als Hitler?«

»Auf jeden Fall.«

»Als Stalin?«

»Ja.«

»Pol Pot?«

»Ja.«

»Als ich?«

»Du?«

Er nickte.

»Du bist doch kein Mörder, Gerry.«

Er zuckte mit den Achseln. »Ist das dein Maßstab? Du bist besser als jemand, der mordet oder Morde anordnet?«

»Wenn diese Morde an Menschen verübt werden, die den Mörder oder die Person, die ihn beauftragt hat, nicht unmittelbar körperlich bedrohen, ja, dann bin ich besser als er.«

»Also bist du Alexander dem Großen, Caesar, mehreren amerikanischen Präsidenten und einigen Päpsten überlegen.«

Ich lachte. Er hatte mich in die Falle gelockt, und ich hatte es kommen sehen, aber die Richtung hatte ich nicht erahnt.

»Ich hab's ja gesagt, Gerry, in dir steckt ein Jesuit.«

Er grinste und rieb sich den stoppeligen Kopf. »Ich gebe es zu, sie haben mir einiges beigebracht.« Er kniff die Augen zusammen und beugte sich vor. »Ich kann nur diese Theorie nicht ertragen, daß manche Menschen mehr Recht haben als andere, jemandem das Leben zu nehmen. Das ist eine ganz und gar korrupte Theorie. Wer tötet, muß bestraft werden.«

»Wie Alec Hardiman?«

Er blinzelte. »In dir steckt ein Pitbull, Patrick, stimmt's?«

»Wenn mich meine Klienten dafür bezahlen, Gerry.« Ich füllte ihm das Schnapsglas erneut. »Erzähl mir von Alec Hardiman, Cal Morrison und Jamal Cooper.«

»Vielleicht hat Alec Cal Morrison umgebracht und Cooper auch, das weiß ich nicht genau. Aber wer immer diese Typen gekillt hat, der wollte damit etwas sagen, soviel ist sicher. Morrison wurde unter dem Edward-Everett-Standbild gekreuzigt, ihm war ein Eispickel durch den Kehlkopf gestoßen worden, so daß er nicht schreien konnte, der Mörder hat ihm ein paar Körperteile abgeschnitten, die nie gefunden wurden.«

»Welche?«

Gerrys Finger trommelten kurz auf der Tischfläche, und er verzog die Lippen, als überlegte er sich, wieviel er mir zumuten könne. »Die Hoden, eine Kniescheibe, beide großen Zehen. Das paßte zu einigen anderen Opfern, von denen wir wußten.«

»Andere Opfer außer Cooper?«

»Nicht lange bevor Cal Morrison umgebracht wurde«, erklärte Gerry, »wurden ein paar Penner und Nutten in der Gegend vom ehemaligen Sperrgebiet bis hinunter zum Springfield Busdepot ermordet. Insgesamt sechs, Jamal Cooper war der erste. Die Mordwerkzeuge variierten, die Vorgehensweise und die Exekutionsmethoden auch, aber Brett und ich waren überzeugt, daß es sich in allen Fällen um die zwei selben Mörder handelte.«

»Zwei?« hakte ich nach.

Er nickte. »Die arbeiteten im Team. Theoretisch hätte es auch einer gewesen sein können, aber der hätte unglaublich stark sein müssen, mit beiden Händen gleich geschickt und schnell wie der Blitz.«

»Wenn Mordwaffen, Vorgehensweise und Opfer sich so stark voneinander unterscheiden, warum dachtet ihr dann, es seien dieselben Mörder?«

»Alle Morde zeigten einen Grad von Grausamkeit, den ich noch nie zuvor erlebt hatte. Auch hinterher nicht mehr. Diese Typen hatten nicht nur Spaß an ihrer Arbeit, Patrick, sondern sie dachten auch an die Menschen, die die Leichen finden würden, an deren Reaktion. Einen Penner schnitten sie in hundertvierundsechzig Teile. Stell dir das mal vor! Einhundertvierundsechzig Teile aus Fleisch und Knochen, manche nicht größer als eine Fingerspitze, verteilt auf dem Schreibtisch, auf dem Kopfende des Bettes, ausgebreitet auf dem Boden, auf Haken an die Duschabtrennung gehängt in dieser billigen Absteige im Sperrbezirk. Das Haus gibt es gar nicht mehr, aber ich kann nicht an der Stelle vorbeifahren, wo es früher stand, ohne an dieses Zimmer zu denken. Einer sechzehnjährigen Ausreißerin in Worcester hatten sie den Hals gebrochen und den Kopf um hundertachtzig Grad nach hinten gedreht, dann mit Isolierband festgeklebt, damit er so stehenblieb, bis der erste durch die Tür kam. Es war schlimmer als alles, was ich jemals erlebt habe, und mir kann keiner einreden, daß diese sechs Opfer, offiziell alles ungelöste Fälle, nicht von denselben ein oder zwei Tätern umgebracht wurden.«

»Und Cal Morrison?«

Er nickte. »Nummer sieben. Und Charles Rugglestone ist wahrscheinlich Nummer acht.«

»Warte mal«, sagte ich, »Rugglestone, der Freund von diesem Alec Hardiman?«

»Genau der.« Er hob das Glas und setzte es wieder ab. »Charles Rugglestone wurde in einem Lagerhaus nicht weit von hier ermordet. Er wurde zweiunddreißigmal mit einem Eispickel durchbohrt, mit einem Hammer dermaßen zugerichtet, daß die Löcher im Schädel aussahen, als hätten irgendwelche Tiere darin gehaust und sich herausgefressen. Er hatte auch Verbrennungen, viele einzelne, von den Füßen bis zum Hals, die meisten davon wurden ihm bei lebendigem Leib zugefügt. Wir fanden Alec Hardiman ohnmächtig im Büro des Lagerhauses, er war besudelt mit Rugglestones Blut, der Eispickel lag ein paar Meter von ihm entfernt, und war voll mit seinen Fingerabdrücken.«

»Also war er es.«

Gerry zuckte mit den Achseln. »Ich besuche Alec einmal im Jahr in Walpole, weil mich sein Vater drum gebeten hat. Und vielleicht, weiß nicht, weil ich ihn mag. Ich sehe immer noch den kleinen Jungen in ihm. Egal. Aber sosehr ich ihn auch mag, er bleibt ein Rätsel. Ist er fähig, einen Mord zu begehen? Ja. Das bezweifle ich keine Sekunde. Aber ich kann dir auch sagen, daß kein Mensch allein, egal wie stark er ist – und Alec ist nicht besonders stark – Rugglestone das alles hätte antun können.« Er spitzte die Lippen und trank den Schnaps. »Aber von dem Moment an, wo Alec vor Gericht stand, hörten die Morde auf. Sein Vater ging nach Alecs Festnahme in Pension, aber ich verfolgte den Mordfall Morrison und die sechs davor weiter und konnte Alecs Beteiligung in mindestens zwei dieser Fälle ausschließen.«

»Aber er wurde verurteilt.«

»Nur für den Mord an Rugglestone. Wollte ja niemand zugeben, daß man den Verdacht hatte, da draußen treibe sich ein Serienmörder rum, und die Öffentlichkeit wurde nicht gewarnt. Nachdem der Sohn eines hochdekorierten Kriminalbeamten wegen eines brutalen Mordes weggeschlossen war, hatte keiner Lust, sich noch mehr Vorwürfe anzuhören. Deshalb stand Alec für den Mord an Rugglestone vor Gericht und wurde zu lebenslanger Haft verurteilt. Jetzt fristet er sein Leben in Walpole. Sein Vater zog nach Florida und ist wahrscheinlich darüber gestorben, daß er einfach nicht verstand, was da so schiefgelaufen war. Das alles wäre ja vollkommen egal, würde ich sagen, wenn Kara Rider jetzt nicht auf einem Hügel gekreuzigt worden wäre und dir nicht jemand den Namen von mir und Alec Hardiman gegeben hätte.«

»Also«, resümierte ich, »wenn es damals in Wirklichkeit mehr als einen Mörder gegeben hat und Alec Hardiman nur einer von den beiden war . . .«

»Dann ist der andere noch immer da draußen, ja.« Unter Gerrys Augen hatten sich dunkle Ringe gebildet. »Und wenn der nach gut zwanzig Jahren immer noch da draußen ist und die ganze Zeit für eine Art Comeback die Luft angehalten hat, dann würde ich sagen, ist er jetzt bestimmt ziemlich sauer.«

16

Es war ein strahlender Sommertag, an dem es schneite, als Kara Rider mich anhielt und fragte, wie es im Jason-Warren-Fall stünde.

Sie trug das Haar wieder blond, wie früher, und saß nur mit einer rosa Bikinihose bekleidet auf einem Liegestuhl vor dem Black Emerald. Um sie herum fiel der Schnee, er stapelte sich auf dem Stuhl, doch auf ihrer Haut schien die Sonne. Auf ihren kleinen, festen Brüsten standen Schweißperlen. Ich mußte mich selbst zur Ordnung rufen; ich kannte sie seit ihrer Kindheit und wollte sie nicht unter sexuellen Aspekten betrachten.

Grace und Mae standen einen Häuserblock weiter, Grace steckte Mae eine schwarze Rose ins Haar. Von der anderen Straßenseite sah ihnen ein Rudel kleiner, geifernder weißer Hunde zu, dicker Schaum lief ihnen aus den Lefzen.

»Ich muß gehen«, sagte ich zu Kara, doch als ich mich umdrehte, waren Grace und Mae nicht mehr da.

»Setz dich hin!« forderte mich Kara auf. »Nur einen Moment!«

Ich nahm Platz, und Schneeflocken fielen mir in den Nacken und kühlten meinen Rücken. Mit klappernden Zähnen sagte ich: »Ich dachte, du bist tot.«

»Nein«, erwiderte sie. »Ich war nur 'ne Weile weg.«

»Wo bist du gewesen?«

»Brookline. Beschissen.«

»Was?«

»Es sieht hier genauso beschissen aus wie früher.«

Grace steckte den Kopf aus dem Black Emerald heraus: »Bist du fertig, Patrick?«

»Ich muß gehen«, wiederholte ich und klopfte Kara auf die Schulter.

Sie ergriff meine Hand und legte sie auf ihre nackte Brust.

Ich sah Grace an, doch es schien ihr nichts auszumachen. Angie stand neben ihr, beide lachten.

Kara strich mit meiner Hand über ihre Brustwarze. »Vergiß mich nicht!«

Jetzt fiel Schnee auf ihren Körper und begrub ihn langsam unter sich.

»Bestimmt nicht. Ich muß jetzt los.«

»Tschüs.«

Die Beine des Liegestuhls brachen unter dem Gewicht des Schnees zusammen, als ich mich umsah, konnte ich ihre Umrisse unter den weißen Schneewehen nur noch vermuten.

Mae kam aus der Bar, nahm meine Hand und verfütterte sie an ihren Hund.

Ich sah zu, wie mein Blut in der Hundeschnauze schäumte. Es tat nicht weh, es war fast schön.

»Guck mal, Patrick!« sagte Mae. »Er mag dich.«

In der letzten Oktoberwoche waren wir mit dem Einverständnis von Diandra und Eric aus dem Jason-Warren-Fall ausgestiegen. Ich kenne Leute, die die Situation ausgenutzt hätten, die die Ängste einer besorgten Mutter noch ein bißchen geschürt hätten, doch ich mache so was nicht. Nicht weil ich besonders anständig bin, sondern weil es schlecht fürs Geschäft ist, wenn die Hälfte der Einnahmen von Dauerkunden kommt. Wir hatten über alle Lehrer von Jason, die ihn in Bryce unterrichten (elf) und über all seine Bekanntschaften (Jade, Gabrielle, Lauren und sein Zimmergenosse) Akten angelegt, nur nicht über den Typ mit dem Ziegenbärtchen. Nichts deutete darauf hin, daß irgend jemand von ihnen eine Gefahr für Jason darstellte. Wir hatten unsere Beobachtungen täglich zusammengefaßt, außerdem besaßen wir Protokolle von unserem Treffen mit Fat Freddy, Jack Rouse und Kevin Hurlihy und von meinem Telefonat mit Stan Timpson.

Diandra hatte keine weiteren Drohungen, Anrufe oder Fotos erhalten. In New Hampshire hatte sie sich mit Jason unterhalten und erwähnt, daß eine Freundin von ihr ihn eine Woche zuvor mit einem Typen im Sunset Grill gesehen hätte, doch Jason erzählte ihr etwas von »einem guten Freund« und äußerte sich sonst nicht weiter.

Wir beschatteten ihn noch eine Woche, doch war es immer dasselbe: explosionsartige sexuelle Aktivität, Einsamkeit, Lernen.

Diandra sah ein, daß das alles nicht weiterführte und daß es außer dem Foto, das sie erhalten hatte, keinen weiteren Anhaltspunkt dafür gab, daß sich Jason in Gefahr befand. Schließlich kamen wir zu dem Schluß, daß unsere anfängliche Einschätzung, daß Diandra Kevin Hurlihy unabsichtlich gereizt hatte, wohl doch richtig gewesen sein mußte. Denn nach unserem Treffen mit Fat Freddy hatte es keinerlei Drohungen mehr gegeben; vielleicht hatten sich Freddy, Kevin, Jack und der Rest der Bande zurückgezogen, wollten aber vor ein paar Privatdetektiven nicht das Gesicht verlieren.

Wie auch immer – die Sache war nun vorbei, Diandra bezahlte uns unsere Stunden und bedankte sich. Wir ließen ihr unsere Visitenkarten und Telefonnummern da, falls sich etwas ändern sollte, und gingen dann wieder zum Alltag über. Es war die bislang laueste Saison für unsere Firma.

Einige Tage später trafen wir Devin auf seinen Wunsch um zwei Uhr nachmittags im Black Emerald. In der Tür hing ein Schild: »Geschlossen«, doch wir klopften, und Devin öffnete uns. Hinter uns wurde wieder verriegelt.

Gerry Glynn war hinter der Theke, er saß auf dem Kühlschrank und sah nicht sehr glücklich aus. Oscar hockte vor einem Teller an der Theke, und Devin nahm neben ihm Platz und biß in den blutigsten Cheeseburger, den ich je gesehen hatte.

Ich setzte mich neben Devin, Angie machte es sich neben Oscar bequem und stibitzte eine von seinen Pommes.

Ich warf einen Blick auf Devins Cheeseburger. »Die Kuh haben sie doch höchstens kurz gegen die Heizung gelehnt!«

Er knurrte und stopfte sich noch einen Bissen in den Mund.

»Devin, du weißt doch, daß rohes Fleisch schlecht fürs Herz ist, vom Darm ganz zu schweigen?«

Er wischte sich den Mund mit einer Serviette ab. »Bist du jetzt zu so 'nem schleimigen Gesundheitsfreak mutiert, als ich gerade mal nicht aufgepaßt habe, Kenzie?«

»Nein. Aber draußen habe ich einen Wache schieben sehen.«

»Er griff sich an die Hüfte. »Hier. Nimm meine Knarre und erschieß den Wichser! Vielleicht kannst du ja nebenbei noch einen von diesen Pantomimen umpusten, wo du gerade dabei bist. Ich sorg schon dafür, daß es nicht ins Protokoll kommt.«

Hinter mir räusperte sich jemand, ich blickte in den Spiegel hinter der Theke. In der dunklen Sitzecke rechts hinter mir saß ein Mann.

Er trug einen dunklen Anzug mit dunkler Krawatte, dazu ein feines, weißes Hemd und einen dazu passenden Schal. Das dunkle Haar hatte die Farbe von poliertem Mahagoni.

Er hockte so steif in der Ecke, als sei seine Wirbelsäule durch einen Stock ersetzt worden.

Devin wies mit dem Daumen über die Schulter. »Patrick Kenzie, Angela Gennaro: Das ist FBI-Spezialagent Barton Bolton.«

Angie und ich drehten uns auf unseren Barhockern um und grüßten mit einem: »Hi!«

Spezialagent Bolton sagte nichts. Er musterte uns beide von Kopf bis Fuß, als müsse er entscheiden, zu welcher Art von Zwangsarbeit wir zu verdonnern seien, und wandte dann seinen Blick in die Nähe von Oscar.

»Wir haben ein Problem«, begann Oscar.

»Könnte ein kleines Problem sein«, ergänzte Devin, »könnte auch ein großes sein.«

»Und was ist es?« fragte Angie.

»Laß uns mal alle zusammen Platz nehmen!« Oscar schob den Teller von sich.

Devin tat es ihm nach. Alle zusammen setzten wir uns in die Sitzecke zu Spezialagent Barton Bolton.

»Was ist mit Gerry?« fragte ich und sah ihm zu, während er die Teller von der Theke räumte.

»Mr. Glynn ist schon befragt worden«, antwortete Bolton.

»Ach.«

»Patrick«, sagte Devin, »deine Visitenkarte wurde in Kara Riders Hand gefunden.«

»Ich hab dir schon erzählt, wie sie dahin gekommen ist.«

»Das war auch kein Problem, so lange wir davon ausgingen, daß Micky Doog oder einer von ihren gammeligen

Freunden sie umgebracht hatte, weil sie ihm keinen blasen wollte oder was auch immer.«

»Und jetzt geht ihr nicht mehr davon aus?« wollte Angie wissen.

»Leider nicht.« Devin zündete sich eine Zigarette an.

»Ihr habt aufgegeben«, stellte ich fest.

»Ohne Erfolg.« Er zuckte mit den Achseln.

Agent Bolton zog ein Foto aus seiner Aktentasche und reichte es mir. Auf ihm war ein junger Mann zu sehen, Mitte Dreißig, gebaut wie ein griechischer Gott. Er trug lediglich Shorts und lächelte in die Kamera. Sein Oberkörper bestand aus prächtigen Muskeln, sein Bizeps war so groß wie ein Baseball.

»Kennen Sie diesen Mann?«

»Nein«, erwiderte ich und reichte Angie das Foto.

Sie sah es kurz an. »Nein.«

»Sind Sie sicher?«

»An den Körper könnte ich mich erinnern. Glauben Sie mir!« antwortete sie.

»Wer ist das?«

»Peter Stimovich«, erklärte Oscar. »Um ganz genau zu sein: der verstorbene Peter Stimovich. Er wurde letzte Nacht ermordet.«

»Hatte der auch meine Visitenkarte in der Hand?«

»Soweit wir wissen, nicht.«

»Warum bin ich dann hier?«

Devin sah zu Gerry hinter der Theke hinüber. »Worüber hast du mit Gerry gesprochen, als du vor ein paar Tagen vorbeikamst?«

»Frag doch Gerry!«

»Haben wir.«

»Warte mal«, warf ich ein. »Woher weißt du, daß ich vor ein paar Tagen hier war?«

»Sie sind beobachtet worden«, mischte sich Bolton ein.

»Wie bitte?«

Devin zuckte mit den Achseln. »Die Sache ist eine Nummer zu groß für dich, Patrick. Ein paar Nummern zu groß.«

»Seit wann?« fragte ich.

»Seit wann was?«

»Werde ich beobachtet?« Ich sah Bolton an.

»Seitdem sich Alec Hardiman unserer Bitte widersetzt hat, mit ihm zu sprechen«, erläuterte Devon.

»Ja, und?«

»Er hat sich geweigert«, fügte Oscar hinzu, »und sagte, er würde nur mit dir sprechen.«

»Mit mir?«

»Ja, Patrick. Nur mit dir.«

17

»Warum will Alec Hardiman mit mir reden?«

»Gute Frage«, bemerkte Bolton. Er wedelte den Rauch fort, der von Devins Zigarette aufstieg. »Mr. Kenzie, alles, was von nun an gesagt wird, ist absolut vertraulich. Verstanden?«

Angie und ich zuckten beide mit den Achseln.

»Nur daß das klar ist – wenn Sie irgend etwas von dem, was wir hier besprechen, an anderer Stelle wiederholen, werden Sie mit einer Anklage wegen Behinderung staatlicher Ermittlungen vor ein Bundesgericht gestellt, worauf eine Höchststrafe von zehn Jahren steht.«

»Das sagen Sie gerne, oder?« fragte Angie.

»Was denn?«

Sie senkte die Stimme: »Wegen Behinderung staatlicher Ermittlungen vor ein Bundesgericht gestellt.«

Er seufzte. »Mr. Kenzie, als Kara Rider umgebracht wurde, hatte sie Ihre Karte in der Hand. Wie Sie wahrscheinlich wissen, besteht beachtliche Ähnlichkeit zwischen ihrem Tod und der Kreuzigung eines Jungen in dieser Gegend 1974. Was Sie vielleicht nicht wissen: Sergeant Amronklin war damals Streifenpolizist und arbeitete mit dem ehemaligen Detective Sergeant Glynn und Inspector Hardiman zusammen.«

Ich warf Devin einen Blick zu. »Hattest du den Verdacht, der Mord an Kara könnte etwas mit Cal zu tun haben, als wir ihre Leiche sahen?«

»Ich habe es in Erwägung gezogen.«

»Aber du hast mir nichts gesagt.«

»Nein.« Er drückte die Zigarette aus. »Du bist kein Polizist, Patrick. Es ist nicht meine Aufgabe, dich zu informieren. Außerdem hielt ich es für sehr weit hergeholt. Ich hab es nur im Hinterkopf behalten.«

An der Theke klingelte das Telefon, und Gerry hob mit einem Blick auf uns ab. »Black Emerald.« Er nickte, als hätte er die Frage des Anrufers erwartet. »Tut mir leid. Wir haben momentan geschlossen. Rohrbruch.« Einen Augenblick schloß er die Augen, dann nickte er eilig. »Wenn du unbedinkt was trinken willst, geh halt in 'ne andere Kneipe. Los, mach schon!« Er schien auflegen zu wollen. »Habe ich dir doch gerade gesagt. Geschlossen. Tut mir auch leid.«

Er legte auf und zuckte mit den Achseln.

»Dieses andere Opfer«, begann ich wieder.

»Stimovich.«

»Ja. Wurde er gekreuzigt?«

»Nein«, erwiderte Bolton.

»Woran ist er gestorben?«

Bolton blickte Devin an, Devin Oscar, und Oscar sagte: »Ist doch scheißegal. Erzählen Sie's ihnen. Wir brauchen jede Hilfe, die wir kriegen können, bevor wir noch mehr Leichen bekommen.«

»Mr. Stimovich wurde an eine Wand gefesselt, die Haut in Streifen abgezogen, dann wurde er bei lebendigem Leibe aufgeschlitzt«, erläuterte Bolton.

»O Gott!« stöhnte Angie und bekreuzigte sich so hastig, daß ich mir nicht sicher war, ob sie es überhaupt gemerkt hatte.

Wieder klingelte Gerrys Telefon.

Bolton runzelte die Stirn. »Können Sie das nicht einen Moment ausstöpseln, Mr. Glynn?«

Gerry schaute gequält. »Agent Bolton, bei allem Respekt vor den Toten, ich lasse meine Kneipe so lange zu, wie Sie es für richtig halten, aber ich habe Stammgäste, die sich fragen, warum meine Tür verschlossen ist.«

Bolton winkte ab, und Gerry ging ans Telefon.

Er hörte einen Moment zu und nickte dann. »Bob, Bob, hör zu, wir haben hier einen Rohrbruch. Tut mir leid, aber ich stehe fünf Zentimeter tief im Wasser und ...« Er lauschte. »Tu, was ich dir sage: Geh zu Leary's oder zu The Fermanagh! Geh irgendwohin! Okay?«

Er legte auf und zuckte wieder mit den Schultern.

Ich fragte: »Woher wißt ihr, daß Kara nicht von jemandem umgebracht wurde, den sie kannte? Micky Doog zum Beispiel. Oder daß es nicht so was wie 'ne Mutprobe von irgendeiner Straßengang war?«

Oscar schüttelte den Kopf. »Es haut nicht hin. Ihre ganzen Bekannten haben ein Alibi, auch Micky Doog. Außerdem gibt es sehr viele Lücken bei ihr, seitdem sie wieder hier war.«

»Sie trieb sich nicht sehr oft hier in der Gegend rum«, ergänzte Devin. »Ihre Mutter hatte keine Ahnung, wo sie sich aufhielt. Aber sie war erst seit drei Wochen wieder hier, so viele neue Leute konnte sie drüben in Brookline auch nicht kennengelernt haben.«

»Brookline?« wiederholte ich und erinnerte mich an meinen Traum.

»Brookline. Wir wissen, daß sie öfter dort war. Wir haben Kreditkartenbelege von Cityside, diesem Pub am Charles, und von ein paar Restaurants rund um die Bryce-Universität.«

»O Gott!« stieß ich aus.

»Was?«

»Nichts. Nichts. Also, woher wollt ihr wissen, daß diese Fälle miteinander zu tun haben, wenn doch alle Opfer auf verschiedene Art getötet wurden?«

»Fotos«, erwiderte Bolton.

Mir erstarrte das Blut in den Adern.

»Was für Fotos?« fragte Angie.

Devin erklärte: »Bei Karas Mutter lag ein Stapel ungeöffneter Briefe, die sie in den Tagen vor Karas Tod erhalten hatte. Auf einem Umschlag war kein Absender, keine Nachricht, nur ein Foto von Kara drin, ein nichtssagendes Foto, nichts . . .«

»Gerry, kann ich von hier telefonieren?« fragte Angie.

»Was ist denn los?« wollte Bolton wissen.

Sie war schon an der Theke und wählte.

»Und der andere Typ, dieser Stimovich?« hakte ich nach.

»Keiner in seinem Zimmer«, rief Angie und legte auf, dann wählte sie eine andere Nummer.

»Was ist los, Patrick?« drängte Devin.

»Erzähl mir, was mit Stimovich war!« entgegnete ich und versuchte, meine Stimme nicht panisch klingen zu lassen. »Devin, bitte!«

»Stimovichs Freundin, Alice Boorstin . . .«

»In Diandras Büro nimmt keiner ab«, meldete Angie und knallte den Hörer aufs Telefon, nahm ihn dann wieder hoch und wählte erneut.

». . . hatte vor zwei Wochen ein ähnliches Foto in der Post. Genau das gleiche. Keine Nachricht, kein Absender, nur das Foto.«

»Diandra«, sprach Angie in den Hörer, »wo ist Jason?«

»Patrick«, rief Oscar, »erzähl uns alles!«

»Ich habe doch seinen Stundenplan«, rief Angie. »Er hat

heute nur ein Seminar, und das war vor fünf Stunden zu Ende.«

»Unsere Klientin hat vor ein paar Wochen ein ähnliches Foto erhalten«, antwortete ich. »Von ihrem Sohn.«

»Wir melden uns. Bleiben Sie zu Hause! Machen Sie sich keine Sorgen.« Angie legte auf. »Scheiße, Scheiße, Scheiße!«

»Los, gehen wir!« Ich erhob mich.

»Sie gehen nirgendwohin«, meldete sich Bolton.

»Verhaften Sie mich doch!« rief ich und folgte Angie nach draußen.

18

Wir fanden Jade, Gabrielle und Lauren beim gemeinsamen Abendessen in der Cafeteria, aber ohne Jason. Die Frauen sahen uns an, als wollten sie sagen: »Wer seid ihr denn, verflucht noch mal?«, doch beantworteten sie unsere Fragen. Keine von ihnen hatte Jason seit dem Morgen gesehen.

Wir gingen bei seinem Studentenzimmer vorbei, doch er war seit der letzten Nacht nicht zurückgekommen. Sein Zimmergenosse stand in einem Marihuananebel, während aus den Lautsprechern das nervige Gejammer von Henry Rollins tönte. »Nee, Mann, hab keine Ahnung, wo er sein könnte. Außer vielleicht bei dem Macker, weißte?«

»Wissen wir nicht.«

»Dieser Macker. Weißte, dieser Typ halt, mit dem er manchmal abhängt.«

»'n Macker mit 'nem Spitzbart?« fragte Angie.

Der Zimmerkollege nickte. »Und der guckt total leer. Als wär der schon lange nicht mehr am Leben. Aber als Braut wär der der absolute Knaller. Komisch, hä?«

»Hat der Macker einen Namen?«

»Nie einen gehört.«

Als wir zum Auto zurückgingen, erinnerte ich mich an Grace' Frage vor ein paar Tagen: »Haben diese Fälle irgend etwas miteinander zu tun?«

Tja, jetzt ja. Aber was bedeutete das?

Diandra Warren erhält ein Foto von ihrem Sohn und setzt es logischerweise mit dem Mafiatypen in Verbindung, den sie unabsichtlich verärgert hat. Nur hat sie ihn gar nicht verärgert. Sie wurde von einer Betrügerin angesprochen und traf sich mit ihr in Brookline. Eine Betrügerin mit starkem Bostoner Akzent und dünnem blondem Haar. Kara Riders Haar sah frisch gefärbt aus, als ich sie traf. Kara Rider hatte früher blondes Haar, und ihre Kreditkartenbelege zeigen, daß sie sich zur gleichen Zeit in Brookline aufhielt, als »Moira Kenzie« Diandra Warren kontaktierte.

Diandra hatte keinen Fernseher in der Wohnung. Wenn sie Zeitung las, dann bestimmt die *Trib*, nicht *The News*. *The News* brachte das Foto von Kara ganz groß auf dem Titelblatt. Die weitaus weniger sensationslüsterne *Trib* kam tatsächlich etwas spät mit der Geschichte heraus und veröffentlichte überhaupt kein Foto von Kara.

Als wir am Auto ankamen, parkte hinter uns Eric Gault in einem hellbraunen Audi. Beim Aussteigen sah er uns leicht verwundert an.

»Was führt euch denn her, Leute?«

»Wir suchen Jason.«

Er öffnete den Kofferraum und nahm Bücher heraus, die auf einem Stapel alter Zeitungen lagen. »Ich dachte, ihr hättet den Fall zu den Akten gelegt.«

»Es hat ein paar neue Entwicklungen gegeben«, entgegnete ich und lächelte zuversichtlich, obwohl ich mich ganz und gar nicht so fühlte. Ich warf einen Blick auf die Zeitungen in Erics Kofferraum. »Hebst du die auf?«

Er schüttelte den Kopf. »Ich werf sie da rein und bringe sie zum Altpapiercontainer, wenn die Klappe nicht mehr zugeht.«

»Ich suche eine, die ungefähr zehn Tage alt ist. Darf ich?«

Er trat zur Seite. »Bedien dich!«

Ich hob die oberste *News* hoch und fand die gesuchte mit Karas Foto vier Exemplare weiter unten. »Danke«, sagte ich.

»Gern geschehen.« Er schloß den Kofferraum. »Wenn ihr Jason sucht, geht mal ins Coolidge Corner oder guckt mal in den Kneipen auf der Brighton Avenue. The Kells, Harper's Ferry – da sind immer viele von Bryce.«

»Danke!«

Angie zeigte auf die Bücher, die er unterm Arm trug. »Überfällig in der Bibliothek?«

Er schüttelte den Kopf und blickte auf die stattlichen rotweißen Backsteinhäuser, in denen sich die Studentenzimmer befanden. »Überstunden. In diesen schlechten Zeiten müssen sich sogar alteingesessene Profs wie ich dazu herablassen, hin und wieder eine Sprechstunde abzuhalten.«

Wir stiegen ins Auto und verabschiedeten uns.

Eric winkte, kehrte uns dann den Rücken zu und ging in der sich langsam abkühlenden Luft leise pfeifend zu den Studentenwohnheimen hinüber.

Wir guckten in jeder Kneipe auf der Brighton Avenue, in North Harvard und versuchten es in denen am Union Square. Kein Jason.

Auf der Fahrt zu Diandra fragte Angie: »Warum hast du die Zeitung mitgenommen?«

Ich erzählte es ihr.

»Du meine Güte! Das hier ist ein Alptraum.«

»Ja, das stimmt«, bestätigte ich.

Wir fuhren mit dem Aufzug zu Diandra hoch; wir sahen, wie sich draußen die Häuserreihe am Hafen erhob, dann wurde sie kleiner und kam schließlich inmitten des tintenblauen Wassers zum Liegen. Die Anspannung, die ich schon seit ein paar Stunden im Magen verspürte, wuchs und wuchs, bis mir schlecht wurde.

Als Diandra uns die Tür öffnete, fragte ich sie als erstes: »Diese Moira Kenzie, hat die sich immer so nervös das Haar hinters rechte Ohr gesteckt, obwohl sie gar keine langen Haare hatte?«

Diandra starrte mich an.

»Hat sie oder hat sie nicht?«

»Ja, aber woher . . .?«

»Denken Sie nach! Hat sie am Ende von jedem Satz immer so ein komisches Geräusch gemacht, halb Lachen, halb Schluckauf?«

Einen Moment schloß sie die Augen. »Ja. Ja, hat sie.«

Ich hielt *The News* hoch. »Ist sie das?«

»Ja.«

»Verfluchte Scheiße«, sagte ich laut.

›Moira Kenzie‹ war Kara Rider.

Von Diandra aus nahm ich Kontakt mit Devin auf.

»Dunkles Haar«, gab ich an. »Zwanzig Jahre. Groß. Gut gebaut. Narbe am Kinn. Trägt meistens Jeans und Flanellhemden.« Ich blickte Diandra an. »Haben Sie hier ein Fax?«

»Ja.«

»Devin, ich faxe dir ein Foto. Was ist deine Nummer?«

Er gab sie mir. »Patrick, wir schicken hundert Leute auf die Suche nach dem Jungen.«

»Wenn du zweihundert losschickst, wäre mir wohler.«

Die Faxmaschine stand neben dem Schreibtisch am Ostfenster des Loft. Ich legte das Bild von Jason ein, das Diandra zugeschickt worden war, und wartete auf den Sendebericht. Dann kehrte ich zu Diandra und Angie in den Wohnbereich zurück.

Ich erzählte Diandra, daß ich etwas besorgt sei, weil uns Beweise vorlägen, daß weder Jack Rouse noch Kevin Hurlihy etwas mit der Sache zu tun haben könnten. Ich sagte ihr, daß ich den Fall wiederaufnehmen wolle, weil Kara Rider kurz nach ihrem Auftritt als Moira Kenzie gestorben war. Ich teilte ihr aber nicht mit, daß jeder, der wie sie ein Foto erhalten hatte, kurz danach einen nahestehenden Menschen verloren hatte.

»Aber geht es ihm gut?« Sie saß auf der Couch, die Beine unter den Po geschoben und versuchte, unsere Mienen zu deuten.

»Soweit wir wissen, ja«, antwortete Angie.

Sie schüttelte den Kopf. »Sie machen sich Sorgen. Das sieht man. Und Sie verheimlichen mir etwas. Bitte sagen Sie mir alles! Bitte!«

»Es ist nichts«, erwiderte ich. »Mir gefällt nur nicht, daß die Frau, die sich als Moira Kenzie ausgegeben hat und die ganze Sache ins Rollen gebracht hat, jetzt tot ist.«

Sie glaubte mir nicht und beugte sich vor, die Ellenbogen auf die Knie gestützt. »Jeden Abend zwischen neun und halb zehn ruft Jason hier an, egal wo er ist.«

Ich sah auf meine Uhr. Fünf nach neun.

»Wird er sich melden, Mr. Kenzie?«

Ich warf Angie einen Blick zu. Sie sah Diandra aufmerksam an.

Einen Moment lang schloß Diandra die Augen. Als sie sie wieder öffnete, fragte sie: »Hat einer von Ihnen Kinder?«

Angie schüttelte den Kopf.

Ich dachte kurz an Mae und verneinte ebenfalls.

»Habe ich auch nicht angenommen.« Diandra erhob sich, legte die Hände auf den Rücken und ging zum Fenster. Während sie dort stand, gingen nacheinander die Lichter in einer Wohnung im Haus nebenan aus, und große dunkle Flecken erschienen auf dem hellen Holzboden.

»Man hört nie auf, sich Sorgen zu machen. Nie. Man denkt an das erste Mal, als er aus dem Kinderbett kletterte und auf den Boden fiel, weil man nicht schnell genug da war. Und wie man dachte, er sei tot. Nur einen Augenblick lang. Und man erinnert sich daran, wie schrecklich diese Vorstellung war. Wenn er älter wird und Fahrrad fährt und auf Bäume klettert und alleine zur Schule geht und ohne Vorwarnung auf die Straße läuft, anstatt an der Ampel auf Grün zu warten, dann tut man so, als wäre es in Ordnung. Man sagt: So sind Kinder halt. Hab ich damals auch so gemacht. Aber es liegt einem immer dieser Schrei ganz hinten im Hals, er ist kaum zu unterdrücken. Nicht! Stopp! Tu dir bitte nicht weh.« Sie drehte sich um und sah uns aus dem Dunkel heraus an. »Es hört nie auf. Die Sorgen. Die Angst. Keine Sekunde lang. Das ist der Preis dafür, Leben in die Welt zu setzen.«

Ich sah vor mir, wie sich Maes Hand der Schnauze des Hundes genähert hatte. Ich war sprungbereit, bereit, diesem Scotch Terrier notfalls den Kopf abzureißen.

Das Telefon klingelte. Viertel nach neun. Alle drei zuckten wir gleichzeitig zusammen, mit vier großen Schritten war Diandra am Hörer. Angie sah mich an und verdrehte erleichtert die Augen.

Diandra nahm ab. »Jason?« rief sie, »Jason?«

Es war nicht Jason. Das war sofort zu erkennen, als sie sich mit der freien Hand an die Schläfe faßte und fest gegen den Haaransatz drückte. »Was?« fragte sie. Dann wandte sie den Kopf und blickte mich an. »Einen Moment.«

Sie reichte mir das Telefon. »Ein Oscar möchte Sie sprechen.«

Ich nahm den Apparat entgegen und drehte Angie und ihr den Rücken zu. Erneut gingen im Gebäude nebenan einige Lichter aus, so daß sich die Dunkelheit wie eine schwarze Flüssigkeit weiter auf dem Boden ausbreitete, während Oscar mir erzählte, daß Jason Warren gefunden worden war.

In Stücke gehackt.

19

In einem verlassenen Lkw-Depot im Hafengebiet von South Boston hatte der Mörder Jason Warren einmal in den Bauch gestochen, mehrmals mit einem Eispickel durchbohrt und mit einem Hammer malträtiert. Außerdem hatte er seine Gliedmaßen amputiert und sie auf die Fensterbänke gelegt. Den Torso hatte er mit Gesicht zur Tür auf einen Stuhl gesetzt, der Kopf war an ein loses Stromkabel gebunden, das von einem Förderband herunterhing.

Eine Mannschaft der Spurensicherung verbrachte die Nacht und den nächsten Morgen in dem Gebäude, doch wurden Jasons Kniescheiben nie gefunden.

Die ersten beiden Bullen am Tatort waren Grünschnäbel. Der eine kündigte innerhalb einer Woche, der andere, sagte mir Devin, nahm Urlaub für eine psychologische Behandlung. Devin erzählte mir, daß er zuerst gedacht habe, Jason hätte ein Stelldichein mit einem Löwen gehabt, als er mit Oscar das Lkw-Depot betrat.

Als mir Oscar in jener Nacht Bescheid gesagt hatte und ich auflegte und mich zu den beiden Frauen umdrehte, wußte es Diandra bereits.

»Mein Sohn ist tot, nicht wahr?« stellte sie fest.

Und ich nickte.

Sie schloß die Augen und legte eine Hand aufs Ohr. Sie

schwankte leicht, wie bei einem Windstoß. Angie stellte sich neben sie.

»Fassen Sie mich nicht an!« drohte sie mit geschlossenen Augen.

Als Eric kam, saß Diandra auf ihrem Platz am Fenster und starrte nach draußen auf den Hafen. Der von Angie gebrühte Kaffee stand neben ihr, sie hatte ihn nicht angerührt. Seit einer Stunde hatte sie kein einziges Wort gesagt.

Als Eric den Raum betrat, beobachtete sie ihn. Er legte Regenmantel und Hut ab, hängte beide an den Haken und sah uns fragend an.

Wir gingen in die Küchenecke, wo ich ihm alles erzählte.

»O Gott!« stöhnte er und sah einen Moment lang aus, als müsse er sich übergeben. Sein Gesicht nahm eine graue Farbe an, mit den Händen hielt er sich an der Theke fest, bis die Fingerknöchel weiß wurden. »Ermordet. Wie?«

Ich schüttelte den Kopf. »Ermordet. Das reicht im Moment.«

Er ließ die Hände auf der Theke und senkte den Kopf. »Wie hat sich Diandra verhalten, seit sie Bescheid weiß?«

»Ruhig.«

Er nickte. »Das paßt zu ihr. Habt ihr Stan Timpson benachrichtigt?«

Ich schüttelte den Kopf. »Ich nehme an, das macht die Polizei.«

Seine Augen füllten sich mit Tränen. »Der Junge, der arme, schöne Junge.«

»Erzähl's mir!« forderte ich ihn auf.

Er blickte an mir vorbei auf den Kühlschrank. »Was soll ich erzählen?«

»Was du über Jason weißt. Was du die ganze Zeit verheimlicht hast.«

»Verheimlicht?« Seine Stimme war brüchig.

»Verheimlicht«, wiederholte ich. »Du hast dich in dieser Sache von Anfang an unwohl gefühlt.«

»Welche Grundlage hast du für . . .«

»Nur eine Ahnung, Eric. Was hast du heute abend an der Uni gemacht?«

»Hab ich dir gesagt. Sprechstunde.«

»Quatsch. Ich habe die Bücher gesehen, die du aus dem Auto geholt hast. Eins war ein Reiseführer, Eric.«

»Paß auf!« lenkte er ab. »Ich gehe jetzt zu Diandra. Ich weiß, was mit ihr passiert, und ich bin der Meinung, daß Angie und du jetzt besser geht. Sie will bestimmt nicht, daß ihr dabei seid, wenn sie zusammenbricht.«

Ich nickte. »Ich melde mich.«

Er rückte die Brille zurecht und ging an mir vorbei. »Ich sorge dafür, daß eure Rechnung voll bezahlt wird.«

»Wir haben unser Geld schon bekommen, Eric.«

Er ging quer durch den Loft zu Diandra, und ich warf Angie einen Blick zu und machte mit dem Kopf eine Bewegung in Richtung Wohnungstür. Angie hob ihre Tasche hoch und nahm die Jacke von der Couch, während Eric Diandra die Hand auf die Schulter legte.

»Eric«, stöhnte sie. »Oh, Eric. Warum? Warum?«

Diandra fiel von der Fensterbank in Erics Arme. Als ich Angie die Tür öffnete, heulte Diandra Warren wie ein Wolf. Es war einer der schlimmsten Laute, die ich je gehört hatte, ein tobendes, gequältes, rasendes Geräusch, das sich ihrer Brust entrang und in dem Loft widerhallte. Noch lange nachdem ich das Haus verlassen hatte, dröhnte es in meinem Kopf.

Im Fahrstuhl sagte ich zu Angie: »Mit Eric stimmt was nicht.«

»Was denn?«

»Irgend etwas«, wiederholte ich. »Er hat Dreck am Stekken. Oder er verheimlicht etwas.«

»Und was?«

»Keine Ahnung. Er ist ein Freund von uns, Ange, aber mir gefällt nicht, daß ich so ein komisches Gefühl bei ihm habe.«

»Ich kümmere mich drum«, willigte sie ein.

Ich nickte. Noch immer hatte ich Diandras furchtbares Heulen im Ohr. Ich wollte mich einfach nur hinlegen, mich zusammenrollen und nichts mehr davon hören.

Angie lehnte sich gegen die gläserne Aufzugwand und schlang die Arme um sich. Auf der Fahrt nach Hause sprachen wir kein einziges Wort.

Eine Sache, die man lernt, wenn man mit Kindern zu tun hat, ist wohl, daß man immer weitermachen muß, egal was passiert. Man hat keine Wahl. Lange vor Jasons Tod, bevor ich überhaupt von ihm und seiner Mutter wußte, hatte ich mich einverstanden erklärt, eineinhalb Tage auf Mae aufzupassen, da Grace arbeiten mußte und Annabeth eine alte Freundin in Maine besuchen wollte, die sie noch vom College kannte.

Als Grace von Jason hörte, meinte sie: »Ich kann jemand anders besorgen. Oder ich nehm mir irgendwie frei.«

»Nein«, widersprach ich. »Es bleibt dabei. Ich will sie nehmen.«

Das tat ich auch. Und es war eine der besten Entscheidungen, die ich je getroffen hatte. Ich weiß, daß uns gesagt wird, es sei gut, über schlimme Erfahrungen zu sprechen, sie mit Freunden oder qualifizierten Außenstehenden zu erörtern, und vielleicht stimmt das auch. Aber ich denke oft, daß wir in dieser Gesellschaft einfach viel zuviel reden, daß wir die Verbalisierung als ein Allheilmittel ansehen, das sie oft nicht ist, daß wir dieser krankhaft übersteigerten Selbstbeschäftigung gegenüber blind sind, die das viele Reden unabdingbar mit sich bringt.

Ich neige sowieso schon zum Grübeln und verbringe viel Zeit allein, was alles nur noch schlimmer macht, und vielleicht hätte es etwas genützt, wenn ich mit jemandem über Jasons Tod und meine Schuldgefühle gesprochen hätte. Tat ich aber nicht.

Statt dessen verbrachte ich den Tag mit Mae. Die simple Beschäftigung, auf sie aufzupassen, sie zu unterhalten, zu füttern, zum Mittagsschlaf hinzulegen, ihr die Späße der Marx Brothers zu erklären, als wir uns *Animal Crackers* und *Die Marx Brothers im Krieg* ansahen, ihr eine Gute-Nacht-Geschichte vorzulesen, als sie sich in ihr Reisebettchen legte, das ich im Schlafzimmer aufgestellt hatte – diese einfache Beschäftigung, für einen anderen, für einen kleineren Menschen zu sorgen, war nützlicher als tausend Stunden beim Psychiater. Ich fragte mich, ob die Menschen früher, für die das ganz selbstverständlich war, nicht doch recht gehabt hatten.

Mitten in der Geschichte fielen ihr die Augen zu. Ich zog ihr die Bettdecke hoch bis ans Kinn und legte das Buch zur Seite.

»Hast du Mami lieb?« fragte sie.

»Ich hab Mami lieb. Jetzt schlaf schön.«

»Mami hat dich auch lieb«, murmelte sie.

»Ich weiß. Jetzt schlaf schön.«

»Hast du mich lieb?«

Ich küßte sie auf die Wange und strich noch einmal über die Decke. »Du bist wunderbar, Mae.«

Aber sie war schon eingeschlafen.

Gegen elf Uhr meldete sich Grace.

»Was macht mein kleiner Teufel?«

»Schläft tief und fest.«

»Ich hasse das. Wochenlang benimmt sie sich bei mir wie eine Kratzbürste, und wenn sie einen Tag bei dir ist, spielt sie das Engelchen.«

»Tja«, erwiderte ich, »ist halt viel lustiger bei mir.«

Sie kicherte. »Jetzt echt: War sie lieb?«

»Klar.«

»Geht's dir besser wegen Jason?«

»Solange ich nicht darüber nachdenke.«

»Hab verstanden. Ist alles klar wegen letztens nachts?«

»Mit uns?« fragte ich.

»Ja.«

»War da was?«

Sie seufzte. »Du Arsch!«

»He!«

»Ja?«

»Ich liebe dich.«

»Ich liebe dich auch.«

»Schön, oder?« sagte ich.

»Das Schönste überhaupt«, antwortete sie.

Am nächsten Morgen, als Mae noch schlief, ging ich nach draußen auf die Veranda vor der Haustür und sah Kevin Hurlihy auf der Straße stehen. Er lehnte sich gegen den goldfarbenen Diamante, den er für Jack Rouse fuhr.

Seit ich von meinem Brieffreund den Zettel mit der Botschaft »vergißnichthochzusehen« bekommen hatte, trug ich meine Pistole ständig bei mir. Selbst wenn ich nach unten ging, um die Post zu holen. Oder ganz besonders dann, wenn ich nach unten ging, um die Post zu holen.

Als ich also nach draußen auf die Veranda trat und den irren Kevin vom Bürgersteig zu mir heraufblicken sah, versicherte ich mich, daß wenigstens meine Waffe in Reichweite war. Glücklicherweise war es meine 6,5-Millimeter-Beretta mit dem Fünfzehn-Schuß-Magazin, denn bei Kevin hatte ich das Gefühl, ich würde jede Kugel brauchen.

Er starrte mich sehr lange an. Schließlich setzte ich mich auf die oberste Stufe, öffnete die drei Briefe, die ich erhalten hatte, und blätterte durch die letzte Ausgabe des Musikmagazins *Spin*. Ich überflog einen Artikel über die Band Machinery Hall.

»Hörst du auch Machinery Hall, Kev?« fragte ich schließlich.

Kevin guckte nur und atmete durch die Nase.

»Gute Gruppe«, bemerkte ich. »Lohnt sich, die CD zu kaufen.«

Kevin sah nicht gerade aus, als würde er nach unserer Plauderei bei Tower Records vorbeifahren.

»Klar, die haben ein bißchen was von einem Imitat, aber wer imitiert heutzutage nicht irgendwen.«

Kevin sah nicht so aus, als wüßte er, was imitieren bedeutet.

Zehn Minuten lang stand er da, ohne ein Wort zu sagen, die ganze Zeit behielt er mich im Blick, und sein Blick war düster und trüb wie Sumpfwasser. Ich schätze, es handelte sich hier um den morgendlichen Kevin. Der nächtliche Kevin hatte einen elektrisierten Blick, die Augen schienen vor Vorfreude auf den nächsten Mord zu glänzen. Der morgendliche Kevin sah aus, als verfalle er bald dem Stumpfsinn.

»Tja, Kev, dann würde ich behaupten, du bist kein großer Fan von Independent.«

Kevin zündete sich eine Zigarette an.

»War ich früher auch nicht, aber meine Kollegin hat mich nach und nach überzeugt, daß es mehr gibt als die

Stones und Springsteen. Vieles ist natürlich gequirlter Dünnschiß, und 'ne Menge wird einfach überschätzt, das ist schon klar. Ich meine, erklär mir mal Morrissey. Aber dann kommt so ein Kurt Cobain daher oder ein Trent Reznor, und du denkst: Die Typen bringen es, und dann hat man schon wieder Hoffnung. Vielleicht irre ich mich auch. Ach ja, Kev, was hast du eigentlich von Kurts Tod gehalten? Warst du der Meinung, unsere Generation hat ihr Sprachrohr verloren, oder war das für dich schon der Fall, als sich Frankie Goes to Hollywood aufgelöst hat?«

Ein scharfer Wind wehte die Straße hinunter, und als Kevin sprach, klang seine Stimme nach nichts, nach einem häßlichen seelenlosen Nichts.

»Kenzie, vor ein paar Jahren hat ein Typ Jackie mehr als vierzig Riesen abgezockt.«

»Das Ding kann ja reden!« bemerkte ich.

»Als ich ihn bei seiner Freundin auftreibe, ist er gerade auf dem Sprung nach Paraguay oder wer weiß wohin.« Kevin schnippte seine Zigarette in die Büsche vor meinem Haus. »Er mußte sich auf den Bauch legen, Kenzie, und dann bin ich auf seinem Rücken rumgesprungen, bis die Wirbelsäule gebrochen ist. Hat sich genau so angehört, wie wenn man eine Tür eintritt. Genau so. Gibt so ein großes, lautes Krachen und ganz viel Splittergeräusche gleichzeitig.«

Wieder fegte die scharfe Brise durch die Straße, die trokkenen Blätter im Rinnstein raschelten.

»Egal«, fuhr Kevin fort, »dieser Typ war am Schreien, das Weib war am Schreien, und beide guckten ständig auf die Tür von der beschissenen kleinen Wohnung, aber nicht weil sie dachten, sie kämen raus, sondern weil sie wußten, daß die Tür abgeschlossen war. Sie waren eingesperrt. Mit mir. Ich hatte die Macht. Ich konnte bestimmen, was sie als Erinnerung mit in die Hölle nehmen.«

Er zündete sich eine neue Zigarette an, und ich spürte den kalten Wind mitten in meiner Brust.

»Tja«, erzählte er weiter, »dann habe ich den Typ umgedreht. Hab ihn mit seinem kaputten Rückgrat hingesetzt und das Weib, keine Ahnung, 'n paar Stunden lang vergewaltigt. Mußte ihm immer wieder Whiskey ins Gesicht schütten, damit er wach bleibt. Dann hab ich acht-, vielleicht neunmal auf sie geschossen. Hab mir einen Drink gemacht und den Typ 'ne Zeitlang angeguckt. Es war nichts mehr da. Hoffnung. Stolz. Liebe. Alles gehörte mir. Mir. Mir gehörte alles. Und das wußte er. Ich hab mich hinter ihn gestellt. Hab ihm die Knarre hinten an den Kopf gehalten, da wo das Gehirn aufhört. Und schätz mal, was ich gemacht habe?«

Ich sagte nichts.

»Hab gewartet. So ungefähr fünf Minuten. Und rat mal! Rat mal, was der Typ gemacht hat, Kenzie! Rat mal!«

Ich faltete die Hände im Schoß.

»Der Typ fängt an zu betteln, Kenzie! Der Scheißkerl ist gelähmt. Er hat gerade zugeguckt, wie ein anderer seine Frau vergewaltigt und umbringt, und konnte nichts dagegen machen. Er hat keinen Grund mehr zu leben. Nichts. Aber trotzdem fleht er mich an, ihn leben zu lassen. Die Welt ist total verrückt, sag ich dir!«

Er warf die Zigarette auf die Stufen unter mir. Die Asche wurde verstreut und vom Wind fortgetragen.

»Als er anfing zu betteln, hab ich ihm in den Kopf geschossen.«

Wenn ich früher Kevin ansah, hatte ich nichts erkannt, nur ein großes Loch. Aber jetzt merkte ich, daß es keine Leere war, sondern das Gegenteil. Alles Widerliche dieser Welt. Hakenkreuze, Schlachtfelder, Arbeitslager, Ungeziefer und Feuer, das vom Himmel fiel. Kevins leerer Blick schien nichts anderes zu bedeuten, als daß er zu allem fähig war.

»Halt dich aus der Sache mit Jason Warren raus!« mahnte er. »Hier, der Typ, der Jackie abgezockt hat und seine Freundin. Das waren Freunde von mir. Aber dich«, fügte er hinzu, »hab ich nie das kleinste bißchen gemocht.«

Noch eine weitere Minute stand er da und sah mir in die Augen. Ich fühlte Haß und Ekel in mir aufsteigen.

Dann ging er zur Fahrerseite des Autos und legte die Hände auf die Motorhaube.

»Hab gehört, du bist losgezogen und hast dir eine kleine Familie besorgt, Kenzie. So 'ne Scheißärztin mit 'ner kleinen Scheißtochter. Die Tochter soll so um die vier Jahre alt sein.«

Ich dachte an Mae, die zwei Stockwerke über mir schlief.

»Was glaubst du, Kenzie, wie stark ist der Rücken von einer Vierjährigen?«

»Kevin«, sagte ich und meine Stimme klang schwer und phlegmatisch, »wenn du ...«

Er schien mich völlig zu ignorieren und öffnete die Tür.

»Hey, Arschloch!« rief ich, rauh hallte meine Stimme über die leere Straße. »Ich rede mit dir.«

Er sah mich an.

»Kevin«, begann ich erneut, »wenn du auch nur in die Nähe von dieser Frau oder diesem Kind kommst, dann jag ich dir so viele Kugeln in den Kopf, daß er wie eine Bowlingkugel aussieht.«

»Bla bla bla«, erwiderte er, »nichts als Gelaber, Kenzie. Bis die Tage!«

Ich zog meine Pistole hinterm Rücken hervor und feuerte eine Salve in sein Beifahrerfenster.

Kevin sprang zurück, als die Glassplitter auf seinen Sitz regneten, dann sah er mich an.

»Eine kleine Anzahlung, Kevin. Damit kannst du zu deiner Scheißbank gehen.«

Einen Augenblick lang dachte ich, er würde sich wehren. Auf der Stelle. Tat er aber nicht. Er sagte: »Du hast dir gerade dein eigenes Grab geschaufelt, Kenzie. Das weißt du.«

Ich nickte.

Er blickte auf das Glas auf dem Sitz, und plötzlich explodierte die Wut in seinem Gesicht. Er griff in den Hosenbund und kam ums Auto herum.

Ich nahm seine Stirn ins Visier.

Da hielt er inne, die Hand noch immer am Hosenbund, und fing ganz langsam an zu lächeln. Er ging zur Beifahrertür zurück, öffnete sie, legte dann die Arme auf die Motorhaube und sah mich an. »Ich sag dir, was passiert. Mach dir 'ne schöne Zeit mit deiner Freundin, fick sie jeden Tag zweimal, wenn du kannst, und sei besonders lieb zu der Kleinen. Bald – vielleicht noch heute, vielleicht nächste Woche – komme ich vorbei. Zuerst bringe ich dich um. Dann warte ich ein bißchen. Vielleicht hole ich mir was zu essen, geh auf Piste, gönn mir 'n paar Bier. Egal. Danach gehe ich bei deiner Frau vorbei und bringe sie und das Mädchen um. Und dann gehe ich nach Hause und lache mir den Arsch ab, Kenzie.«

Er stieg ins Auto und fuhr davon. Ich stand auf meiner Veranda, und das Blut pochte heiß in meinen Schläfen.

20

Als ich zurück nach oben ging, guckte ich zuerst nach Mae. Sie lag zusammengerollt auf der Seite, hielt ein Kopfkissen im Arm, die Locken fielen ihr in die Augen, die Wangen waren vom Schlaf leicht gerötet.

Ich sah auf die Uhr. Halb neun. Was ihre Mutter bei der vielen Arbeit an Schlaf einbüßte, Mae holte es auf jeden Fall nach.

Ich machte die Tür zu, ging in die Küche und schlug mich mit drei Anrufen von empörten Nachbarn herum, die wissen wollten, warum in aller Welt ich morgens um acht mit einer Feuerwaffe herumschießen würde. Ich bekam nicht heraus, worüber sie sich mehr aufregten, über den Schuß oder die frühe Uhrzeit, fragte aber auch nicht weiter nach. Ich entschuldigte mich, worauf zwei einfach auflegten, während der dritte mir riet, professionelle Hilfe in Anspruch zu nehmen.

Nach dem dritten Anruf meldete ich mich bei Bubba.

»Was ist los?«

»Hast du Zeit, ein paar Tage lang Leute zu beschatten?«

»Wen?«

»Kevin Hurlihy und Grace.«

»Sicher. Die beiden sehen aber nicht gerade so aus, als würden sie in den gleichen Kreisen verkehren.«

»Tun sie auch nicht. Aber er will vielleicht irgendwas mit ihr anstellen, um an mich ranzukommen, deshalb muß ich wissen, wo sich die beiden aufhalten. Ist ein Job für zwei Leute.«

Er gähnte. »Ich nehme Nelson.«

Nelson Ferrare war ein Typ aus unserem Stadtteil, der Bubba bei seinen Waffengeschäften half, wenn er einen zusätzlichen Schützen oder Fahrer brauchte. Nelson war klein, höchstens ein Meter sechzig, und ich hatte ihn noch nie laut reden oder mehr als fünf Wörter an einem Tag sprechen hören. Nelson war ein genauso verrückter Spinner wie Bubba, hatte aber zusätzlich einen Napoleon-Komplex. Wie Bubba konnte er seine Psychose so lange unter Kontrolle halten, wie er mit irgend etwas beschäftigt war.

»Okay. Und, Bubba! Wenn mir in der nächsten Woche irgendwas passieren sollte, sagen wir, ich habe einen Unfall, tust du mir dann einen Gefallen?«

»Was denn?«

»Versteck Mae und Grace an einem sicheren Ort ...«

»Klar.«

»... und mach Hurlihy kalt!«

»Kein Problem. Ist das alles?«

»Das ist alles.«

»Okee-doke. Bis bald.«

»Hoffen wir's.«

Ich legte auf und bemerkte, daß sich das Zittern in meinen Handgelenken gelegt hatte, das mich seit dem Schuß auf Kevins Autofenster begleitet hatte.

Als nächstes rief ich Devin an.

»Agent Bolton will mit dir reden!«

»Kann ich mir denken.«

»Es gefällt ihm nicht, daß du mit zwei von vier Toten in Verbindung gebracht wirst.«

»Vier?«

»Wir glauben, daß er gestern abend wieder zugeschlagen hat. Kann jetzt aber nicht darüber reden. Kommst du vorbei, oder muß Bolton bei dir vorbeikommen?«

»Ich komme vorbei.«

»Wann?«

»Gleich. Übrigens hat mir Kevin Hurlihy gerade einen Besuch abgestattet und mir geraten, mich aus der Sache rauszuhalten.«

»Wir lassen ihn seit Tagen überwachen. Er ist nicht der Mörder.«

»Das hab ich auch nicht gedacht. Für das, was dieser Typ abzieht, fehlt ihm die Phantasie. Aber irgendwas hat er damit zu tun.«

»Ist schon komisch, das gebe ich zu. Also, beweg deinen Arsch rüber zum FBI-Hauptquartier. Bolton ist soweit, daß er alle einbuchtet, dich, Gerry Glynn, Jack Rouse, Fat Freddy und jeden, der irgendwann in die Nähe der Opfer gekommen ist.«

»Vielen Dank für den Tip.«

Ich legte auf, und in dem Moment wurde meine Wohnung von Countrymusik in ohrenbetäubender Lautstärke erschüttert, die durch das offene Küchenfenster hereinfegte. Klar: Um neun Uhr legt Waylon los.

Ich blickte auf die Uhr. Punkt neun.

Sofort lief ich nach draußen auf die rückwärtige Veranda. Lyle arbeitete am Haus nebenan und drehte das Radio leiser, als er mich sah.

»Hey, Patrick, wie geht's dir, Junge?«

»Lyle«, sagte ich, »die Tochter von meiner Freundin schläft heute bei mir. Könntest du es vielleicht so leise lassen?«

»Na klar, mein Junge. Sicher.«

»Danke«, erwiderte ich. »Wir kratzen bald die Kurve, dann kannst du die Musik ja wieder aufdrehen.«

Er zuckte mit den Achseln. »Bin heute selber nur ein paar Stunden hier. Hab ’nen kaputten Zahn, der mich die ganze Nacht wach gehalten hat.«

»Zum Zahnarzt?« fragte ich und kniff die Augen zusammen.

»Jawohl«, bestätigte er trübe. »Ich hasse diese Schweine, letzte Nacht habe ich selbst versucht, den Zahn mit einer Zange rauszuziehen, aber das Miststück hat sich nur ’n bißchen bewegt. Außerdem wurde die Zange ganz glitschig von dem ganzen Blut und, na ja . . .«

»Viel Glück beim Zahnarzt, Lyle!«

»Danke«, gab er zurück. »Eins sag ich dir, der Hund gibt mir keine Betäubungsspritze. Der alte Lyle kippt sofort um, wenn er ’ne Nadel sieht. Ganz schöner Feigling, was?«

Klar, Lyle, dachte ich. Ein Riesenschisser. Zieh dir doch noch ein paar mehr Zähne mit der Zange, und niemand wird noch von was anderem reden als davon, was für ein Schlappschwanz du bist.

Ich ging zurück ins Schlafzimmer. Mae war weg.

Der Schnuller lag am Fußende meines Bettes, und Miss Lilly, ihre Puppe, lag oben auf dem Reisebett und starrte mich mit toten Puppenaugen an.

Dann hörte ich die Toilettenspülung. Als ich in den Gang trat, kam Mae gerade aus dem Badezimmer und rieb sich die Augen.

Mein Herz klopfte mir bis zum Hals. Am liebsten wäre ich auf die Knie gefallen vor Erleichterung.

»Ich hab Hunger, Patrick!« sagte sie und ging in ihrem Mickymaus-Schlafanzug mit den angenähten Füßen in die Küche.

»Apple Jacks oder Sugar Pops?« brachte ich heraus.

»Sugar Pops.«

»Okay, dann gibt es Sugar Pops.«

Während sich Mae im Badezimmer anzog und die Zähne putzte, rief ich Angie an.

»Hey«, sagte sie.

»Wie geht's?«

»Ach . . . ganz gut. Rede mir immer noch ein, daß wir alles getan haben, um Jason zu schützen. Hast du was über Eric herausgefunden?« erkundigte ich mich.

»Ein bißchen. Vor fünf Jahren, als Eric noch Teilzeit an der Uni von Massachusetts in Boston unterrichtete, zog ein Stadtrat von Jamaica Plain namens Paul Hobson gegen die Uni und Eric vor Gericht.«

»Weswegen?«

»Keine Ahnung. Alle die Sache betreffenden Dokumente sind versiegelt. Sieht nach einer außergerichtlichen Einigung aus, woraufhin alle Redeverbot bekommen haben. Aber Eric hat die Uni von Massachusetts danach verlassen.«

»Sonst noch was?«

»Bis jetzt nicht, aber ich suche weiter.«

Ich erzählte ihr von meiner Begegnung mit Kevin.

»Du hast ihm das Autofenster eingeschossen, Patrick? O Gott!«

»Ich war ein bißchen durcheinander.«

»Ja, aber ihm gleich das Fenster zerschießen?«

»Angie«, erklärte ich, »er hat Mae und Grace bedroht! Wenn er das nächste Mal wieder so was Dummes sagt, vergesse ich vielleicht einfach das Auto und schieße auf ihn.«

»Das wird Rache geben«, prophezeite sie.

»Darüber bin ich mir im klaren.« Ich seufzte und fühlte den Druck hinter meinen Augen, spürte den Geruch von Angst in meinem Hemd. »Bolton hat mich zum JFK-Gebäude bestellt.«

»Mich auch?«

»Von dir war nicht die Rede.«

»Gut.«

»Ich weiß nicht, was ich mit Mae machen soll.«

»Ich kann sie nehmen«, schlug Angie vor.

»Echt?«

»Ja, gerne. Bring sie vorbei. Ich gehe mit ihr auf den Spielplatz auf der anderen Straßenseite.«

Ich rief Grace an und erzählte ihr, daß bei mir etwas dazwischengekommen sei. Sie fand es eine gute Idee, daß Mae mit Angie spielte, solange es Angie nichts ausmachte.

»Sie freut sich drauf, glaub mir.«

»Toll. Wie geht's dir?«

»Gut. Warum?«

»Weiß nicht«, erwiderte sie. »Du klingst etwas unsicher.«

Das kommt von Menschen wie Kevin, dachte ich.

»Mir geht's gut. Wir sehen uns später.«

Als ich auflegte, kam Mae in die Küche.

»Hey, Kumpel«, rief ich, »gehen wir auf den Spielplatz?«

Sie lachte. Es war das Lächeln ihrer Mutter: arglos, offen und direkt. »Spielplatz? Gibt's da Schaukeln?«

»Klar gibt's da Schaukeln. Sonst wär's ja kein richtiger Spielplatz.«

»Gibt's da auch ein Klettergerüst?«

»Ja, das gibt's da auch.«

»Gibt's da auch 'ne Achterbahn?«

»Noch nicht«, antwortete ich, »aber ich mache dem Management einen Vorschlag.«

Sie schlüpfte in die Turnschuhe, kletterte gegenüber von mir auf den Stuhl und legte ihre Beine auf meinen Stuhl. »Gut«, sagte sie.

»Mae«, sprach ich sie an, während ich ihr die Schuhe

band, »ich muß mich aber mit einem Freund treffen und kann dich nicht mitnehmen.«

Der Anflug von Verwirrung und Verlassenheit in ihren Augen brach mir das Herz.

»Aber«, fuhr ich eilig fort, »du kennst doch meine Freundin Angie? Sie möchte gerne mit dir spielen.«

»Wieso?«

»Sie mag dich. Und sie mag Spielplätze.«

»Sie hat schöne Haare.«

»Ja, das stimmt.«

»Schön schwarz und schön lockig, die find ich toll.«

»Ich werd's ihr sagen, Mae.«

»Patrick, warum hast du angehalten?« fragte Mae.

Wir standen an der Ecke Dorchester Avenue und Howes Street. Auf der anderen Straßenseite sah man den Ryan-Spielplatz.

Die Howes Street abwärts war Angies Haus zu sehen.

Und Angie, die davorstand. Die in diesem Moment ihren Exmann Phil auf die Wange küßte.

Ich merkte, wie sich etwas in meiner Brust für einen Augenblick zusammenkrampfte.

»Angie!« rief Mae.

Angie drehte sich um, und Phil tat es ihr nach. Ich kam mir wie ein Spanner vor. Ein wütender Spanner mit gewalttätigen Gedanken.

Die beiden überquerten die Straße und kamen zusammen zur Kreuzung. Sie sah wie immer wunderbar aus in ihrer Jeans, dem lila T-Shirt und der über die Schulter geworfenen schwarzen Lederjacke. Ihr Haar war noch naß, und eine einzelne Strähne hatte sich hinter ihrem Ohr gelöst und umspielte nun ihren Wangenknochen. Sie schob sie zurück, während sie näher kam und Mae zuwinkte.

Leider sah Phil ebenfalls gut aus. Angie hatte mir erzählt, daß er zu trinken aufgehört hatte, und das zeigte inzwischen Wirkung. Seit unserem letzten Treffen hatte er mindestens zwanzig Kilo abgenommen, sein Gesicht war glatt und straff, die Augen nicht mehr verquollen, wie sie es die letzten fünf Jahre gewesen waren. Er bewegte sich locker in einem weißen Hemd und einer gebügelten anthrazitfarbenen Hose, die zu seinem aus der Stirn gekämmten Haar paßte. Er sah fünfzehn Jahre jünger aus, seine Pupillen leuchteten so wie damals, als er ein Kind war.

»Hey, Patrick!« grüßte er.

»Hi, Phil.«

Er blieb an der Bordsteinkante stehen und legte die Hand aufs Herz.

»Ist sie das?« fragte er. »Ist sie das? Ist das die große, unvergeßliche, weltberühmte Mae?«

Er hockte sich neben sie, und sie lächelte breit.

»Ich bin Mae«, sagte sie schüchtern.

»Es ist mir ein Vergnügen, Mae!« erwiderte er und schüttelte ihr förmlich die Hand. »Ich wette, du verwandelst jeden Tag Frösche in Prinzen. Du bist ja wirklich was ganz Besonderes.«

Sie blickte neugierig und leicht verwirrt zu mir hoch, doch an ihrem geröteten Gesicht und ihren funkelnden Augen konnte ich erkennen, daß Phil sie bereits verzaubert hatte.

»Ich bin Mae«, sagte sie erneut.

»Und ich bin Phillip«, stellte er sich vor. »Paßt der Typ ordentlich auf dich auf?«

»Das ist mein Freund«, sagte Mae. »Das ist Patrick.«

»'nen besseren Freund gibt's gar nicht«, erwiderte Phil.

Man mußte Phil gar nicht von früher kennen, um sein Einfühlungsvermögen in Menschen jeder Altersklasse zu erkennen. Selbst als er so viel trank und seine Frau verprügelte, war diese Fähigkeit nicht verschwunden. Seit Phil aus dem Kinderbett geklettert war, hatte er diese Gabe besessen. Sie war nicht aufgesetzt oder bewußt gesteuert. Er besaß die einfache, aber seltene Fähigkeit, seinem Gesprächspartner das Gefühl zu vermitteln, daß er der einzige Mensch auf diesem Planeten sei, der seine Aufmerksamkeit verdient habe, daß seine Ohren nur dazu bestimmt seien, den Worten seines Gegenübers zu lauschen, daß seine Augen nur die eine Aufgabe hatten, diesen einen Menschen zu sehen. Phil gab jedem Menschen das Gefühl, Phils einziger Daseinsgrund auf dieser Welt sei diese ganz besondere Begegnung mit einem selbst.

Das fiel mir erst wieder ein, als ich ihn mit Mae sah. Es war viel leichter, sich ihn als betrunkenes Arschloch vorzustellen, das es irgendwie geschafft hatte, Angie zu heiraten.

Doch Angie war zwölf Jahre lang mit ihm verheiratet gewesen. Auch als er sie schlug. Und dafür hatte es keinen Grund gegeben. Auch wenn Phil ein furchtbares, unverzeihliches Ungeheuer geworden war, so gab es doch immer noch – irgendwo tief in ihm – den anderen Phil, der sich nun neben Mae erhob. Angie fragte: »Wie geht's dir, kleine Süße?«

»Gut.« Mae griff nach Angies Haar.

»Sie mag dein Haar«, erklärte ich.

»Was, dieses Durcheinander?« Angie kniete sich hin, während Mae ihr mit der Hand durchs Haar fuhr.

»Du hast so viele Locken«, bemerkte Mae.

»Das sagt mein Frisör auch.«

»Wie geht's dir, Patrick?« Phil streckte mir die Hand hin.

Ich dachte drüber nach. An einem strahlenden Herbstmorgen mit so frischer Luft und den von den orangen Blättern zurückgeworfenen Sonnenstrahlen kam es mir albern vor, nicht mit der ganzen Welt in Frieden zu leben.

Mein Zögern sprach wohl für sich, dann ergriff ich die

mir dargebotene Hand und schüttelte sie. »Nicht schlecht, Phil. Und dir?«

»Gut«, antwortete er. »Muß ja jeden Tag weitergehen, aber du weißt ja, wie das ist, bei jedem steht das Leben mal 'ne Weile still.«

»Stimmt.« Ich sah einem der Gründe für den Stillstand in meinem eigenen Leben ins Gesicht.

»Tja, also . . .« Er sah über die Schulter zu seiner Exfrau und dem Kind hinüber, die sich gegenseitig in den Haaren herumwuschelten. »Sie ist klasse.«

»Welche von beiden?« fragte ich.

Er lächelte wehmütig. »Beide, würde ich sagen. Aber im Moment meinte ich die Vierjährige.«

Ich nickte. »Ja, sie ist toll.«

Angie kam zu uns, hielt Mae an der Hand. »Wann mußt du zur Arbeit?«

»Heute mittag«, erwiderte er. Er sah mich an. »Der Typ, bei dem ich momentan arbeite, ist ein Künstler in der Back Bay. Ich mußte sein gesamtes Zweifamilienhaus auseinandernehmen, das ganze Parkett aus dem neunzehnten Jahrhundert rausreißen, damit wir es jetzt durch schwarzen – schwarzen! – Marmor ersetzen. Kannst du das glauben?« Er seufzte und fuhr sich durch das Haar.

»Ich hab mir gedacht«, begann Angie, »ob du vielleicht Lust hättest, ein bißchen mit Mae und mir zu schaukeln?«

»Ach, ich weiß nicht«, sagte er und schaute Mae an, »mein Arm tut etwas weh.«

»Stell dich nicht so an!« meckerte Mae.

»Das kann ich nicht auf mir sitzenlassen, oder?« Phil nahm die Kleine mit einem Arm hoch und setzte sie sich auf die Hüfte. Dann überquerten die drei die Straße und gingen zum Spielplatz. Bevor sie die Treppe hochstiegen und auf die Schaukeln zusteuerten, winkten sie mir noch einmal zu.

21

»Sie werden Alec Hardiman treffen«, sagte Bolton ohne aufzublicken, während er durch den Konferenzraum schritt.

»Tatsächlich?«

»Sie haben heute mittag um ein Uhr einen Termin mit ihm.«

Ich blickte Devin und Oscar an. »Ach ja?«

»Unsere Abteilung wird alles auf Band aufnehmen.«

Ich nahm gegenüber von Devin Platz, zwischen uns befand sich ein riesengroßer Kirschbaumtisch. Oscar saß links von Devin, der Rest der Plätze war von einem halben Dutzend FBI-Agenten in Anzug und Krawatte belegt. Die meisten von ihnen telefonierten. Devin und Oscar hatten kein Telefon. Vor Bolton am anderen Ende standen zwei auf dem Tisch, ich schätze, ein ganz normales und ein Spezial-Batman-Telefon.

Er erhob sich und kam auf mich zu. »Über was haben Sie mit Kevin Hurlihy gesprochen?«

»Über Politik«, erwiderte ich, »über den momentanen Stand des Yen, solche Sachen.«

Bolton legte die Hand auf meine Stuhllehne und beugte sich so weit vor, daß ich die Hustenpastillen in seinem Mund riechen konnte. »Sagen Sie mir, worüber Sie gesprochen haben, Mr. Kenzie!«

»Was glauben Sie denn, worüber wir gesprochen haben, Spezialagent Bolton? Er hat mir gesagt, ich soll meine Finger vom Warren-Fall lassen.«

»Und deshalb haben Sie eine Salve auf sein Auto abgeschossen.«

»Das schien mir zu dem Zeitpunkt eine angemessene Reaktion zu sein.«

»Warum taucht in diesem Fall immer wieder Ihr Name auf?«

»Weiß ich nicht.«

»Warum will Alec Hardiman nur mit Ihnen reden?«

»Noch einmal: Ich habe keine Ahnung.«

Er ließ die Stuhllehne los, blieb hinter Devin und Oscar stehen und schob die Hände in die Hosentaschen. Er sah aus, als hätte er seit einer Woche nicht geschlafen.

»Ich brauche Antworten, Mr. Kenzie.«

»Ich hab aber keine. Ich habe Devin meine Unterlagen über den Warren-Fall rübergefaxt. Ich habe euch Fotos von dem Typ mit dem Spitzbart geschickt. Ich habe Ihnen alles gesagt, was ich noch von der Begegnung mit Kara Rider weiß. Ansonsten tappe ich ebenso im Dunkeln wie alle anderen.«

Er zog die Hand aus der Hosentasche und rieb sich den Nacken. »Was haben Sie, Jack Rouse, Kevin Hurlihy, Jason Warren, Kara Rider, Peter Stimovich, Freddy Constantine, Staatsanwalt Timpson und Alec Hardiman gemeinsam?«

»Ist das eine Denksportaufgabe?«

»Beantworten Sie meine Frage!«

»Ich weiß es nicht, verflucht noch mal!« Ich hielt die Hände hoch. »Ist das deutlich genug für Sie?«

»Sie müssen uns hier helfen, Mr. Kenzie!«

»Das versuche ich auch, Bolton, aber Ihre Befragungstechnik ist ungefähr so ausgefeilt wie die eines Kredithais.

Wenn Sie mich nerven, werde ich Ihnen keine große Hilfe sein können, weil ich viel zu wütend bin, um nachzudenken.«

Bolton ging zur anderen Seite des Raumes hinüber. Der Raum war mindestens zehn Meter lang und ungefähr drei Meter fünfzig hoch. Bolton zog an einem Tuch, das die ganze rückwärtige Wand verdeckte, und als er es in den Händen hielt, erblickte ich eine riesige Pinnwand, die neunzig Prozent der Wand einnahm.

Mit Stecknadeln und dünnem Draht waren Fotos, Tatortdiagramme, Blätter mit Spektralanalysen und Beweislisten auf dem Kork befestigt. Ich stand ebenfalls auf, ging langsam am Tisch entlang und versuchte, alles in mich aufzunehmen.

Hinter mir bemerkte Devin: »Wir haben alle verhört, die irgendwie mit dem Fall zu tun haben, Patrick. Außerdem wurden alle befragt, die Stimovich und das letzte Opfer, Pamela Stokes, gekannt haben. Ohne Ergebnis. Überhaupt nichts.«

Von allen Opfern gab es Fotos: jeweils zwei, auf denen die Personen noch lebten, und mehrere von den Leichen. Pamela Stokes sah aus, als wäre sie um die Dreißig. Auf einem Bild blinzelte sie in die Sonne und hielt die Hand vor die Stirn, ihr ansonsten nichtssagendes Gesicht wurde von einem breiten Lachen erhellt.

»Was wissen wir über sie?«

»Verkäuferin bei Anne Klein«, antwortete Oscar, »wurde zuletzt vor zwei Tagen gesehen, als sie die Mercury Bar auf der Boylston Street verließ.«

»Allein?« erkundigte ich mich.

Devin schüttelte den Kopf. »Mit einem Typ, der eine Baseballkappe, Sonnenbrille und einen Ziegenbart trug.«

»Er trug eine Sonnenbrille in einer Bar, und keiner hat Verdacht geschöpft?«

»Bist du schon mal in der Mercury gewesen?« wollte Oscar wissen. »Die ist doch voll von besonders schicken Möchtegern-VIPs. Die tragen drinnen immer Sonnenbrille!«

»Tja, das ist unser Mann.« Ich wies auf das Foto von Jason und dem Mann mit dem Bart.

»Wenigstens einer der beiden«, bescheinigte Oscar.

»Bist du sicher, daß es zwei sind?«

»Wir gehen davon aus. Jason Warren wurde ohne Zweifel von zwei Menschen umgebracht.«

»Woher wißt ihr das?«

»Er hat sich gewehrt und sie gekratzt«, erklärte Devin. »Unter seinen Fingernägeln fand sich Gewebe von zwei unterschiedlichen Blutgruppen.«

»Haben die Familien aller Opfer Fotos erhalten, bevor die Leute umgebracht wurden?«

»Ja«, bestätigte Oscar. »Das ist auch alles, was wir als Täterprofil haben. Bei drei der vier Opfer stimmt der Tatort nicht mit dem Fundort der Leichen überein. Kara Rider wurde nach Dorchester gebracht, Stimovich nach Squantum, und die Reste von Pamela Stokes wurden in Lincoln gefunden.«

Unter den Bildern der vier war ein Streifen Papier mit den Worten »Opfer. 1974« angebracht. Cal Morrisons leicht arrogantes jugendliches Gesicht sah mich an, und obwohl ich bis zu dem Abend in Gerrys Kneipe seit Jahren nicht mehr an ihn gedacht hatte, erinnerte ich mich spontan an den Geruch seines Kokos-Shampoos, das er immer benutzt hatte, und wie wir ihn deswegen aufgezogen hatten.

»Sind alle Opfer auf Gemeinsamkeiten untersucht worden?«

»Ja«, sagte Bolton.

»Und?«

»Es gibt zwei«, gab er Auskunft. »Sowohl Kara Riders Mutter als auch Jason Warrens Vater wuchsen in Dorchester auf.«

»Und die zweite?«

»Kara Rider und Pam Stokes benutzten das gleiche Parfum.«

»Welches?«

»Das Labor sagt, es war Halston for Women.«

»Das Labor«, wiederholte ich, während ich die Fotos von Jack Rouse, Stan Timpson, Freddy Constantine, Diandra Warren und Diedre Rider betrachtete. Von jeder Person gab es zwei Aufnahmen. Eine aktuelle und eine, die mindestens zwanzig Jahre alt war.

»Über das Motiv gibt es keinerlei Anhaltspunkte?« Fragend sah ich Oscar an, der blickte zur Seite und dann zu Devin. Der wandte sich an Bolton.

»Agent Bolton?« fragte ich. »Haben Sie einen Anhaltspunkt?«

»Jason Warrens Mutter«, antwortete Bolton schließlich.

»Was ist mit ihr?«

»Sie wurde hin und wieder als psychologische Gutachterin in Verhandlungen hinzugezogen.«

»Und?«

»Und«, fügte er hinzu, »sie hat ein psychologisches Gutachten über Hardiman erstellt, das es ihm letztendlich unmöglich machte, auf unzurechnungsfähig zu plädieren. Mr. Kenzie, Diandra Warren hat Alec Hardiman hinter Gitter gebracht.«

Boltons mobiler Kommandoposten war ein schwarzer Minivan mit getönten Scheiben. Mit laufendem Motor wartete er auf uns, als wir auf die New Sudbury Street traten.

Drinnen saßen zwei Agenten, Erdham und Fields, vor einer schwarz-grauen Computerstation, die die gesamte rechte Wand einnahm. Auf der Ablage befanden sich ein Gewirr aus Kabeln, zwei Computer, zwei Faxgeräte und zwei Laserdrucker. Über der Arbeitsfläche war eine Reihe von sechs Monitoren angebracht, gegenüber an der linken Wand hingen noch einmal sechs. Am anderen Ende des Wageninnenraums erkannte ich digitale Receiver und Aufnahmegeräte, einen Videorecorder mit Doppeldeck, Audio- und Videokassetten, Disketten und CDs.

An der linken Wand war ein kleiner Tisch mit drei Klappsitzen befestigt. Als sich das Fahrzeug in Bewegung setzte, ließ ich mich auf einen Sitz fallen und hielt mich mit der Hand an einem kleinen Kühlschrank fest.

»Fahrt ihr mit dem Ding zum Campen?« fragte ich.

Bolton ignorierte mich. »Agent Erdham, haben Sie die Verfügung?«

Erdham reichte ihm ein Blatt Papier, das Bolton in die Innentasche seiner Jacke schob.

Er nahm neben mir Platz. »Bei dem Treffen werden Sie von Wächter Lief und dem Chefpsychologen des Gefängnisses, Dr. Dolquist, begleitet werden. Die beiden werden Ihnen alles Notwendige über Hardiman erzählen, so daß mir nicht mehr viel zu sagen bleibt, außer daß Hardiman nicht auf die leichte Schulter genommen werden sollte, egal wie freundlich er wirkt. Er steht in drei Fällen unter Mordverdacht, die im Gefängnis passiert sind, aber keiner von den Insassen in diesem Hochsicherheitstrakt rückt mit Beweisen raus. Das sind alles Serienmörder, Brandstifter und Vergewaltiger, und trotzdem haben sie Angst vor Alec Hardiman. Verstehen Sie mich?«

Ich nickte.

»Die Zelle, in der das Treffen stattfinden wird, ist vollkommen verkabelt. Von dieser Kontrollstation aus können wir sowohl Audio- als auch Videoaufnahmen machen. Wir beobachten jeden Schritt, den Sie tun werden. Hardiman wird an beiden Füßen und mindestens einem Handgelenk angekettet sein. Trotzdem, seien Sie vorsichtig!«

»Hat Ihnen Hardiman seine Einwilligung gegeben für die Aufnahmen?«

»Mit dem Video hat er nichts zu tun. Nur Tonaufnahmen muß er genehmigen.«

»Und hat er zugestimmt?«

Bolton schüttelte den Kopf. »Nein, hat er nicht.«

»Sie machen es aber trotzdem.«

»Ja. Ich will das nicht vor Gericht verwenden. Ich werde es im Verlauf des Falles vielleicht hin und wieder gebrauchen können. Ist das ein Problem für Sie?«

»Eigentlich nicht.«

Der Wagen ruckelte wieder, als er am Haymarket vorbeifuhr und auf die I-93 bog. Ich lehnte mich zurück, sah aus dem Fenster und fragte mich, wie in aller Welt ich in diese Sache geraten war.

Dr. Dolquist war ein kleiner, aber kräftig gebauter Mann, der mir nur kurz in die Augen sah und den Blick dann schnell weiterschweifen ließ.

Wachmann Lief war groß, und sein schwarzer Kopf war so glattrasiert, daß er glänzte. Einige Minuten war ich allein mit Dolquist in Liefs Büro, weil Lief mit Bolton die Einzelheiten der Überwachung absprach.

Dolquist betrachtete ein Foto von Lief, der neben einer weiß verputzten Hütte unter der brennenden Sonne von Florida zusammen mit zwei Freunden einen Speerfisch in die Höhe hielt. Ich wartete darauf, daß die Stille etwas weniger unangenehm würde.

»Sind Sie verheiratet, Mr. Kenzie?« Dolquist starrte das Foto an.

»Geschieden. Schon lange.«

»Kinder?«

»Nein. Sie?«

Er nickte. »Zwei. Das hilft.«

»Hilft wobei?«

Er zeigte mit der Hand um sich. »Hiermit klarzukommen. Es hilft, wenn man nach Hause zu den Kindern zurückkehrt, zu ihrem sauberen Geruch.« Er warf mir einen kurzen Blick zu.

»Das glaube ich Ihnen«, erwiderte ich.

»Ihre Arbeit«, setzte er erneut an, »muß Sie doch mit vielen negativen menschlichen Aspekten in Kontakt bringen.«

»Hängt vom Fall ab.«

»Wie lange machen Sie das schon?«

»Fast zehn Jahre.«

»Dann haben Sie aber früh angefangen.«

»Stimmt.«

»Sehen Sie Ihre Arbeit als Lebensaufgabe?« Wieder hüpfte dieser flüchtige Blick über mein Gesicht.

»Weiß ich noch nicht genau. Wie steht's bei Ihnen, Doktor?«

»Ich glaube schon«, antwortete er außerordentlich langsam. »Ich glaube eigentlich schon«, wiederholte er unglücklich.

»Erzählen Sie mir was von Hardiman!« forderte ich ihn auf.

»Alec«, begann er, »ist ein unerklärliches Phänomen. Er hatte ein sehr gutes Elternhaus, keine Anzeichen von Kindesmißhandlung oder Kindheitstrauma, keine frühzeitigen Hinweise auf eine psychische Störung. Soweit wir wissen, folterte er keine Tiere, ließ keine krankhaften Obsessionen erkennen und war in keinerlei Weise verhaltensauffällig. Er war ein recht guter Schüler und ganz beliebt. Und dann, eines Tages ...«

»Was?«

»Wir wissen es nicht. Als er so um die sechzehn Jahre war, fing das Ganze an. Mädchen aus der Nachbarschaft behaupteten, er hätte sich nackt vor ihnen gezeigt. Erwürgte Katzen hingen an Telefonmasten neben seinem Elternhaus. Gewalttätige Ausbrüche im Klassenzimmer. Und dann wieder nichts. Mit siebzehn nahm er wieder den Anschein absoluter Normalität an. Und wenn es den Streit mit Rugglestone nicht gegeben hätte, wer weiß, wie lang die beiden weitergemordet hätten.«

»Da muß doch was gewesen sein.«

Er schüttelte den Kopf. »Ich arbeite jetzt seit ungefähr zwanzig Jahren mit ihm, Mr. Kenzie, und ich habe nichts gefunden. Selbst heute wirkt Alec Hardiman nach außen hin höflich, vernünftig und vollkommen harmlos.«

»Ist er aber nicht.«

Er lachte – ein plötzlicher, grober Laut in dem kleinen Zimmer. »Er ist der gefährlichste Mensch, den ich je gesehen habe.« Dolquist nahm den Bleistifthalter von Liefs Schreibtisch, betrachtete ihn geistesabwesend und stellte ihn wieder zurück. »Seit drei Jahren ist Alec HIV-positiv.« Er sah mich an, und einen Moment lang hielt er meinem Blick stand. »Sein Zustand hat sich in jüngster Zeit verschlechtert, die Krankheit ist voll ausgebrochen. Er stirbt bald, Mr. Kenzie.«

»Glauben Sie, er hat mich deshalb hergerufen? Geständnisse auf dem Totenbett, Reue in letzter Minute?«

Er schüttelte den Kopf. »Bestimmt nicht. Alec kennt keine Reue. Seit die Diagnose bei ihm gestellt wurde, wurde er von anderen Menschen ferngehalten. Aber ich glaube,

Alec wußte schon lange vor uns, daß er sich angesteckt hatte. In den zwei Monaten vor der Diagnose hat er mindestens zehn Männer vergewaltigt. Mindestens zehn. Ich bin der festen Überzeugung, daß er das nicht zur Befriedigung seiner sexuellen Begierde tat, sondern zur Befriedigung seiner Mordgelüste.«

Lief steckte den Kopf zur Tür herein. »Es ist soweit.«

Er reichte mir ein paar enge Segeltuchhandschuhe, Dolquist und er zogen ebenfalls welche an.

»Halten Sie die Hände von seinem Mund fern!« mahnte Dolquist leise, den Blick auf den Boden gerichtet.

Dann verließen wir das Büro. Niemand sprach ein Wort auf dem langen Gang durch den seltsam stillen Zellenblock zu Alec Hardiman.

22

Alec Hardiman war einundvierzig Jahre alt, sah aber fünfzehn Jahre jünger aus. Das aschblonde Haar klebte ihm naß an der Stirn wie bei einem Grundschüler. Er trug eine kleine, rechteckige Brille, eine Opabrille, und als er sprach, war seine Stimme so leicht wie Luft.

»Hi, Patrick«, grüßte er, als ich den Raum betrat. »Schön, daß du kommen konntest.«

Er saß vor einem kleinen Metalltisch, der am Boden festgenietet war. Die schmalen Hände steckten in zwei Löchern im Tisch und waren, wie seine Füße auch, in Ketten gelegt. Als er zu mir hochsah, spiegelte sich Neonlicht weiß in den Brillengläsern.

Ich nahm ihm gegenüber Platz. »Ich habe gehört, Sie können mir helfen, Insasse Hardiman.«

»Ach ja?« Er lümmelte sich auf dem Stuhl und erweckte den Eindruck eines Menschen, der sich in seiner Umgebung vollkommen wohl fühlt. Die das Gesicht und den Hals bedeckenden Wunden wirkten frisch und roh, sie glänzten. Seine Pupillen schienen hell aus tief in den Schädel reichenden Höhlen hervorzutreten.

»Ja. Ich habe gehört, Sie wollten reden.«

»Das stimmt«, erwiderte er, während Dolquist neben mir Platz nahm und Lief mit ausdruckslosem Blick seine

Position an der Wand einnahm, die Hand am Schlagstock. »Ich will schon seit langer Zeit mit dir sprechen, Patrick.«

»Mit mir? Warum?«

»Ich finde dich interessant.« Er zuckte mit den Achseln.

»Sie haben den größten Teil meines Lebens im Gefängnis verbracht, Insasse Hardiman ...«

»Nenn mich bitte Alec.«

»Alec. Ich verstehe dein Interesse nicht.«

Er legte den Kopf in den Nacken, so daß die Brille, die ihm die Nase heruntergerutscht war, an ihren Platz zurückfiel.

»Wasser?«

»Wie bitte?«

Mit dem Kopf wies er auf einen Plastikkrug und vier Plastikbecher auf dem Tisch links von ihm.

»Möchtest du Wasser?« fragte er.

»Nein, danke sehr.«

»Süßigkeiten?« Er lächelte nett.

»Was?«

»Magst du deine Arbeit?«

Ich warf Dolquist einen kurzen Blick zu. Der Beruf schien hinter diesen Mauern eine wahre Obsession zu sein.

»Kann meine Rechnungen bezahlen«, gab ich zurück.

»Das ist doch mehr für dich«, hakte Hardiman nach, »oder?«

Ich zuckte mit den Achseln.

»Kannst du dir vorstellen, noch mit fünfundfünfzig zu arbeiten?« wollte er wissen.

»Ich weiß noch nicht einmal, ob ich mir vorstellen kann, mit fünfunddreißig zu arbeiten, Insasse Hardiman.«

»Alec.«

»Alec«, sagte ich.

Er nickte wie ein Priester im Beichtstuhl. »Was hast du denn sonst noch für Möglichkeiten?«

Ich seufzte. »Alec, wir sind doch nicht hier, um meine Perspektiven zu diskutieren.«

»Aber wir können es doch trotzdem tun, Patrick, oder?« Er hob die Augenbrauen, und ein unschuldiger Ausdruck glättete das hagere Gesicht. »Ich finde dich interessant. Tu mir doch bitte den Gefallen!«

Ich sah Lief an, der mit seinen breiten Schultern zuckte.

»Vielleicht gebe ich mal Unterricht«, antwortete ich.

»Wirklich?« Er beugte sich vor.

»Warum nicht?«

»Wie wäre es denn, für eine große Agentur zu arbeiten?« schlug er vor. »Ich hab gehört, die zahlen gut.«

»Manche ja.«

»Sie bieten Versorgungspakete an und so was, zahlen die Krankenversicherung.«

»Ja.«

»Hast du schon mal drüber nachgedacht, Patrick?«

Ich haßte es, wie er meinen Namen aussprach, wußte aber nicht, warum.

»Ich hab schon drüber nachgedacht.«

»Aber du ziehst deine Unabhängigkeit vor.«

»So ähnlich.« Ich goß mir ein Glas Wasser ein. Als ich trank, fixierten Hardimans leuchtende Augen meine Lippen. »Alec«, versuchte ich es, »was kannst du uns . . .«

»Du kennst doch das Gleichnis vom angetrauten Geld.«

Ich nickte.

»Diejenigen, die etwas verstecken oder Angst haben, ihre Fähigkeiten auch zu benutzen, ›sind weder heiß noch kalt‹ und werden von Gott ausgespuckt werden.«

»Ich kenne diese Geschichte, Alec.«

»Und?« Er lehnte sich zurück und hob die festgeketteten

Hände. »Ein Mensch, der seiner Berufung den Rücken kehrt, ist weder heiß noch kalt.«

»Was ist, wenn der Mensch nicht sicher ist, seine Berufung gefunden zu haben?«

Er zuckte mit den Achseln.

»Alec, könnten wir jetzt nicht mal ...«

»Ich glaube, du bist mit der Gabe der Wut gesegnet, Patrick. Wirklich. Ich habe sie in dir gesehen.«

»Wann?«

»Warst du schon einmal verliebt?« Er beugte sich vor.

»Was hat das denn ...«

»Warst du?«

»Ja«, antwortete ich.

»Bist du's jetzt?« Er studierte mein Gesicht.

»Warum interessiert dich das, Alec?«

Er lehnte sich zurück und sah zur Decke hinauf. »Ich bin noch nie verliebt gewesen. Ich bin noch nie verliebt gewesen, ich habe noch nie die Hand einer Frau gehalten und bin mit ihr am Strand entlanggegangen und habe mit ihr über, na ja, über die ganz alltäglichen Dinge gesprochen – wer kochen soll, wer abends aufräumt, ob wir den Kundendienst für die Waschmaschine rufen sollen. Ich habe so etwas nie erlebt, und wenn ich alleine bin, spätnachts, dann muß ich manchmal deswegen weinen.« Er kaute kurz auf der Unterlippe. »Aber ich schätze, wir träumen alle von einem anderen Leben. Während unserer Zeit hier auf der Erde möchten wir alle tausend andere Leben leben. Können wir aber nicht, oder?«

»Nein«, bestätigte ich, »können wir nicht.«

»Ich habe nach deinen Berufsplänen gefragt, Patrick, weil ich glaube, daß du ein Mann mit Einfluß bist. Verstehst du?«

»Nein.«

Er lächelte traurig. »Die meisten Männer und Frauen verbringen ihre Zeit auf diesem Planeten, ohne etwas zu bewirken. Leben in stiller Verzweiflung vor sich hin. Sie werden geboren, existieren eine Zeitlang mit all ihren Leidenschaften, ihrer Liebe, ihren Träumen und Schmerzen, dann sterben sie. Und kaum einer bekommt es mit. Patrick, es gibt Milliarden dieser Menschen, Billionen in der Geschichte, die ihr Leben ohne Einfluß gelebt haben, die genausogut gar nicht hätten geboren werden brauchen.«

»Vielleicht sind die Leute, von denen du sprichst, da anderer Meinung.«

»Sind sie bestimmt.« Er lachte breit und beugte sich vor, als wolle er mir ein Geheimnis verraten. »Aber wen interessiert das?«

»Alec, ich muß nur wissen, warum ...«

»Du bist ein Mann, der Einfluß haben könnte, Patrick. An dich könnte man sich noch lange nach deinem Tod erinnern. Stell dir vor, was das für eine Leistung wäre, in dieser Wegwerfkultur, in der wir heute leben! Stell dir das vor!«

»Und wenn ich gar nicht das Bedürfnis verspüre, ein Mann mit Einfluß zu sein?«

Seine Augen verschwanden im gleißenden Neonlicht.

»Vielleicht liegt die Entscheidung nicht bei dir. Vielleicht wirst du zu einem gemacht, ob es dir gefällt oder nicht.« Er zuckte mit den Achseln.

»Und wer macht das?«

Er grinste: »*Von wem* wird das gemacht.«

»Na gut: von wem?« korrigierte ich mich.

»Vom Vater«, erwiderte er, »vom Sohn und dem Heiligen Geist.«

»Na, klar.«

»Bist du ein Mann mit Einfluß, Alec?« schaltete sich Dolquist ein.

Wir drehten uns beide um und sahen ihn an.

»Bist du das?« hakte er nach.

Alec Hardiman wandte den Kopf langsam wieder mir zu, die Brille rutschte ihm halb die Nase herunter. Die Pupillen hinter den Gläsern hatten die milchiggrüne Farbe seichter Karibikküsten. »Entschuldige Dr. Dolquists Unterbrechung, Patrick. Er ist in letzter Zeit ein bißchen nervös wegen seiner Frau.«

»Meine Frau«, wiederholte Dolquist.

»Dr. Dolquists Frau Judith«, erklärte Hardiman, »hat ihn wegen eines anderen Mannes verlassen. Wußtest du das, Patrick?«

Dolquist zupfte an einem Flusen auf seiner Hose und betrachtete angestrengt seine Schuhe.

»Aber dann kam sie zurück, und er hat sie wieder aufgenommen. Es gab bestimmt Tränen, Bitten um Vergebung, die eine oder andere abfällige Äußerung von seiten des Doktors. Darüber kann man nur spekulieren. Aber das ist schon drei Jahre her, stimmt's, Doktor?«

Dolquist blickte Hardiman mit klarem Blick an, doch wurde sein Atem etwas flacher, und mit der rechten Hand zupfte er immer noch geistesabwesend am Hosenbein herum.

»Ich weiß aus verläßlicher Quelle«, begann Hardiman erneut, »daß Dr. Dolquists Königin Judith am zweiten und vierten Mittwoch jedes Monats im Red Roof Inn an der Route One in Saugus zwei ehemaligen Häftlingen dieser Anstalt gestattet, jede ihrer Körperöffnungen zu penetrieren. Ich bin gespannt, was Dr. Dolquist davon hält.«

»Es reicht, Hardiman!« mahnte Lief.

Dolquist blickte auf irgendeinen Punkt neben Hardiman und sprach mit klarer Stimme, doch sein Nacken zeigte einen knallroten Fleck. »Alec, deine Wahnvorstellungen kannst du ein andermal zum besten geben. Heute ...«

»Das sind keine Wahnvorstellungen.«

»... ist Mr. Kenzie auf deinen Wunsch hier und ...«

»Jeden zweiten und vierten Mittwoch«, sagte Hardiman, »zwischen zwei und vier Uhr im Red Roof Inn. Raum zweihundersiebzehn.«

Dolquists Stimme wankte nur einen Augenblick, es war nur eine nicht ganz natürliche Pause oder ein Atemholen, doch Hardiman und ich bemerkten es, und Hardiman grinste mich von der Seite an.

Dolquist sagte: »Bei dem Treffen heute geht es um ...«

Hardiman winkte ab und wandte seine Aufmerksamkeit wieder mir zu. In der oberen Hälfte seiner Brillengläser sah ich mein Spiegelbild in dem eisigen Neonlicht; darunter schwammen seine grünen Pupillen. Wieder beugte er sich vor, und ich widerstand dem Drang, ihm auszuweichen, als ich plötzlich seine Hitze verspürte, den muffigen, fleischigen Gestank einer verdorbenen Seele riechen konnte.

»Alec«, fragte ich ihn, »was kannst du mir über den Tod von Kara Rider, Peter Stimovich, Jason Warren und Pamela Stokes erzählen?«

Er seufzte. »Als ich klein war, wurde ich einmal von einem Schwarm Hornissen angegriffen. Ich ging gerade an einem See entlang, ich weiß nicht, wo sie herkamen, aber plötzlich schwirrten sie um mich herum wie eine Erscheinung, plötzlich stand ich in einer riesigen schwarzgelben Wolke. Ich konnte gerade noch meine Eltern und ein paar Nachbarn erkennen, die durch den Sand auf mich zugelaufen kamen, ich wollte ihnen sagen, es sei alles in Ordnung. Es war okay. Aber dann fingen die Hornissen an zu stechen. Tausende von Stacheln bohrten sich in mein Fleisch und tranken mein Blut, die Schmerzen waren unerträglich, es war orgiastisch.« Während er mich ansah, fiel ihm ein Schweißtropfen von der Stirn und landete auf seinem Kinn. »Ich war elf Jahre alt und hatte meinen ersten Orgasmus, damals in meiner Badehose, als tausend Hornissen mein Blut tranken.«

Lief runzelte die Stirn und lehnte sich wieder an die Wand.

»Beim letzten Mal waren es Wespen«, stöhnte Dolquist.

»Es waren Hornissen.«

»Du hast ›Wespen‹ gesagt, Alec.«

»Ich habe ›Hornissen‹ gesagt«, wiederholte Alec nachsichtig und sah mich wieder an. »Bist du schon mal gestochen worden?«

Ich zuckte mit den Achseln. »Als Kind wahrscheinlich ein- oder zweimal. Weiß ich nicht mehr.«

Dann trat eine mehrere Minuten dauernde Stille ein. Alec Hardiman saß mir gegenüber und betrachtete mich, als überlege er, wie ich in Stücke geschnitten aussehen würde, angerichtet auf weißem Porzellan, daneben Messer und Gabel und eine Menage mit Pfeffer und Salz, Essig und Öl.

Ich hielt seinem Blick stand, mir war klar, daß er im Moment keine meiner Fragen beantworten würde.

Dann sprach er, doch sah ich die Lippenbewegung erst nach seiner Äußerung, in der Erinnerung.

»Könntest du mir die Brille hochschieben, Patrick?«

Ich warf Lief einen fragenden Blick zu, der zuckte mit den Schultern. Dann schob ich die Brille wieder vor Alecs Augen, und er drehte den Kopf so, daß er an dem kleinen Streifen nackter Haut zwischen meinem Hemdsärmel und dem Handschuh schnüffeln konnte.

Ich zog die Hand zurück.

»Hast du heute morgen Sex gehabt, Patrick?«

Ich antwortete nicht.

»Ich kann ihr Geschlecht an deiner Hand riechen.«

Lief löste sich ein wenig von der Wand, so daß ich seinen warnenden Gesichtsdausdruck erkennen konnte.

»Ich möchte, daß du eine Sache verstehst!« erklärte Hardiman. »Ich möchte, daß du verstehst, daß man sich entscheiden muß. Man kann sich richtig oder falsch entscheiden, aber irgend etwas muß man wählen. Es können nicht alle leben, die du liebst.«

Ich versuchte, den Sand, den ich in der Kehle und auf der Zunge spürte, mit etwas Spucke zu verdünnen. »Diandra Warrens Sohn ist tot, weil sie dich hinter Gitter gebracht hat. Das hab ich verstanden. Was ist mit den anderen Opfern?«

Er summte, zuerst leise, so daß ich die Melodie nicht erkennen konnte. Dann jedoch senkte er den Kopf und hob die Stimme leicht an. Es war »Send in the Clowns«.

»Die anderen Opfer«, wiederholte ich. »Warum mußten sie sterben, Alec?«

»Isn't it bliss?« sang er.

»Du hast mich doch aus einem bestimmten Grund herbestellt.«

»Don't you approve . . .«

»Warum mußten sie sterben, Alec?« wiederholte ich.

»One who keeps tearing around . . .« Er sang mit dünner, hoher Stimme. *»One who can't move . . .«*

»Insasse Hardiman . . .«

»So send in the clowns . . .«

Ich sah erst Dolquist, dann Lief an.

Hardiman drohte mir mit dem Finger. *»Don't bother«*, sang er, *»they're here.«*

Dann lachte er. Er lachte laut, die Stimmbänder dröhnten, der Mund war weit aufgerissen, in den Mundwinkeln bildete sich Schaum, die Augen, die auf mir verweilten, wurden noch weiter aufgerissen.

Dann schloß er den Mund abrupt, die Augen blickten wieder glasig, und er sah so freundlich und vernünftig aus wie ein Kleinstadtbibliothekar.

»Warum hast du mich gerufen, Alec?«

»Du hast ja deinen Wirbel gebändigt, Patrick.«

»Was?«

Er wandte sich Lief zu. »Patrick hatte früher einen häßlichen Wirbel am Hinterkopf. Die Haare standen bei ihm richtig ab.«

Ich widerstand dem Drang, mir mit der Hand an den Kopf zu fassen und die Haare um den Wirbel herunterzudrücken, der schon seit Jahren nicht mehr da war. Mein Magen fühlte sich plötzlich ganz kalt an.

»Warum sollte ich herkommen? Du hättest doch mit zig Polizisten, unzähligen Kommissaren reden können, aber ...«

»Wenn ich behaupten würde, daß mir die Regierung das Blut vergiftet oder daß Alphawellen von anderen Galaxien meine Intelligenz beeinflussen oder daß ich von meiner Mutter zum Geschlechtsverkehr mit Tieren gezwungen wurde, was würdest du dazu sagen?«

»Ich wüßte nicht, was ich dazu sagen sollte.«

»Natürlich nicht. Weil du nichts weißt und nichts davon stimmt, aber selbst wenn es stimmen würde, wäre es eigentlich unwichtig. Was wäre, wenn ich dir erzählte, ich sei Gott?«

»Welcher denn?«

»Der einzig wahre.«

»Dann würde ich mich wundern, wie Gott das geschafft hat, sich im Knast einschließen zu lassen, und warum er seinen Arsch nicht einfach wieder herauszaubert.«

Er lächelte. »Sehr gut. Natürlich etwas grob ausgedrückt, aber das ist ja dein Stil.«

»Und was ist deiner?«

»Mein Stil?«

Ich nickte.

Alec sah Lief an. »Gibt es diese Woche wieder Huhn aus dem Ofen?«

»Am Freitag«, antwortete Lief.

Hardiman nickte. »Das ist schön. Das mag ich gerne. Patrick, es hat mich gefreut, dich kennenzulernen. Komm mal wieder vorbei!«

Lief sah mich an und zuckte mit den Schultern. »Interview ist vorbei, Patrick.«

Dolquist erhob sich. Nach einer Minute tat ich dasselbe.

»Dr. Dolquist«, ließ sich Hardiman vernehmen, »grüßen Sie Königin Judith von mir.«

Dolquist wandte sich der Zellentür zu.

Ich folgte ihm, starrte die Gitterstäbe an. Es kam mir vor, als hielten sie mich zurück, schlössen mich ein, verweigerten mir für immer den Blick auf die Welt draußen, sperrten mich zusammen mit Hardiman hier ein.

Lief kam zu uns und holte einen Schlüssel hervor, dabei wandten wir drei Hardiman den Rücken zu.

Er flüsterte: »Dein Vater war eine Hornisse.«

Ich drehte mich um, doch er blickte mich ausdruckslos an.

»Was war das?«

Alec nickte und schloß die Augen, er trommelte mit den Fingern auf dem Tisch. Als er sprach, schien seine Stimme aus den Ecken des Raumes und von der Decke, selbst von den Gitterstäben zu tönen, nur nicht aus seinem Mund:

»Ich hab gesagt: Reiß ihnen die Eingeweide heraus, Patrick! Bring sie alle um!«

Er spitzte die Lippen, und wir warteten, doch es war sinnlos. Eine Minute verstrich mit vollkommenem Schweigen, nicht einmal ein Zittern schlich über seine straffe, bleiche Haut.

Als sich die Türen öffneten, und wir an den zwei Wachmännern neben der Zellentür vorbei in den Gang von Block C traten, sang Alec Hardiman: »Reiß ihnen die Eingeweide heraus, Patrick! Bring sie alle um!« Seine Stimme war gleichzeitig zart und voll, es klang wie eine Arie.

»Reiß ihnen die Eingeweide heraus, Patrick!«

»Bring sie alle um!«

23

Lief führte uns durch ein Labyrinth von Versorgungsgängen, deren dicke Wände die üblichen Geräusche des Gefängnisses dämpften. Die Gänge rochen nach Desinfektions- und Lösungsmittel, der Boden glänzte gelblich wie in allen staatlichen Einrichtungen.

»Er hat einen ganzen Fanclub, wissen Sie.«

»Wer?«

»Hardiman«, erwiderte Lief. »Kriminologie- und Jurastudenten, einsame Frauen mittleren Alters, einige Sozialarbeiter, ein paar Leute von der Kirche. Brieffreunde, die er von seiner Unschuld überzeugt hat.«

»Sie wollen mich verarschen!«

Lief grinste und schüttelte den Kopf. »O nein! Alec spielt immer das gleiche Spiel mit ihnen – er lädt sie zu einem Besuch ein, seine Herrlichkeit in Fleisch und Blut zu besichtigen oder so ähnlich. Und einige von diesen Leuten, die sind echt arm. Die geben ihre gesamten Ersparnisse aus, um hierherzukommen. Und schätzen Sie mal, was der gute Alec dann tut?«

»Lacht sie aus?«

»Er empfängt sie nicht«, antwortete Dolquist. »Nie.«

»Ja«, bestätigte Lief. Er tippte einige Zahlen in eine Tastatur neben der Tür vor uns, die sich daraufhin mit einem leisen Klick öffnete. »Dann sitzt er in seiner Zelle, guckt aus dem Fenster und sieht zu, wie sie verwirrt, gedemütigt und einsam den langen Weg zurück zu ihren Autos gehen, und holt sich dabei einen runter.«

»So ist Alec«, sagte Dolquist, während wir am Haupttor ins Licht traten.

»Was war das für ein Spruch über Ihren Vater?« wollte Lief wissen. Wir ließen das Gefängnis hinter uns und näherten uns Boltons Überwachungswagen, der auf dem Kiesweg stand.

Ich zuckte mit den Schultern. »Keine Ahnung. Soweit ich weiß, kannte er meinen Vater nicht.«

Dolquist bemerkte: »Hörte sich aber an, als würde er wollen, daß Sie es glauben.«

»Und der Blödsinn mit dem Wirbel«, fügte Lief hinzu. »Entweder kannte er Sie, Mr. Kenzie, oder er hat einfach verdammt gut geraten.«

Unter unseren Füßen knirschte der Kies, als wir zum Überwachungswagen hinübergingen. Ich sagte: »Ich habe diesen Typ noch nie gesehen.«

»Tja«, meinte Lief, »das kann Alec gut, den Leuten Scheiße in den Kopf setzen. Als ich gehört habe, daß Sie kommen, hab ich das hier ausgegraben.« Er reichte mir ein Blatt Papier. »Das haben wir abgefangen, als Alec es über einen seiner Kuriere an einen neunzehnjährigen Jungen schicken wollte, den er vergewaltigt hatte, nachdem er erfahren hatte, daß er HIV-positiv war.«

Ich faltete den Zettel auseinander:

Der Tod in meinem Blut
Ich gab ihn dir.
Jenseits des Grabes
Wart ich auf dich.

Schnell gab ich den Zettel zurück.

»Er will, daß der Junge selbst dann noch Angst vor ihm hat, wenn er selbst schon längst tot ist. So ist Alec«, sagte Lief wieder. »Vielleicht haben Sie ihn noch nie gesehen, aber er hat ausdrücklich nach Ihnen verlangt. Vergessen Sie das nicht!«

Ich nickte.

Dolquist fragte mit zitternder Stimme: »Brauchst du mich noch?«

Lief schüttelte den Kopf. »Schreib mir einen Bericht und leg ihn mir morgen auf den Schreibtisch, das müßte reichen, Ron.«

Dolquist blieb vor dem Auto stehen und schüttelte mir die Hand. »Schön, Sie kennengelernt zu haben, Mr. Kenzie. Ich hoffe, es klärt sich alles auf.«

»Ich ebenfalls.«

Er nickte, sah mich aber nicht an, dann nickte er kurz Lief zu und wandte sich zum Gehen.

Lief klopfte ihm auf den Rücken, die Geste wirkte etwas linkisch, so als habe er das noch nie getan. »Mach's gut, Ron!«

Wir sahen den kleinen, muskulösen Mann ein Stück den Weg hinuntergehen, bevor er anhielt und sich ruckartig nach links wandte. Dann ging er über den Rasen zum Parkplatz.

»Er ist ein bißchen komisch«, meinte Lief, »aber ein guter Mensch.«

Die Gefängnismauer warf einen großen Schatten auf den Rasen, vor dem sich Dolquist in acht zu nehmen schien. Er lief den Schatten entlang über das sonnenbeschienene Gras und trat dabei vorsichtig auf, als habe er Angst, er könnte zu weit nach links geraten und im dunklen Gras versinken.

»Was meinen Sie, wo er hingeht?«

»Guckt nach seiner Frau.« Lief spuckte auf den Kies.

»Sie glauben, daß es stimmt, was Hardiman gesagt hat?«

Er zuckte mit den Achseln. »Keine Ahnung. Aber er hatte genaue Angaben. Wenn es Ihre Frau wäre, und sie ist Ihnen schon mal untreu gewesen, würden Sie dann nicht nachgucken gehen?«

Als Dolquist am Ende des Rasens ankam und um den Schatten der Gefängnismauer herum auf den Parkplatz ging, war er nur noch eine kleine Figur. Dann entschwand er unserem Blick.

»Armes Schwein«, bemerkte ich.

Lief spuckte nochmals auf den Kies. »Hoffentlich sorgt Hardiman nicht dafür, daß das irgendwann mal über Sie gesagt wird.«

Plötzlich erhob sich vom Schatten der Wand eine steife Brise; fröstelnd zog ich die Schultern hoch und öffnete die Hintertür des Überwachungswagens.

Bolton grüßte mich: »Tolle Fragetechnik. Studiert?«

»Hab mein Bestes getan«, erwiderte ich.

»Einen Dreck haben Sie getan«, wies er mich zurück. »Sie haben da drinnen absolut null über die Morde erfahren.«

»Nun ja.« Ich sah mich in dem Fahrzeug um. Erdham und Fields saßen an dem kleinen schwarzen Tisch. Von den sechs Monitoren über ihnen zeigten fünf die Unterredung mit Hardiman; der sechste übertrug live aus seiner Zelle. Dort saß Alec in der gleichen Position wie zuvor: Augen geschlossen, Kopf in den Nacken gelegt, Lippen geschürzt.

Lief neben mir betrachtete die anderen sechs Monitore auf der gegenüberliegenden Wand, auf denen Reihen von Gefangenen gezeigt wurden – böse Gesichter, die im Rhythmus von zwei Minuten von sechs neuen bösen Gesichtern abgelöst wurden. Ich schaute zu und sah, wie Erdhams Finger über eine Computertastatur flogen. Mir wurde klar, daß er die Akten aller Häftlinge durchsuchte.

»Woher haben Sie die Genehmigung?« fragte Lief.

Bolton sah ihn gelangweilt an. »Von einem Bundesrichter heute morgen um fünf.« Er reichte Lief das Schriftstück. »Lesen Sie selbst!«

Ich schaute zu den Monitoren hoch, auf denen gerade sechs neue Verurteilte erschienen. Während sich Lief neben mir vorbeugte und langsam, den Zeigefinger unter dem jeweiligen Wort, die richterliche Verfügung las, betrachtete ich die Gesichter der sechs Gefangenen über mir, bis sie von sechs neuen ersetzt wurden. Zwei waren schwarz, zwei weiß, einer hatte so viele Tätowierungen im Gesicht, daß er auch gut als grün hätte durchgehen können, und der letzte sah wie ein junger Spanier aus, nur hatte er schlohweißes Haar.

»Halten Sie mal an!« befahl ich.

Erdham sah sich nach mir um. »Was?«

»Halten Sie hier mal an!« wiederholte ich. »Geht das?«

Er nahm die Hände von der Tastatur. »Schon geschehen.« Er blickte Bolton an. »Bisher haben wir noch keinen Treffer verzeichnet, Sir.«

»Was gilt als Treffer?« wollte ich wissen.

Bolton erklärte: »Wir vergleichen die Akten aller Insassen mit den uns von der Gefängnisleitung vorliegenden Unterlagen, egal wie unbedeutend, um zu sehen, ob irgendwo eine Verbindung zu Alec Hardiman besteht. Wir sind jetzt bald mit ›A‹ durch.«

»Bei den ersten beiden ist überhaupt nichts«, informierte uns Erdham. »Kein einziger Kontakt mit Hardiman.«

Jetzt sah auch Lief zu den Bildschirmen hoch. »Gucken Sie mal beim letzten!«

Ich stellte mich neben ihn. »Wer ist der Typ?«

»Kennen Sie ihn?«

»Ich weiß nicht«, erwiderte ich. »Kommt mir bekannt vor.«

»Aber an die Haare würden Sie sich doch erinnern.«

»Klar«, bestätigte ich.

»Evandro Arujo«, sagte Erdham. »Kein Treffer beim Zellenblock, kein Treffer beim Arbeitsplatz, keiner bei Freizeitbeschäftigung, keiner bei ...«

»Vieles sagt Ihnen der Computer doch gar nicht«, mischte sich Lief ein.

»... bei den Verurteilungen. Ich guck jetzt mal nach Berichten über besondere Vorkommnisse.«

Ich sah mir das Gesicht genauer an. Es war glatt und feminin, das Gesicht einer schönen Frau. Das weiße Haar bildete einen starken Kontrast zu den Mandelaugen und der olivbraunen Haut. Die vollen Lippen wirkten ebenfalls weiblich, ein Schmollmund, die Wimpern waren lang und dunkel.

»Erster Zwischenfall, größere Sache: Insasse Arujo behauptet, im Duschraum vergewaltigt worden zu sein, am sechsten August '87. Häftling weigert sich allerdings, die angeblichen Vergewaltiger zu identifizieren, und verlangt Einzelhaft. Antrag abgelehnt.«

Ich sah Lief an.

»Damals war ich noch nicht hier«, sagte er.

»Warum war er hier?«

»Autodiebstahl. Erste Verurteilung.«

»Und dafür kam er hier rein?«

Bolton stand nun neben uns, so daß ich wieder die Hustenpastillen in seinem Mund riechen konnte. »Darauf steht doch nicht Höchststrafe.«

»Erzählen Sie das dem Richter!« gab Lief zurück. »Und dem Bullen, dem Evandro das Auto zu Schrott gefahren hat, der war nämlich ein Saufkumpel von dem Richter.«

»Zweiter großer Zwischenfall – Verdacht auf schwere Körperverletzung. März '88. Keine weiteren Informationen.«

»Das heißt, er hat selbst einen vergewaltigt«, erklärte Lief.

»Dritter großer Zwischenfall – Festnahme und Prozeß wegen Totschlags. Verurteilt im Juni '89.«

»Willkommen in Evandros Welt!« sagte Lief.

»Druckt das aus«, befahl Bolton.

Der Laserdrucker summte, als erstes kam das Foto heraus, zu dem wir alle aufsahen.

Bolton nahm es in die Hand und fragte Lief: »Gab es Kontakt zwischen diesem Häftling und Hardiman?«

Lief nickte. »Darüber finden Sie aber nichts in den Unterlagen.«

»Warum nicht?«

»Weil es Sachen gibt, die man beweisen kann, und Sachen, die man einfach nur weiß. Evandro war Hardimans Schützling. Kam hier als halbwegs anständiger Junge rein, um neun Monate für einen Autodiebstahl abzusitzen, und als er neuneinhalb Jahre später wieder ging, war er absolut durchgeknallt.«

»Wieso hat er so weißes Haar?« erkundigte ich mich.

»Der Schock«, antwortete Lief. »Als er nach der Vergewaltigung gefunden wurde, lag er im Duschraum auf dem Boden und blutete aus jeder Körperöffnung. Sein Haar war schlohweiß. Nach dem Aufenthalt in der Krankenabteilung mußte er wieder zu den anderen, weil mein Vorgänger keine Latinos mochte, und als ich hier anfing, hatte er schon alles durchgemacht, was man nur durchmachen konnte, und war bei Hardiman gelandet.«

»Wann wurde er entlassen?« wollte Bolton wissen.

»Vor sechs Monaten.«

»Zeigt uns alle Fotos von ihm, und druckt sie aus!« ordnete Bolton an.

Erdhams Finger flogen über die Tastatur, und plötzlich zeigten die Bildschirme fünf verschiedene Aufnahmen von Evandro Arujo.

Das erste war ein Kopfbild von der Polizei in Brockton. Sein Gesicht war geschwollen, der rechte Kieferknochen sah gebrochen aus, die jungen Augen blickten verängstigt.

»Hat den Wagen zu Schrott gefahren«, erklärte Lief. »Ist mit dem Kopf gegen das Lenkrad geschlagen.«

Das nächste Bild war am Tag seiner Ankunft in Walpole aufgenommen worden. Die Augen waren noch immer groß und verängstigt, die Schnitte und Schwellungen abgeklungen. Er hatte dichtes, schwarzes Haar und feminine Gesichtszüge, doch waren sie noch weicher, zeigten noch ein wenig Babyspeck.

Das nächste Foto kannte ich bereits. Das Haar war weiß, die großen Augen hatten sich irgendwie verändert, als hätte jemand eine dünne Schicht Empfindsamkeit abgekratzt, so wie man von einer Eierschale die dünne Eierhaut abziehen kann.

»Nach dem Mord an Norman Sussex«, informierte uns Lief.

Auf dem vierten Bild hatte er sehr viel Gewicht verloren, so daß seine weiblichen Gesichtszüge grotesk wirkten – der Kopf einer ausgemergelten Hexe auf dem Körper eines jungen Mannes. Die großen Augen waren hell und irgendwie aufdringlich, die vollen Lippen verächtlich verzogen.

»An dem Tag wurde er verurteilt.«

Das letzte Foto war am Tag seiner Entlassung aufgenommen worden. Er hatte das Haar offenbar mit Kohle gefärbt und außerdem zugenommen. Die Lippen hatte er gespitzt.

»Wie kann so ein Typ hier rauskommen?« rief Bolton. »Der sieht total abgedreht aus.«

Ich starrte auf das zweite Bild, auf den jungen Evandro mit den dunklen Haaren, dem unversehrten Gesicht und den vor Angst weit aufgerissenen Augen.

»Er wurde wegen fahrlässiger Tötung verurteilt«, sagte Lief. »Nicht wegen Mordes. Nicht mal wegen Totschlags. Ich wußte, daß er Sussex ohne Grund aufgeschlitzt hat, aber ich konnte es nicht beweisen. Und die Wunden von Sussex und Arujo sahen damals aus, als hätten sie eine Messerstecherei hinter sich.« Er zeigte auf Arujos Stirn auf dem jüngsten Foto. Über die Stirn zog sich eine schmale, weiße Linie. »Sehen Sie das? Messernarben. Sussex konnte uns ja nicht mehr sagen, was passiert war, und Arujo behauptete, es sei Notwehr gewesen, der Schnitt sei von Sussex gewesen. Dafür bekam er acht Jahre, weil der Richter ihm zwar nicht glaubte, aber auch nicht das Gegenteil beweisen konnte. Unsere Gefängnisse sind absolut überbelegt, falls Sie das nicht wissen sollten, und Insasse Arujo war in jeder anderen Hinsicht ein Bilderbuchhäftling, der seine Zeit absaß und seine Entlassung auf Bewährung verdient hatte.«

Ich betrachtete die verschiedenen Inkarnationen von Evandro Arujo. Verletzt. Jung und verängstigt. Ruiniert und verdorben. Hager und leer. Ungeduldig und gefährlich. Und ich wußte es, ich war mir absolut sicher, daß ich ihn schon einmal gesehen hatte. Ich wußte bloß nicht mehr, wo.

Ich ging alle Möglichkeiten durch.

Auf der Straße. In einer Kneipe. Im Bus. In der U-Bahn. Als Taxifahrer. Beim Sport. Beim Football. Im Kino. Bei einem Konzert. Im ...

»Hat jemand einen Stift?«

»Was?«

»Einen Stift«, wiederholte ich, »einen schwarzen. Oder einen Edding.«

Ich nahm den Filzstift, den Fields mir hinhielt. Dann zog ich ein Foto von Evandro aus dem Laserdrucker und malte darauf herum.

Lief stellte sich neben mich und sah mir über die Schulter. »Warum malen Sie dem Mann denn einen Bart, Kenzie?«

Vor mir lag das Bild des Mannes, den ich im Kino gesehen hatte, das Gesicht, von dem Angie ein Dutzend Fotos gemacht hatte.

»Damit er sich nicht mehr verstecken kann.«

24

Devin faxte uns eins von Evandro Arujos Fotos, die Angie ihm gegeben hatte, und Erdham las es in seinen Computer ein.

Wir fuhren im Schneckentempo auf der 95, der Wagen steckte im mittäglichen Verkehrschaos fest. Bolton sagte am Telefon zu Devin: »Ich möchte, daß unverzüglich ein Steckbrief ausgegeben wird!« Dann drehte er sich um und bellte Erdham an: »Such den Namen von seinem Bewährungshelfer raus!«

Erdham warf Fields einen kurzen Blick zu, der auf einen Knopf drückte und antwortete: »Sheila Lawn. Büro im Saltonstall Building.«

Bolton sprach noch immer mit Devin: ». . . eins achtundsiebzig, zweiundachtzig Kilo, dreißig Jahre, einziges besonderes Merkmal ist eine dünne Narbe, zweieinhalb Zentimeter lang, oben auf der Stirn, direkt unterm Haaransatz, Stichverletzung . . .« Mit der Hand deckte er die Muschel ab. »Kenzie, ruf sie an!«

Fields gab mir die Telefonnumer, und ich nahm mir einen der tragbaren Apparate und wählte. Inzwischen baute sich Evandros Bild auf Erdhams Bildschirm auf. Sofort machte er sich daran, die Auflösung und die Farben zu optimieren.

»Büro Sheila Lawn.«

»Ms. Lawn, bitte.«

»Am Apparat.«

»Ms. Lawn, mein Name ist Patrick Kenzie. Ich bin Privatdetektiv und brauche Informationen über einen Ihrer Schützlinge.«

»Einfach so?«

»Wie bitte?«

Der Van wechselte die Spur, doch dort floß der Verkehr kaum merklich schneller – sofort fingen mehrere Autos an zu hupen.

»Sie glauben doch nicht, daß ich einem Mann, der einfach so am Telefon behauptet, ein Privatermittler zu sein, etwas über einen meiner Freigänger erzähle, oder?«

»Also . . .«

Bolton beobachtete mich, während er Devins Worten lauschte, dann riß er mir plötzlich das Telefon aus der Hand und sprach aus dem Mundwinkel hinein, ohne seine Aufmerksamkeit von Devin abzuwenden.

»Officer Lawn, ich bin Spezialagent Barton Bolton vom FBI. Ich bin der Dienststelle Boston zugeteilt, meine Personalnummer lautet sechs-null-vier-eins-neun-zwei. Rufen Sie dort an und überzeugen Sie sich von meiner Identität, lassen Sie Mr. Kenzie solange warten. Dies ist eine Bundesangelegenheit, wir erwarten, daß Sie mit uns kooperieren.«

Er warf mir das Telefon zu und sagte zu Devin: »Weiter, ich höre!«

»Hi«, meldete ich mich wieder.

»Hi«, gab sie zurück. »Ich fühle mich, als hätte ich eine Ohrfeige bekommen. Immerhin von einem Mann mit so einem vornehmen Namen wie Barton. Warten Sie bitte kurz!«

Während ich wartete, schaute ich aus dem Fenster. Der Van hatte wieder die Spur gewechselt, und jetzt war zu erkennen, wodurch der Stau zustande gekommen war. Ein Volvo war auf einen Datsun aufgefahren, und einer der Fahrer wurde auf dem Seitenstreifen zum Krankenwagen gebracht. Sein Gesicht war blutüberströmt und gespickt mit Glassplittern, die Hände hielt er seltsam von sich gestreckt, als sei er nicht sicher, ob sie noch zu seinem Körper gehörten.

Jetzt blockierte der Unfall den Verkehr nicht mehr, wenn es überhaupt der Unfall war. Vielleicht hatten ja alle nur gebremst und waren schließlich stehengeblieben, um einen Blick zu erhaschen. Drei Autos vor uns nahm ein Beifahrer auf dem Rücksitz die Szene mit der Videokamera auf. Konnte er hinterher Frau und Kindern vorführen. Guck mal, mein Junge, schwere Gesichtsverletzungen.

»Mr. Kenzie?«

»Ja, ich warte.«

»Jetzt habe ich gerade die zweite Ohrfeige bekommen. Diesmal von Agent Boltons Chef, weil ich die wertvolle Zeit des FBI mit so etwas Trivialem wie dem Schutz der Bürgerrechte meiner Klienten verschwende. Also, über welchen meiner Chorknaben benötigen Sie die Info?«

»Über Evandro Arujo.«

»Warum?«

»Wir brauchen sie halt, mehr kann ich nicht sagen.«

»Okay. Schießen Sie los!«

»Wann haben Sie ihn zum letzten Mal gesehen?«

»Montag vor zwei Wochen. Evandro ist pünktlich. Mensch, verglichen mit den anderen, ist er ein Musterknabe.«

»Wieso?«

»Kommt zu jedem Treffen, nie zu spät, hatte innerhalb von zwei Wochen nach seiner Entlassung einen Job ...«

»Wo?«

»Hartow Kennel in Swampscott.«

»Haben Sie Adresse und Telefonnummer von Hartow Kennel?«

Sie gab mir beides, ich schrieb es auf, riß das Blatt vom Block und reichte es Bolton, der gerade auflegte.

Sheila Lawn sagte: »Sein Chef, Hank Rivers, ist ganz begeistert von ihm. Er meinte, wenn alle Knastbrüder so wären wie Evandro, würde er niemand anders mehr einstellen.«

»Wo wohnt Evandro, Officer Lawn?«

»Nennen Sie mich ruhig Ms. Lawn. Seine Adresse, Moment mal . . . hier ist sie: Custer Street 205.«

»Wo ist das?«

»In Brighton.«

Direkt um die Ecke von Bryce. Ich schrieb die Adresse auf und gab sie ebenfalls Bolton.

»Gibt's Ärger mit ihm?« wollte sie wissen.

»Ja«, erwiderte ich. »Wenn Sie ihn sehen, Ms. Lawn, sprechen Sie ihn nicht an! Rufen Sie die Nummer an, die Ihnen Agent Bolton gerade gegeben hat.«

»Und wenn er hierherkommt? Sein nächster Termin ist innerhalb der nächsten zwei Wochen.«

»Er wird nicht kommen. Und wenn doch, verschließen Sie die Tür und rufen um Hilfe!«

»Sie glauben, daß er dieses Mädchen vor ein paar Wochen gekreuzigt hat, oder?«

Wir fuhren jetzt zügig, doch im Wageninnern hatte ich das Gefühl, der Verkehr halte plötzlich inne.

»Wie kommen Sie darauf?«

»Er hat da mal was gesagt.«

»Was war das?«

»Sie müssen verstehen, wie ich schon sagte, er ist ein total pflegeleichter Haftentlassener, er war immer nett und freundlich, Mensch, er hat mir sogar Blumen ins Krankenhaus geschickt, als ich mir das Bein gebrochen hatte. Ich kenne mich aus mit Häftlingen, Mr. Kenzie, und Evandro schien wirklich ein netter Junge zu sein, der einen Ausrutscher hatte und nun wieder normal sein wollte.«

»Was hat er über Kreuzigungen gesagt?«

Bolton und Fields sahen zu mir herüber, und ich bemerkte, daß selbst der ansonsten desinteressierte Erdham mein Spiegelbild auf seinem LED-Bildschirm beobachtete.

»Irgendwann waren wir hier fast fertig, als er mir plötzlich auf die Brust starrte. Zuerst dachte ich, Sie wissen schon, er glotzt meine Brüste an, aber dann merkte ich plötzlich, daß er das Kreuz anstarrte, das ich immer trage. Normalerweise habe ich es unter der Kleidung, aber an dem Tag war es rausgefallen, ich hatte es noch nicht mal gemerkt, erst als Evandro draufguckte. Und er guckte es nicht einfach so an, sondern irgendwie besessen, wenn Sie verstehen, was ich meine. Als ich ihn fragte, was er da ansehe, antwortete er: ›Was halten Sie von Kreuzigungen, Sheila Lawn?‹ Nicht Officer Lawn oder Ms. Lawn, sondern Sheila Lawn.«

»Was haben Sie geantwortet?«

»Ich habe gesagt: ›In welcher Hinsicht?‹ oder so ähnlich.«

»Und Evandro?«

»Er meinte: ›In sexueller Hinsicht natürlich.‹ Ich glaube, das Wort ›natürlich‹ hat sich richtig bei mir eingeprägt, weil er das offenbar vollkommen normal fand, in diesem Zusammenhang von Kreuzigung zu sprechen.«

»Haben Sie über dieses Gespräch Bericht erstattet?«

»Bei wem denn? Soll das ein Witz sein? Ich habe jeden Tag zehn Männer, Mr. Kenzie, die viel schlimmere Sachen zu mir sagen und gegen keinerlei Gesetz verstoßen, obwohl ich vieles als sexuelle Belästigung auffassen könnte, wenn ich nicht wüßte, daß sich meine männlichen Kollegen die gleichen Sachen anhören müssen.«

»Ms. Lawn, nach meiner ersten Frage haben Sie sofort wissen wollen, ob Evandro jemanden gekreuzigt hätte, obwohl ich nichts davon gesagt habe, daß er wegen Mordes gesucht wird ...«

»Aber Sie hängen mit dem FBI herum und sagen mir, ich soll mich verstecken, wenn ich ihn sehe.«

»Aber wenn Evandro so ein Musterknabe ist, warum kommen Sie dann auf diese Frage? Wenn er so nett ist, wie kommen Sie dann auf die Idee ...

»... daß er das Mädchen gekreuzigt hat?«

»Ja.«

»Weil ... Mr. Kenzie, ich verdränge jeden Tag irgendwelche Sachen aus meinem Kopf. Um, na ja, um überhaupt weiterarbeiten zu können. Und diese Unterhaltung über Kreuzigung mit Evandro hatte ich vollkommen vergessen, bis ich in der Zeitung von dem ermordeten Mädchen las. Und dann fiel es mir sofort wieder ein, und ich wußte wieder, wie ich mich gefühlt hatte, als er mich ansah, nur einen Augenblick, als er sagte: ›In sexueller Hinsicht natürlich‹, daß ich mich völlig schmutzig, nackt und verletzlich fühlte. Aber um ehrlich zu sein, hatte ich furchtbare Angst – nur diesen kurzen Augenblick lang –, weil ich das Gefühl hatte, er habe im Kopf ...«

Eine lange Pause entstand, weil sie nach Worten suchte.

»... Sie zu kreuzigen?« vollendete ich ihren Satz.

Sie atmete laut ein. »Genau das.«

»Außer den gefärbten Haaren und dem Bart«, bemerkte Erdham, als wir Evandros Foto stark vergrößert auf dem

Bildschirm betrachteten, »hat er auf jeden Fall den Haaransatz verändert.«

Und wie?«

Er hielt das letzte Foto hoch, das im Gefängnis von Evandro aufgenommen worden war. »Sehen Sie die Narbe von dem Messer hier oben auf der Stirn?«

»Scheiße«, kommentierte Bolton.

»Hier nicht mehr«, erklärte Erdham und zeigte auf den Monitor.

Ich sah mir das Foto an, das Angie von Evandro gemacht hatte, als er aus dem Sunset Grill kam. Sein Haaransatz war mindestens zwölf Millimeter tiefer als vorher.

»Ich würde nicht unbedingt behaupten, daß das zu seiner Tarnung gehört«, meinte Erdham. »Das ist zu unauffällig. Die meisten würden die Veränderung doch gar nicht merken.«

»Er ist eitel«, fügte ich hinzu.

»Genau.«

»Was noch?« drängte Bolton.

»Sehen Sie mal selbst!«

Ich betrachtete die beiden Aufnahmen. Es war nicht einfach, auf etwas anderes zu achten als die veränderte Haarfarbe, doch nach und nach . . .

»Die Augen«, entgegnete Bolton.

Erdham nickte. »Von Natur aus braun, aber auf dem Foto von Mr. Kenzies Kollegin grün.«

Field legte den Hörer auf. »Agent Bolton?«

»Ja?« Bolton wandte sich ab.

»Die Wangenknochen«, versuchte ich es, und auf dem Bildschirm legte sich mein Spiegelbild über Evandros Foto.

»Sie sind gut, Mann!« lobte Erdham.

»Fehlanzeige in seiner Wohnung und am Arbeitsplatz«, meldete Fields. »Der Vermieter hat ihn seit zwei Wochen nicht mehr gesehen, und sein Chef sagt, er hat sich vor zwei Tagen krank gemeldet und ist seitdem nicht mehr dagewesen.«

»Ich will auf der Stelle Agenten an beide Adressen!«

»Sind schon auf dem Weg, Sir.«

»Was ist mit den Kieferknochen?« erkundigte sich Bolton.

»Implantate«, erklärte Erdham. »Würde ich sagen. Sehen Sie hier?« Er drückte dreimal auf eine Taste, so daß Evandros Foto so stark vergrößert wurde, daß wir nur noch die ruhigen Augen, die obere Nasenhälfte und die Wangenknochen sahen. Mit einem Stift fuhr Erdham über die linke Wange. »Die Haut hier ist viel weicher als auf dem anderen Bild. Hier ist fast gar kein Fleisch mehr drunter. Aber da ... Und sehen Sie, wie die Haut fast schon rissig wird? Wo es leicht rot ist? Das kommt davon, weil sie nicht daran gewöhnt ist, so gedehnt zu werden. Wie die Haut über einer Blase, die nach außen drängt.«

»Sie sind ein Genie!« sagte Bolton.

»Tja«, erwiderte Erdham, doch die Augen hinter der Brille leuchteten wie bei einem kleinen Kind an seinem Geburtstag. »Aber er ist verdammt gerissen. Er hat nichts Auffälliges machen lassen, das sein Bewährungshelfer oder sein Vermieter bemerkt haben könnte. Nur die Haare«, fügte er eilig hinzu, »aber das würde ja jeder verstehen. Nein, er hat nur kleine kosmetische Korrekturen durchführen lassen. Sie könnten dieses Foto hier in einen Computer füttern, und wenn Sie nicht genau wüßten, wonach Sie suchen müßten, könnte es sein, daß er bei keinem der ganzen Fotos aus dem Gefängnis einen Treffer anzeigt.«

Der Van ruckelte ein bißchen, als wir in Braintree auf die 93 abbogen; Bolton und ich hielten uns mit der Hand am Autodach fest.

»Wenn er so weit im voraus dachte«, überlegte ich, »dann wußte er, daß wir ihn eines Tages suchen würden oder einen, der so ähnlich aussieht.« Ich wies auf den Bildschirm.

»Stimmt genau«, bestätigte Erdham.

»Das heißt«, fügte Bolton hinzu, »er geht davon aus, daß er gefunden wird.«

»Scheint zu stimmen«, sagte Erdham. »Warum sonst sollte er die Morde von Hardiman nachahmen?«

»Er weiß, daß wir ihn finden«, dachte ich laut, »aber es macht ihm nichts aus.«

»Vielleicht ist es noch viel schlimmer«, meinte Erdham. »Vielleicht will er sogar gefangen werden, was bedeuten würde, daß diese ganzen Morde eine Art Botschaft sind und daß er so lange weitermordet, bis wir die Botschaft verstanden haben.«

»Sergeant Amronklin hat mir einige interessante Neuigkeiten erzählt, während Sie mit Arujos Bewährungshelferin sprachen.«

Am Haymarket bogen wir von der 93 ab, und wieder mußten Bolton und ich uns an der Decke festhalten, um nicht das Gleichgewicht zu verlieren.

»Zum Beispiel?«

»Er hat sich mit Kara Riders Mitbewohnerin in New York unterhalten. Ms. Rider hat vor drei Monaten einen Schauspieler kennengelernt. Er sagte, er käme von Long Island und wäre nur einmal die Woche für den Unterricht in Manhattan.« Bolton sah mich an. »Jetzt raten Sie mal!«

»Der Typ hatte einen Spitzbart.«

Er nickte. »Nannte sich Evan Hardiman. Nett, nicht? Ms. Riders Mitbewohnerin sagte weiterhin aus, ich zitiere:

›Er war der sinnlichste Mensch, den es je auf dieser Erde gegeben hat.‹«

»Sinnlich«, wiederholte ich.

Er verzog das Gesicht. »Sie ist, Sie wissen schon, dramatisch veranlagt.«

»Was hat sie sonst noch gesagt?«

»Sie meinte, Kara hätte gesagt, sie habe noch nie im Leben so gut gebumst. ›Das absolute Nonplusultra‹ soll sie gesagt haben.«

»Da hatte sie letztendlich recht.«

»Ich will sofort ein psychologisches Profil!« ordnete Bolton an, als wir im Fahrstuhl nach oben fuhren. »Ich will alles über Arujo wissen, bei der durchgeschnittenen Nabelschnur angefangen.«

»Hab ich«, sagte Fields.

Er rieb sich mit dem Ärmel übers Gesicht. »Ich will die gleiche Liste, die wir auch über Hardiman bekommen haben, Quervergleiche mit jedem, der während seiner Zeit im Knast Kontakt zu Arujo gehabt hat. Morgen früh steht vor jedem Haus ein Beamter.«

»Hab ich.« Fields kritzelte wie wild in den Block.

»Beamte vor dem Haus seiner Eltern, falls die noch leben«, sagte Bolton und atmete schwer, als er den Mantel auszog. »Scheißegal, auch wenn sie schon tot sind. Beamte vor dem Haus von jeder Freundin und jedem Freund, den er je gehabt hat, und bei allen anderen Freunden auch, Beamte zu allen Leuten, die ihn haben abblitzen lassen.«

»Das werden aber eine Menge Leute«, bemerkte Erdham.

Bolton zuckte mit den Achseln. »Nichts im Vergleich zu dem, was Waco die Regierung gekostet hat, und hier haben wir sogar eine Chance zu gewinnen. Ich will Neuüberprüfungen aller Tatorte, vernehmen Sie jede Schnecke von der Bostoner Mordkommission, die vor uns am Tatort war. Ich will, daß alle Hauptverdächtigen von Kenzies Liste«, er zählte sie an den Fingern ab, »Hurlihy, Rouse, Constantine, Pine, Timpson, Diandra Warren, Glynn, Gault – noch mal vernommen und ihr Leben umfassend, nein ausführlichst auf Verbindungen mit Arujo geprüft wird.« Als der Aufzug anhielt, griff er nach seinem Inhalator in der Brusttasche. »Habt ihr's? Fertig? Legt los!«

Die Türen des Aufzugs öffneten sich, er stieg aus und saugte dabei laut vernehmlich am Inhalator.

Hinter mir fragte Field Erdham: »›Ausführlichst‹, schreibt man das mit einem oder zwei Arschlöchern?«

»Mit einem«, erwiderte Erdham, »aber einem großen.«

Bolton lockerte seine Krawatte, bis der Knoten auf halber Höhe der Brust lag, und ließ sich schwer in den Stuhl hinter seinem Schreibtisch fallen.

»Machen Sie die Tür zu!« wies er mich an.

Ich gehorchte. Sein Gesicht war tiefrosa, er atmete stoßweise.

»Alles in Ordnung?«

»Ja, sicher. Erzählen Sie mir von Ihrem Vater!«

Ich nahm Platz. »Gibt's nichts zu erzählen. Ich schätze, Hardiman hat's einfach versucht, wollte mich mit diesem Scheiß aus der Fassung bringen.«

»Glaube ich nicht«, widersprach Bolton und nahm noch einen Zug aus dem Inhalator. »Sie und die anderen hatten ihm den Rücken zugekehrt, als er das sagte, aber ich konnte ihm auf dem Monitor ins Gesicht sehen. Er sah aus, als ginge ihm einer ab, als er sagte, Ihr Vater war eine Hornisse, als hätte er sich das bis zum Höhepunkt aufbewahrt.« Bolton fuhr sich mit der Hand durchs Haar. »Sie hatten als Kind einen Wirbel, oder?«

»Das hatten viele Kinder.«

»Aber es gibt nicht viele Kinder, mit denen sich später ein Serienmörder unterhalten will.«

Ich hob eine Hand und nickte. »Ich hatte einen Wirbel, Agent Bolton. War normalerweise nur zu sehen, wenn ich stark geschwitzt hatte.«

»Warum nur dann?«

»Wahrscheinlich weil ich eitel war. Ich hab mir Scheiße ins Haar geschmiert, damit es unten blieb.«

Er nickte. »Er kannte sie.«

»Ich weiß nicht, was ich Ihnen erzählen soll, Agent Bolton. Ich habe den Kerl noch nie gesehen.«

Er nickte wieder. »Erzählen Sie mir von Ihrem Vater! Sie wissen ja, daß ich schon welche auf ihn angesetzt habe.«

»Das habe ich angenommen.«

»Wie war er?«

»Er war ein Schwein, der anderen gerne Schmerzen zufügte, Bolton. Und ich spreche nicht gerne über ihn.«

»Und mir tut es leid«, gab er zurück, »aber Ihre persönlichen Probleme sind mir im Moment völlig egal. Ich versuche, Arujo zu finden, damit das Blutvergießen aufhört ...«

»Und dafür kassieren Sie eine nette kleine Beförderung.«

Er hob eine Augenbraue und nickte eifrig. »Ganz bestimmt. Darauf wette ich. Ich kenne keins von den Opfern, Mr. Kenzie, aber mir gefällt es im allgemeinen nicht, wenn Menschen sterben müssen. Ganz allgemein. Aber um von diesem besonderen Fall zu sprechen: Ich fühle nichts für diese Menschen. Dafür werde ich auch nicht bezahlt. Ich werde bezahlt, daß ich Typen wie Arujo zur Strecke bringe, und das mache ich auch. Und wenn ich meine Karriere dabei ein bißchen beschleunigen kann, ist das nicht wunderbar?« Seine kleinen Augen weiteten sich. »Erzählen Sie mir von Ihrem Vater!«

»Er war die meiste Zeit seines Lebens Leutnant bei der Bostoner Feuerwehr. Später ist er in die Lokalpolitik gegangen und wurde Stadtrat. Kurz danach bekam er Lungenkrebs und starb.«

»Sie haben sich nicht gut mit ihm verstanden?«

»Nein. Er war ein Tyrann. Alle, die ihn kannten, hatten Angst vor ihm, die meisten haßten ihn. Er hatte keine Freunde.«

»Aber Sie scheinen ganz das Gegenteil von ihm zu sein.«

»Wieso?«

»Na ja, weil die Leute Sie mögen. Amronklin und Lee haben Sie sehr gern, Lief empfand auch sofort Symphatie für Sie, und was ich sonst noch so gehört habe, seitdem ich den Fall übernommen habe, pflegen Sie einige Freundschaften zu so unterschiedlichen Leuten wie einem liberalen Journalisten und einem halbirren Waffenschieber. Ihr Vater hatte keine Freunde, aber Sie haben sehr viele. Ihr Vater war gewalttätig, doch Sie scheinen keinen unkontrollierbaren Hang zur Gewalt zu verspüren.«

Das erzähl mal Marion Socia, dachte ich.

»Was ich hier versuche herauszufinden, Mr. Kenzie, ist, wenn Alec Hardiman Jason Warren für die Sünden seiner Mutter zahlen ließ, ob er Sie dann auserkoren hat, für die Sünden Ihres Vaters zu zahlen.«

»Das wäre ja in Ordnung, Agent Bolton. Aber Diandra hatte direkten Einfluß auf Hardimans Inhaftierung. Zwischen meinem Vater und Hardiman gibt es aber bisher noch keine Verbindung.«

»Wir haben noch keine entdeckt.« Bolton lehnte sich zurück. »Betrachten Sie die Sache mal aus meiner Perspektive. Das Ganze begann, als Kara Rider, eine Schauspielerin, sich unter dem Pseudonym Moira Kenzie an Diandra Warren wandte. Das war kein Zufall. Es war eine Botschaft. Wir können davon ausgehen, denke ich, daß Arujo sie angestiftet hat. Sie verweist auf Kevin Hurlihy und damit indirekt auf Jack Rouse. Sie wenden sich an Gerry Glynn, der der Kollege von Alec Hardimans Vater war. Er bringt Sie auf Hardiman selbst. Hardiman brachte Charles Rugglestone in Ihrer Nachbarschaft um. Außerdem gehen wir davon aus, daß er Cal Morrison getötet hat. Ebenfalls in Ihrer Nachbarschaft. Damals waren Sie und Kevin Hurlihy Kinder, Jack Rouse besaß einen Gemüseladen, Kevin Hurlihys Mutter Emma war Hausfrau, Gerry Glynn war Bulle, und Ihr Vater, Mr. Kenzie, war Feuerwehrmann.«

Er reichte mir eine etwa zwanzig mal dreißig Zentimeter große Karte der Gegend um den Edward Everett Square, Savin Hill und Columbia Point. Irgend jemand hatte einen Kreis um die Straßen gezogen, die damals zur Gemeinde von St. Bart's gehörten: der Edward Everett Square selbst, der Blake Yard, der U-Bahnhof JFK/Uni Massachusetts, ein Teil der Dorchester Avenue von der South Boston Linie bis zur St. William's Kirche in Savin Hill. Innerhalb des Kreises waren fünf kleine schwarze Quadrate und zwei große blaue Punkte gemalt.

»Was bedeuten die Quadrate?« Ich blickte Bolton an.

»Ungefähre Angabe der Wohnorte von Jack Rouse, Stan und Diandra Timpson, Emma Hurlihy, Gerry Glynn und Edgar Kenzie im Jahr 1974. Die zwei blauen Punkte sind die Tatorte der Morde an Cal Morrison und Charles Rugglestone. Alle Quadrate und Punkte sind nicht mehr als eine Viertelmeile voneinander entfernt.«

Ich starrte die Karte an. Meine Gegend. Ein kleiner, vergessener, ärmlicher Stadtteil mit zweistöckigen Häusern, verblichenen Häusern mit Satteldach, winzigen Gaststuben und Eckläden. Abgesehen von gelegentlichen Schlägereien in Kneipen zog dieser Ort keine besondere Aufmerksamkeit auf sich. Und doch war jetzt das FBI hier und richtete Flutlicht auf uns, das weithin zu sehen war.

»Was Sie da vor sich sehen«, behauptete Bolton, »ist eine Mördergrube.«

Aus einem leeren Konferenzraum rief ich Angie an.

Sie hob beim vierten Klingeln ab, atmete schwer. »Hey, ich bin gerade reingekommen.«

»Was machst du gerade?«

»Ich red mit dir, du Dussel, und gucke meine Post durch. Rechnung, Rechnung, Rechnung, Pizza-Service, Rechnung ...«

»Wie war's mit Mae?«

»Klasse. Ich hab sie gerade bei Grace abgeliefert. Wie war dein Tag?«

»Der Typ mit dem Bart heißt Evandro Arujo. Er war im Knast Alec Hardimans Partner.«

»Blödsinn!«

»Nein. Sieht aus, als wär das unser Typ.«

»Aber er kennt dich nicht.«

»Das stimmt.«

»Wieso läßt er dann deine Karte in Karas Hand?«

»Zufall?«

»Und daß Jason umgebracht wird, ist auch Zufall?«

»Vielleicht ein riesengroßer Zufall?«

Sie seufzte, und ich hörte, daß sie einen Briefumschlag aufriß. »Das hört sich nicht sehr logisch an.«

»Stimmt«, bestätigte ich.

»Erzähl mir von Hardiman!«

Das tat ich. Dann berichtete ich ihr von meinem Tag,

während sie weiter Briefumschläge öffnete und mit geistesabwesender Stimme »Jaja« sagte, was mich wirklich rasend gemacht hätte, wenn ich sie nicht so gut kennen würde und wüßte, daß sie gleichzeitig Radio hören, Fernsehen gucken, Nudeln kochen und mit jemand anderem im Zimmer plaudern konnte und doch jedes Wort mitbekam, das ich am Telefon zu ihr sagte.

Doch mitten in meinen Ausführungen hörte das »Jaja« plötzlich auf, statt dessen herrschte Stille, eine gespannte, aufgeladene Stille.

»Ange?«

Nichts.

»Angie?« fragte ich erneut.

»Patrick«, sagte sie mit einer geisterhaften, leisen Stimme.

»Was? Was ist passiert?«

»Bei mir in der Post ist ein Foto.«

Ich sprang vom Stuhl. »Von wem?«

»Von mir«, antwortete sie. Dann: »Und Phil.«

25

»Vor dem Kerl soll ich Angst haben?« Phil hatte eines der Fotos in der Hand, die Angie von Evandro geschossen hatte.

»Ja«, sagte Bolton.

Phil schlug mit dem Bild gegen die Hand. »Tja, hab ich aber nicht.«

»Glaub mir, Phil«, mischte ich mich ein, »es wär besser für dich.«

Er sah uns alle an, Bolton, Devin, Oscar, Angie und mich, die wir uns in Angies winzige Küche gequetscht hatten, und schüttelte den Kopf. Dann griff er in seine Jacke und zog eine Pistole hervor, richtete sie auf den Boden und prüfte die Munition.

»O Gott, Phil«, rief Angie, »tu sie weg!«

»Haben Sie einen Waffenschein dafür?« fragte Devin.

Phil hielt die Augen gesenkt, der Haaransatz war dunkel vor Schweiß.

»Mr. Dimassi«, sprach ihn Bolton an, »die werden Sie nicht brauchen. Wir passen auf Sie auf.«

»Klar«, sagte Phil ganz leise.

Wir beobachteten ihn, wie er einen kurzen Blick aufs Foto warf, das er auf der Küchentheke hatte liegenlassen, dann auf die Waffe in seiner Hand, und wie sich die Angst langsam in ihm ausbreitete. Kurz schaute er Angie an, dann wieder auf den Boden, und ich merkte, daß er versuchte, diese Geschichte zu verarbeiten. Er war von der Arbeit nach Hause gekommen und vor seiner Wohnung von Agenten des FBI abgefangen worden, die ihn hierherbrachten, wo ihm mitgeteilt wurde, daß jemand, der ihm völlig unbekannt war, es darauf abgesehen hatte, sein Herz innerhalb der nächsten Woche in Rente zu schicken.

Schließlich blickte Phil auf; seine sonst olivbraune Haut hatte die Farbe entrahmter Milch. Er bemerkte meinen Blick und warf mir sein jungenhaftes Grinsen zu, dann schüttelte er den Kopf, als steckten wir irgendwie zusammen in der Patsche.

»Gut«, sagte er schließlich, »vielleicht habe ich ein bißchen Angst.«

Die Anspannung, die sich in der Küche aufgebaut hatte, löste sich auf.

Phil legte die Waffe auf den Herd, hievte sich auf die Küchentheke und sah Bolton mit belustigt hochgezogener Augenbraue an.

»Also, erzählen Sie mir von dem Kerl!«

Ein Beamter steckte den Kopf in die Küche. »Agent Bolton? Keine Anzeichen, daß sich jemand an den Schlössern oder anderen Zugängen zum Haus zu schaffen gemacht hat. Wir haben alles auf Wanzen untersucht, alles sauber. Das Gras hinter dem Haus steht so hoch, daß mindestens seit einem Monat niemand mehr hindurchgelaufen ist.«

Bolton nickte, und der Beamte verschwand.

»Agent Bolton«, sprach Phil ihn an.

Bolton wandte sich ihm wieder zu.

»Könnten Sie mir bitte von diesem Kerl erzählen, der mich und meine Frau umbringen will?«

»Ex, Phil«, verbesserte Angie, »Exfrau.«

»Sorry.« Er sah Bolton an. »Mich und meine Exfrau also.«

Bolton lehnte sich gegen den Kühlschrank, Devin und Oscar setzten sich hin, und ich hievte mich auf die Küchentheke auf der anderen Seite des Herdes.

»Dieser Mann heißt Evandro Arujo«, begann Bolton. »Er ist des Mordes verdächtig in mindestens vier Fällen im letzten Monat. In all diesen Fällen hat er den Opfern oder ihren Angehörigen vorher Fotos geschickt.«

»Solche Fotos?« Phil wies auf das mit Staub zur Abnahme von Fingerabdrücken bedeckte Bild von ihm und Angie, das auf dem Küchentisch lag.

»Ja.«

Es war vor kurzem gemacht worden. Im Vordergrund lag buntes Laub auf dem Boden. Angie schien Phil etwas zu erzählen, sie hatte ihm den Kopf zugewandt, er hörte mit gesenktem Kopf zu. Sie liefen über den Grasstreifen, der die Commonwealth Avenue in zwei Hälften teilt.

»Aber an dem Bild ist doch nichts Gefährliches.«

Bolton nickte. »Außer daß es überhaupt gemacht und dann Ms. Gennaro zugeschickt wurde. Haben Sie den Namen Evandro Arujo schon mal gehört?«

»Nein.«

»Alec Hardiman?«

»Nee.«

»Peter Stimovich oder Pamela Stokes?«

Phil dachte darüber nach. »Hört sich irgendwie bekannt an.«

Bolton schlug den Ordner in seiner Hand auf und reichte Phil Fotos von Stimovich und Stokes.

Phils Gesicht wurde dunkelrot. »Wurde dieser Typ nicht letzte Woche erstochen?«

»Viel schlimmer als erstochen«, erwiderte Bolton.

»In der Zeitung stand erstochen«, beharrte Phil. »Irgendwas über den Exfreund seiner Freundin, das der verdächtigt wurde.«

Bolton schüttelte den Kopf. »Die Geschichte haben wir lanciert. Stimovichs Freundin hatte keinen Exfreund, der in Frage käme.«

Phil hielt das Foto von Pamela Stokes hoch. »Ist sie auch tot?«

»Ja.«

Phil rieb sich die Augen. »Scheiße«, stieß er hervor, und es kam ein wenig unsicher heraus, als werde es von einem Lachen oder Schaudern begleitet.

»Haben Sie einen von den beiden schon mal gesehen?«

Phil schüttelte den Kopf.

»Was ist mit Jason Warren?«

Phil sah Angie an. »Der Junge, den ihr beschattet habt? Der umgebracht wurde?«

Sie nickte. Seitdem wir angekommen waren, hatte sie nicht viel gesagt. Sie rauchte eine Zigarette nach der anderen und starrte aus dem Fenster auf den Hinterhof.

»Kara Rider?« fragte Bolton.

»Die hat das Arschloch auch umgebracht?«

Bolton nickte.

»O Gott.« Phil rutschte vorsichtig von der Theke, als sei er nicht sicher, ob der Boden ihn tragen würde. Mit steifen Schritten ging er zu Angie hinüber, nahm sich eine von ihren Zigaretten, zündete sie an und blickte dann Angie an.

Sie sah ihn an, als habe er gerade die Nachricht erhalten, daß er an Krebs erkrankt sei, und als wüßte sie nicht, ob sie zurückweichen solle, damit er um sich schlagen könne, oder ob sie besser in seiner Nähe bliebe, um ihn aufzufangen, wenn er zusammenbräche.

Er legte ihr die Hand auf die Wange, und sie schmiegte

sich daran; in dem Moment ging etwas sehr Intimes zwischen den beiden vor, ein Tribut an die lange Zeit, die sie miteinander verband.

»Mr. Dimassi, kannten Sie Kara Rider?«

Zärtlich und vorsichtig entzog Phil Angie seine Hand und ging zur Theke zurück.

»Ich kenne sie von früher. Wir kennen sie alle.«

»Haben Sie sie in letzter Zeit gesehen?«

Er schüttelte den Kopf. »Seit drei, vier Jahren nicht mehr.« Er betrachtete seine Zigarette und aschte in die Spüle. »Warum gerade wir, Mr. Bolton?«

»Wir wissen es nicht«, antwortete Bolton, und seine Stimme klang ein klein wenig verzweifelt. »Wir jagen Arujo, morgen früh steht sein Gesicht in jeder Zeitung in Neuengland. Er kann sich nicht lange verstecken. Wir wissen immer noch nicht, warum er es gerade auf diese Leute abgesehen hat, nur im Fall Warren haben wir ein mögliches Motiv. Aber wenigstens wissen wir jetzt, auf wen er es abgesehen hat, so daß wir Sie und Ms. Gennaro überwachen können.«

Erdham kam in die Küche. »Die Umgebung von diesem Haus und Mr. Dimassis Wohnung sind gesichert.«

Bolton nickte und rieb sich mit den fleischigen Händen das Gesicht.

»Okay, Mr. Dimassi«, sagte er. »Also: Vor zwanzig Jahren ermordete ein Mann namens Alec Hardiman seinen Freund Charles Rugglestone in einem Lagerhaus ungefähr sechs Häuserblocks von hier entfernt. Wir glauben, daß Hardiman und Rugglestone für eine Serie von Verbrechen verantwortlich waren, von denen das bekannteste die Kreuzigung von Cal Morrison war.«

»An Cal kann ich mich erinnern«, bemerkte Phil.

»Kannten Sie ihn gut?«

»Nein. Er war ein paar Jahre älter als wir. Aber von einer Kreuzigung war nie die Rede. Er wurde erstochen.«

Bolton schüttelte den Kopf. »Die Geschichte haben wir damals an die Zeitungen weitergegeben, um Zeit zu gewinnen und solche Spinner rauszuhalten, die behaupten, beide Kennedys und Jimmy Hoffa an einem Tag umgebracht zu haben. Morrison wurde gekreuzigt. Sechs Tage danach drehte Hardiman durch und richtete seinen Partner Rugglestone zu, als wären zehn Verrückte am Werk gewesen. Niemand weiß, warum, nur daß beide Männer zum Zeitpunkt des Verbrechens große Mengen von Halluzinogenen und Alkohol im Blut hatten. Hardiman sitzt lebenslänglich in Walpole und machte dort zwölf Jahre später aus Arujo ein Monster. Als Arujo dort ankam, war er ziemlich unschuldig, jetzt ist er das genaue Gegenteil.«

»Wenn du ihn siehst, nimm die Beine in die Hand, Phil!« warnte Devin.

Phil schluckte und nickte kurz.

»Arujo ist seit sechs Monaten draußen«, erklärte Bolton. »Wir sind der Meinung, daß Hardiman draußen eine Kontaktperson hat, einen zweiten Mörder, der entweder Arujos Mordlust anstachelt oder umgekehrt. Wir sind uns da noch nicht absolut sicher, aber das scheint die Richtung zu sein, aus irgendeinem Grund weisen uns Hardiman, Arujo und dieser unbekannte Dritte immer wieder in eine Richtung: auf diesen Stadtteil. Und sie weisen auf bestimmte Menschen: auf Mr. Kenzie, Diandra Warren, Stan Timpson, Kevin Hurlihy und Jack Rouse, aber wir wissen nicht, warum.«

»Und die anderen Opfer, Stimovich und Stokes, welche Beziehung haben die zu dieser Gegend?«

»Wir nehmen an, daß das einfach Zufälle sind. Spaßmorde sozusagen, für die es kein weiteres Motiv gibt als den Mord als solchen.«

»Und warum sind Angie und ich auf der Liste?«

Bolton zuckte mit den Schultern. »Könnte eine Finte sein. Wissen wir nicht. Vielleicht wollen sie Ms. Gennaro einfach Angst einjagen, weil sie auf der Seite der Verfolger steht. Aber egal, wer Arujos Partner ist, beide wollten von Anfang an, daß Mr. Kenzie und Ms. Gennaro mit dabei sind. Kara Rider bekam nur deshalb ihre Rolle. Und vielleicht«, Bolton sah mich an, »soll Mr. Kenzie gezwungen werden, die Entscheidung zu treffen, von der Hardiman sprach.«

Alle sahen mich an.

»Hardiman meinte, ich würde gezwungen, mich irgendwie zu entscheiden. Er sagte: ›Nicht jeder, den du liebst, kann leben.‹ Vielleicht muß ich mich entscheiden, ob ich Phil oder Angie das Leben retten soll.«

Phil schüttelte den Kopf. »Aber jeder, der uns kennt, weiß doch, daß wir seit mehr als zehn Jahren nichts mehr miteinander zu tun haben, Patrick.«

Ich nickte.

»Früher aber schon?« erkundigte sich Bolton.

»Wir waren wie Brüder«, erwiderte Phil, und ich versuchte, in seiner Stimme Verbitterung oder Selbstmitleid zu entdecken, doch schien er es still und traurig hinzunehmen.

»Wie lange?« fragte Bolton.

»Vom Kindergarten bis wir so um die Zwanzig waren. Oder?«

Ich zuckte mit den Schultern. »Ja, so ungefähr.«

Ich warf Angie einen Blick zu, doch die sah zu Boden.

Bolton sagte: »Hardiman behauptete, er würde Sie kennen, Mr. Kenzie.«

»Ich habe den Mann nie gesehen.«

»Oder Sie wissen es nicht mehr.«

»An das Gesicht würde ich mich erinnern«, entgegnete ich.

»Wenn Sie es als Erwachsener sähen, sicher. Aber als Kind?«

Er reichte Phil zwei Fotos von Hardiman: eins von 1974 und ein aktuelles.

Phil betrachtete sie, und ich merkte, daß er Hardiman unbedingt erkennen wollte, damit das hier einen Sinn ergab, damit er eine Erklärung dafür hatte, warum dieser Mann ihn töten wollte. Endlich schloß er die Augen, atmete laut aus und schüttelte den Kopf.

»Den Kerl hab ich noch nie gesehen.«

»Bestimmt nicht?«

»Ganz bestimmt.« Er gab die Fotos zurück.

»Tja, das ist gar nicht gut«, sagte Bolton, »denn er ist jetzt ein Teil Ihres Lebens.«

Um acht Uhr wurde Phil von einem Beamten des FBI nach Hause gebracht; Angie, Devin, Oscar und ich gingen zu mir nach Hause, damit ich meine Sachen für die Nacht zusammenpacken konnte.

Bolton wollte, daß Angie einsam und verletzlich wirkte, aber wir konnten ihn überzeugen, daß wir uns so normal wie möglich geben sollten, wenn Evandro oder sein Partner uns beobachtete. Und mit Devin und Oscar trieben wir uns mindestens einmal im Monat herum, obwohl wir dabei normalerweise nicht nüchtern blieben.

Ich bestand darauf, bei Angie zu übernachten, egal ob Bolton sich deswegen anpißte oder nicht.

Tatsächlich gefiel ihm die Idee. »Ich dachte sowieso von Anfang an, sie beide hätten was miteinader, also wird Evandro das wohl auch annehmen.«

»Schweinische Gedanken!« schimpfte Angie, worauf er mit den Schultern zuckte.

Bei mir zu Hause warteten die anderen in der Küche, während ich Klamotten aus dem Trockner zog und in eine Sporttasche stopfte. Vor meinem Fenster sah ich Lyle Dimmick Feierabend machen, er wischte sich die Farbe von den Händen und stellte den Pinsel in eine Dose Nitroverdünner.

»Und? Wie ist so euer Verhältnis zu den FBI-Leuten?« fragte ich Devin.

»Wird täglich schlechter«, antwortete er. »Was glaubst du, warum wir heute nachmittag nicht bei Alec Hardiman dabeisein durften?«

»Also seid ihr dazu degradiert worden, auf uns aufzupassen?« fragte Angie.

»Eigentlich« erwiderte Oscar, »haben wir ja ausdrücklich drum gebeten. Bin ganz gespannt darauf, wie ihr beiden auf kleinstem Raum klarkommt.«

Er guckte Devin an, und beide lachten.

Devin fand ein Stofftier, das Mae in der Küche vergessen hatte, einen Frosch, und hob es auf. »Deins?«

»Maes.«

»Klar.« Er hielt es sich vors Gesicht und schnitt Grimassen. »Vielleicht wollt ihr zwei dies Kerlchen hier behalten«, schlug er vor, »als kleinen Ersatz, wenn ihr voneinander genug habt.

»Wir haben schon zusammen gewohnt«, grollte Angie.

»Stimmt«, bestätigte Devin, »zwei Wochen lang. Aber da hattest du gerade deinen Mann verlassen, Angie, und damals seid ihr euch ganz schön aus dem Weg gegangen, wenn ich mich recht erinnere. Patrick ist praktisch ins Baseballstadion gezogen, und du warst nachts immer unterwegs, hast die Nightclubs am Kenmore Square abgeklappert. Jetzt müßt ihr zusammenbleiben, solange die Ermittlungen dauern. Das können Monate werden, sogar Jahre.« Er wandte sich dem Stofffrosch zu: »Was hältst du davon?«

Ich blickte aus dem Fenster, Devin und Oscar kicherten, und Angie kochte vor Wut. Lyle kletterte vom Gerüst, Radio und Kühltasche hielt er seltsam verdreht in einer Hand, aus seiner Hosentasche lugte die Flasche Jack Daniels hervor.

Irgendwas störte mich an ihm. Ich hatte ihn noch nie nach fünf Uhr arbeiten sehen, und jetzt war es halb neun. Außerdem hatte er mir heute morgen erzählt, daß er Zahnschmerzen habe ...

»Hast du keine Chips da?« fragte Oscar.

Angie stand auf und ging zu den Schränken über dem Herd. »Bei Patrick darf man sich nie drauf verlassen, daß was Eßbares im Hause ist.« Sie machte die Tür des linken Schrankes auf und schob ein paar Dosen zur Seite.

Heute morgen hatte ich mit Mae gefrühstückt, aber mit Lyle hatte ich schon vorher geredet. Nachdem Kevin vor der Tür gestanden hatte. Dann war ich zurück in die Küche gegangen, hatte Bubba angerufen ...

»Was hab ich euch gesagt?« Angie öffnete den mittleren Schrank. »Hier sind auch keine Chips.«

»Ihr zwei kommt bestimmt toll miteinander aus«, frohlockte Devin.

Nachdem ich mit Bubba gesprochen hatte, hatte ich Lyle gebeten, die Musik leiser zu stellen, weil Mae noch schlief. Und er sagte ...

»Letzter Versuch.« Angie griff nach der Tür des rechten Schranks.

... es sei ihm egal, weil er einen Termin beim Zahnarzt habe und eh nur bis mittags arbeite.

Ich stand auf und sah aus dem Fenster in den Hof hinunter, als Angie aufschrie und einen Satz nach hinten machte.

Im Hof war niemand. Lyle war weg.

Ich sah in den Schrank und erkannte als erstes ein Augenpaar, das mich anstarrte. Es waren blaue Menschenaugen, die einfach so dalagen.

Oscar griff nach dem Funkgerät. »Ich will Bolton sprechen. Sofort.«

Angie stolperte rückwärts am Tisch entlang. »Oh, Scheiße!«

»Devin«, keuchte ich, »dieser Anstreicher . . .«

»Lyle Dimmick«, erwiderte Devin, »wir haben ihn überprüfen lassen.«

»Das war nicht Lyle«, gab ich zurück.

Oscar hörte uns zu, während er am Funkgerät mit Bolton sprach.

»Bolton«, sagte Oscar, »lassen Sie Ihre Leute ausschwärmen! Arujo ist in der Gegend, er ist als Cowboy-Anstreicher verkleidet. Er ist gerade verschwunden.«

»In welche Richtung?«

»Keine Ahnung. Schicken Sie Ihre Leute los!«

»Wir sind unterwegs.«

Angie und ich nahmen drei Stufen auf einmal und sprangen mit gezückter Waffe über das Geländer der rückseitigen Veranda in den Hinterhof. Arujo hatte drei Möglichkeiten: Wenn er nach Westen durch die Hinterhöfe gelaufen war, wäre er noch nicht raus, weil auf dieser Straßenseite vier Häuserblocks lang keine Querstraße kreuzte. Wenn er nach Norden in Richtung Schule geflohen war, hätte ihn das FBI aufgehalten. Blieb also nur noch der Häuserblock südlich von uns oder östlich Richtung Dorchester Avenue.

Ich ging nach Süden, Angie nach Osten.

Wir fanden ihn beide nicht.

Das FBI hatte auch kein Glück.

Um neun Uhr flog ein Hubschrauber über unseren Stadtteil, und Hunde durchforsteten die Straßen, Beamte gingen von Haus zu Haus. Meine Nachbarn waren seit letztem Jahr nicht allzu gut auf mich zu sprechen, als ich ihnen fast einen Bandenkrieg vor die Haustür geliefert hatte; ich konnte mir entfernt vorstellen, mit welch uralten keltischen Flüchen sie heute nacht meine Seele verdammten.

Evandro Arujo war als Lyle Dimmick verkleidet durchs Sicherheitsnetz geschlüpft. Wenn ein Nachbar nach draußen blickte und eine Leiter gegen mein Fenster im zweiten Stock gelehnt sah, würde er einfach annehmen, Ed Donnegan habe nun auch mein Haus gekauft und Lyle beauftragt, es zu streichen.

Das Schwein war in meiner Wohnung gewesen.

Man nahm an, die Augen gehörten Peter Stimovich. Bolton hatte mir nicht erzählt, daß die Leiche ohne Augen gefunden worden war.

»Vielen Dank, daß sie mir das gesagt haben« murrte ich.

»Kenzie«, seufzte er wie immer, »ich werde nicht dafür bezahlt, Sie auf dem laufenden zu halten, sondern Sie dann hinzuzuziehen, wenn es erforderlich ist.«

Unter den Augen, die ein Mediziner des FBI mit Hilfe von Gelatine aus dem Schrank holte und in zwei Plastikbeutelchen legte, lag eine weitere Nachricht für mich, ein weißer Umschlag und ein Stapel Flugblätter. Auf dem Zettel stand in der gleichen Schrift wie auf den anderen beiden: »schöndichzusehen«.

Bolton nahm den Briefumschlag, bevor ich ihn öffnen konnte, und betrachtete dann die beiden Nachrichten, die ich innerhalb des letzten Monats erhalten hatte. »Wieso haben Sie uns die nie gezeigt?«

»Ich wußte nicht, daß die von ihm waren.«

Er übergab sie einem Laboranten. »Agent Erdham hat Kenzies und Gennaros Fingerabdrücke registriert. Nehmen Sie auch die Aufkleber mit.«

»Was machen Sie mit den Flugblättern?« erkundigte sich Devin.

Es waren über tausend, mit Gummibändern säuberlich zu zwei Stapeln zusammengebunden, manche schon vergilbt, andere zerknittert, einige erst zehn Tage alt. Immer befand sich in der oberen linken Ecke das Foto eines vermißten Kindes, darunter die Angaben zur Person und am Fuße des Blattes immer der gleiche Satz: »Haben Sie mich gesehen?«

Nein, hatte ich nicht. Im Laufe der Jahre hatte ich wohl Hunderte dieser Flugblätter mit der Post erhalten, und ich sah immer ganz genau hin, nur um mir sicher zu sein, bevor ich sie in dem Müll warf, aber noch nie hatte ich ein Gesicht erkannt. Wenn man sie einmal pro Woche erhielt, konnte man sie leicht vergessen, aber jetzt, als ich sie mit Gummihandschuhen durchblätterte, die so eng waren, daß ich den Schweiß aus den Poren meiner Hand hervortreten spürte, warf es mich um.

Tausende. Einfach fort. Ein ganzes Land. Eine alptraumhafte Ansammlung verlorener Leben. Viele davon waren wohl tot. Andere waren wahrscheinlich gefunden worden, aber es ging ihnen bestimmt schlechter als vorher. Die übrigen waren haltlos ihrem Schicksal überlassen und irrten wie ein Wanderzirkus durch das Land, bewegten sich durch die Herzen unserer Städte, schliefen auf Steinen, Rosten und ausrangierten Matratzen, hohlwangig, fahlhäutig, mit leeren Augen und verfilztem Haar.

»Das ist das gleiche wie die Aufkleber«, sagte Bolton.

»Wieso?« fragte Oscar.

»Er möchte, daß Kenzie sein postmodernes Unbehagen teilt. Daß die Welt aus den Angeln geraten und nicht wieder einzurenken ist, daß Tausende durcheinanderschreien, ein einziges Stimmengewirr, aber niemand dem anderen wirklich zuhört. Daß unsere Vorstellungen sich ständig widersprechen, daß es keinen festen Stamm von Wissen gibt, an dem alle teilhaben. Daß täglich Kinder verschwinden und wir nur sagen: ›Wie furchtbar. Gib mir mal das Salz.‹« Er blickte mich an. »Was meinen Sie?«

»Kann sein.«

Angie schüttelte den Kopf. »Das ist Blödsinn.«

»Wie bitte?«

»Blödsinn«, wiederholte sie. »Vielleicht gehört das auch dazu, aber das ist nur ein Teil seiner Botschaft. Agent Bolton, Sie gehen davon aus, daß wir es mit zwei Mördern zu tun haben, daß wir uns also nicht nur mit dem kleinen Evandro Arujo herumschlagen müssen. Korrekt?«

Er nickte.

»Dieser andere, der wartet, ach was, der lauert seit zwei Jahrzehnten wie ein Virus, bevor er wieder zuschlägt. Das ist doch die vorherrschende Meinung, oder?«

»Ja, stimmt.«

Sie nickte. Dann zündete sie sich eine Zigarette an und hielt sie hoch. »Ich habe schon mehrmals versucht, mit dem Rauchen aufzuhören. Wissen Sie, wieviel Kraft man dazu braucht?«

»Wissen Sie, wie wohl ich mich heute morgen gefühlt hätte, wenn sie es geschafft hätten?« Bolton wich dem Rauch aus, der durch die Küche zog.

»Schade.« Sie zuckte mit den Schulten. »Ich wollte sagen, wir alle haben eine Sucht, bei der wir uns entscheiden müssen. Eine Sache, die uns tief im Innern trifft. Was uns ausmacht, sozusagen. Ohne was könnten Sie nicht leben?«

»Ich?« fragte er.

»Ja, Sie.«

Er lächelte und schaute peinlich berührt zur Seite. »Bücher.«

»Bücher?« wiederholte Oscar lachend.

Bolton fuhr ihn an: »Stimmt was nicht damit?«

»Nein, schon gut. Weiter, Agent Bolton!«

»Was für Bücher?« bohrte Angie nach.

»Die großen Autoren«, erwiderte Bolton ein wenig belämmert. »Tolstoi, Dostojewski, Joyce, Shakespeare, Flaubert.«

»Und wenn die verboten würden?« fragte Angie weiter.

»Dann würde ich das Gesetz umgehen«, antwortete Bolton.

»Sie böser Junge!« witzelte Devin. »Ich bin bestürzt.«

»Hey!« Bolton blitzte ihn böse an.

»Was ist mir dir, Oscar?«

»Essen«, entgegnete Oscar und klopfte sich auf den Bauch.

»Kein Ökofutter, sondern richtig herzhafte Sachen für den Cholesterinspiegel. Steaks, Spareribs, Eier, panierte Schnitzel.«

»Große Überraschung«, lachte Devin.

»Scheiße«, meinte Oscar, »hab gerade wieder Appetit bekommen.«

»Devin?«

»Zigaretten«, gab er zurück, »und wahrscheinlich Alkohol.«

»Patrick?«

»Sex.«

»Du bist ein Schwein, Kenzie!« schimpfte Oscar.

»Also«, schloß Angie, »diese Sachen halten uns aufrecht, machen uns das Leben lebenswert. Zigaretten, Bücher, Essen, wieder Zigaretten, Alkohol und Sex. Das sind wir.« Sie tippte auf den Stapel mit den Vermißtenanzeigen. »Und was ist mit ihm? Was braucht er unbedingt?«

»Das Töten«, sagte ich.

»Das schätze ich auch«, stimmte Angie zu.

»Also«, sponn Oscar weiter, »wenn er eine Zwangspause von zwanzig Jahren einlegen mußte . . .«

»Das würde er nie schaffen«, kommentierte Devin, »auf keinen Fall.«

»Aber er hat seine Morde nicht öffentlich gemacht«, widersprach Bolton.

Angie hob den Stapel Papier hoch. »Bis jetzt.«

»Er hat die ganze Zeit Kinder umgebracht«, erklärte ich.

»Zwanzig Jahre lang«, ergänzte Angie.

Erdham kam um zehn vorbei und teilte uns mit, daß ein roter Cherokee-Jeep, dessen Fahrer einen Cowboyhut trug, an der Kreuzung in Wollaston Beach über eine rote Ampel gefahren war. Die Polizei von Quincy hatte die Verfolgung aufgenommen und ihn in einer scharfen Kurve der 3A bei Weymouth verloren, da das Polizeiauto aus der Spur geworfen wurde.

»Die haben einen beschissenen Jeep in einer Kurve verloren?« staunte Devin ungläubig. »Diese Superrennfahrer scheren aus, und so ein klotziges Auto wie der Cherokee kommt um die Kurve?«

»Das haben sie mir erzählt, ja. Als letztes wurde er auf der Brücke beim alten Marinehafen Richtung Süden gesehen.«

»Wann war das?« fragte Bolton.

Erdham sah in seinen Aufzeichnungen nach. »Neun Uhr fünfunddreißig in Wollaston. Um neun Uhr vierundvierzig haben sie ihn verloren.«

»Sonst noch was?« wollte Bolton wissen.

»Ja«, erwiderte Erdham zögernd und sah mich dabei an.

»Was denn?«

»Mallon!«

Fields kam in die Küche. Er trug einen Stapel kleiner Aufnahmegeräte und mindestens fünfzehn Meter Koaxialkabel.

»Was ist das?« fragte Bolton.

»Er hat die gesamte Wohnung verwanzt«, antwortete Fields und vermied es, mich anzusehen. »Die Recorder waren mit Isolierband unter die Veranda des Vermieters geklebt. Kassetten waren nicht drin. Die Kabel liefen in einen Verteiler oben auf dem Dach, zusammen mit den Fernseh- und Telefonkabeln. Er hat die Kabel mit dem Rest der Drähte am Haus heruntergeführt – wenn man nicht danach sucht, hätte es nie einer bemerkt.«

»Sie wollen mich verarschen!« brachte ich heraus.

Fields schüttelte entschuldigend den Kopf. »Leider nicht. Nach dem Staub und dem Schmutz auf den Kabeln zu urteilen, würde ich schätzen, daß er seit mindestens einer Woche alles mithört, was in Ihrer Wohnung vor sich geht.« Er zuckte die Schultern. »Vielleicht länger.«

26

»Warum hat er den Cowboyhut nicht abgenommen?« fragte ich auf dem Weg zu Angie.

Mehr als erleichtert hatte ich meine Wohnung zurückgelassen. Im Moment war sie voll von herumflitzenden Technikern und Polizisten, die den Fußbodenbelag hochrissen und ihn einpuderten, um etwaige Fingerabdrücke erfassen zu können. Eine Wanze hatte man hinter der Fußleiste im Wohnzimmer gefunden, eine unter meiner Kommode im Schlafzimmer, die dritte war in den Küchenvorhang eingenäht gewesen.

Ich versuchte, nicht an die unglaubliche Verletzung meiner Privatsphäre zu denken, deshalb konzentrierte ich mich auf den Cowboyhut.

»Was?« gab Devin zurück.

»Warum hatte er den Cowboyhut noch auf, als er in Wollaston über die Ampel gefahren ist?«

»Hat ihn vergessen abzunehmen«, schlug Oscar vor.

»Wenn er aus Texas oder Wyoming wär, könnte ich's ja verstehen. Aber er kommt aus Brockton. Er merkt doch beim Fahren, daß er einen Cowboyhut auf dem Kopf hat. Er weiß auch, daß das FBI hinter ihm her ist. Er weiß doch, daß wir merken, daß er sich als Lyle ausgegeben hat, sobald wir die Augen gefunden haben.«

»Und trotzdem läßt er den Hut auf«, rätselte Angie.

»Er macht sich über uns lustig«, befand Devin schließlich. »Er will uns zeigen, daß er schlauer ist als wir und wir ihn nicht kriegen.«

»So ein Saukerl!« rief Oscar, »so ein verdammter Saukerl!«

Bolton hatte in die Wohnungen rechts und links von Phil Beamte geschickt, weitere befanden sich im Haus der Livoskis gegenüber von Angies Haus und bei den McKays, dem Haus dahinter. Beide Familien hatten für die Zweckentfremdung ihrer Häuser eine Entschädigung erhalten und wurden im Marriott untergebracht, trotzdem rief Angie bei beiden an und entschuldigte sich für die Unannehmlichkeiten.

Nachdem sie aufgelegt hatte, ging sie duschen, während ich ohne Licht und mit heruntergelassenen Rolläden an dem staubigen Tisch im Eßzimmer saß. Oscar und Devin saßen unten auf der Straße in ihrem Auto, sie hatten uns zwei Funkgeräte dagelassen. Schwer und kantig standen die beiden vor mir auf dem Tisch, im Halbdunkel wirkten ihre Umrisse wie Empfangsstationen einer fernen Galaxie.

Als Angie vom Duschen zurückkam, trug sie ein graues T-Shirt mit dem Aufdruck der Monsignor Ryan Memorial High School und rote Flanellshorts, die ihre Oberschenkel locker umspielten. Ihr Haar war noch naß, sie sah klein aus, als sie Aschenbecher und Zigaretten auf den Tisch stellte und mir eine Cola reichte.

Dann zündete sie sich eine Zigarette an. Im Licht der Flamme konnte ich kurz erkennen, wie abgespannt und verängstigt sie aussah.

»Es wird alles gut«, beruhigte ich sie.

Sie zuckte mit den Achseln. »Ja, klar.«

»Die haben ihn, wenn er nur in die Nähe dieses Hauses kommt.«

Noch ein Achselzucken. »Ja, klar.«

»Ange, er kriegt dich nicht.«

»Bis jetzt war seine Trefferquote ziemlich hoch.«

»Aber wir sind darauf spezialisiert, Menschen zu beschützen, Ange. Wir können uns doch gegenseitig schützen.«

Sie blies eine Wolke Rauch aus. »Erzähl das mal Jason Warren!«

Ich legte meine Hand auf ihre. »Als wir den Fall niedergelegt haben, wußten wir nicht, womit wir es zu tun hatten. Jetzt schon.«

»Patrick, bei dir ist er auch reingekommen.«

Ich hatte nicht vor, in diesem Moment darüber nachzudenken. Seitdem Fields die Aufnahmegeräte in die Höhe gehalten hatte, saß der Schock bei mir tief.

Ich begann: »Bei mir stehen aber nicht fünfzig FBI-Männer ...«

Sie drehte die Hand, so daß unsere Handflächen aufeinanderlagen, dann umfaßte sie mein Handgelenk. »Er entzieht sich jeder Logik«, stellte sie fest. »Evandro. Er ist ... man kann ihn mit nichts vergleichen. Er ist kein Mensch, er ist eine Naturgewalt, und wenn er mich unbedingt haben will, dann schafft er das auch.«

Heftig zog sie an ihrer Zigarette; die Asche glomm auf, und ich sah die tiefen Ränder unter ihren Augen.

»Er kann nicht ...«

»Psst«, machte sie und zog ihre Hand zurück. Dann drückte sie die Zigarette aus und räusperte sich. »Ich will nicht, daß du mich für einen Feigling hältst oder für eine schutzbedürftige kleine Frau, aber ich möchte jetzt festgehalten werden, und ich ...«

Ich stand auf und kniete mich zwischen ihre Beine; sie umarmte mich, drückte ihre Wange gegen meine und grub mir die Finger in den Rücken.

Dann flüsterte sie mir etwas ins Ohr: »Wenn er mich umbringt, Patrick ...«

»Er wird dich ...«

»Wenn aber doch, dann mußt du mir etwas versprechen.«

Ich wartete, während ich die Angst durch ihre Brust rasen spürte.

»Versprich mir, daß du so lange am Leben bleibst, bis du ihn umgebracht hast! Langsam. Wenn möglich, zieh es über ein paar Tage hin!«

»Und wenn er mich vorher erwischt?«

»Er kann uns nicht beide umbringen. Das schafft keiner. Wenn er dich zuerst erwischt« – sie lehnte sich ein wenig zurück, damit sie mir in die Augen sehen konnte –, »dann streiche ich dieses Haus mit seinem Blut. Jeden Zentimeter.«

Einige Minuten später ging sie zu Bett; ich knipste eine kleine Lampe in der Küche an und ging die Akten durch, die Bolton mir über Alec Hardiman, Charles Rugglestone, Cal Morrison und die Morde von 1974 gegeben hatte.

Sowohl Hardiman als auch Rugglestone sahen erschrekkend normal aus. Das einzig Auffällige an Alec Hardiman war, wie schon bei Evandro, sein gutes Aussehen, er wirkte fast weiblich. Doch gibt es viele schöne Männer auf der Welt, und nicht alle wollen über andere Menschen herrschen.

Rugglestone mit seinem hohen Haaransatz und dem langen Gesicht sah eher wie ein Grubenarbeiter aus Westvirginia aus. Er wirkte nicht gerade freundlich, aber wie ein

Mann, der Kinder kreuzigte und Pennern den Bauch aufschlitzte, sah er auch nicht aus.

Die Gesichter sagten mir rein gar nichts.

Menschen kann man nicht ganz verstehen, man kann nur auf sie reagieren, hat meine Mutter einmal gesagt.

Sie war fünfundzwanzig Jahre lang mit meinem Vater verheiratet gewesen, also wird sie wohl einiges an Übung darin gehabt haben.

Ich mußte ihr zustimmen. Ich hatte Hardiman kennengelernt, hatte gelesen, wie er über Nacht von einem kleinen Engel zu einem Teufel wurde, aber eine Erklärung dafür gab es nicht.

Über Rugglestone war noch weniger bekannt. Er hatte in Vietnam gekämpft, war ehrenvoll entlassen worden, kam von einer kleinen Farm im Osten von Texas und hatte zum Zeitpunkt seines Todes seit über sechs Jahren keinen Kontakt mehr zu seiner Familie gehabt. Seine Mutter wurde mit dem Ausspruch zitiert: »Er war ein guter Junge.«

Ich blätterte weiter in der Rugglestone-Akte und fand die Zeichnung des leeren Lagerhauses, in dem Hardiman ihn so unsäglich zugerichtet hatte. Das Haus gab es nicht mehr, an der Stelle befanden sich nun ein Supermarkt und eine Reinigung.

Auf der Zeichnung konnte ich sehen, wo Rugglestones Leiche gefunden worden war, an einem Stuhl festgebunden, erstochen, geschlagen und verbrannt. Sie zeigte, wo Hardiman von Detective Gerry Glynn gefunden worden war, der einen anonymen Anruf erhalten hatte. Hardiman hatte nackt zusammengerollt in der Firmenzentrale gelegen, sein Körper war mit Rugglestones Blut besudelt, der Eispickel lag ein Meter zwanzig von ihm entfernt.

Wie mochte sich Gerry gefühlt haben, als er auf einen anonymen Anruf hin in dieses Lagerhaus ging, Ruggglestones Leiche und dann den Sohn seines Kollegen mit der Mordwaffe fand?

Und von wem kam der anonyme Anruf?

Ich blätterte weiter und sah mir das vergilbte Foto des weißen Lieferwagens an, der auf Rugglestone zugelassen war. Er sah alt und vernachlässigt aus; die Windschutzscheibe fehlte. Dem Bericht zufolge war der Innenraum des Wagens innerhalb der letzten vierundzwanzig Stunden vor Rugglestones Tod ausgespritzt und die Fenster gewischt worden, doch war die Windschutzscheibe erst kurz zuvor beschädigt worden. Fahrer- und Beifahrersitz waren voller Glassplitter, kleine Scherben glitzerten auf dem Boden. Zwei Hohlziegel lagen mitten auf der Ladefläche.

Wahrscheinlich hatten Kinder die Ziegel in die Scheibe geworfen, während der Lieferwagen vor dem Lagerhaus stand. Sie verübten Vandalismus, während Hardiman nur wenige Meter entfernt einen Mord verübte.

Vielleicht hatten die kleinen Vandalen den Lärm aus dem Haus gehört, Verdacht geschöpft und anonym bei der Polizei angerufen.

Ich betrachtete den Lieferwagen noch ein wenig und verspürte einen leichten Schauder.

Lieferwagen hatte ich noch nie gemocht. Aus irgendeinem Grund, der die Firmen Ford und Dodge bestimmt interessieren würde, bringe ich sie mit Verbrechen in Verbindung: mit Fahrern, die Kinder belästigen, mit Vergewaltigern, die auf dem Parkplatz des Supermarkts mit laufendem Motor auf ihr Opfer warten, mit Gerüchten über mordende Clowns aus meiner Kindheit, mit dem Bösen.

Ich blätterte um und stieß auf den toxikologischen Bericht. Rugglestone hatte große Mengen der Aufputschmittel PCP und Methylamphetamin im Blut, die ihn eine Woche lang wach gehalten hätten. Zum Ausgleich hatte er einen

Alkoholspiegel von 1,2 Promille, doch selbst diese Menge an Alkohol, da war ich mir sicher, konnte die Wirkung einer derartigen Zufuhr von künstlichem Adrenalin nicht ausschalten. Sein Blut muß wie elektrisiert gewesen sein.

Wie hatte der zwölf Kilo leichtere Hardiman ihn niederringen können?

Wieder schlug ich die Seite um und fand den Bericht über Rugglestones Verletzungen. Obwohl ich die Beschreibung bereits von Gerry Glynn und Bolton kannte, entzog sich das Ausmaß der Verletzungen, die Rugglestones Körper zugefügt worden waren, meiner Vorstellungskraft.

Siebenundsechzig Schläge mit einem Hammer, der unter einem Stuhl neben Alec Hardiman gefunden wurde. Geschlagen wurde aus Abständen von zwei Metern bis zu fünfzehn Zentimetern. Die Schläge kamen von vorne, hinten, links und rechts.

Ich schlug Hardimans Akte auf und legte die beiden nebeneinander. Beim Prozeß hatte Hardimans Verteidiger argumentiert, sein Klient habe als Kind einen schweren Nervenschaden an der linken Hand erlitten, könne daher nur mit der rechten arbeiten und sei somit gar nicht in der Lage, mit einem Hammer linkshändig solche Kraft auszuüben.

Die Anklage verwies auf den Nachweis von Aufputschmitteln in Hardimans Blut, und Richter und Jury teilten die Ansicht, daß Drogen einem ohnehin Verrückten die Kraft von zehn Männern verleihen können.

Keiner glaubte dem Argument des Strafverteidigers, der in Hardimans Blut gemessene Wert von PCP sei im Vergleich mit Rugglestones Blutwerten zu vernachlässigen und daß im Fall Hardiman die Wirkung nicht durch die Einnahme von Speed verstärkt, sonden mit einem Cocktail aus Morphinen und Schlafmitteln gedämpft worden sei. Zusammen mit Alkohol wirkte diese Kombination so stark, daß Hardiman von Glück sagen konnte, den Nachmittag überhaupt überlebt zu haben, ganz zu schweigen von der Bewältigung körperlicher Herausforderungen der vorliegenden Größenordnung.

Er hatte Rugglestone im Verlauf von vier Stunden langsam verbrannt. Angefangen hatte er mit den Füßen, hatte das Feuer jedoch gelöscht, kurz bevor es auf die unteren Waden übergriff, dann hatte er wieder den Hammer, den Eispickel oder eine Rasierklinge zu Hilfe genommen, mit der Rugglestones Fleisch an über einhundertzehn Stellen eingeritzt worden war, ebenfalls von rechts und von links. Dann verbrannte er Unterschenkel und Knie, löschte die Flammen wieder, und so weiter.

Eine Untersuchung von Rugglestones Wunden ergab, daß Zitronensaft, Wasserstoffperoxid und Salz verwendet worden waren. Die Schnitte im Gesicht und am Rest des Kopfes hatten den Nachweis von verschiedenen Substanzen erbracht: Ponds Körpercreme und weiße Theaterschminke.

Er war geschminkt gewesen?

Ich überprüfte Hardimans Akte. Zum Zeitpunkt der Festnahme waren an den Wurzeln des Haaransatzes ebenfalls Spuren eines weißen Präparats gefunden worden, so als hätte er die Schminke abgewischt, aber keine Zeit gehabt, die Haare zu waschen.

Ich durchblätterte Cal Morrisons Akte. Morrison hatte sein Zuhause an einem wolkenverhangenen Nachmittag um drei Uhr verlassen, weil er sich ein Amateur-Footballspiel im Columbia Park ansehen wollte. Er wohnte weniger als eine Meile entfernt, doch als die Polizei alle Wege überprüfte, die er hätte einschlagen können, fand sich kein Zeuge für die Zeit, nachdem Cal einem Nachbarn in der Sumner Street zugewinkt hatte.

Sieben Stunden später war er gekreuzigt worden.

Die Spurensicherung hatte Hinweise darauf, daß Cal mehrere Stunden rücklings auf einem Teppich gelegen haben mußte. Ein billiger Teppich, der laienhaft in Stücke geschnitten worden war, so daß kleine Flusen in seinem Haar hängenblieben. In den Teppichflusen fanden sich Spuren von Öl und Bremsflüssigkeit.

Unter den Fingernägeln der rechten Hand fand man Blut der Blutgruppe A sowie Chemikalien, aus denen weiße Theaterschminke hergestellt wird.

Eine Zeitlang war die Mordkommission davon ausgegangen, daß sie nach einem weiblichen Mörder Ausschau halten mußte.

Durch Haarfasern und Gipsmodelle der Fußabdrücke wurde diese Theorie jedoch schnell wieder verworfen.

Schminke. Warum waren Rugglestone und Hardiman geschminkt gewesen?

27

Gegen elf rief ich Devin über das Funkgerät an und erzählte ihm von der Schminke.

»Ist mir damals auch aufgefallen«, bestätigte er.

»Und?«

»Am Ende war's doch wieder eine von diesen Zufälligkeiten. Schließlich waren Hardiman und Rugglestone ein Paar, Patrick.«

»Sie waren homosexuell, Devin, aber das heißt ja nicht, daß sie Transvestiten oder Tunten waren. In den Akten gibt es keinen Hinwseis, daß sie jemals geschminkt gesehen wurden.«

»Ich weiß es auch nicht, Patrick. Es kam nie was dabei heraus. Hardiman und Rugglestone brachten Morrison um, und dann ermordete Hardiman Rugglestone, und selbst wenn sie damals eine Ananas auf dem Kopf getragen und in rosa Tutus gesteckt hätten, hätte das an den Fakten nichts geändert.«

»Aber irgendwas stimmt nicht mit den Akten, Devin. Das weiß ich genau.«

Er seufzte. »Wo ist Angie?«

»Im Bett.«

»Alleine?« er kicherte.

»Was?« fragte ich.

»Ach, nichts.«

Im Hintergrund hörte ich Oscars heiseres Gelächter.

»Los, spuck's aus!«

Auf das Knistern des Funkgeräts folgte Devins erheitertes Seufzen.

»Ach, Oscar und ich haben nur 'ne kleine Wette abgeschlossen.«

»Auf wen?«

»Auf dich und deine Kollegin, wie lange ihr zusammen eingesperrt bleiben könnt, bis was passiert.«

»Und das wäre?«

»Ich hab gesagt, ihr bringt euch gegenseitig um, aber Oscar meint, ihr fangt noch vor dem Wochenende an, wie die Wilden rumzuvögeln.«

»Toll«, bemerkte ich. »Hab ihr beiden etwa euer Political-Correctness-Seminar verpaßt?«

»Bei der Polizei nennt man das ›sensible Dialogführung‹. Aber Sergeant Lee und ich sind der Ansicht, daß wir schon sensibel genug sind«, gab Devin zurück.

»Ganz bestimmt.«

»Hört sich an, als glaubt er uns nicht«, rief Oscar im Hintergrund.

»Doch, sicher. Ihr zwei seid die Vorreiter der neuen Männlichkeit.«

»Echt?« fragte Devin. »Meinst du, damit schaffen wir es, die Weiber aufzureißen?«

Nachdem ich aufgelegt hatte, rief ich Grace an.

Ich hatte den Anruf bis jetzt hinausgezögert. Grace war zwar tolerant und verständnisvoll, aber trotzdem war ich mir nicht sicher, wie ich ihr erklären sollte, daß ich fürs erste bei Angie wohnte. Ich bin nicht unbedingt ein besitzergreifender Mensch, aber wenn Grace mich anrufen würde und mir sagte, sie ziehe für ein paar Tage bei einem Freund ein, wüßte ich auch nicht, wie ich reagieren würde.

Doch kamen wir nicht direkt auf diesen Punkt zu sprechen.

»Hi«, grüßte ich.

Schweigen.

»Grace?«

»Ich bin mir nicht sicher, ob ich mit dir reden will, Patrick.«

»Warum?«

»Das weißt du verdammt genau!«

»Nein, weiß ich nicht.«

»Wenn du mich hier an der Nase herumführen willst, leg ich auf«, drohte sie.

»Grace, ich habe keine Ahnung, wovon du sprichst ...«

Sie legte auf.

Einen Moment lang starrte ich das Telefon an. Dann atmete ich ein paarmal tief durch und rief erneut an.

»Was ist?« fragte sie.

»Leg nicht auf!«

»Hängt davon ab, wieviel Blödsinn du mir erzählst!«

»Grace, ich kann nicht antworten, wenn ich gar nicht weiß, was ich verbrochen habe.«

»Bin ich in Gefahr?« fragte sie.

»Wovon redest du da?«

»Beantworte meine Frage: Bin ich in Gefahr?«

»Soweit ich weiß, nicht.«

»Und warum läßt du mich dann bewachen?«

Mir lief es eiskalt den Rücken herunter.

»Ich lasse dich nicht bewachen, Grace.«

Evandro? Kevin Hurlihy? Der geheimnisvolle Mörder? Wer?

»Blödsinn«, gab sie zurück. »Dieser Irre mit dem

Trenchcoat ist doch nicht von alleine auf diese Idee gekommen und hat . . .«

»Bubba?«

»Du kennst Bubba verdammt genau.«

»Grace, wart doch mal. Erzähl mir jetzt genau, was passiert ist.«

Sie atmete langsam aus. »Ich war mit Annabeth und meiner Tochter – meiner Tochter, Patrick! – in St. Botolph essen, und an der Theke saß ein Typ, der mich die ganze Zeit anstarrte. Und zwar nicht gerade unauffällig, na, egal, aber es war auch nicht gerade einschüchternd. Und dann . . .«

»Wie sah der Typ aus?«

»Was? Na, er sah aus wie Frankenstein vor der Schönheitsoperation: groß, leichenblaß, gräßliches Haar, langes Gesicht, riesiger Adamsapfel.«

Kevin. Dieses Schwein. Ein paar Meter von Grace, Mae und Annabeth entfernt.

Dachte darüber nach, wie er ihnen das Rückgrat brechen würde.

»Ich bring ihn um«, flüsterte ich.

»Was?«

»Erzähl weiter, Grace, bitte!«

»Zum Schluß nimmt er sich ein Herz, steht auf und kommt zu uns an den Tisch, wollte wahrscheinlich irgendeine lächerliche Anmache loswerden, aber in dem Moment kommt dein klapsmühlenreifer Freund wie aus dem Nichts herangeschossen und zerrt ihn an den Haaren aus dem Lokal. Vor über dreißig Leuten hat er den Typen mit dem Gesicht mehrere Male gegen einen Hydranten gehauen.«

»Oje«, entfuhr es mir.

»Oje?« wiederholte sie. »Mehr hast du dazu nicht zu sagen? Oje? Patrick, der Hydrant stand genau vor dem Fenster, wo wir saßen. Mae hat alles mit angesehen. Er hat das Gesicht von dem Typ vollkommen demoliert, und sie hat zugeguckt. Sie hat den ganzen Tag geweint. Und dieser arme, arme Mann ...

»Ist er tot?«

»Das weiß ich nicht. Ein paar Freunde von ihm kamen mit dem Auto vorbei und haben ihn weggefahren und dieser ... dieser verfluchte Irre hat sich mit so einem mickrigen Henkersknecht einfach danebengestellt und zugeguckt, wie sie den Mann ins Auto geladen haben und weggefahren sind.«

»Dieser arme Mann, Grace, ist ein Auftragsmörder der irischen Mafia. Er heißt Kevin Hurlihy und hat mir heute morgen gesagt, er würde dir weh tun, um mir das Leben zu versauen.«

»Das soll wohl ein Witz sein!«

»Wäre mich auch lieber.«

Ein langer, drückender Moment des Schweigens trat ein.

»Und jetzt?« fragte Grace schließlich. »Jetzt muß ich damit klarkommen? Und meine Tochter auch, Patrick? Meine Tochter soll auch damit klarkommen?«

»Grace, ich ...«

»Was?« rief sie. »Was, was, was? Hä? Dieser Irre im Trenchcoat, soll der etwa mein Schutzengel sein? Soll ich mich etwa sicher fühlen mit dem?«

»Irgendwie ja.«

»Du hast mir das eingebrockt. Diese Gewalt. Du ... O Mann!«

»Grace, hör zu ...«

»Ich ruf dich später noch mal an«, sagte sie mit leiser, weit entfernter Stimme.

»Ich bin bei Angie.«

»Was?«

»Ich übernachte hier.«

»Bei Angie«, wiederholte sie.

»Sie ist möglicherweise die nächste Zielscheibe des Mannes, der Jason Warren und Kara Rider umgebracht hat.«

»Bei Angie«, sagte sie noch einmal. »Ich ruf später vielleicht noch mal an.«

Dann legte sie auf.

Ohne sich zu verabschieden, ohne zu sagen, »paß auf dich auf«. Nur ein »Vielleicht«.

Sie ließ sich mit dem Anruf zweiundzwanzig Minuten Zeit. Ich saß am Tisch, betrachtete so lange die Fotos von Hardiman, Rugglestone und Cal Morrison, bis sie vor meinen Augen zu einem einzigen verschwammen. In meinem Kopf nagten die immer gleichen Fragen, und ich wußte, daß die Antworten vor mir lagen, daß sie nur ein wenig außerhalb meines Gesichtsfeldes schwebten.

»Hi«, grüßte sie mich.

»Hi.«

»Wie geht's Angie?« erkundigte sie sich.

»Sie hat Angst.«

»Kann ich verstehen.« Sie seufzte in den Hörer. »Wie geht's dir, Patrick?«

»Ganz gut wohl.«

»Hör mal, ich entschuldige mich nicht dafür, was ich eben gesagt habe.«

»Das erwarte ich auch nicht.«

»Ich möchte dich bei mir haben, Patrick ...«

»Gut.«

»... aber ich bin mir nicht sicher, daß ich dein Leben auch haben will.«

»Das verstehe ich nicht.«

Es summte in der Leitung, und ich merkte, daß ich Angies Zigarettenschachtel beäugte und unbedingt eine rauchen wollte.

»Dein Leben«, erklärte Grace. »Diese Gewalt. Du ziehst die Gewalt an, stimmt's?«

»Nein.«

»Doch«, widersprach sie sanft. »Ich war letztens in der Bibliothek. Ich habe die ganzen Zeitungsartikel über dich vom letzten Jahr rausgesucht. Als diese Frau umgebracht wurde.«

»Und?«

»Ich habe viel über dich gelesen. Und ich habe die Fotos gesehen, wie du neben der Frau kniest und bei dem Mann, auf den du geschossen hast. Du warst voller Blut.«

»Es war ihres.«

»Was?«

»Das Blut«, erwiderte ich, »es war von Jenna. Die Frau, die umgebracht wurde. Vielleicht war auch etwas von Curtis Moore dabei, von dem Typ, den ich angeschossen habe. Aber meins war es nicht.«

»Ich weiß«, sagte sie. »Ich weiß. Aber als ich mir die Bilder von dir ansah und diese Geschichte über dich las, da dachte ich, was ist das für ein Mann? Den Mann auf diesen Bildern kannte ich nicht. Ich kenne diesen Mann nicht, der auf Menschen schießt. Ich kenne ihn nicht. Es war wirklich seltsam.«

»Ich weiß nicht, was ich sagen soll, Grace.«

»Hast du schon mal jemanden umgebracht?« Ihre Stimme klang scharf.

Zuerst antwortete ich nicht.

Schließlich sagte ich: »Nein.«

Einfach so hatte ich sie zum ersten Mal belogen.

»Aber du bist dazu in der Lage, oder?«

»Das ist jeder.«

»Vielleicht ja, Patrick. Vielleicht. Aber die meisten von uns bringen sich nicht selber in Situationen, in denen das notwendig werden könnte. Du schon.«

»Ich habe mir diesen Mörder nicht ausgesucht, Grace. Kevin Hurlihy habe ich mir auch nicht ausgesucht.«

»Doch«, widersprach sie, »hast du wohl. Dein ganzes Leben ist ein bewußter Versuch, dich mit der Gewalt zu konfrontieren, Patrick. Du kannst ihn nicht schlagen.«

»Wen?«

»Deinen Vater.«

Ich griff nach der Packung Zigaretten und schob sie zu mir hinüber.

»Versuch ich auch gar nicht«, gab ich zurück.

»Kommt mir aber so vor.«

Ich nahm eine Zigarette heraus und klopfte mit ihr auf die Fotos von Hardiman, Rugglestones Leiche und dem gekreuzigten Cal Morrison.

»Worauf willst du hinaus, Grace?«

»Du hast mit Leuten wie . . . Bubba zu tun. Und Devin und Oscar. Du lebst in einer dermaßen brutalen Welt und hast so viele brutale Menschen um dich.«

»Aber das berührt dich doch nicht!«

»Doch, hat es bereits. Scheiße! Ich weiß doch, daß du eher sterben würdest, bevor mir jemand etwas antut. Das weiß ich.«

»Aber . . .«

»Aber zu welchem Preis? Was passiert mit dir? Du kannst dein Geld nicht als Müllmann verdienen und abends nach Seife duften, Patrick. Sie frißt dich auf, deine Arbeit. Sie höhlt dich aus.«

»Merkst du das schon?«

Lange Zeit sagte sie nichts.

»Noch nicht«, meinte sie dann. »Aber das ist fast schon

ein Wunder. Wie viele Wunder wird es wohl noch geben, Patrick?«

»Ich weiß es nicht«, erwiderte ich mit rauher Stimme.

»Ich auch nicht«, sagte sie. »Aber der Einsatz ist mir zu hoch.«

»Grace ...«

»Ich lasse bald von mir hören«, verabschiedete sie sich, bei dem »bald« zögerte sie leicht.

»Gut.«

»Nacht!«

Sie legte auf, und ich lauschte dem Freizeichen. Dann zerdrückte ich die Zigarette zwischen den Fingern und schob die Packung von mir.

»Wo bist du?« fragte ich Bubba, als ich ihn endlich auf dem Handy erreichte.

»Vor Jack Rouse' Laden in Southie.«

»Warum?«

»Weil Jack drinnen ist, Kevin auch und der Rest der ganzen Bande.«

»Du hast Kevin heute nicht schlecht erledigt«, bemerkte ich.

»Ja, war wie Weihnachten.« Er kicherte. »Der alte Kev lutscht sein Essen jetzt 'ne Zeitlang durch'n Strohhalm, mein Lieber.«

»Hast du ihm den Kiefer gebrochen?«

»Und die Nase. Zwei auf einen Streich.«

»Aber, Bubba«, begann ich vorsichtig, »mußte das vor Grace sein?«

»Warum nicht? Eins sag ich dir, Patrick, du hast 'ne ganz schön undankbare Freundin!«

»Hast du Trinkgeld erwartet?« fragte ich.

»Ich habe ein Lächeln erwartet. Ein Dankeschön oder

wenigstens ein dankbares Augenrollen wäre auch okay gewesen.«

»Du hast den Mann vor den Augen ihrer Tochter verprügelt, Bubba.«

»Ja und? Er hatte es verdient.«

»Das wußte Grace aber nicht, und Mae ist noch zu jung dafür.«

»Was soll ich sagen, Patrick? Schlechter Tag für Kev, guter Tag für mich. Oh, Scheiße, ja.«

Ich seufzte. Bubba Umgangsformen und Moralvorstellungen beibringen zu wollen ist genauso aussichtslos, wie einem Big Mac zu erklären, was ein Cholesterinspiegel ist.

»Paßt Nelson noch auf Grace auf?« wollte ich wissen.

»Mit Argusaugen.«

»Bis das alles vorbei ist, muß er dranbleiben, Bubba.«

»Das wird ihm gefallen. Ich glaube, er verliebt sich gerade in die Frau.«

Ich mußte mich beinahe schütteln. »Und was machen Kevin und Jack?«

»Sie packen. Sieht aus, als hätten sie 'ne Reise vor sich.«

»Wohin?«

»Keine Ahnung. Finden wir noch raus.«

Ich merkte, daß seine Stimme ein wenig enttäuscht klang.

»Hey, Bubba!«

»Ja?«

»Danke, daß du auf Grace und Mae aufgepaßt hast.«

Der Ton wurde freundlicher. »Na, klar! Das würdest du ja auch für mich tun.«

Wahrscheinlich ein bißchen unauffälliger, aber ...

»Sicher«, bestätigte ich. »Mußt du dich vielleicht eine Zeitlang dünnmachen?«

»Warum?«

»Vielleicht will sich Kevin an dir rächen.«

Er lachte. »Ja, und?« Dann schnaufte er verächtlich: »Kevin!«

»Und was ist mit Jack? Er muß doch sein Gesicht wahren und dich zusammenschlagen lassen, weil du einen seiner Leute erledigt hast.«

Bubba seufzte. »Jack ist ein Wichser, Patrick. Das hast du nie verstanden. Sicher, er hat schon einige aus dem Verkehr gezogen, er ist gefährlich, aber nur für Leute, die verletzbar sind. Nicht für jemanden wie mich. Er weiß genau, daß er eine riesige Armee aufstellen muß, um mich zu erwischen. Und daß er sich auf einen Krieg einstellen muß, wenn er mich verfehlt. Er ist ... als ich in Beirut war, haben wir immer Gewehre ohne Munition bekommen. Genau das ist er. Ein ungeladenes Gewehr. Und ich bin das abgedrehte Schiiten-Arschloch, das mit einem Lkw voller Bomben um die Botschaft kurvt. Ich bin der Tod. Und Jack ist zu feige, um sich mit dem Tod anzulegen. Ich meine, der Typ hat mal beim EES angefangen.

»Beim E-S?« fragte ich.

»E-E-S. Der Edward-Everett-Schutzverein. Diese Nachbarschafts-Wachmannschaft. Weißt du nicht mehr? Damals in den Siebzigern?«

»Nicht mehr richtig.«

»Scheiße, Mensch! Das waren alles brave Bürger, die waren ganz heiß darauf, unsere Gegend vor Niggern, Latinos und anderen Leuten zu schützen, die komisch aussahen. O Mann, mich haben sie zweimal geschnappt. Dein Alter hat mir damals den Arsch versohlt, Mannomann, das ...«

»Mein Alter?«

»Ja. Hört sich jetzt komisch an. Mensch, den ganzen Verein gab es ja nur so sechs Monate lang, aber so kleine

Gauner wie ich damals waren dran, wenn sie erwischt wurden, das stimmt schon.«

»Wann war das?« fragte ich, während mir Bruchstücke von damals in Erinnerung kamen: die Treffen in unserem Wohnzimmer, laute, vor Selbstgerechtigkeit strotzende Stimmen, in Gläsern klappernde Eiswürfel und leere Drohungen gegen Autodiebe, Einbrecher und Graffitisprayer, die unsere Gegend unsicher machten.

»Keine Ahnung.« Bubba gähnte. »Ich habe damals noch Radkappen geklaut, also war ich wahrscheinlich gerade erst aus dem Kindergarten raus. Wir waren so elf, zwölf Jahre. Wahrscheinlich '74 oder '75. Als wir mit den Schulbussen rumgekarrt wurden.«

»Und mein Vater und Jack Rouse . . .

»Waren die Anführer. Dann waren da noch, wart mal, Paul Burns und Terry Climstich und so ein kleiner Typ, der immer 'ne Krawatte anhatte, der wohnte nicht lange in der Gegend, und dann, ach ja, zwei Frauen. Das vergesse ich nie – einmal wurde ich erwischt, als ich an Paul Burns' Auto die Radkappen abmontierte, und plötzlich kriegte ich eine von hinten, na ja, nicht so schlimm, aber als ich mich umdrehte, waren das Frauen. Also echt!«

»Wer waren die Frauen, Bubba?« fragte ich.

»Emma Hurlihy und Diedre Rider. Kannst du das glauben? Zwei Hühner treten mir in den Arsch? Der Wahnsinn! Hm?«

»Ich muß Schluß machen, Bubba. Ich melde mich. Okay?«

Ich legte auf und rief Bolton an.

28

»Was haben diese Leute denn gemacht?« fragte Angie.

Wir standen mit Bolton, Devin, Oscar, Erdham und Fields vor Angies Couchtisch und betrachteten die Abzüge eines Fotos, das Fields durch einen nächtlichen Anruf beim Herausgeber der *Dorchester Community Sun* erhalten hatte, eines lokalen Wochenblattes, das seit 1962 erschien.

Das Bild stammte aus einer überschwenglichen Reportage über Nachbarschaftshilfe vom 12. Juni 1974. Unter der Überschrift NACHBARN ÜBERNEHMEN VERANTWORTUNG schwärmte der Artikel von den kühnen Heldentaten des EES, aber auch von der Adams-Corner-Nachbarschaftshilfe aus Neponset, von dem Gemeindebund Savin Hill, der Initiative »Bürger gegen Gewalt« aus Field's Corner und von der Gruppe »Bürgerstolz« in Ashmont.

Im dritten Absatz wurde mein Vater zitiert: »Ich bin Feuerwehrmann, und Feuerwehrmänner wissen ganz genau, daß man ein Feuer in den unteren Stockwerken aufhalten muß, sonst gerät es außer Kontrolle.«

»Dein Alter hatte ein Näschen für treffende Formulierungen«, meinte Oscar. »Schon damals.«

»Das war einer seiner Lieblingssprüche. Den hat er jahrelang geübt.«

Fields hatte das Foto der EES-Mitglieder vergrößert; dort standen sie auf dem Basketballfeld am Ryan-Spielplatz und versuchten, gleichzeitig entschlossen und freundlich zu wirken.

Mein Vater und Jack Rouse knieten in der Mitte des Bildes links und rechts von einem EES-Schild mit Kleeblättern in den oberen Ecken. Beide sahen aus, als posierten sie für Football-Sammelbildchen, als ahmten sie die typische Stellung von Defensive Linemen nach: die Fäuste auf den Boden gestützt, die Hände am Schild.

Hinter ihnen stand Stan Timpson in jungen Jahren, er trug als einziger eine Krawatte, von links nach rechts gefolgt von Diedre Rider, Emma Hurlihy, Paul Burns und Terry Climstich.

»Was ist das da?« fragte ich und zeigte auf einen kleinen schwarzen Fleck rechts neben dem Foto.

»Der Name des Fotografen«, erwiderte Fields.

»Können wir das irgendwie vergrößern, damit wir es lesen können?«

»Hab ich schon gemacht, Mr. Kenzie.«

Wir blickten ihn an.

»Das Bild hat Diandra Warren aufgenommen.«

Sie sah aus wie der Tod.

Das Gesicht war kalkweiß, ihre Kleidung zerknittert.

»Erzählen Sie mir vom Edward-Everett-Schutzverein, Diandra. Bitte!« forderte ich sie auf.

»Von wem?« Mit verquollenen Augen sah sie mich an. Es kam mir vor, als stände jemand vor mir, den ich als jungen Menschen gekannt, aber seit vielen Jahren nicht mehr gesehen hatte, und nun mußte ich erkennen, daß die Zeit ihn nicht nur aufgerieben, sondern gnadenlos verbraucht hatte.

Ich legte das Foto vor ihr auf die Theke.

»Ihr Mann, mein Vater, Jack Rouse, Emma Hurlihy, Diedre Rider.«

»Das war vor fünfzehn oder zwanzig Jahren«, winkte sie ab.

»Zwanzig«, korrigierte Bolton.

»Warum haben Sie meinen Namen nicht erkannt?« fragte ich. »Sie kannten meinen Vater.«

Leicht legte sie den Kopf zur Seite und sah mich an, als hätte ich gerade behauptet, sie wäre meine verschollene Schwester.

»Ich habe Ihren Vater nicht gekannt, Mr. Kenzie.«

Ich zeigte auf das Foto. »Da ist er, Dr. Warren. Nur wenige Zentimeter von ihrem Mann entfernt.«

»Das ist Ihr Vater?« Sie betrachtete das Bild.

»Ja. Und das da neben ihm ist Jack Rouse. Und links hinter ihm steht Kevin Hurlihys Mutter.«

»Ich ...« Sie beäugte die Gesichter. »Ich kannte diese Leute nicht namentlich, Mr. Kenzie. Ich habe das Foto gemacht, weil Stan mich darum gebeten hatte. Dieser alberne Verein war seine Sache, nicht meine. Ich habe sogar verboten, daß sie sich bei uns zu Hause trafen.«

»Warum?«

Sie seufzte und winkte abfällig mit der Hand. »Dieses ganze Machogehabe unter dem Vorwand der Nächstenliebe. Das war einfach albern. Stan wollte mich davon überzeugen, wie gut das in seinem Lebenslauf aussehen würde, aber er war nicht besser als die anderen: Man gründe eine Straßengang und nenne das Ganze Nachbarschaftshilfe.«

Bolton mischte sich ein: »Aus unseren Aufzeichnungen geht hervor, daß Sie im November 1974 die Scheidung von Mr. Timpson beantragten. Warum?«

Sie zuckte mit den Achseln und gähnte hinter vorgehaltener Hand.

»Dr. Warren?«

»Mein Gott!« stieß sie aus. »Mein Gott.« Dann blickte sie zu uns auf, und einen kurzen Moment lang kehrte das Leben in ihr Gesicht zurück, doch genauso schnell war es wieder verschwunden. Sie ließ den Kopf in die Hände sinken, Haarsträhnen lösten sich und fielen ihr über die Finger.

»In dem Sommer zeigte Stanley sein wahres Gesicht. Im Grunde seines Herzens war er ein Katholik, überzeugt von seiner moralischen Überlegenheit. Er kam mit Blut an den Schuhen nach Hause, weil er einen armen Autodieb getreten hatte, und wollte mir erzählen, das wäre Gerechtigkeit. Er wurde abstoßend ... in sexueller Hinsicht, behandelte mich nicht mehr wie seine Ehefrau, sondern wie eine Sklavin. Aus einem eigentlich anständigen Mann, der ein bißchen Schwierigkeiten mit seiner Männlichkeit hatte, wurde ein SA-Offizier.«

Sie tippte auf das Bild. »Und dieser Verein war schuld daran! Diese alberne, verrückte Gruppe von Spinnern!«

»Gab es irgendeinen besonderen Vorfall, an den Sie sich erinnern, Dr. Warren?«

»In welcher Hinsicht?«

»Hat er Ihnen Geschichten von der Front erzählt?« half Devin.

»Nein. Nicht mehr, nachdem wir uns über das Blut an seinem Schuh gestritten hatten.«

»Und Sie sind sicher, daß es das Blut von einem Autodieb war?«

Sie nickte.

»Dr. Warren«, sprach ich sie an, und sie wandte sich mir zu, »wenn Sie und Timpson sich so entfremdet hatten, warum haben Sie der Staatsanwaltschaft dann im Hardiman-Prozeß geholfen?«

»Stan hatte mit dem Fall nichts zu tun. Damals arbeitete er beim Schnellgericht und verfolgte Prostituierte. Ich hatte der Staatsanwaltschaft schon einmal geholfen, als ein Angeklagter auf Unzurechnungsfähigkeit plädierte, und sie waren mit meinem Gutachten zufrieden, deshalb wurde ich gebeten, Alec Hardiman zu untersuchen. Meiner Ansicht nach war er sozial gestört, paranoid und neigte zu Größenwahn, aber gesetzlich gesehen war er gesund. Er kannte den Unterschied zwischen richtig und falsch sehr gut.«

»Gab es eine Verbindung zwischen dem EES und Alec Hardiman?« fragte Oscar.

Sie schüttelte den Kopf. »Nicht daß ich wüßte.«

»Warum löste sich der EES auf?«

Sie zuckte mit den Schultern. »Wahrscheinlich wurde das Ganze langweilig. Ich weiß es wirklich nicht. Damals wohnte ich schon nicht mehr da. Stan zog ein paar Monate später fort.«

»Sonst können Sie sich an nichts erinnern?«

Lange starrte sie auf das Foto.

»Ich weiß noch«, antwortete sie müde, »daß ich schwanger war, als ich das Foto machte, und daß mir an dem Tag richtig schlecht war. Ich redete mir ein, das käme von der Hitze und von dem Kind, das in mir wuchs. Aber das war es nicht. Es kam von ihnen.« Sie schob die Aufnahme fort. »Diese Gruppe hatte etwas Krankes an sich, etwas Verdorbenes. Als ich das Foto machte, hatte ich das Gefühl, daß sie irgend jemandem eines Tages schweres Leid zufügen würden. Und daß sie daran Spaß haben würden.«

Im Einsatzwagen nahm Fields die Kopfhörer ab und sah Bolton an. »Der Gefängnispsychologe, dieser Dr. Dolquist, versucht, Mr. Kenzie zu erreichen. Soll ich ihn durchstellen?«

Bolton nickte und sagte zu mir: »Machen Sie den Lautsprecher an.«

Beim ersten Klingeln hob ich ab.

»Mr. Kenzie? Ron Dolquist.«

»Dr. Dolquist«, meldete ich mich, »darf ich den Lautsprecher anstellen?«

»Ja, sicher.«

Seine Stimme bekam einen metallischen Klang.

»Mr. Kenzie, ich bin jetzt stundenlang die ganzen Aufzeichnungen durchgegangen, die ich mir im Laufe der Jahre von meinen Sitzungen mit Alec Hardiman gemacht habe, und ich glaube, ich bin da auf etwas gestoßen. Der Wachmann Lief hat mir erzählt, Sie sind der Meinung, Evandro Arujo arbeite draußen auf Hardimans Befehl?«

»Das stimmt.«

»Haben Sie die Möglichkeit in Erwägung gezogen, daß Evandro einen Partner haben könnte?«

Die acht Menschen im Wagen blickten alle gleichzeitig auf den Lautsprecher.

»Wie kommen Sie darauf, Dr. Dolquist?«

»Hm, ich hatte das inzwischen vergessen, aber in den ersten Jahren sprach Alec sehr oft von einem Mann namens John.«

»John?«

»Ja. Damals wollte Alec, daß das Urteil revidiert würde, und er zog alle Register, um die Psychiatrische Abteilung davon zu überzeugen, daß er größenwahnsinnig, paranoid, schizophren oder was sonst auch immer sei. Dieser John, glaubte ich damals, sei ein Versuch von ihm, ein Multiple-Persönlichkeits-Syndrom vorzutäuschen. Nach 1979 hat er nie wieder von ihm gesprochen.«

Bolton beugte sich über meine Schulter. »Warum sind Sie jetzt anderer Ansicht, Doktor?«

»Agent Bolton? Ach. Na ja, damals hielt ich es für möglich, daß John eine Manifestation seiner eigenen Persönlichkeit sei, ein Phantasie-Alec sozusagen, der durch Wände gehen, im Nebel verschwinden konnte und so weiter. Aber als ich gestern nacht die Aufzeichnungen durchsah, stieß ich immer wieder auf Hinweise auf seine Trinität, und da fiel mir wieder ein, daß er zu Ihnen, Mr. Kenzie, gesagt hat, Sie würden zu einem Mann mit Einfluß gemacht werden, und zwar von ...«

»Dem Vater, dem Sohn und dem Heiligen Geist«, erinnerte ich mich.

»Ja. Oft, wenn Alec von diesem John sprach, nannte er ihn Vater John. Alec wäre dann der Sohn. Und der Geist ...«

»Ist Arujo«, ergänzte ich. »Er verschwindet im Nebel.«

»Genau. Alecs Verständnis von der Bedeutung der Heiligen Dreifaltigkeit läßt einiges zu wünschen übrig, aber das macht er mit vielen mythologischen und religiösen Bildern so: Er nimmt das, was er braucht, und verschmilzt es so, daß es für seine Zwecke paßt. Den Rest wirft er raus.«

»Erzählen Sie uns mehr von John, Doktor!«

»Ja, ja. Wenn man Alec glaubt, gibt sich John als das genaue Gegenteil von dem, was er wirklich ist. Nur vor seinen Opfern und seinen Vertrauten – Hardiman, Rugglestone und jetzt Arujo – nimmt er die Maske herunter und zeigt ihnen ›sein wahres Gesicht, den reinen Zorn‹, wie Alec sich ausdrückte. Wenn man John sieht, dann erkennt man nur das, was man in einem Menschen sehen will; man sieht Güte, Weisheit und Freundlichkeit. Aber John ist ganz und gar nicht so. Alec zufolge ist John ein ›Wissenschaftler‹, der menschliches Leiden aus erster Hand studiert, damit er Hinweise auf den Grund der Schöpfung erhält.«

»Den Grund der Schöpfung?« fragte ich.

»Ich lese Ihnen mal aus den Aufzeichnungen vor, die ich während einer Sitzung mit Alec im September '78 machte, kurz bevor er aufhörte, von John zu sprechen. Ich zitiere Alec Hardiman: ›Wenn Gott gütig ist, warum besitzen wir dann die Fähigkeit, Schmerz zu empfinden? Unsere Nerven sollen uns auf Gefahren aufmerksam machen; das ist der biologische Grund für Schmerzen. Aber wir empfinden Schmerz weit über den Grad hinaus, der zur Warnung vor Gefahr notwendig ist. Wir können Schmerzen in einem Maße empfinden, das sich jeder Beschreibung entzieht. Und wir besitzen nicht nur diese Fähigkeit, die ja auch alle Tiere haben, sondern zusätzlich noch die geistige Fähigkeit, das Erlittene emotional und psychisch wieder und wieder zu durchleben. Diese Fähigkeit besitzt kein anderes Tier. Haßt Gott uns so sehr? Oder liebt er uns so sehr? Oder ist das ein absichtlicher Fehler in unserer DNA, und wenn ja, ist dann der Grund für all die Schmerzen, daß wir abgehärtet werden sollen? Daß uns das Leid anderer Menschen gleichgültig lassen soll, so wie ihn? Und sollten wir ihn dann nicht nachahmen, so wie John es tut? Sollten wir dann nicht den Schmerz und die Methoden, anderen Schmerz zuzufügen, hochachten und ständig weiterentwikkeln? Das versteht John unter Reinheit.‹« Dolquist räusperte sich. »Zitatende.«

»Doktor?« fragte Bolton.

»Ja?«

»Schildern Sie uns einfach mal Ihre Vorstellung von John!«

»Er ist ein kräftiger Mann, und das kann man erkennen, wenn man ihn sieht, aber es ist nicht zu offenkundig. Er ist kein Bodybuilder, verstehen Sie, einfach ein starker Mann. Auf andere wirkt er ziemlich normal und vernünftig, vielleicht sogar weise. Ich würde vermuten, daß er in seiner Umgebung geschätzt wird, er tut Gutes in kleinem Rahmen.«

»Ist er verheiratet?« erkundigte sich Bolton.

»Das glaube ich nicht. Selbst er wüßte, daß eine Frau und Kinder seine Veranlagung spüren würden, auch wenn er sich noch so gut verstellte. Vielleicht war er mal verheiratet, aber jetzt nicht mehr.«

»Was noch?«

»Ich bin der Meinung, daß er nicht in der Lage war, das Töten in den letzten zwanzig Jahren seinzulassen. Das brächte er nicht fertig. Ich glaube, er hat die Morde nur nicht öffentlich werden lassen.«

Alle blickten Angie an, die sich an einen nicht vorhandenen Hut tippte.

»Und sonst, Dr. Dolquist?«

»Der größte Nervenkitzel sind für ihn die Morde. Aber am zweitwichtigsten ist die Erregung, hinter einer Maske zu leben. Getarnt beobachtet John die anderen und lacht sie im Schutze der Maske aus. Das ist für ihn ein sexueller Akt, und deshalb muß er die Maske jetzt nach so vielen Jahren abnehmen.«

»Ich kann Ihnen nicht folgen«, wandte ich ein.

»Stellen Sie sich eine Dauererektion vor, wenn Sie wollen. John wartet nun seit über zwanzig Jahren auf den Höhepunkt. Sosehr er seine Erektion genießt, wird der Drang zu ejakulieren doch immer stärker.«

»Er will gefaßt werden?«

»Er will sich zeigen. Das ist nicht dasselbe. Er will seine Maske abnehmen und Ihnen ins Gesicht spucken, wenn Sie ihm in seine wahren Augen sehen, aber das heißt nicht, daß er sich widerstandslos in Handschellen abführen läßt.«

»Sonst noch etwas, Doktor?«

»Ja. Ich denke, daß er Mr. Kenzie kennt. Und zwar nicht so, daß er schon von ihm gehört hat. Nein, er kennt ihn schon sehr lange. Sie haben miteinander gesprochen. Von Angesicht zu Angesicht.«

»Warum glauben Sie das?«

»Ein Mensch wie er baut seltsame Beziehungen auf, aber auch wenn sie sehr seltsam sind, sind sie ihm ungeheuer wichtig. Es ist für ihn von größter Wichtigkeit, daß er einen seiner Verfolger kennt. Aus irgendeinem Grund hat er Sie ausgesucht, Mr. Kenzie. Und das ließ er Sie wissen, indem Hardiman ein Gespräch mit Ihnen verlangte. Sie und John kennen sich, Mr. Kenzie. Darauf wette ich.«

»Vielen Dank, Doktor!« sagte Bolton. »Ich nehme an, Sie haben uns aus Ihren Aufzeichnungen vorgelesen, weil Sie nicht die Absicht haben, sie uns zu überlassen.«

»Nicht ohne gerichtliche Anordnung«, antwortete Dolquist, »und selbst dann gäbe es großen Ärger. Wenn ich hier noch etwas finde, was die Morde vielleicht aufhalten kann, melde ich mich auf der Stelle. Mr. Kenzie?«

»Ja?«

»Kann ich kurz mit Ihnen alleine sprechen?«

Bolton zuckte mit den Achseln, so daß ich den Lautsprecher ausschaltete und mir den Hörer ans Ohr drückte. »Ja, bitte, Doktor?«

»Alec hat sich geirrt.«

»Womit?«

»Mit meiner Frau. Er hatte unrecht.«

»Das freut mich zu hören«, erwiderte ich.

»Ich wollte nur . . ., daß Sie das wissen. Er hatte unrecht«, wiederholte Dolquist. »Auf Wiedersehen, Mr. Kenzie.«

»Auf Wiedersehen, Doktor.«

»Stan Timpson ist in Cancun«, meldete Erdham.

»Was?« rief Bolton.

»Das ist korrekt, Sir. Vor drei Tagen ist er für eine kleine Erholungsreise mit Frau und Kindern runtergeflogen.«

»Eine kleine Erholungsreise«, wiederholte Bolton. »Er ist der Staatsanwalt des Verwaltungsbezirks Suffolk, wo gerade ein Serienmörder umgeht. Da fliegt er nach Mexiko?« Er schüttelte den Kopf. »Holt ihn her!«

»Wie bitte? Ich bin doch kein Feldjäger!«

Bolton zeigte mit dem Finger auf ihn. »Dann schickt welche runter. Schickt zwei Agenten hinter ihm her und holt ihn zurück!«

»In Haft, Sir?«

»Zur Vernehmung. Wo wohnt er?«

»Seine Sekretärin sagt, er wohne im Marriott.«

»Jetzt kommt gleich ein Aber. Ich kann es spüren.«

Erdham nickte. »Er hat dort nicht eingecheckt.«

»Vier Agenten«, verbesserte sich Bolton. »Ich will vier Agenten ins nächste Flugzeug nach Cancun! Und holt mir seine Sekretärin her.«

»Ja, Sir.« Erdham griff nach dem Telefon, während der Wagen auf die Schnellstraße fuhr.

»Die sind alle untergetaucht, was?« warf ich ein.

Bolton seufzte. »Sieht so aus. Jack Rouse und Kevin Hurlihy sind nicht aufzufinden. Diedre Rider ist seit der Beerdigung ihrer Tochter nicht mehr gesichtet worden.«

»Was ist mit Burns und Climstich?« fragte Angie.

»Beide tot. Paul Burns war Bäcker. '77 hat er den Kopf in einen seiner Öfen gesteckt. Climstich starb '83 an einem Herzinfarkt. Keine Hinterbliebenen.« Er ließ das Foto auf seinen Schoß fallen und sah es an. »Sie sehen Ihrem Vater sehr ähnlich, Mr. Kenzie.«

»Ich weiß«, erwiderte ich.

»Sie haben gesagt, er sei ein Tyrann gewesen. War das alles?«

»Wie meinen Sie das?«

»Ich muß wissen, wozu der Mann fähig war.«

»Der war zu allem fähig, Agent Bolton.«

Bolton nickte und blätterte durch seine Akten. »Emma Hurlihy wurde '75 ins Della-Vorstin-Heim eingeliefert. Davor gab es in ihrer Familie keine Hinweise auf Geisteskrankheit, auch ihre psychischen Störungen begannen erst Ende '74. Diedre Riders erste Festnahme wegen Trunkenheit und Erregung öffentlichen Ärgernisses war im Februar '75. Von da an wurde sie regelmäßig von der Polizei aufgegriffen. Jack Rouse wandelte sich innerhalb von fünf Jahren von einem kleinen korrupten Ladenbesitzer zum Kopf der irischen Mafia. In den Berichten, die ich vom Amt für Organisiertes Verbrechen und von der Abteilung für Schwerstkriminalität der Bostoner Polizei bekommen habe, heißt es, Rouse' Aufstieg an die Spitze der irischen Mafia sei der blutigste in der Geschichte von Boston gewesen. Er brachte einfach jeden um, der ihm im Weg war. Wie konnte das gehen? Woher bekam ein unbedeutendes kleines Würstchen den Mumm, sich über Nacht zur Nummer eins aufzuschwingen?«

Bolton sah uns an, doch wir schüttelten den Kopf.

Wieder blätterte er um. »Staatsanwalt Stanley Timpson, ja, das ist ein interessanter Fall. Hat in Harvard fast als Jahrgangsletzter abgeschlossen. Hat seine Jura-Ausbildung in Suffolk nur bis zur Hälfte geschafft. Ist zweimal durchgefallen, bevor er die Zulassung als Anwalt bekam. Er ist überhaupt nur zur Staatsanwaltschaft gekommen, weil Diandra Warrens Vater seine Beziehungen spielen ließ, und anfangs hatte er keinen besonders guten Ruf. Dann, 1975, wird er plötzlich zu einem Tiger. Er verdient sich Respekt, und das beim Schnellgericht, weil er sich weigert, inoffizielle Absprachen zu treffen. Er steigt auf in die nächste Instanz, da geht es so weiter. Langsam haben die Leute Angst vor ihm, und die Staatsanwaltschaft übergibt ihm immer mehr Schwerverbrechen, doch sein Stern steigt weiter. 1984 gilt er als gefürchtetster Staatsanwalt von ganz Neuengland. Noch einmal: Wie konnte das gehen?«

Der Lieferwagen bog von der Schnellstraße ab und fuhr in Richtung St.-Bart's-Kirche, wo Bolton seine allmorgendliche Einsatzbesprechung abhielt.

»Ihr Vater, Mr. Kenzie, ließ sich '78 für den Stadtrat aufstellen. Im Amt scheint er nichts anderes zu tun, als einer erbarmungslosen Machtgier zu frönen, die selbst Lyndon Johnson die Schamesröte ins Gesicht getrieben hätte. Allen Quellen zufolge ist er ein miserabler Staatsdiener, aber ein hervorragender Politiker. Wieder haben wir eine unauffällige Person – mein Gott, ein Feuerwehrmann –, die weit über das hinauswächst, was man von ihr erwartet hätte.«

»Was ist mit Climstich?« fragte Angie. »Burns hat sich umgebracht, aber gab es bei Climstich irgendwelche Anzeichen einer Veränderung?«

»Mr. Climstich wurde zu einer Art Einsiedler. Seine Frau verließ ihn im Herbst '75. Die eidesstattlichen Erklärungen der Scheidung zeigen, daß sich Mrs. Climstich auf unversöhnliche Differenzen nach achtundzwanzig Ehejahren berief. Sie gab an, ihr Ehemann habe sich zurückgezogen, sei krank und der Pornographie verfallen. Außerdem gab sie an, besagte Pornographie sei von besonders abartiger Natur, Mr. Climstich sei von Sodomie besessen.«

»Worauf wollen Sie mit diesen ganzen Sachen hinaus, Agent Bolton?« fragte Angie.

»Ich meine, daß all diesen Menschen etwas ganz Seltsames passiert ist. Entweder wurden sie sehr erfolgreich und übertrafen alle Erwartungen hinsichtlich ihrer Lebensziele, oder aber«, er fuhr mit dem Finger über Emma Hurlihy und Paul Burns, »sie kamen mit dem Leben nicht mehr zurecht und implodierten.« Er sah Angie an, als wüßte sie die Antwort. »Irgend etwas hat diese Leute verändert, Ms. Gennaro. Irgend etwas hat sie verwandelt.«

Der Wagen hielt hinter der Kirche, und Angie sah sich das Foto an und fragte noch einmal: »Was haben diese Leute gemacht?«

»Ich weiß es nicht«, erwiderte Bolton und grinste gequält in meine Richtung. »Aber wie Alec Hardiman sagen würde, es hatte auf jeden Fall einen großen Einfluß.«

29

Angie und ich gingen zu einem Donut-Laden auf der Boston Street; Devin und Oscar folgten uns unauffällig.

Wir waren beide mehr als müde, vor meinen Augen tanzten und zersprangen Luftblasen.

Wir sprachen kaum miteinander, während wir am Fenster standen, unseren Kaffee tranken und in den grauen Morgen starrten. In unserem Puzzle schienen alle Teile zusammenzupassen, doch irgendwie wollte das Puzzle selbst keine Gestalt annehmen.

Ich mußte davon ausgehen, daß der EES ein Zusammentreffen, in welcher Form auch immer, mit Hardiman, Ruglestone oder auch mit dem dritten Mörder gehabt hatte. Aber was für ein Zusammentreffen? Erwischten sie Hardiman oder den Unbekannten bei etwas, das letztere für kompromittierend hielten? Wenn ja, was konnte das gewesen sein? Und warum haben die drei dann nicht einfach die Mitglieder des EES damals in den Siebzigern erledigt? Warum warteten sie zwanzig Jahre, um die Nachkommen und deren Angehörige zu verfolgen?

»Du siehst fertig aus, Patrick.«

Ich lächelte sie müde an. »Du auch.«

Sie nahm einen Schluck Kaffee. »Nach dieser Einsatzbesprechung gehen wir nach Hause ins Bett.«

»Das klingt aber etwas seltsam.«

Sie kicherte. »Ja, stimmt. Aber du weißt, was ich meine.«

Ich nickte. »Du versuchst nach all den Jahren immer noch, mich in die Kiste zu bekommen.«

»Hättest du wohl gerne, du Schlaumeier.«

»Damals, 1974«, fragte ich, »aus welchem Grund könnte ein Mann damals Schminke getragen haben?«

»Das geht dir nicht aus dem Kopf, stimmt's?«

»Ja.«

»Keine Ahnung, Patrick. Vielleicht waren sie eitel. Vielleicht wollten sie ihre Falten verstecken.«

»Mit weißer Theaterschminke?«

»Vielleicht waren sie Schauspieler. Oder Clowns. Oder Grufties.«

»Oder Fans von KISS.«

»Oder so.« Sie summte einen Takt von »Beth«.

»Scheiße!«

»Was?«

»Es gibt da eine Verbindung, ich kann sie spüren.«

»Du meinst, zu der Schminke?«

»Ja«, erwiderte ich. »Und die Verbindung zwischen Hardiman und dem EES. Ich bin mir sicher. Wir stehen direkt davor und sind zu müde, um sie zu erkennen.«

Angie zuckte mit den Achseln. »Jetzt hören wir uns an, was Bolton bei seiner Besprechung zu sagen hat. Vielleicht ergibt es dann ja einen Sinn.«

»Klar.«

»Sei nicht so pessimistisch«, mahnte sie mich.

Die Hälfte von Boltons Agenten arbeitete sich auf der Suche nach Informationen durch unsere Nachbarschaft, andere überwachten Angies Haus, Phils Wohnung und meine auch, so daß Bolton von Vater Drummond die Erlaubnis bekommen hatte, die Einsatzbesprechung in der Kirche abzuhalten.

Wie immer am Morgen war die Kirche erfüllt vom Aroma von Weihrauch und Kerzenwachs aus der Sieben-Uhr-Messe, in den Bänken lag der Geruch von Desinfektionsreiniger und Ölseife, und über allem schwebte der traurige Duft welker Chrysanthemen. In den zinnfarbenen Lichtstrahlen, die durch das Ostfenster schräg auf den Altar fielen und in der mittleren Bankreihe verschwanden, tanzten Staubkörner. An einem kühlen Herbstmorgen fühlt sich eine Kirche mit ihren rauchigen Braun- und Rottönen, der whiskeyfarbenen Luft und den gerade von der Sonne erwärmten, bunten Bleiglasfenstern immer so an, wie es die Gründerväter des Katholizismus bestimmt beabsichtigt hatten: wie ein von irdischer Unvollkommenheit gereinigter Ort, an dem nur Geflüster und raschelnder Stoff beim Beugen der Knie zu hören sein sollte.

Bolton saß auf dem vergoldeten, roten Stuhl des Priesters im Altarraum. Er hatte ihn ein wenig nach vorne gerückt, damit er die Füße auf die Brüstung legen konnte; Agenten und Polizeibeamte saßen in den ersten vier Reihen, die meisten hatten Stift, Papier oder Aufnahmegeräte gezückt.

»Schön, daß Sie kommen konnten!« grüßte Bolton uns.

»Lassen Sie das!« sagte Angie mit Blick auf seine Füße.

»Was denn?«

»Auf dem Stuhl des Priesters im Altarraum sitzen und die Füße auf die Brüstung legen.«

»Warum?«

»Für manche Menschen ist das beleidigend.«

»Für mich nicht.« Er zuckte mit den Schultern. »Ich bin nicht katholisch.«

»Aber ich«, sagte Angie.

Er schaute sie an, um zu sehen, ob sie scherzte, aber sie blickte ihn so ernst und fest an, daß er schnell nachgab.

Er seufzte, stand auf und stellte den Stuhl an seinen Platz zurück. Während wir uns zu den Bänken begaben, ging er durch den Altarraum und erklomm die Kanzel.

»Besser?« rief er.

Sie zuckte mit den Achseln, während sich Devin und Oscar in die Bank vor uns setzten. »Schon in Ordnung.«

»Dann freue ich mich, daß ich Ihre empfindlichen Gefühle nicht länger verletze, Ms. Gennaro.«

Sie verdrehte die Augen, dann nahmen wir in der fünften Reihe Platz, und wieder spürte ich einen seltsamen Anflug von Bewunderung für ihren Glauben an eine Religion, der ich schon lange den Rücken gekehrt hatte. Angie machte keine Werbung dafür und redete nicht ständig davon, und die patriarchalische Hierarchie der Kirche verachtete sie aus ganzem Herzen, doch glaubte sie trotzdem fest, still und unerschütterlich an diese Religion mit ihren Ritualen.

Schon bald fand Bolton Gefallen an der Kanzel. Mit den kräftigen Händen strich er über die mit lateinischen Inschriften und kirchlichen Motiven kunstvoll verzierten Seitenwände. Seine Nasenlöcher bebten leicht, als er auf seine Gemeinde herabsah.

»In der vergangenen Nacht gab es folgende Entwicklungen: Erstens. Die Durchsuchung von Evandro Arujos Wohnung ergab, daß unter einer Bodendiele unter einem Heizkörper Fotos sichergestellt wurden. Meldungen von Männern, auf die Arujos Beschreibung paßt, haben sich seit sieben Uhr heute morgen verdreifacht, als die Tageszeitungen zwei Fotos von ihm brachten: eins mit und eins ohne Bart. Die meisten sind nicht haltbar. Es gibt aber fünf angebliche Sichtungen an der unteren Südküste und zwei jüngere Meldungen von Cape Cod, aus der Nähe von

Bourne. Ich habe Agenten ausschwärmen lassen, die letzte Nacht die obere Südküste, Cape Cod und die Inseln abgesucht haben. Straßensperren wurden auf beiden Seiten der Routen 6, 28 und 3 sowie auf der I-495 errichtet. Zwei Zeugen sahen Arujo in einem schwarzen Nissan Sentra, aber die Zuverlässigkeit solcher Meldungen ist immer sehr gering, wenn plötzlich eine Massenhysterie ausbricht.«

»Und der Jeep?« fragte ein Agent.

»Bis jetzt noch nichts. Vielleicht fährt er ihn noch, vielleicht hat er ihn stehenlassen. Gestern morgen wurde ein roter Cherokee vom Parkplatz am Bayside Expo Center gestohlen, und wir gehen davon aus, daß Evandro gestern in diesem Auto gesichtet wurde. Das Kennzeichen lautet 299-ZSR. Die Polizei in Wollaston konnte gestern bei der Verfolgung des Jeeps nur einen Teil des Nummernschildes erkennen, aber die Ziffern paßten.«

»Sie sprachen von Fotos«, warf Angie ein.

Bolton nickte. »Verschiedene Aufnahmen von Kara Rider, Jason Warren, Stimovich und Stokes. Sie ähneln denen, die den Angehörigen der Opfer geschickt wurden. Arujo ist jetzt ohne jeden Zweifel der Hauptverdächtige für diese Morde. Es wurden weitere Fotos gefunden, auf denen wohl zukünftige Opfer zu sehen sind. Das Gute daran, meine Damen und Herren, ist, daß wir jetzt eventuell vorhersagen können, wo er als nächstes zuschlägt.«

Bolton hustete in die Hand. »Die Gerichtsmedizin hat nun unzweideutig sichergestellt, daß an den vier Mordfällen, die wir hier untersuchen, zwei Mörder beteiligt waren. Die Flecken an Jason Warrens Handgelenken beweisen, daß er von einer Person festgehalten wurde, während ihm die andere mit einer Rasierklinge Gesicht und Brust aufschnitt. Kara Riders Kopf wurde von zwei Händen festgehalten, während zwei andere Hände den Eispickel durch den Kehlkopf stießen. Die Wunden von Peter Stimovich und Pamela Stokes zeugen ebenfalls von der Anwesenheit zweier Täter.«

»Gibt es Anhaltspunkte für den Tatort?« erkundigte sich Oscar.

»Im Moment noch nicht. Jason Warren wurde in dem Lagerhaus in South Boston umgebracht. Die anderen wurden an einem anderen Ort ermordet. Aus irgendeinem Grund waren die Mörder der Ansicht, sie müßten Warren schnell erledigen.« Er zuckte mit den Achseln. »Wir wissen nicht, warum. Die anderen drei hatten nur minimale Dosen von Chloroform im Blut, was darauf schließen läßt, daß sie während des Transports zu dem Ort, an dem sie getötet wurden, nicht bei Bewußtsein waren.«

Devin bemerkte: »Stimovich wurde mindestens eine Stunde lang gefoltert, Stokes doppelt so lange. Das muß viel Lärm verursacht haben.«

Bolton nickte. »Wir suchen nach einem abgelegenen Tatort.«

»Was kommt da in Frage?« wollte Angie wissen.

»Alles mögliche. Wohnhäuser, leere Gebäude, Feuchtbiotope unter Naturschutz, ein halbes Dutzend kleiner Inseln vor der Küste, leerstehende Gefängnisse, Krankenhäuser, Lagerhäuser und so weiter. Wenn einer der beiden Mörder seit zwanzig Jahren untätig war, können wir davon ausgehen, daß er alles bis ins kleinste Detail geplant hat. Er könnte ohne weiteres den Keller seines Hauses oder ein paar Zimmer schalldicht abgesichert haben.«

»Gibt es weitere Anhaltspunkte, die darauf schließen lassen, daß der sogenannte untätige Mörder in der Zwischenzeit Kinder umgebracht hat?«

»Keine endgültigen Beweise«, erwiderte Bolton. »Aber von den 1162 Flugblättern, die Sie erhalten haben, wurden in den letzten zehn Jahren 287 Kinder als tot registriert. 211 von den Fällen sind offiziell noch nicht abgeschlossen.«

»Wie viele davon in New England?« fragte ein Agent.«

»56«, antwortete Bolton leise, »49 nicht abgeschlossen.«

»Prozentual gesehen«, bemerkte Oscar, »ist das eine schrecklich hohe Zahl.«

»Ja«, sagte Bolton müde, »das stimmt.«

»Wie viele davon starben auf ähnliche Weise wie die jetzigen Opfer?«

»In Massachusetts niemand, obwohl mehrere Erstochene darunter waren, einige mit Handverletzungen, die werden noch weiter untersucht. Es gibt zwei so extrem brutale Fälle, daß sie zu der aktuellen Mordserie passen könnten.«

»Wo?«

»Einer '86 in Lubbock, Texas. Einer '91 in der Nähe von Miami, im nicht eingemeindeten County Dade.«

»Amputationen?«

»Positiv.«

»Fehlende Körperteile?«

»Positiv.«

»Wie alt waren die Kinder?«

»Opfer in Lubbock war vierzehn, männlich. Das in Dade war sechzehn, weiblich.« Er räusperte sich und klopfte sich die Brusttaschen nach dem Inhalator ab, konnte ihn aber nicht finden. »Des weiteren, wie Sie alle in der letzten Nacht informiert wurden, lieferte uns Mr. Kenzie einen möglichen Bezug zwischen den Morden von '74 und den heutigen. Meine Herren, es sieht so aus, als hätten unsere Mörder mit den Kindern der EES-Mitglieder ein Hühnchen zu rupfen, aber bis jetzt konnten wir diesen Verein noch nicht mit Alec Hardiman oder Evandro Arujo in Verbindung bringen. Wir wissen nicht, warum, aber wir müssen davon ausgehen, daß diese Verbindung von oberster Wichtigkeit ist.«

»Was ist mit Stimovich und Stokes?« fragte ein Agent. »Wo ist da die Verbindung?«

»Wir glauben, es gibt keine. Wir glauben, daß sie zu den ›unschuldigen‹ Opfern gehören, von denen der Mörder in seinem Brief sprach.«

»Was für ein Brief?« erkundigte sich Angie.

Bolton blickte auf uns herab. »Den wir in Ihrer Wohnung gefunden haben, Mr. Kenzie. Unter Stimovich' Augen.«

»Den Sie mich nicht lesen lassen wollten?«

Er nickte, warf einen Blick auf seine Aufzeichnungen und rückte die Brille zurecht. »Bei einer Durchsuchung von Jason Warrens Studentenzimmer wurde in einer verschlossenen Schreibtischschublade ein Tagebuch von Mr. Warren entdeckt. Abzüge davon erhalten Sie auf Nachfrage, jetzt lese ich nur aus einem Eintrag vom 17. Oktober vor, das ist der Tag, an dem Mr. Kenzie und Ms. Gennaro Warren mit Arujo beobachteten.« Er räusperte sich, es war ihm offensichtlich unangenehm, mit einer anderen Stimme als der seinen zu sprechen. »E. war wieder in der Stadt. Etwas länger als eine Stunde. Er ahnt nichts von seiner Macht, ahnt nicht, wie anziehend ihn seine Angst vor sich selbst macht. Er möchte mit mir schlafen, kann sich aber seiner Bisexualität noch nicht stellen. Ich habe ihm gesagt, daß ich das verstehe. Dafür habe ich ewig gebraucht. Freiheit ist schmerzhaft. Er hat mich zum ersten Mal berührt, dann mußte er gehen. Zurück nach New York. Zu seiner Frau. Aber ich werde ihn wiedersehen. Ich weiß es. Ich komme ihm immer näher.«

Bolton errötete tatsächlich bei den letzten Worten.

»Evandro ist der Köder«, bemerkte ich.

»Sieht so aus«, bestätigte Bolton. »Arujo schafft die Leute heran, und sein geheimnisvoller Partner schnappt sie sich. Alle, die von Arujo erzählen – seine Mitgefangenen, Jason Warren in seinem Tagebuch, Kara Riders Mitbewohnerin, die Leute in der Bar, wo er Pamela Stokes aufgegabelt hat –, sagen immer wieder das gleiche: Der Mann besitzt eine äußerst starke Anziehungskraft. Wenn er klug genug ist – und das ist er offensichtlich –, um sich herum Hürden zu errichten, die die zukünftigen Opfer überwinden müssen, dann sind sie schließlich einverstanden, sich auf seine Geheimnistuerei einzulassen, und treffen sich mit ihm an abgelegenen Orten. Deshalb hat er Jason Warren von einer angeblichen Ehefrau erzählt. Gott weiß, was er den anderen erzählt hat, aber ich schätze, er hat sie gefügig gemacht, indem er ihnen vormachte, er sei ihnen verfallen.«

»Eine männliche Helena von Troja«, meldete sich Devin.

»Harry von Troja«, korrigierte Oscar, und einige Agenten schmunzelten.

»Die weitere Untersuchung des Tatorts erbrachte folgendes: Erstens: Beide Täter wiegen zwischen achtzig und neunzig Kilogramm. Zweitens: Da Evandro Arujos Schuhe mit denen der Größe 9½ übereinstimmen, die wir am Tatort von Rider gefunden haben, muß sein Partner Größe 8 haben. Drittens: Der zweite Täter hat braunes Haar und ist ziemlich stark. Stimovich war ein äußerst kräftiger Mann, doch hat ihn jemand betäubt, bevor ihm Gift verabreicht wurde; Arujo ist nicht besonders stark, also müssen wir davon ausgehen, daß sein Partner es ist. Viertens: Erneute Befragungen der Leute, die peripheren Kontakt mit diesen Opfern hatten, ergaben folgendes: Außer Professor Eric Gault und Gerald Glynn haben alle wasserdichte Alibis für die vier Morde. Gault und Glynn werden momentan im JFK-Gebäude befragt; Gault hat den Lügendetektortest nicht bestanden. Beide Männer sind kräftig, beide sind klein genug für Schuhgröße 8, geben aber an, Größe 9 zu tragen. Noch Fragen?«

»Gelten sie als Verdächtige?« wollte ich wissen.

»Warum fragen Sie?«

»Weil Gault mich bei Diandra Warren empfohlen hat, und Gerry Glynn mir wichtige Informationen gegeben hat.«

Bolton nickte. »Das bestätigt nur, was wir von der Pathologie des unbekannten Mörders vermuten.«

»Und das wäre?« fragte Angie.

»Dr. Elias Rottenheim von der Abteilung für Verhaltensforschung hat folgende Theorie über einen unbekannten untätigen Mörder postuliert. Siehe ebenfalls die Mitschriften vom heutigen Gespräch mit Dr. Dolquist. Ich zitiere aus Dr. Rottenheim: ›Das Subjekt verhält sich konform zu allen Kriterien, die bei Patienten prävalent sind, die an der dualen Affliktion von narzißtischer Persönlichkeitsstörung in Kombination mit einer induzierten wahnhaften Störung leiden, in der das Subjekt die auslösende oder Primärursache ist.‹«

»Bitte in Englisch!« forderte Devin.

»Dr. Rottenheim spricht in seinem Bericht davon, daß das Opfer einer narzißtischen Persönlichkeitsstörung, in unserem Fall ein jahrelang nicht in Aktion getretener Mörder, davon überzeugt ist, daß seine Taten auf einer höheren Ebene anzusiedeln sind. Er verdient Liebe und Verehrung, einfach weil es ihn gibt. Er weist alle Merkmale eines psychisch Gestörten auf, ist besessen von den ihm zustehenden Ansprüchen und hält sich selbst für etwas Besonderes oder sogar für Gott. Ein Mörder, der an einer induzierten wahnhaften Störung leidet, kann andere davon überzeugen, daß seine Störung vollkommen logisch und natürlich ist. Daher das Wort ›induziert‹. Er ist die Hauptursache, der Veranlasser der Täuschung der anderen.«

»Er hat Evandro Arujo oder Alec Hardiman überzeugt, vielleicht auch beide, daß Töten gut ist«, erklärte Angie.

»So sieht es aus.«

»Und inwiefern stimmt dieses Täterprofil mit Gault oder Glynn überein?« fragte ich weiter.

»Gault hat Sie an Diandra Warren verwiesen. Glynn hat Sie auf Alec Hardiman gebracht. Gutwillig betrachtet, würde man davon ausgehen, daß keiner der beiden etwas mit den Morden zu tun haben kann, weil er zu helfen versucht hat. Aber denken wir daran, was Dolquist gesagt hat: Dieser Mensch hat eine Beziehung zu Ihnen. Mr. Kenzie. Er fordert Sie heraus, ihn zu fangen.«

»Also könnte Gault oder Glynn Arujos unbekannter Partner sein?«

»Ich halte alles für möglich, Mr. Kenzie.«

Die Novembersonne kämpfte aussichtslos gegen die vorankriechenden, schiefergrauen dicken Wolkenschichten. Im Sonnenlicht selbst war es so warm, daß man die Jacke ausziehen konnte. Im Schatten suchte man nach einem Parka.

»In diesem Brief«, sagte Bolton, als wir den Schulhof überquerten, »schrieb der Verfasser, einige der Opfer seien ›würdig‹, andere kämen ›ganz schuldlos in Verruf‹.«

»Was soll das heißen?« fragte ich.

»Das ist ein Zitat von Shakespeare. In *Othello* sagt Jago: ›So mancher kommt ganz schuldlos in Verruf‹. Viele Wissenschaftler behaupten, das sei der Moment, in dem Jago von einem Kriminellen mit Motiv zu einem Wesen wird, das von dem besessen ist, was Coleridge ›unmotivierte Bösartigkeit‹ nennt.«

»Ich komme nicht mehr mit«, meldete sich Angie.

»Jago hatte einen Grund, sich an Othello zu rächen, so unerheblich der auch war. Er hatte aber keinen Grund, Desdemonas Tod zu wollen oder eine Woche vor dem Angriff der Türken die venezianische Armee ihrer Offiziere zu berauben. Man argumentiert hier, er sei so beeindruckt gewesen von seiner eigenen Fähigkeit zum Bösen, daß es als Motiv reichte, um jemanden umzubringen. Am Anfang des Dramas gelobt er, die Schuldigen zu vernichten, Othello und Cassius, aber im vierten Akt ist er bereit, jeden zu vernichten, ›so mancher kommt ganz schuldlos in Verruf‹, nur weil er dazu in der Lage ist. Einfach weil es ihm Spaß macht.«

»Und dieser Mörder ...«

»Könnte so ähnlich beschaffen sein. Er tötet Kara Rider und Jason Warren, weil sie die Kinder seiner Feinde sind.«

»Aber Stimovich und Stokes?« fragte Angie.

»Da gibt es keine Motive«, antwortete er. »Das macht er zum Spaß.«

Ein leichter Nieselregen besprenkelte unser Haar und unsere Jacken.

Bolton griff in seine Aktentasche und reichte Angie ein Blatt Papier.

»Was ist das?«

Bolton blinzelte. »Eine Kopie vom Brief des Killers.«

Angie hielt den Brief mit ausgestreckter Hand von sich, als sei sein Inhalt ansteckend.

»Sie wollten doch mitmachen«, bemerkte Bolton. »Stimmt's?«

»Ja.«

Er zeigte auf den Brief. »Jetzt ist es soweit!« Er zuckte mit den Achseln und ging zurück Richtung Schulhof.

30

patrick,

das wichtigste ist der schmerz. das mußt du verstehen.

am anfang gab es keinen richtigen plan. ICH habe jemanden getötet, wirklich, und ICH fühlte all das, was man angeblich fühlen soll – schuld, abscheu, angst, scham, selbsthaß. ICH nahm ein bad, um MICH von ihrem blut zu reinigen. in der badewanne mußte ICH MICH übergeben, aber ICH bewegte MICH nicht. ICH saß da, das wasser stank nach ihrem blut und MEINER scham, stank nach MEINER todsünde.

dann ließ ICH das wasser auslaufen, duschte und ... machte weiter. was soll man auch sonst machen, wenn man etwas unmoralisches oder unfaßbares getan hat? man macht weiter. man hat keine andere wahl, wenn man dem arm des gesetzes einmal entronnen ist.

so lebte ICH weiter MEIN leben, und irgendwann vergingen die schuld- und schamgefühle. ICH dachte, sie würden MICH ewig quälen. taten sie aber nicht.

und ICH weiß noch, daß ICH dachte, so einfach kann es nicht sein. war es aber. und schon bald tötete ICH wieder jemanden, mehr aus neugierde denn aus anderen gründen. und es fühlte sich, na ja, gut an. beruhigend. so wie sich ein alkoholiker beim ersten kühlen bier nach langer abstinenz fühlen muß. wie sich ein lange getrenntes liebespaar beim ersten sex nach dem wiedersehen fühlen muß.

jemandem das leben zu nehmen hat tatsächlich viel mit sex gemeinsam. manchmal ist es ein transzendenter, orgiastischer akt. manchmal ist es nur mittelmäßig, ganz in ordnung, keine große sache, aber man hat immer dieses gefühl, was passiert wohl diesmal? interessant ist es immer. man vergißt es nicht.

ICH weiß nicht, warum ICH dir schreibe, patrick. beim schreiben bin ICH nicht derselbe, der ICH bei MEINER täglichen arbeit bin oder beim töten. ICH habe viele gesichter, manche wirst du niemals sehen, manche wirst du nie sehen wollen. einige deiner gesichter habe ICH bereits gesehen: ein nettes, ein gewalttätiges, ein nachdenkliches und einige mehr. ICH bin gespannt, welches du aufsetzt, wenn wir uns vor einer leiche wiedersehen. ICH bin gespannt.

so mancher kommt ganz schuldlos in verruf, habe ICH gehört. vielleicht. so soll es sein. eigentlich weiß ICH nicht einmal, ob diese opfer den ganzen ärger wert sind.

einmal träumte ICH, daß ICH auf einem planeten mit strahlend weißem sand gestrandet sei, auch der himmel war weiß. mehr gab es dort nicht: ICH, endlose weiße sandwehen, weit wie das meer, und ein brennend weißer himmel. ICH war allein. und klein. nach tagelangem wandern konnte ICH MEINE eigene fäulnis riechen, und ICH wußte, daß ICH in diesen weißen dünen unter diesem weißen himmel sterben würde. deshalb betete ICH um schatten. und schließlich kam er. er hatte eine stimme und einen namen. »Komm« sagte die DUNKELHEIT, »komm mit!«, aber ICH war schwach, ICH verfaulte, ICH konnte MICH nicht erheben. »DUNKELHEIT«, sagte ich, »nimm MICH bei der hand! bring MICH fort von hier.« und das tat die DUNKELHEIT.

verstehst du also, was ICH dich lehren will, patrick?

alles gute
DER VATER

»Oh«, stöhnte Angie und warf den Brief auf den Eßzimmertisch, »das ist ja toll. Der Typ hört sich ja echt krank an.« Böse sah sie den Brief an. »Meine Güte!«

»Ich weiß.«

»Solche Leute gibt es wirklich!« staunte sie.

Ich nickte. Es jagt einem wirklich Angst ein. Schon ein ganz normaler Mensch, der jeden Tag aufsteht, zur Arbeit geht und sich für ziemlich gut hält, hat genug Böses in sich.

Vielleicht betrügt er seine Frau, vielleicht haut er einen Kollegen in die Pfanne und ist, tief in seinem Innern, der Ansicht, daß es ein oder zwei Menschenrassen gibt, die weniger wert sind als er.

Normalerweise muß er sich damit nie auseinandersetzen, auch wenn sich bei uns nicht immer alles der Vernunft unterordnen läßt. Er kann in der Überzeugung sterben, ein guter Mensch gewesen zu sein.

Die meisten von uns können das. Die meisten tun es auch. Aber der Verfasser dieses Briefes hatte das Böse in sich aufgenommen. Ihm bereitete der Schmerz anderer Menschen Vergnügen. Er hatte seinen Haß nicht der Vernunft untergeordnet, sondern lebte ihn aus und hatte seine wahre Freude daran.

Und seinen Brief zu lesen war vor allem eines: ermüdend. Auf besonders abstoßende Art.

»Ich bin kaputt«, meinte Angie.

»Ich auch.«

Wieder blickte sie auf den Brief, kreuzte die Arme vor der Brust und schloß die Augen.

»Ich würde gerne sagen, es ist unmenschlich«, sagte sie dann. »Ist es aber nicht.«

Auch ich sah den Brief an. »Es ist absolut menschlich.«

Ich hatte mein Bett auf ihrer Couch aufgeschlagen und versuchte gerade, es mir bequem zu machen, als sie aus dem Schlafzimmer nach mir rief.

»Was?« rief ich zurück.

»Komm mal her!«

Ich ging hinüber und lehnte mich gegen den Türrahmen. Sie saß im Bett, die Daunendecke war wie ein rosenrotes Meer um sie gebreitet.

»Kommst du auf der Couch zurecht?«

»Klar«, erwiderte ich.

»Gut.«

»Gut«, sagte ich ebenfalls und wandte mich zum Gehen.

»Weil ...«

Ich sah mich um. »Hm?«

»Ziemlich groß, nicht? Viel Platz.«

»Was, die Couch?«

Sie verzog das Gesicht. »Nein, das Bett.«

»Oh.« Ich machte ein fragendes Gesicht: »Was ist los?«

»Ich will es nicht sagen.«

»Was sagen?«

Sie versuchte zu grinsen, doch kam eine furchtbare Grimasse dabei heraus. »Ich hab Angst, Patrick, okay?«

Ich habe keine Ahnung, was es sie kostete, das zu sagen.

»Ich auch«, entgegnete ich und ging zu ihr.

Irgendwann im Schlaf wechselte Angie die Stellung, und als ich die Augen öffnete, hatte sie das Bein über meines gelegt, fest ruhte es zwischen meinen Oberschenkeln. Ihr Kopf war an meine Brust geschmiegt, die linke Hand lag auf meiner Brust. Ich spürte ihren im Schlaf gleichmäßigen Atem.

Ich dachte an Grace, doch aus irgendeinem Grund konnte ich sie mir nicht deutlich in Erinnerung rufen. Ich konnte ihr Haar und ihre Augen sehen, doch wenn ich versuchte, mich an ihr Gesicht zu erinnern, kam rein gar nichts.

Angie stöhnte und drückte das Bein noch fester an mich. »Nicht!« murmelte sie leise. »Nicht«, wiederholte sie im Schlaf.

So muß sich das Ende der Welt anfühlen, dachte ich und verlor mich in meinen Träumen.

Später rief Phil an, und ich ging beim ersten Klingeln ran.

»Bist du wach?« wollte er wissen.

»Ich bin wach.«

»Ich dachte, ich könnte vorbeikommen.«

»Angie schläft.«

»Schon klar. Ich mein nur . . . hier so rumsitzen und darauf warten, daß dieser Typ was tut, macht mich wahnsinnig.«

»Dann komm vorbei, Phil.«

Während wir schliefen, war die Temperatur um acht Grad gefallen, und der Himmel hatte eine steingraue Farbe angenommen. Der Wind blies von Kanada herunter und fegte durch unseren Stadtteil, klapperte an Fenstern und rüttelte an den Autos, die entlang der Straße geparkt waren.

Kurz danach ging der Hagel los. Als ich zum Duschen in Angies Badezimmer ging, peitschte er gegen das Fenster, als würden vom Meer Wellen von Sand herübergetragen. Beim Abtrocknen prasselten die Hagelkörner gegen Fenster und Wände, als trüge der Wind Nägel und Haken mit sich.

Während ich mir im Schlafzimmer frische Klamotten anzog, kochte Phil Kaffee.

»Schläft sie noch?« fragte er.

Ich nickte.

»Sie legt immer los wie ein Boxer im Ring, nicht? Eine Minute ist sie noch voller Energie, und die nächste bricht sie zusammen, als hätte sie einen Monat nicht geschlafen.« Er schenkte sich etwas Kaffee ein. »Sie war schon immer so, diese Frau.«

Ich holte mir eine Cola und setzte mich an den Tisch. »Ihr passiert nichts, Phil. Es kommt keiner an sie ran. An dich auch nicht.«

»Hmm.« Er kam mit dem Kaffee ebenfalls zum Tisch herüber.

»Schläfst du schon mit ihr?«

Ich legte den Kopf schief und sah Phil mit hochgezogener Augenbraue an. »Das geht dich rein gar nichts an, Phil!«

Er zuckte mit den Schultern. »Sie liebt dich, Patrick.«

»Aber nicht so. Das hast du nie verstanden.«

Er grinste. »Ich habe 'ne Menge verstanden, Patrick.« Er nahm den Becher in beide Hände. »Ich weiß, daß sie mich geliebt hat. Das bestreite ich gar nicht. Aber in dich war sie auch immer schon halb verliebt.«

Ich schüttelte den Kopf. »Die ganzen Jahre, die du sie geschlagen hast, Phil, was meinst du? Sie hat dich nicht ein einziges Mal betrogen.«

»Das weiß ich.«

»Ach, wirklich?« Ich beugte mich ein wenig vor und senkte die Stimme. »Das hat dich aber nicht davon abgehalten, sie ständig eine Hure zu nennen. Hat dich nicht davon abgehalten, sie windelweich zu prügeln, wenn du in Stimmung warst. Oder?«

»Patrick«, sagte er sanft, »ich weiß, wie ich gewesen bin. Wie ich . . . bin.« Er runzelte die Stirn und starrte in den Kaffeebecher. »Ich bin ein Mann, der seine Frau schlägt. Und ein Trinker. So ist es. Das stimmt.« Bitter lächelte er in den Kaffee. »Ich habe diese Frau geschlagen.« Über die Schulter sah er in Richtung des Schlafzimmers. »Ich habe sie geschlagen, und deshalb haßt sie mich und wird mir nie wieder vertrauen. Nie. Wir können keine . . . Freunde mehr sein. Kein bißchen mehr so, wie es mal zwischen uns war.«

»Wahrscheinlich nicht.«

»Ja. Also, egal wie ich so geworden bin, ich bin nun mal so gewesen. Und ich habe sie verloren und es verdient, weil sie ohne mich auf lange Sicht besser dran ist.«

»Ich glaube nicht, daß sie vorhat, dich aus ihrem Leben zu streichen, Phil.«

Wieder lächelte er bitter. »Das ist aber typisch Ange. Denk mal drüber nach, Patrick! Angie hat zwar immer diese Tour drauf, leck mich am Arsch, ich brauch dich nicht. Aber sie kann keinen Schlußstrich ziehen. Egal wobei, das ist ihre Schwäche. Was glaubst du, warum sie noch im Haus ihrer Eltern wohnt? Mit den ganzen Möbeln, die schon seit ihrer Kindheit hier stehen?«

Ich blickte mich um, sah die uralten schwarzen Töpfe ihrer Mutter in der Speisekammer, die Zierkissen auf den Ritzen der Couch, und merkte, daß Phil und ich auf Stühlen saßen, die ihre Eltern bei Marshall Field in Uphams Corner gekauft hatten, was irgendwann Ende der Sechziger abgebrannt war. Es gibt Sachen, die stehen dein Leben lang vor deiner Nase, doch manchmal sieht man den Wald vor lauter Bäumen nicht.

»Du hast recht«, gab ich zu.

»Was glaubst du, warum sie nie aus Dorchester weggezogen ist? Sie ist so ein intelligentes, gutaussehendes Mädchen, aber auf unserer Hochzeitsreise war sie zum ersten Mal außerhalb der Staatsgrenzen von Massachusetts. Was glaubst du, warum sie zwölf Jahre gebraucht hat, um mich zu verlassen? Jede andere wäre nach sechs Jahren weg gewesen. Aber Angie kann nicht weggehen. Das ist ihr Fehler. Hat wahrscheinlich was damit zu tun, daß ihre Schwester genau das Gegenteil ist.«

Ich weiß nicht, was ich für ein Gesicht machte, doch hob er entschuldigend die Hände.

»Heikles Thema«, meinte er, »hab ich vergessen.«

»Was willst du damit sagen, Phil?«

Er zuckte mit den Schultern. »Angie kann keinen Schlußstrich ziehen, deshalb wird sie sich bemühen, daß ich weiter zu ihrem Leben gehöre.«

»Und?«

»Das werde ich nicht zulassen. Ich bin für sie ein Klotz am Bein. Jetzt müssen wir – weiß nicht – die Wunden verheilen lassen. Die Sache abschließen. Sie muß wissen, daß ich an allem schuld bin. Es war alles meine Schuld. Nicht ihre.«

»Und wenn das vorbei ist?«

»Bin ich weg. In meinem Beruf kann ich überall Arbeit finden. Reiche Leute bauen immer ihre Häuser um. Deshalb mach ich mich bald auf die Socken. Ich denke, ihr beide habt eine Chance verdient.«

»Phil . . .«

»Bitte, Pat! Bitte«, unterbrach er mich. »Ich mein's ehrlich. Wir sind immer Freunde gewesen. Ich kenne dich. Und ich kenne Angela. Mit Grace hast du jetzt vielleicht 'ne schöne Zeit, und das finde ich wirklich toll. Echt. Aber denk mal nach!« Er stieß mich mit dem Ellenbogen an und sah mir in die Augen. »Okay? Junge, mach dir zum ersten Mal im Leben nichts vor. Du bist schon seit dem Kindergarten in Angie verliebt. Und sie in dich.«

»Sie hat dich geheiratet, Phil.« Ich erwiderte den Stoß mit dem Ellenbogen.

»Weil sie sauer auf dich war . . .«

»Das ist nicht der einzige Grund.«

»Ich weiß. Sie liebte mich auch. 'ne Zeitlang hat sie mich vielleicht sogar mehr geliebt. Das bezweifle ich auch gar nicht. Aber wir können mehr als einen Menschen gleichzeitig lieben. Wir sind Menschen, also sind wir chaotisch.«

Ich lächelte und merkte, daß es das erste Mal seit zehn Jahren war, daß ich in Phils Gegenwart ungezwungen lächelte.

»Das stimmt.«

Wir sahen einander an, und ich spürte wieder die alte Nähe zwischen uns – das Band heiliger Freundschaft und einer gemeinsamen Kindheit. Phil und ich fühlten uns zu Hause nie akzeptiert. Sein Vater war Alkoholiker und ein unverbesserlicher Weiberheld, der mit jeder Frau in der Gegend schlief und dafür sorgte, daß seine Frau es auch erfuhr. Als Phil sieben oder acht war, war sein Zuhause zum Sperrgebiet geworden, in dem Teller und Anschuldigungen durch die Luft flogen. Sobald sich Carmine und Laura Dimassi im selben Zimmer befanden, wurde es ungefähr so gemütlich wie in Beirut, doch weigerten sie sich aus einem falsch verstandenen Katholizismus heraus, sich scheiden zu lassen oder auch nur getrennt zu leben. Ihnen gefielen die täglichen Scharmützel und leidenschaftlichen nächtlichen Schäferstündchen nach der Versöhnung, bei denen ihr Bett gegen die Wand des benachbarten Kinderzimmers bumste.

Ich war aus anderen Gründen so selten wie möglich zu Hause, und so suchten Phil und ich gemeinsam eine Zuflucht, und der erste Ort, wo wir uns beide wohl fühlten, war ein verlassener Taubenschlag auf dem Dach einer Industriegarage in der Sudan Street. Wir kehrten die ganze Vogelscheiße heraus und verstärkten den Boden mit alten Palettenbrettern. Dann hievten wir einige ausrangierte Möbelstücke hinein, und bald nahmen wir andere Streuner auf – Bubba, eine Zeitlang Kevin Hurlihy, Nelson Ferrare, Angie. Die kleinen Strolche, Rebellen mit diebischen Herzen und ohne jeden Respekt vor Autoritäten.

Wie er mir so gegenübersaß am Tisch seiner Exfrau, konnte ich den alten Phil erkennen, den einzigen Bruder, den ich je hatte. Er grinste, als fiele ihm selbst alles wieder ein, und ich hörte das Lachen unserer Kindheit, als wir die Straßen unsicher machten, wie Wölfe über die Dächer liefen und unseren Eltern zu entkommen versuchten. Mann, für Kinder, die verstört hätten sein müssen, haben wir viel gelacht.

Draußen prasselte der Hagel, als würden tausend Stöcke auf das Dach einschlagen.

»Was ist mit dir passiert, Phil?«

Sein Grinsen verschwand. »Hey, du ...«

Ich hob die Hand. »Nein. Ich will dich nicht verurteilen. Ich möchte es nur wissen. Du hast es selbst zu Bolton gesagt: Wir waren wie Brüder. Wir waren Brüder, verdammt noch mal! Und dann hast du dich plötzlich gegen mich gewandt. Ab wann hast du mich gehaßt, Phil?«

Er zuckte mit den Schultern. »Ein paar Sachen habe ich dir nie verziehen, Pat.«

»Zum Beispiel?«

»Na ja ... du und Angie, du weißt schon ...«

»Daß wir zusammen geschlafen haben?«

»Daß du ihr die Unschuld genommen hast. Ihr wart meine besten Freunde, und wir waren alle so streng katholisch und verklemmt und sexuell hinterm Mond. Und dann habt ihr beiden euch in dem einen Sommer von mir ferngehalten.«

»Nein.«

»O ja.« Er kicherte in sich hinein. O ja. Habt mich mit Bubba, Frankie Shakes und ein paar anderen Idioten mit nichts als Scheiße im Hirn allein gelassen. Und dann, wann war es, im August?«

Ich wußte, was ›es‹ war. Ich nickte. »Vierter August.«

»Unten am Carson Beach, habt ihr zwei, na ja, habt ihr's getan. Und danach hast du sie wie Scheiße behandelt, du warst ja so cool. Da kam sie zu mir gelaufen. Und ich war zweite Wahl. Wie immer.«

»Wie immer?«

»Wie immer.« Er lehnte sich auf dem Stuhl zurück und breitete die Arme aus. »Hey«, meinte er, »ich war immer charmant und sah gut aus, aber du hattest Instinkt.«

»Willst du mich verarschen?«

»Nein«, erwiderte er. »Mensch, komm, Pat! Ich habe über alles immer zu lange nachgedacht, du hast es einfach gemacht. Du warst der erste von uns, der gemerkt hat, daß Angie anders war als wir, du hast als erster aufgehört, auf der Straße rumzuhängen, du hast als erster ...«

»Ich hatte keine Ruhe. Ich war ...«

»Dich hat dein Instinkt getrieben«, ergänzte er. »Du hast immer vor uns anderen die Lage erkannt und dich entsprechend verhalten.«

»Blödsinn!«

»Blödsinn?« Er kicherte. Los, komm, Pat! Das ist deine Begabung. Weißt du noch diese gruseligen Scheißclowns in Savin Hill?«

Ich lächelte und mußte mich gleichzeitig schütteln. »O ja.«

Er nickte, und ich merkte, daß er noch zwanzig Jahre später die Angst verspürte, die uns damals wochenlang nach unserem Zusammentreffen mit den Clowns gepackt hielt.

»Wenn du nicht den Baseball durch die Windschutzscheibe geworfen hättest«, fuhr er fort, »wer weiß, ob wir heute überhaupt hier wären.«

»Phil«, beruhigte ich ihn, »wir waren Kinder mit einer blühenden Phantasie und ...«

Energisch schüttelte er den Kopf. »Ja, sicher. Wir waren Kinder, und wir hatten Angst, weil Cal Morrison in der Woche umgebracht worden war und weil wir die ganze Zeit Gerüchte über diese Clowns gehört hatten und so weiter. Das stimmt zwar, aber wir waren da, Patrick. Du und ich. Und du weißt, was mit uns passiert wäre, wenn wir zu ihnen in den Lieferwagen gestiegen wären. Ich weiß immer noch, wie der aussah. Scheiße! Der Staub und die Schmiere auf den Kotflügeln, der Geruch aus dem offenen Fenster ...«

Der weiße Lieferwagen mit der kaputten Windschutzscheibe aus der Hardiman-Akte.

»Phil«, rief ich. »Phil. Du meine Güte!«

»Was?«

»Die Clowns«, sagte ich. »Du hast es gerade selbst gesagt. Das war die Woche, als Cal umgebracht wurde. Und dann, o Scheiße, habe ich den Baseball in die Windschutzscheibe geworfen ...«

»Und wie!«

»Und hab's dann meinem Vater erzählt.« Ich legte die Hand vor den Mund, hielt ihn zu, weil er vor Schreck weit offenstand.

»Wart mal kurz!« hielt er inne. Ich merkte, daß dieselbe Erkenntnis, die wie Feuerameisen meine Wirbelsäule hinunterlief, nun auch Phil erfaßt hatte. Seine Augen leuchteten auf.

»Ich habe den Lieferwagen markiert«, erklärte ich. »Ich habe ihn markiert, Phil, verdammt noch mal, und ich hab's noch nicht mal gemerkt. Und der EES hat ihn gefunden.«

Er starrte mich an, und ich sah, daß er es auch wußte.

»Patrick, willst du damit sagen . . .«

»Alec Hardiman und Charles Rugglestone waren die Clowns.«

31

In den Tagen und Wochen, nachdem Cal Morrison getötet wurde, hatte man als Kind in meiner Gegend Angst.

Man hatte Angst vor Schwarzen, weil Cal angeblich von einem ermordet worden war. Man hatte Angst vor heruntergekommenen, grauhaarigen Männern, die einen in der U-Bahn zu lange anstarrten. Man hatte Angst vor Autos, die zu lange an der Kreuzung stehenblieben, wenn die Ampel schon längst auf Grün gesprungen war, oder vor Autos, die mit verminderter Geschwindigkeit auf einen zufuhren. Man hatte Angst vor Obdachlosen und den dumpfen Gassen und dunklen Parks, in denen sie übernachteten.

Man hatte vor so gut wie allem Angst.

Aber vor nichts hatten die Kinder in meiner Umgebung so viel Angst wie vor Clowns.

Nachträglich wirkte das absolut lächerlich. Killerclowns gab es nur in billigen Groschenheften und schlechten Kinofilmen. Sie gehörten ins Reich der Vampire, gehörten zu den durch Tokio stapfenden Urzeitmonstern. Diese Phantasiegespinste wurden erfunden, um die einzige Zielgruppe zu verängstigen, die naiv genug war, sich vor ihnen zu fürchten: Kinder.

Als ich älter wurde, hatte ich keine Angst mehr vor dem Wandschrank in meinem Zimmer, wenn ich mitten in der

Nacht aufwachte. Auch schreckten mich die knarzenden Geräusche des alten Hauses nicht mehr; es waren einfach nur knarzende Geräusche – das traurige Klagen alternden Holzes und die erleichternden Seufzer der müde werdenden Fundamente. Bald hatte ich vor fast gar nichts mehr Angst, außer vor einem in meine Richtung weisenden Pistolenlauf und der plötzlichen Gewaltbereitschaft in den Augen von Betrunkenen oder Männern, denen klargeworden war, daß sie ihr Leben unbemerkt vom Rest der Welt gelebt hatten.

Doch als Kind verkörperten Clowns alles, wovor ich Angst hatte.

Ich weiß nicht mehr, wie die Gerüchte begannen – vielleicht am Lagerfeuer beim Sommercamp, vielleicht nachdem einer aus unserer Gruppe einen dieser schlechten Filme im Autokino gesehen hatte –, aber als ich ungefähr sechs Jahre alt war, wußte schon jedes Kind von den Clowns, obwohl es niemanden gab, der sie tatsächlich gesehen hatte.

Doch die Gerüchte breiteten sich aus.

Angeblich fuhren sie einen Lieferwagen und hatten Tüten mit Süßigkeiten und bunten Luftballons bei sich, aus ihren riesigen Ärmeln explodierten Blumensträuße.

Hinten im Lieferwagen sollten sie eine Maschine haben, die Kinder in weniger als einer Sekunde erledigte, und wenn man einmal ohnmächtig war, wachte man nie wieder auf.

Während du ohnmächtig warst, bearbeiteten sie abwechselnd deinen Körper.

Dann schnitten sie dir die Kehle durch.

Und weil sie Clowns waren und große, rot angemalte Münder hatten, lachten sie die ganze Zeit.

Phil und ich waren ungefähr in dem Alter, in dem man keine Angst mehr vor solchen Märchen hat, in dem man wußte, daß es kein Christkind gibt und man wohl doch nicht der verlorene Sohn eines mildtätigen Millionärs war, der einem eines Tages sein Vermögen vermachen würde.

Wir waren auf dem Rückweg von einem Baseballspiel der Kinderliga in Savin Hill und hatten uns bis zur Dunkelheit draußen herumgetrieben, hatten in dem Wald hinter der Motley School Räuber und Gendarm gespielt, waren die baufällige Feuertreppe auf das Dach der Schule hinaufgeklettert. Als wir hinunterstiegen, war es schon spät und ziemlich kühl, lange Schatten ruhten auf den Wänden und zogen sich mit klaren Umrissen bis auf die Fahrbahn, als seien sie dort hineingeritzt worden.

Wir gingen die Savin Hill Avenue hinunter. Die Sonne war nun völlig verschwunden, und der Himmel nahm die Farbe polierten Metalls an. Wir warfen uns den Ball zu, um uns warm zu halten, und ignorierten unsere knurrenden Mägen, weil sie uns mahnten, daß wir früher oder später nach Hause gehen mußten, denn unser Zuhause war ein Alptraum.

Der Lieferwagen glitt von hinten an uns heran, als wir bei der U-Bahn-Station gerade die abschüssige Straße hinuntergehen wollten, und ich weiß noch ganz genau, daß mir auffiel, wie menschenleer die Straße war. Sie lag in dieser plötzlichen Leere vor uns, die sich immer überall zur Essenszeit breitmacht. Obwohl es noch nicht dunkel war, waren in einigen Häusern entlang der Straße orange und gelb beleuchtete Fenster zu sehen, und ein einsamer Plastikpuck vom Hockeyspiel rollte gegen die Radkappe eines Autos.

Alle waren beim Essen. Selbst in der Kneipe war es still.

Phil schlug mit der rechten Hand nach dem Ball, so daß er ein wenig weiter flog, als ich erwartet hatte; ich mußte springen und mich etwas drehen, um ihn zu erwischen. Ich fing ihn mit seitlich abgedrehtem Oberkörper, und da sah ich aus dem Beifahrerfenster eines Autos ein weißes Gesicht mit blauem Haar und großen, roten Lippen zu mir herunterblicken.

»Gut gefangen!« lobte der Clown.

Bei uns gab es nur eine Antwort, die Kinder einem Clown gaben.

»Leck mich!« entgegnete ich.

»Schöner Spruch«, sagte der Clown auf dem Beifahrersitz, aber mir gefiel sein Lächeln dabei nicht. Seine Hand ruhte draußen auf der Tür.

»Sehr schön«, bestätigte nun auch der Fahrer. »Wirklich sehr schön. Weiß deine Mutter, daß du solche Sachen sagst?«

Ich war keinen halben Meter von der Tür entfernt und stand da wie auf dem Bürgersteig festgefroren. Und konnte den Blick nicht vom leuchtend roten Mund des Clowns abwenden.

Phil stand gute drei Meter weit hinter mir, er schien ebenfalls wie festgefroren zu sein.

»Können wir euch ein Stück mitnehmen, Jungs?« fragte der Clown auf dem Beifahrersitz.

Ich schüttelte den Kopf, mein Mund war trocken.

»Jetzt ist er gar nicht mehr vorlaut, der Kleine.«

»Nein.« Der Fahrer reckte den Hals, um mich hinter seinem Kollegen sehen zu können, so daß ich sein hellrotes Haar und die gelbe Bemalung um seine Augen bemerkte. »Sieht aus, als wäre euch kalt.«

»Du hast ja eine Gänsehaut«, bemerkte der Beifahrer.

Ich machte zwei Schritte nach rechts, meine Füße fühlten sich an, als versänken sie in tiefem Schlamm.

Der Clown auf dem Beifahrersitz warf einen kurzen Blick die Straße hinunter und wandte sich dann wieder mir zu.

Der Fahrer sah in den Rückspiegel und nahm die Hand vom Lenkrad.

»Patrick?« sagte Phil. »Komm!«

»Patrick«, wiederholte der Beifahrer langsam, als koste er jeden Buchstaben aus. »Was für ein schöner Name! Und wie heißt du weiter, Patrick?«

Selbst heute weiß ich nicht, warum ich antwortete. Wahnsinnige Angst vielleicht oder der Versuch, Zeit zu schinden, aber selbst in dem Fall hätte ich wissen müssen, daß ich einen falschen Namen hätte angeben sollen. Ich tat es aber nicht. Ich schätze, ich hoffte voller Verzweiflung, daß sie mich als Mensch wahrnehmen würden, nicht als Opfer, wenn sie meinen vollständigen Namen kannten, und mich vielleicht verschonten.

»Kenzie«, antwortete ich. Und der Clown lächelte mir verführerisch zu. Dann hörte ich, daß das Türschloß entriegelt wurde, ein Geräusch wie das Laden einer Schrotflinte.

Da warf ich den Baseball.

Ich kann mich nicht erinnern, daß ich es geplant hatte. Ich machte einfach zwei Schritte nach rechts – schwere, langsame Schritte, als befände ich mich in Trance –, und anfangs zielte ich wohl auf den Clown selbst, der gerade die Tür öffnen wollte.

Statt dessen segelte mir der Ball aus der Hand, jemand rief »Scheiße!«, und es gab ein lautes, klatschendes Geräusch, als der Ball mitten auf der Windschutzscheibe auftraf und viele kleine Sprünge ins Glas riß.

Phil schrie: »Hilfe! Hilfe!«

Die Beifahrertür wurde aufgestoßen, im Gesicht des Clowns stand grenzenlose Wut.

Ich sprang stolpernd los und stürzte mehr mit Hilfe der Schwerkraft als aus eigener Kraft die Savin Hill Avenue herunter.

»Hilfe!« schrie Phil wieder, dann rannte er los, und ich war direkt hinter ihm, wirbelte noch immer mit den Armen, um das Gleichgewicht zu halten, weil ich dem Asphalt immer wieder bedrohlich nahe kam.

An der Ecke Sydney Street kam ein bulliger Mann mit einem Schnurrbart, so dick wie ein Malerpinsel, aus der Bulldog's Bar, hinter uns hörten wir Reifen quietschen. Der bullige Mann sah sauer aus; in der Hand hielt er einen abgesägten Baseballschläger, und zuerst dachte ich, er ginge damit auf uns los.

Ich weiß noch, daß seine Schürze voll von rötlichen und braunen Fleischflecken war.

»Was ist hier los, verdammt noch mal?« sagte er und guckte angestrengt auf etwas, das hinter mir war. Ich wußte, der Lieferwagen ging jetzt auf uns alle los. Er würde auf den Bürgersteig rasen und uns niedermähen.

Ich drehte mich um, um meinem eigenen Tod ins Auge zu blicken, doch statt dessen sah ich schmutzige, orangefarbige Rücklichter aufleuchten, als der Lieferwagen um die Ecke Grampian Way fuhr und verschwand.

Der Barbesitzer kannte meinen Vater, und so kam mein alter Herr zehn Minuten später ins Bulldog's, während Phil und ich mit unseren Ginger Ales an der Theke saßen und so taten, als wäre es Whiskey.

Mein Vater war nicht immer gemein. Er hatte auch seine guten Tage. Und aus irgendeinem Grund war jener Tag einer seiner besten. Er war nicht böse, weil wir über die Essenszeit hinaus draußen geblieben waren, obschon ich für das gleiche Vergehen nur eine Woche zuvor Prügel bezogen hatte. Meine Freunde waren ihm normalerweise egal, aber an dem Tag fuhr er Phil durchs Haar, gab uns noch ein paar Ginger Ales und zwei mächtige Corned-beef-Sandwiches aus. So saßen wir mit ihm in der Kneipe, bis es draußen völlig Nacht geworden war und sich die Kneipe gefüllt hatte.

Als ich ihm mit zitternder Stimme erzählte, was passiert war, wurden seine Gesichtszüge so zärtlich und freundlich, wie ich es noch nie gesehen hatte, und er blickte mich leicht besorgt an, strich mir mit dem dicken Finger sanft die nassen Locken aus der Stirn und tupfte mit einer Serviette das Corned beef aus meinen Mundwinkeln.

»Da habt ihr beiden ganz schön was erlebt«, meinte er.

Pfeifend lächelte er Phil an, und Phil grinste breit zurück.

Das Lächeln meines Vaters, eine absolute Seltenheit, war wie ein Wunder.

»Ich wollte das Fenster nicht einschmeißen«, verteidigte ich mich, »das wollte ich gar nicht, Dad!«

»Schon gut.«

»Bist du nicht sauer?«

Er schüttelte den Kopf.

»Ich ...«

»Das hast du toll gemacht, Patrick. Ganz toll!« flüsterte er. Dann nahm er meinen Kopf an seine breite Brust, küßte mich auf die Wange und glättete das Haar um meinen Wirbel am Hinterkopf. »Ich bin stolz auf dich.«

Das war das einzige Mal, daß ich diese Worte von meinem Vater hörte.

»Clowns«, sagte Bolton.

»Clowns«, bestätigte ich.

»Clowns, ja«, wiederholte Phil.

»Okay«, begann Bolton langsam. »Clowns«, sagte er dann wieder und nickte sich zu.

»Ohne Scheiß«, bekräftigte ich.

»Aham.« Er nickte erneut und wandte dann seinen mächtigen Kopf, um mir ins Gesicht zu sehen. »Ich nehme an, daß Sie mich verarschen wollen.« Mit dem Handrükken wischte er sich den Mund ab.

»Nein.«

»Wir meinen es verdammt ernst«, bestätigte Phil.

»Mein Gott.« Bolton lehnte sich gegen die Spüle und sah zu Angie herüber. »Sagen Sie mir, daß Sie nicht auch dazugehören, Ms. Gennaro! Sie scheinen mir immerhin ein wenig Vernunft zu besitzen.«

Sie zog den Gürtel ihres Bademantels enger. »Ich weiß nicht, was ich glauben soll.« Sie zuckte die Schultern in Richtung von Phil und mir. »Die beiden scheinen sich ziemlich sicher zu sein.«

»Hören Sie doch mal zu ...«

Mit drei Schritten stand er vor mir. »Nein! Nein! Wir haben wegen Ihnen die Überwachung abgeblasen, Mr. Kenzie. Sie rufen mich herüber und erzählen mir, Sie hätten den Fall gelöst. Sie hätten ...«

»Ich habe nicht ...«

»... alles herausgefunden und müßten sofort mit mir sprechen. Also bin ich hergekommen, und er ist auch da«, er zeigte auf Phil, »und jetzt sind die beiden auch hier«, er wies mit dem Kopf auf Devin und Oscar, »und wenn es überhaupt eine Hoffnung gab, Evandro hier reinzulocken, können wir das jetzt vergessen, weil das Ganze hier wie eine verfluchte Jahresvollversammlung des FBI aussieht.« Er holte Atem. »Und damit hätte ich schon leben können, solange, ach, keine Ahnung, irgendwas dabei herausgekommen wäre. Aber nein, Sie kommen mir mit irgendwelchen Clowns!«

»Mr. Bolton«, versuchte es Phil erneut, »wir meinen es ernst.«

»Oh. Toll. Dann schau ich mal, ob ich das richtig verstanden habe: Vor zwanzig Jahren haben zwei Zirkusartisten mit buschigem Haar und Gummihosen in einem Lieferwagen neben Ihnen angehalten, als Sie zu einem Spiel der Kinderliga gingen und ...«

»Kamen«, verbesserte ich.

»Was?«

»Wir kamen von einem Spiel«, erklärte Phil.

»Mea culpa«, meinte Bolton und verbeugte sich vor uns. »Mea maxima Scheiß-culpa, tu morani.«

»Ich bin noch nie auf latein beschimpft worden«, sagte Devin zu Oscar. »Du?«

»Auf mandarin«, erwiderte Oscar. »Auf latein noch nie.«

»Schön«, begann Bolton wieder. »Sie wurden von zwei Zirkusartisten angesprochen, als Sie von einem Spiel kamen und weil – verstehe ich das richtig, Mr. Kenzie? –, weil Alec Hardiman bei dem Gespräch im Gefängnis ›Send in the Clowns‹ gesungen hat, glauben Sie, er sei einer der Clowns gewesen, und das heißt natürlich, daß er die ganze Zeit Leute umgebracht hat, um sich an Ihnen zu rächen, weil Sie damals entkommen sind?«

»So einfach ist das nicht.«

»Oh, super, Gott sei Dank. Sehen Sie, Mr. Kenzie, vor fünfundzwanzig Jahren habe ich Carol Yeager aus Chevy Chase, Maryland, gefragt, ob sie mit mir ausgehen wollte, aber sie hat mich ausgelacht. Aber das heißt doch nicht ...«

»Kaum zu glauben«, warf Devin ein.

»... daß es für mich absolut logisch ist, einige Jahre abzuwarten und dann jeden umzubringen, mit dem sie mal zu tun hatte.«

»Bolton«, versuchte ich es, »ich würde liebend gerne dabei zuschauen, wie Sie sich hier im Kreis drehen, aber wir haben nicht viel Zeit. Haben Sie die Akten über Hardiman,

Rugglestone und Morrison mitgebracht, um die ich gebeten hatte?«

Er klopfte auf seine Aktentasche. »Hier sind sie.«

»Schlagen Sie sie auf!«

»Mr. Kenzie . . .«

»Bitte.«

Er öffnete die Aktentasche, zog die Akten hervor und legte sie auf den Küchentisch. »Und?«

»Prüfen Sie die Berichte des Gerichtsmediziners über Rugglestone. Sehen Sie sich insbesondere den Abschnitt ›Nicht identifizierte Gifte‹ an!«

Er fand ihn und rückte die Brille zurecht. »Ja?«

»Was fand man in Rugglestones Gesichtswunden?«

Er las vor: »Zitronenextrakt, Wasserstoffperoxid, Talkum, Mineralöl, Stearinsäure, TM 32, Triethanolamin, Lanolin . . . alles identisch mit den Inhaltsstoffen von weißer Theaterschminke.« Er sah mich an: »Und?«

»Lesen Sie Hardimans Akte. Die gleiche Stelle.«

Er blätterte ein wenig und las.

»Und? Ja, die waren geschminkt.«

»Weiße Theaterschminke«, betonte ich, »die Schauspieler benutzen. Und Clowns.«

»Ich weiß nicht, was . . .«

»Bei Cal Morrison wurden die gleichen Inhaltsstoffe unter den Fingernägeln gefunden.«

Er schlug die Akte Morrison auf und blätterte, bis er die Stelle fand.

»Trotzdem«, meinte er.

»Suchen Sie die Fotos von dem Lieferwagen, der vor dem Tatort gefunden wurde, er war auf Rugglestone zugelassen.«

Er ging die Akte durch: »Hier ist es.«

»Da fehlt die Windschutzscheibe«, erklärte ich.

»Ja.«

»Der Lieferwagen war von innen ausgespritzt worden, wahrscheinlich am gleichen Tag. Irgendwann zwischen dem Ausspritzen und dem Zeitpunkt, als er von der Polizei gefunden wurde, hat jemand ein paar Hohlziegel durch die Windschutzscheibe geworfen, wahrscheinlich während Rugglestone umgebracht wurde.«

»Und?«

»Ich hatte die Scheibe doch markiert. Ich hatte den Baseball draufgeworfen, so daß in der Mitte ein ganzes Netz von Sprüngen war. Das war der einzige Beweis, daß Hardiman und Rugglestone die Clowns waren. Wenn man diese Markierung entfernte, gab es kein Motiv mehr.«

»Worauf wollen Sie hinaus?«

Ich glaubte es selber erst in dem Moment, als ich es aussprach: »Ich denke, der EES hat Charles Rugglestone umgebracht.«

»Er hat recht«, stimmte Devin schließlich zu.

Kurz nach acht war der Hagel in Regen übergegangen, und dieser überfror in dem Moment, als er auf dem Boden auftraf. An Angies Fenster rann das Wasser in Bächen hinunter und verwandelte sich vor unseren Augen in knisternde Eisadern. Bolton hatte einen seiner Agenten zum Wagen geschickt, um Kopien der Akten von Rugglestone, Hardiman und Morrison zu machen; seit einer Stunde lasen wir sie in Angies Eßzimmer. Bolton merkte an: »Ich bin mir nicht sicher.«

»Kommen Sie«, entgegnete Angie, »es steht alles da, wenn man es aus dem richtigen Winkel betrachtet. Jeder geht davon aus, daß Alec Hardiman mit Unmengen von Aufputschmitteln im Blut das Werk von zehn Männern verrichtet, als er Rugglestone umbringt. Und wenn ich davon überzeugt wäre, daß Hardiman schon ’ne Menge anderer

Leute umgebracht hat, würde ich mich davon wahrscheinlich auch beeindrucken lassen. Aber er leidet an einem Nervenschaden in der linken Hand, hatte Schlafmittel im Blut und wurde ohnmächtig aufgefunden. Jetzt sehen Sie sich einmal Rugglestones Wunden an und stellen sich dabei vor, daß sie von zehn oder, sagen wir, sieben Menschen stammen – und plötzlich ergibt alles einen Sinn!«

Devin fuhr fort: »Patricks Vater wußte, daß die Windschutzscheibe beschädigt war. Er und seine Freunde vom EES haben den Wagen gesucht, Hardiman und Rugglestone gefunden ...«

»Der EES hat Rugglestone umgebracht«, wiederholte Oscar schockiert.

Bolton blickte auf die Akte, dann mich an, dann wieder auf die Akte. Er betrachtete sie und bewegte beim Lesen des Abschnitts über Rugglestones Wunden die Lippen. Als er mich wieder ansah, waren seine Gesichtszüge erschlafft, und sein Mund stand offen. »Sie haben recht«, sagte er leise. »Sie haben recht.«

»Daß dir das nicht zu Kopf steigt«, mahnte Devin mich. »Du Dreckskerl.«

»Ein Märchen«, flüsterte Bolton leise.

»Was?«

Wir saßen zusammen im Eßzimmer. Die anderen waren in der Küche, wo Oscar seine berühmten Filetspitzen zubereitete.

In der Dunkelheit hielt Bolton die Hände hoch. »Es klingt wie eine Geschichte von den Gebrüdern Grimm. Zwei Clowns, statt einer Höhle ein Lieferwagen, die Bedrohung der Unschuld.«

Ich zuckte mit den Achseln. »Damals hatte ich einfach nur Schiß.«

»Ihr Vater«, sagte er.

Ich sah, wie das Eis an der Fensterscheibe gefror.

»Sie wissen, worauf ich hinauswill«, fügte er hinzu.

Ich nickte. »Er muß derjenige gewesen sein, der Rugglestone verbrannt hat.«

»Stück für Stück«, ergänzte Bolton, »während der Mann schrie.«

Das Eis krachte und brach auseinander, sofort lief neuer Regen in die Spalten und bildete durchsichtige Eisadern.

»Ja«, bestätigte ich und dachte an den Kuß meines Vaters an dem Abend. »Mein Vater hat Rugglestone bei lebendigem Leib verbrannt. Stück für Stück.«

»War er dazu fähig?«

»Ich habe Ihnen schon gesagt, Agent Bolton, daß er zu allem fähig war.«

»Aber dazu?«

Ich erinnerte mich an meines Vaters Lippen auf meiner Wange, an das in ihm rauschende Blut, als er mich an seine Brust drückte, an die Liebe in seiner Stimme, als er sagte, er sei stolz auf mich.

Dann dachte ich daran, wie er mit dem Bügeleisen auf mich losging, an den Geruch verbrannten Fleisches, der von meinem Bauch hochgestiegen war und mich erstickt hatte, während mich mein Vater mit einer Wut anstarrte, die an einen Rausch grenzte.

»Er war nicht nur dazu fähig«, ergänzte ich, »es hat ihm wahrscheinlich sogar Spaß gemacht.«

Als wir im Eßzimmer saßen und die Filetspitzen aßen, kam Erdham herein.

»Ja?« fragte Bolton.

Erdham reichte ihm ein Foto. »Ich dachte, das sollten Sie sehen.«

Bolton wischte sich Mund und Finger mit einer Serviette ab und hielt das Foto ins Licht.

»Das ist eins von denen, die bei Arujo gefunden wurden. Richtig?«

»Ja, Sir.«

»Haben Sie die Leute darauf identifizieren können?«

Erdham schüttelte den Kopf. »Nein, Sir.«

»Warum soll ich mir das dann ansehen, Agent Erdham?«

Erdham blickte mit gerunzelter Stirn zu mir herüber. »Ich meine nicht die Leute, Sir, sondern wo es aufgenommen wurde.«

Bolton blinzelte das Foto an. »Ja?«

»Sir, wenn Sie . . .«

»Warten Sie kurz!« Bolton ließ die Serviette auf seinen Teller fallen.

»Ja, Sir«, sagte Erdham, das Zittern seines Körpers verbergend.

Bolton warf mir einen Blick zu. »Das ist Ihr Haus.«

Ich legte die Gabel hin. »Wovon reden Sie?«

»Auf dem Foto ist die vordere Veranda Ihres Hauses zu sehen.«

»Wer ist drauf: Patrick oder ich?« erkundigte sich Angie.

Bolton schüttelte den Kopf. »Eine Frau und ein kleines Mädchen.«

»Grace«, stieß ich hervor.

32

Ich stand als erstes auf. Mit einem Handy am Ohr trat ich auf die Veranda hinaus, während mehrere Wagen des FBI kreischend die Straße hochkamen.

»Grace?«

»Ja?«

»Alles in Ordnung?« Ich rutschte auf dem Eis aus, hielt mich aber am Geländer fest. In dem Moment kamen Angie und Bolton nach draußen.

»Was? Du hast mich geweckt. Ich muß um sechs Uhr arbeiten. Wieviel Uhr ist es denn?«

»Zehn. Tut mir leid.«

»Können wir nicht morgen früh reden?«

»Nein. Nein. Ich möchte, daß du am Telefon bleibst und dabei alle Türen und Fenster überprüfst.«

Vor Angies Haus kamen die Autos schlingernd zum Halten.

»Was? Was ist das für ein Krach?«

»Grace, überprüf alle Türen und Fenster, ob sie verschlossen sind.«

Ich arbeitete mich auf den rutschigen Bürgersteig vor. Die Bäume trugen schwere glänzende Eiszapfen. Straße und Bürgersteige glänzten schwarz unter einer Eisschicht.

»Patrick, ich ...«

»Guck jetzt nach, Grace!«

Ich sprang auf den Rücksitz des ersten Autos, ein dunkelblauer Lincoln, und Angie nahm neben mir Platz. Bolton setzte sich nach vorne und gab dem Fahrer Grace' Adresse.

»Los!« Ich schlug gegen die Kopfstütze des Fahrers. »Los!«

»Patrick«, fragte Grace, »was ist denn?«

»Hast du alle Türen zu?«

»Ich gucke gerade nach. Haustür ist zu. Kellertür ist zu. Warte, ich gehe gerade nach hinten.«

»Auto von rechts!« warnte Angie.

Unser Fahrer trat aufs Gaspedal, und wir schossen in südlicher Richtung über die Kreuzung, während das Auto, das von rechts auf uns zukam, auf dem Eis in die Bremsen ging, hupte und über die Kreuzung schleuderte. Die Karawane von Wagen hinter uns wich nach rechts aus und schlitterte hinter dem kreuzenden Auto her.

»Hintertür ist zu«, sagte Grace. »Jetzt gucke ich nach den Fenstern.«

»Gut.«

»Du machst mir verdammte Angst.«

»Ich weiß. Tut mir leid. Die Fenster.«

»Vorderes Schlafzimmer und Wohnzimmer: beide zu. Jetzt gehe ich in Maes Zimmer. Zu, zu ...«

»Mommy?«

»Ist schon gut, Schatz. Bleib liegen! Ich bin sofort wieder da.«

Unser Lincoln raste mit mindestens neunzig auf die Auffahrt zur 93. Die Hinterräder hüpften über einen Buckel aus Eis oder gefrorenem Schlamm und prallten gegen die Leitplanke.

»Jetzt bin ich in Annabeth' Zimmer«, flüsterte Grace. »Zu. Zu. Offen.«

»Offen?«

»Ja. Sie hat es einen Spalt offengelassen.«

»Scheiße.«

»Patrick, sag mir jetzt sofort, was los ist!«

»Mach es zu, Grace! Mach es zu!«

»Hab ich doch. Was glaubst du eigentlich ...«

»Wo ist deine Pistole?«

»Meine Pistole? Ich habe keine. Ich hasse Waffen.«

»Dann ein Messer!«

»Was?«

»Hol dir ein Messer, Grace. O Gott! Hol dir ...«

Angie riß mir das Telefon aus der Hand, legte den Finger auf die Lippen und machte »Psst!« zu mir.

»Grace, hier ist Ange. Hör mal zu! Du bist vielleicht in Gefahr. Wir sind nicht ganz sicher. Bleib einfach am Telefon und beweg dich nicht von der Stelle, es sei denn, du bist sicher, daß ein Eindringling bei euch im Haus ist.«

Die Ausfahrten flogen an uns vorbei: Andrew Square, Massachusetts Avenue. Der Lincoln schwenkte auf die Frontage Road, vorbei an den verschwommenen Umrissen von Halden für Industrieabfälle rasten wir in Richtung East Berklee.

»Bolton«, mahnte ich, »sie ist kein Köder.«

»Ich weiß.«

»Ich will, daß sie in polizeilichen Gewahrsam kommt, und zwar so sicher, daß selbst der Präsident sie nicht mehr finden kann.«

»Ich verstehe.«

»Hol Mae«, wies Angie Grace an, »und geh mit ihr in ein Zimmer und schließ die Tür zu! Wir sind in drei Minuten da. Wenn einer versuchen sollte, die Tür aufzubrechen, steig aus dem Fenster und lauf Richtung Huntington oder Mass. Avenue und schrei dabei, so laut du kannst!«

In East Berklee rasten wir über die erste rote Ampel, ein Auto wich uns aus, fuhr gegen die Bordsteinkante und landete vor einer Laterne vor dem Pine Street Inn.

»Schon wieder ein Prozeß«, stöhnte Bolton.

»Nein, nein«, rief Angie. »Du gehst nur nach draußen, wenn du etwas im Haus hörst. Wenn er draußen ist, dann wartet er ja nur auf dich. Wir sind fast da, Grace! In welchem Zimmer bist du?«

Der linke Hinterreifen schrammte am Bordstein vorbei, als wir auf die Columbus Avenue bogen.

»In Maes Zimmer? Gut. Wir sind noch acht Häuserblocks entfernt.«

Die Fahrbahn war unter einer schweren, mindestens fünf Zentimeter dicken Eisschicht begraben, so daß es uns schien, als führen wir über eine Schicht Lakritz.

Ich schlug mit der Faust gegen die Tür, während die Reifen durchdrehten, wieder griffen und dann erneut durchdrehten.

»Ruhig Blut«, sagte Bolton.

Angie klopfte mir aufs Knie.

Während der Lincoln nach rechts auf die West Newton abbog, explodierten in meinem Kopf Schwarzweißbilder wie Blitzlichter.

Kara, in der Kälte gekreuzigt.

Jason Warrens Kopf, der an einem Kabel baumelt.

Peter Stimovich, der mich ohne Augen anstarrt.

Mae, die mit dem Hund im Gras herumtollt.

Grace' feuchter Körper, der sich mitten in einer warmen Nacht auf mich rollt.

Cal Morrison, eingeschlossen im Laderaum des schmierigen weißen Lieferwagens.

Das blutrote höhnische Grinsen des Clowns, als er meinen Namen aussprach.

»Grace«, flüsterte ich.

»Ist schon gut«, sprach Angie ins Telefon, »jetzt sind wir sofort da.«

Wir bogen auf die St. Botolph Street, und der Fahrer trat auf die Bremse, befand sich jedoch wieder auf Eis, so daß wir an Grace' rötlichbraunem Sandsteinhaus vorbeirutschten und erst zwei Häuser weiter zum Stehen kamen.

Die Wagen hinter uns versuchten, ebenfalls zu halten, während ich nach draußen sprang und auf das Haus zulief. Auf dem Bürgersteig rutschte ich aus und fiel aufs Knie. In dem Moment kam ein Mann zwischen zwei Autos rechts von mir hervor. Ich drehte mich um und zielte auf seine Brust, er hob einen Arm im dunklen Regen.

Gerade wollte ich abdrücken, als er schrie: »Patrick, hör auf!«

Nelson.

Er ließ den Arm sinken, sein Gesicht war naß und voller Angst, da stieß Oscar von hinten wie eine Lokomotive gegen ihn, und Nelsons schmaler Körper verschwand vollständig unter Oscar, als beide zu Boden fielen.

»Oscar«, rief ich. »Er ist okay! Er ist okay! Er arbeitet für mich!«

Ich lief die Treppen zu Grace' Haustür empor.

Angie und Devin waren hinter mir, Grace öffnete die Tür und fragte: »Patrick, was ist los, verdammt noch mal?« Sie sah, wie Bolton hinter mir seinen Leuten Befehle zubellte, und ihre Augen weiteten sich.

In der ganzen Straße gingen die Lichter an.

»Ist gut jetzt«, sagte ich.

Devin hatte die Waffe gezogen und trat jetzt an Grace vorbei. »Wo ist das Kind?«

»Was? In ihrem Zimmer.«

Er ging in Stellung und begann die Zimmer zu prüfen.

»Hey, Moment mal!« Sie lief hinter ihm her.

Angie und ich folgten ihr, während Agenten mit Taschenlampen die angrenzenden Hinterhöfe durchforsteten.

Grace zeigte auf Devins Waffe. »Tun Sie die weg, Sergeant! Weg damit!«

Mae begann laut zu weinen. »Mommy!«

Devin steckte den Kopf in jede Tür, die Waffe eng ans Knie gedrückt.

Mir war schlecht. Ich stand im warmen Licht des Wohnzimmers, meine Hände zitterten vor Aufregung. Ich hörte Mae in ihrem Zimmer weinen und folgte dem Geräusch.

Mit einem Schaudern ging mir ein Gedanke durch den Kopf: Fast hätte ich Nelson erschossen – doch im Nu war er weg.

Grace hatte Mae auf dem Arm. Als ich hereinkam, öffnete Mae die Augen und brach erneut in Tränen aus.

Grace sah zu mir herüber. »Mein Gott, Patrick, war das nötig?«

Von draußen strahlten Taschenlampen gegen die Fenster.

»Ja«, erwiderte ich.

»Patrick«, sagte sie und starrte mit zornigem Blick auf meine Hand. »Tu das Ding weg!«

Ich sah hin und bemerkte die Waffe in meiner Hand. Mir wurde klar, daß sie Maes letzten Tränenausbruch ausgelöst hatte. Ich ließ sie zurück ins Holster gleiten, sah die beiden an, Mutter und Tochter, die sich auf dem Bett umarmten, und fühlte mich besudelt und schmutzig.

»Oberste Priorität hat«, sagte Bolton im Wohnzimmer zu Grace, während sich Mae in ihrem Zimmer umzog, »daß Sie und Ihre Tochter in Sicherheit gebracht werden. Draußen wartet ein Wagen auf Sie. Ich möchte, daß Sie mitkommen.«

»Wohin?« fragte Grace.

»Patrick«, sagte eine kleine Stimme.

Ich drehte mich um und sah Mae frisch angezogen mit Jeans und Sweatshirt in der Tür zu ihrem Zimmer stehen, die Schnürsenkel an den Schuhen waren noch offen.

»Ja?« fragte ich sanft.

»Wo ist deine Pistole?«

Ich versuchte zu lachen. »Habe ich weggesteckt. Tut mir leid, daß ich dir angst gemacht habe.«

»Ist sie dick?«

»Was?« Ich kniete mich neben sie, um ihr die Schuhe zuzubinden.

»Ist sie . . .« Sie zögerte, suchte nach dem richtigen Wort und schämte sich, weil sie es nicht wußte.

»Schwer?« schlug ich vor.

Sie nickte. »Ja. Schwer.«

»Sie ist schwer, Mae. So schwer, daß du sie nicht mal hochheben kannst.«

»Und du?«

»Für mich ist sie auch schon ziemlich schwer«, erwiderte ich.

»Aber warum hast du sie dann?« Sie legte den Kopf ein wenig schräg und blickte zu mir hoch.

»Das ist sozusagen mein Arbeitsgerät«, antwortete ich, »so wie deine Mami ein Stethoskop hat.«

Ich gab ihr einen Kuß auf die Stirn.

Sie küßte mich auf die Wange und schlang mir die weichen Ärmchen um den Hals, und ich dachte, sie können nicht aus der gleichen Welt stammen, die einen Alec Hardiman, einen Evandro Arujo und Messer und Pistolen hervorbringt. Dann ging sie zurück in ihr Zimmer.

Im Wohnzimmer schüttelte Grace heftig den Kopf. »Nein.«

»Was?« fragte Bolton.

»Nein«, wiederholte Grace. »Ich gehe nicht. Sie können Mae mitnehmen, und ich rufe ihren Vater an. Ich bin mir sicher, ja, er nimmt sich bestimmt frei und geht mit Mae, damit sie nicht alleine ist. Ich besuche sie, bis das vorbei ist, aber ich selber komme nicht mit.«

»Dr. Cole, das kann ich nicht zulassen.«

»Ich mache gerade ein Probejahr als Chirurgin, Agent Bolton. Verstehen Sie das?«

»Ja, tue ich, aber Ihr Leben ist in Gefahr.«

Sie schüttelte den Kopf. »Sie können mich ja schützen. Sie können mich beobachten lassen. Und meine Tochter können Sie verstecken.« Mit Tränen in den Augen sah sie zu Maes Zimmertür hinüber. »Aber ich kann meinen Job nicht aufgeben. Nicht jetzt. Ich bekomme nie wieder eine vernünftige Stelle, wenn ich jetzt mitten im Probejahr einfach nicht zur Arbeit komme.«

»Dr. Cole«, sagte Bolton erneut, »ich kann das nicht zulassen.«

Grace schüttelte wieder den Kopf. »Das müssen Sie aber, Agent Bolton. Schützen Sie meine Tochter! Ich passe auf mich selber auf.«

»Der Mann, mit dem wir es hier zu tun haben . . .«

». . . ist gefährlich, ich weiß. Das haben Sie mir schon alles erzählt. Und es tut mir leid, Agent Bolton, aber ich gebe nicht einfach auf, wofür ich mein Leben lang gearbeitet habe. Nicht jetzt. Für niemanden.«

»Er holt dich«, sagte ich und fühlte dabei noch immer Maes weiche Arme um meinen Hals.

Jeder im Raum sah zu mir herüber.

Grace sagte: »Nicht, wenn . . .«

»Nicht, wenn was? Ich kann euch nicht alle schützen, Grace!«

»Ich habe dich auch nicht gebeten ...«

»Er hat gesagt, ich müßte mich entscheiden.«

»Wer?«

»Hardiman«, erklärte ich und staunte, wie laut meine Stimme war. »Ich müßte mich zwischen Menschen entscheiden, die ich liebe. Er meinte dich und Mae, Phil und Angie. Ich kann euch nicht alle schützen, Grace.«

»Dann laß es halt, Patrick!« Ihre Stimme war kalt. »Laß es! Du hast dies alles in mein Leben gebracht. In das Leben meiner Tochter. Du mit deiner scheißverfluchten Gewaltverherrlichung hast diesen Menschen zu mir geführt! Jetzt müssen meine Tochter und ich dein Leben teilen, obwohl wir das niemals gewollt haben.« Sie schlug sich mit der Faust aufs Knie und sah dann zu Boden, atmete heftig aus. »Ich komme zurück. Bringen Sie Mae an einen sicheren Ort! Ich rufe jetzt ihren Vater an.«

Bolton warf Devin einen fragenden Blick zu; der zuckte mit den Achseln.

»Ich kann Sie nicht zwingen, sich in die Obhut der Polizei zu begeben ...«

»Nein«, rief ich dazwischen. »Nein, nein, nein! Grace, du kennst diesen Menschen nicht. Er holt dich. Ganz bestimmt.«

Ich stellte mich vor sie.

»Und?« fragte sie.

»Und?« wiederholte ich. »Und?«

Mir war bewußt, daß mich alle anstarrten. Ich merkte, daß ich außer mir war. Ich fühlte mich verstört und rachsüchtig. Ich fühlte mich gewalttätig, abstoßend und innerlich zerrüttet.

»Und?« fragte Grace noch einmal.

»Und er schneidet dir den verdammten Kopf ab!« schrie ich.

»Patrick!« rief Angie.

Ich beugte mich über Grace. »Verstehst du das? Er schneidet dir den Kopf ab. Aber erst zum Schluß. Vorher wird er dich eine Zeitlang vergewaltigen, Grace, und dann wird er Streifen aus dir herausschneiden, dann schlägt er dir Nägel durch die Hände und ...«

»Hör auf!« sagte sie leise.

Aber ich konnte nicht. Es schien mir wichtig, daß sie das verstand.

»... reißt dir die Eingeweide heraus, Grace. Das macht er am liebsten. Er nimmt die Eingeweide raus und kann dann sehen, wie der Körper dampft. Dann reißt er dir vielleicht noch die Augen raus, während sein Partner in dir herumstochert und ...«

Hinter mir ertönte ein Schrei.

Grace hielt sich die Ohren zu, doch nahm sie die Hände weg, als sie den Schrei hörte.

Hinter mir stand Mae mit rot angelaufenem Gesicht und schlug unkontrolliert mit den Armen um sich, als sei sie unter Strom gesetzt worden.

»Nein, nein, nein!« schrie sie unter Tränen, lief an mir vorbei zu ihrer Mutter und drückte sich leidenschaftlich an sie.

Grace blickte mich an, während sie ihre Tochter an die Brust gepreßt hielt. In ihrem Blick stand nackter, grenzenloser Haß.

»Verlaß mein Haus!« sagte sie.

»Grace.«

»Jetzt!«

»Dr. Cole«, wandte Bolton ein, »ich möchte gerne, daß Sie ...«

»Ich komme mit Ihnen«, antwortete sie ihm.

»Was?«

Sie hatte die Augen noch immer auf mich gerichtet. »Ich gehe mit Ihnen, Agent Bolton. Ich lasse meine Tochter nicht allein. Ich komme«, sagte sie leise.

Ich versuchte es: »Sieh mal, Grace . . .«

Sie legte die Hände auf die Ohren ihrer Tochter.

»Ich dachte, ich hätte dir gesagt, du sollst verdammt noch mal mein Haus verlassen!«

Das Telefon klingelte. Sie hob ab, ohne mich aus den Augen zu lassen. »Hallo!« Sie runzelte die Stirn. »Ich hatte Ihnen schon heute nachmittag gesagt, daß Sie nicht mehr anzurufen brauchen. Wenn Sie mit Patrick reden wollen . . .«

»Wer ist es?« fragte ich.

Sie warf den Hörer vor mir auf den Boden. »Hast du meine Nummer an deinen irren Freund weitergegeben, Patrick?«

»Bubba?« Ich hob den Hörer auf. Rasch ging sie an mir vorbei und brachte Mae in ihr Zimmer.

»Hallo, Patrick.«

»Wer ist da?« fragte ich.

»Wie haben dir die Bilder gefallen, die ich von deinen Freundinnen gemacht habe?«

Ich warf Bolton einen Blick zu und formte mit den Lippen lautlos den Namen »Evandro«.

Bolton rannte aus dem Haus, Devin folgte ihm.

»Die haben mich nicht sehr beeindruckt, Evandro.«

»Ach«, erwiderte er, »das tut mir aber leid. Ich habe meine Technik verbessert, versuche jetzt mit Licht und Schatten zu spielen, die Raumaufteilung zu beachten und so weiter. Ich finde, ich habe mich künstlerisch verbessert. Du nicht?«

Vor dem Fenster erklomm ein Agent einen Telefonmasten.

»Weiß ich nicht, Evandro. Ich bezweifle, daß du Annie Leibovitz schon mal über die Schulter gesehen hast.«

Evandro kicherte. »Aber dir kann ich über die Schulter gucken, stimmt's, Patrick?«

Devin kam herein und hielt ein Blatt Papier in der Hand, auf dem stand: »Halt ihn zwei Minuten!«

»Ja, stimmt. Wo bist du, Evandro?«

»Ich beobachte dich.«

»Ach ja?« Ich widerstand der Versuchung, mich umzudrehen und aus den Fenstern auf die Straße zu gucken.

»Ich beobachte dich und deine Freundin und die ganzen hübschen Bullen, die um das Haus herumstehen.«

»Na, wenn du in der Nähe bist, dann komm doch vorbei!«

Wieder ein leises Kichern. »Ich warte lieber noch. Aber du siehst sehr hübsch aus im Moment, Patrick, wie du das Telefon am Ohr hältst, die Stirn vor Sorgen in Falten, das Haar vom Regen zerzaust. Einfach bezaubernd.«

Grace kam ins Wohnzimmer zurück und stellte einen Koffer neben der Tür ab.

»Vielen Dank für die Blumen, Evandro!«

Grace zuckte, als sie den Namen hörte, und sah zu Angie hinüber.

»Ist mir ein Vergnügen«, erwiderte Evandro.

»Was habe ich an?«

»Wie bitte?« fragte er.

»Was habe ich an?«

»Patrick, als ich diese Fotos von deiner Freundin und ihrer Tochter . . .«

»Was habe ich an, Evandro?«

». . . gemacht habe, da habe ich . . .«

»Du weißt es nicht, weil du das Haus gar nicht beobachtest. Stimmt's?«

»Ich sehe viel mehr, als du dir vorstellen kannst.«

»Du hast nur Scheiße im Kopf, Evandro!« Ich lachte. »Versuchst hier, einen auf...«

»Wage es nicht, über mich zu lachen!«

»... allwissenden, allgegenwärtigen Meister des Bösen zu machen...«

»Du redest nicht in diesem Ton mit mir, Patrick!«

»... aber ich finde, du bist nichts als ein jämmerlicher Anfänger!«

Devin sah auf seine Armbanduhr und hob drei Finger. Noch dreißig Sekunden also.

»Ich schneide das Kind in Stücke und schick sie dir mit der Post.«

Ich drehte mich um und sah Mae über ihren Koffer gebeugt im Kinderzimmer stehen, sie rieb sich noch immer die Augen.

»Du wirst nicht mehr in ihre Nähe kommen, du Wichser! Du hast deine Chance verpaßt.«

»Ich lösche jeden aus, den du kennst.« Die Stimme war rauh vor Zorn.

Bolton kam durch die Eingangstür und nickte.

»Du kannst nur beten, daß ich dich nicht zuerst erwische, Evandro.«

»Das schaffst du nicht, Patrick. Das schafft keiner. Auf Wiedersehen!«

Und dann war eine zweite Stimme in der Leitung, rauher als Evandros: »Wir sehen uns, Leute!«

Dann brach die Verbindung ab. Ich sah Bolton an.

»Sogar beide«, bemerkte er.

»Ja.«

»Haben Sie die zweite Stimme erkannt?«

»Nicht mit dem falschen Akzent.«

»Sie sind an der Nordküste.«

»An der Nordküste?« wiederholte Angie.

Bolton nickte. »Auf Nahant.«

»Sie haben sich auf eine Insel verzogen?« staunte Devin.

»Jetzt können wir sie einkesseln«, erklärte Bolton. »Ich habe schon die Küstenwache alarmiert und Polizeiwagen von Nahant, Lynn und Swampscott ausgeschickt, die die Brücke sperren sollen.«

»Dann sind wir also in Sicherheit?« wollte Grace wissen.

»Nein«, widersprach ich.

Doch sie ignorierte mich und sah Bolton an.

»Ich kann das Risiko nicht eingehen«, antwortete dieser. »Auch Sie nicht, Dr. Cole. Ich kann nicht Ihre Sicherheit und die Ihrer Tochter aufs Spiel setzen, solange wir die beiden nicht haben.«

Sie sah Mae entgegen, die mit dem Pocahontas-Koffer in der Hand aus ihrem Zimmer kam. »Okay. Sie haben recht.«

Bolton wandte sich an mich. »Ich habe zwei Beamte zu Mr. Dimassis Wohnung abgeordnet, aber jetzt gehen mir langsam die Leute aus. Die Hälfte ist immer noch an der Südküste. Ich brauche jeden, den ich bekommen kann.«

Ich warf Angie einen fragenden Blick zu, und sie nickte.

»Die Alarmanlagen an Ihrer Vorder- und Hintertür, Ms. Gennaro, sind auf dem neuesten Stand der Technik.«

»Wir können ein paar Stunden auf uns selbst aufpassen«, erwiderte ich.

Er schlug mir auf die Schulter. »Wir haben sie bald, Mr. Kenzie.« Dann fragte er Grace und Mae: »Fertig?«

Sie nickte und hielt Mae die Hand hin. Das Mädchen ergriff sie und blickte verwirrt und traurig zu mir auf.

»Grace!«

»Nein.« Grace schüttelte den Kopf, als ich versuchte, ihr

die Hand auf die Schulter zu legen. Sie drehte sich um und ging.

Sie wurden in einem schwarzen Chrysler mit kugelsicheren Scheiben fortgebracht. Der Fahrer hatte kalte, aufmerksame Augen.

»Wohin bringen Sie sie?« erkundigte ich mich.

»Weit weg«, entgegnete Bolton, »weit weg.«

In der Mitte der Massachusetts Avenue landete ein Hubschrauber; Bolton, Erdham und Fields liefen vorsichtig über den geforenen Boden hinüber.

Als der Hubschrauber abhob und entlang der Straße Müll gegen die Schaufensterscheiben wirbelte, hielten Devin und Oscar mit dem Auto neben uns.

»Ich habe deinen Kumpel, diesen Winzling, ins Krankenhaus gebracht«, erzählte Oscar und hob entschuldigend die Hände. »Hab ihm sechs Rippen gebrochen. Tut mir leid.«

Ich zuckte mit den Schultern. Irgendwann mache ich das wieder gut bei Nelson.

»Ich hab einen Wagen zu Angie geschickt«, erklärte Devin. »Ich kenn den Jungen. Er heißt Tim Dunn. Dem könnt ihr vertrauen. Fahrt direkt hin!«

Angie und ich standen gemeinsam im Regen und sahen zu, wie sich das Auto zwischen Polizeiwagen und FBI-Caravan einfädelte und die Massachusetts Avenue hinunterfuhr. Das Klatschen der Regentropfen auf dem Eis war das einsamste Geräusch, das ich je gehört hatte.

33

Vorsichtig lenkte unser Taxifahrer seinen Wagen durch die vereisten Straßen: Er hielt die Tachonadel bei ungefähr dreißig und bremste nur dann, wenn er keine andere Möglichkeit mehr hatte.

Die Stadt war in Eis gehüllt. Große gläserne Flächen bedeckten die Fassaden der Häuser; die Dachrinnen bogen sich unter dem Gewicht der weißen Eiszapfen. Die Bäume glänzten platinfarben, die Autos an den Straßen hatten sich in Eisskulpturen verwandelt.

»Heute nacht gibt's bestimmt 'ne Menge Stromausfälle«, meinte der Taxifahrer.

»Glauben Sie?« erwiderte Angie geistesabwesend.

»Und wie, schöne Frau. Das Eis, das drückt die ganzen Stromleitungen runter. Warten Sie's mal ab. In so 'ner schlimmen Nacht sollte keiner draußen sein. Nee.«

»Und warum sind Sie draußen?« fragte ich.

»Die Kinder müssen doch was zu beißen haben! Müssen aber nicht wissen, wie hart die Welt für ihren Papa ist. Nein. Die müssen nur wissen, daß sie was zu beißen kriegen.«

Ich dachte an Maes verwirrten, verschreckten Gesichtsausdruck. In meinen Ohren hallten die Worte wider, die ich ihrer Mutter entgegengeschleudert hatte.

Die Kinder müssen es nicht wissen.

Wie hatte ich das nur vergessen können?

Timothy Dunn ließ seine Taschenlampe zweimal aufleuchten, als wir uns dem Weg vor Angies Haus näherten.

Vorsichtig kam er über die Straße auf uns zu. Er war ein schmaler junger Mann mit einem breiten, offenen Gesicht. Er hätte besser auf einen Bauernhof oder ins Priesterseminar gepaßt.

Seine Polizeimütze war in Plastik eingewickelt, um sie vor der Nässe zu schützen. Der schwere, schwarze Regenmantel war voller Regentropfen. Er tippte sich an die Mütze, als wir uns an der Haustreppe trafen.

»Mr. Kenzie, Ms. Gennaro. Ich bin Officer Timothy Dunn. Wie geht's uns heute abend?«

»Ging schon mal besser«, gab Angie zurück.

»Ja, Ma'am, schon gehört.«

»Miss«, verbesserte Angie.

»Wie bitte?«

»Nennen Sie mich bitte Miss oder einfach Angie. Wenn Sie Ma'am sagen, komme ich mir vor, als wäre ich Ihre Mutter.« Sie sah ihn an. »Und das bin ich doch nicht, oder?«

Er lächelte schüchtern: »Das möchte ich aber entschieden bezweifeln, Miss.«

»Wie alt sind Sie?«

»Vierundzwanzig.«

»Puh!«

»Und Sie?« fragte er.

Angie kicherte. »Fragen Sie eine Frau nie nach ihrem Gewicht oder ihrem Alter, Officer Dunn.«

Er nickte. »Ich meinte nur, so oder so hat es der Herr ziemlich gut mit Ihnen gemeint, Miss.«

Ich verdrehte die Augen.

Sie lehnte sich nach hinten und sah ihn näher an.

»Sie werden es weit bringen, Officer Dunn.«

»Vielen Dank, Miss. Das sagen die Leute öfter zu mir.«

»Dann glauben Sie ihnen«, antwortete Angie.

Einen Moment lang sah er auf seine Schuhe herunter, scharrte leicht damit und zog sich am rechten Ohrläppchen. Ich war mir sicher, daß es ein nervöser Tick von ihm war.

Er räusperte sich. »Sergeant Amronklin meinte, die Jungs vom FBI würden Unterstützung vorbeischicken, sobald sie genug Leute von der Südküste abgezogen haben. Er meinte, spätestens um zwei oder drei Uhr morgens. Mir wurde gesagt, die Vorder- und Hintertür seien durch Alarmanlagen gesichert, und der hintere Teil des Hauses sei sicher.«

Angie nickte.

»Ich würde trotzdem gerne einmal nachsehen.«

»Tun Sie sich keinen Zwang an!«

Er tippte sich wieder an die Mütze und ging ums Haus herum nach hinten, während wir auf der Veranda standen und seinen Fußstapfen lauschten, die auf dem gefrorenen Rasen knirschten.

»Wo hat Devin denn diesen Jungen her?« fragte Angie. »Aus einem Prospekt für Musterschüler?«

»Ist wahrscheinlich ein Neffe von ihm«, erwiderte ich.

»Von Devin?« Sie schüttelte den Kopf. »Ganz bestimmt nicht.«

»Glaub mir! Devin hat acht Schwestern, davon sind die Hälfte Nonnen. Im Kloster. Die andere Hälfte ist mit Männern verheiratet, die glauben, einen sicheren Platz zur Rechten des allmächtigen Vaters zu haben.«

»Und wie konnte Devin so einer Genmasse entspringen?«

»Das ist ein Mirakel, muß ich zugeben.«

»Der Kleine ist so unschuldig und ehrlich«, meinte sie.

»Er ist zu jung für dich.«

»Jeder Junge braucht eine Frau, die ihn verdirbt«, gab sie zurück.

»Und dafür bist du genau die Richtige?«

»Darauf kannst du deinen Arsch wetten. Hast du seine Oberschenkel in der engen Hose gesehen?«

Ich seufzte.

Der Strahl der Taschenlampe kündigte die knirschenden Schritte von Timothy Dunn an, der kurz darauf um die Ecke bog.

»Alles klar!« rief er zu uns rüber, wir waren auf die Verandastufen heruntergekommen.

»Vielen Dank, Officer!«

Er sah Angie ins Gesicht, seine Pupillen weiteten sich, dann wich er ihrem Blick aus.

»Tim«, verbesserte er, »nennen Sie mich doch Tim, Miss.«

»Dann nenn du mich Angie. Das ist Patrick.«

Er nickte und warf mir einen schuldbewußten Blick zu.

»Also«, sagte er zögernd.

»Also«, sagte auch Angie.

»Also – ich bin dann im Wagen. Wenn ich ins Haus kommen muß, rufe ich vorher an. Sergeant Amronklin hat mir die Nummer gegeben.«

»Was ist, wenn besetzt ist?« wollte ich wissen.

Das hatte er sich schon überlegt. »Ich leuchte mit der Taschenlampe dreimal in das Zimmer da.« Er wies auf das Wohnzimmer. »Ich habe einen Plan vom Haus gesehen; das Licht müßte in jedem Raum außer in Küche und Badezimmer zu sehen sein. Stimmt das?«

»Ja.«

»Und wenn Sie schlafen oder mich nicht sehen sollten, klingel ich an der Tür. Zweimal kurz. Okay?

»Hört sich gut an«, lobte ich.

»Wird schon klappen«, meinte er.

Angie nickte. »Danke, Tim.«

Er nickte, konnte ihr aber nicht in die Augen sehen. Dann ging er zurück zur Straße und stieg ins Auto.

Ich schnitt Angie eine Grimasse. »Danke, Tim«, wiederholte ich.

»Ach, halt den Mund!«

»Sie werden sich schon wieder beruhigen«, meinte Angie.

Wir saßen im Wohnzimmer und sprachen über Grace und Mae. Neben der Haustür konnte ich den kleinen roten Punkt der Alarmanlage leuchten sehen. Anstatt mich zu beruhigen, schien er unsere Verletzlichkeit nur noch zu betonen.

»Nein, bestimmt nicht.«

»Wenn sie dich lieben, dann sehen sie irgendwann ein, daß du bei dem Streß einfach ausgerastet bist. Schwer ausgerastet, das gebe ich zu, aber mehr auch nicht.«

Ich schüttelte den Kopf. »Grace hatte recht. Ich hab ihr die ganze Gewalt ins Haus gebracht. Und bin dann selbst so geworden. Ich habe ihre Tochter in Angst und Schrecken versetzt, Angie.«

»Kinder sind nicht unterzukriegen«, beruhigte sie mich.

»Wenn du Grace wärst, und ich hätte diese Nummer vor dir abgezogen, so daß dein Kind wahrscheinlich einen Monat lang Alpträume hat, was würdest du dann tun?«

»Ich bin nicht Grace.«

»Aber wenn du sie wärst.«

Angie schüttelte den Kopf und blickte auf das Bier in ihrer Hand.

»Los, sag schon!«

Als sie sprach, guckte sie noch immer auf das Bier.

»Wahrscheinlich würde ich dich nie wieder sehen wollen. Niemals mehr.«

Wir zogen uns ins Schlafzimmer zurück und setzten uns erschöpft, aber zu aufgedreht, um schlafen zu können, auf zwei Stühle zu beiden Seiten des Bettes.

Der Regen hatte aufgehört, das Licht im Schlafzimmer war aus, und das Eis warf ein silbriges Licht an die Wände und tauchte den Raum in Perlmutt.

»Irgendwann frißt sie uns auf, die Gewalt«, sagte Angie.

»Ich hab immer gedacht, wir sind stärker als sie.«

»Da hast du dich geirrt. Nach einer Weile ergreift sie Besitz von dir.«

»Sprichst du von mir oder von dir?«

»Von uns beiden. Weißt du noch, wie ich Bobby Royce vor ein paar Jahren erschossen habe?«

Ich erinnerte mich daran. »Du hast mir das Leben gerettet.«

»Indem ich ihm seines nahm.‹ Sie nahm einen langen Zug von ihrer Zigarette. »Jahrelang habe ich mir versucht einzureden, daß ich mich anders fühlte, als ich abdrückte, daß ich das nicht gefühlt haben konnte.«

»Was denn?« wollte ich wissen.

Sie beugte sich vor, die Füße auf der Bettkante, und schlang die Arme um die Knie.

»Ich hab mich wie Gott gefühlt«, antwortete sie. »Ich hab mich toll gefühlt, Patrick.«

Später lag sie mit dem Aschenbecher auf dem Bauch im Bett und starrte zur Decke hoch; ich saß noch immer auf dem Stuhl.

»Das hier ist mein letzter Fall«, sagte sie. »Für ’ne Weile wenigstens.«

»Okay.«

Sie drehte mir den Kopf zu. »Ist dir das egal?«

»Nein.«

Sie blies Kringel an die Decke.

»Ich hab es so satt, Angst zu haben, Patrick. Ich hab es so satt, so viel Wut zu fühlen. Mich macht das kaputt, wenn ich sehe, wieviel Haß ich verspüre.«

»Ich weiß«, versicherte ich ihr.

»Ich habe es satt, mich ständig mit Irren, Totschlägern, Pennern und Lügnern herumzuschlagen. Ich glaube ja schon langsam, die Welt besteht nur aus solchen Menschen.«

Ich nickte. Ich hatte es auch satt.

»Wir sind noch jung.« Sie sah zu mir herüber. »Weißt du?«

»Ja.«

»Wir sind noch jung genug, das zu ändern, wenn wir wollen. Wir sind noch jung genug, um wieder clean zu werden.«

Ich beugte mich vor: »Seit wann fühlst du dich so?«

»Seitdem wir Marion Socia umgebracht haben. Vielleicht schon, seitdem ich Bobby Royce getötet habe, weiß nicht. Jedenfalls schon lange. Ich fühle mich schon so lange schmutzig, Patrick. Früher war das anders.«

Meine Stimme war ein Flüstern: »Können wir denn wieder sauber werden, Angie? Oder ist es schon zu spät?«

Sie zuckte mit den Achseln. »Den Versuch ist es wert. Meinst du nicht?«

»Klar.« Ich griff nach ihrer Hand. »Wenn du das meinst, dann ist es das wert.«

Sie lächelte. »Du bist der beste Freund, den ich je hatte.«

»Ebenfalls«, gab ich zurück.

Plötzlich saß ich aufrecht in Angies Bett.

»Was?« fragte ich, doch hatte niemand mit mir gesprochen. In der Wohnung war nichts zu hören. Aus dem Augenwinkel sah ich etwas, das sich bewegte. Ich drehte mich um und schaute auf das rückwärtige Fenster. Während ich die gefrorenen Fensterscheiben untersuchte, drückten sich die dunklen Äste der sich im Wind wiegenden Pappel an die Scheibe und schnellten wieder zurück.

Mir fiel auf, daß die roten Digitalziffern auf Angies Wekker nicht zu lesen waren.

Auf der Kommode suchte ich nach meiner Uhr und beugte mich vor, um im eisigen Licht des Fensters die Uhrzeit zu lesen: 1:45 Uhr.

Ich drehte mich um und hob die Jalousie an, damit ich einen Blick auf die Nachbarhäuser werfen konnte. Kein Licht war zu sehen, auch die Straßenlaternen brannten nicht. Die Nachbarschaft sah aus wie ein Bergdorf, überzogen mit einer Eisschicht, abgeschnitten von der Außenwelt.

Als das Telefon klingelte, bekam ich fast einen Herzinfarkt.

»Ich nahm ab: »Hallo?«

»Mr. Kenzie?«

»Ja.«

»Tim Dunn.«

»Das Licht ist aus.«

»Ja«, bestätigte er. »In ganz Boston sind große Flächen betroffen. Das Eis wird schwer und reißt die Leitungen nach unten, in ganz Massachusetts geben die Transformatoren ihren Geist auf. Ich habe die Stadtwerke über unsere Situation unterrichtet, aber es wird noch ’ne Weile dauern.«

»Okay. Danke, Officer Dunn!«

»Keine Ursache.«

»Officer Dunn?«

»Ja?«

»Welche von Devins Schwestern ist Ihre Mutter?«

»Woher wissen Sie das?«

»Ich bin doch Detektiv, schon vergessen?«

Er kicherte. »Theresa.«

»Ach«, erwiderte ich, »eine der älteren Schwestern. Vor denen hat Devin immer Angst.«

Er lachte leise. »Ich weiß. Ist immer witzig.«

»Danke, daß Sie auf uns aufpassen, Officer Dunn.«

»Aber immer«, erwiderte er. »Nacht, Mr. Kenzie.«

Ich legte auf und betrachtete die reglose Mischung aus tiefen Schwarztönen, hellem Silber und Perlmutt draußen.

»Patrick?«

Angie hob den Kopf und schob sich mit der linken Hand die schweren Locken aus dem Gesicht. Sie stützte sich auf den Ellenbogen, und ich bemerkte ihre Brüste unter dem High-School-T-Shirt.

»Was ist los?«

»Nichts«, beruhigte ich sie.

»Schlecht geträumt?«

Sie setzte sich auf, ein Bein unter dem Po, das andere glitt glatt und nackt unter der Bettdecke hervor.

»Ich dachte, ich hätte was gehört.« Ich nickte in Richtung des Fensters. »War aber nur der Zweig von dem Baum da.«

Sie gähnte. »Den will ich schon lange abschneiden lassen.«

»Außerdem ist überall das Licht ausgefallen. In der ganzen Stadt.«

Sie lugte unter den Rolläden hervor. »Oh!«

»Dunn meinte, im ganzen Staat seien die Transformatoren kaputt.«

»Nein, nein«, sagte sie plötzlich, warf die Decke zurück und stieg aus dem Bett. »So nicht. Zu dunkel.«

Sie rumorte in ihrem Schrank herum, bis sie einen Schuhkarton fand. Den stellte sie auf den Boden und holte eine Handvoll weißer Kerzen hervor.

»Soll ich dir helfen?« bot ich mich an.

Sie schüttelte den Kopf und verteilte die Kerzen im ganzen Zimmer auf Kerzenhalter und Leuchter, die ich im Dunkeln nicht erkennen konnte. Überall standen Kerzen: auf den beiden Nachtschränken, dem Wandschrank, der Frisierkommode. Es war schon fast beunruhigend, ihr beim Anzünden der Dochte zuzuschauen, denn sie betätigte mit dem Daumen unaufhörlich den Anzünder des Feuerzeugs, während sie von einer Kerze zur nächsten kroch, bis alle Dochte entzündet waren und flackernd ihr Licht an die Wände warfen.

In weniger als zwei Minuten hatte sie das Schlafzimmer in eine kleine Kapelle verwandelt.

»So!« sagte sie und schlüpfte wieder unter die Decke.

Über eine Minute lang sprach keiner von uns ein Wort. Ich sah zu, wie die Flammen flackerten und zunahmen, wie das warme gelbe Licht auf unserer Haut spielte, wie es in ihrem Haar glühte.

Sie drehte sich um, so daß sie mir ins Gesicht sehen konnte, die Beine hatte sie verschränkt und an die Brust gezogen, die Bettdecke unter die Hüfte geschoben. Sie knetete die Decke mit den Händen, neigte den Kopf zur Seite und schüttelte ihn, so daß ihr das Haar locker über die Schultern und den Rücken fiel.

»Ich träume ständig von Leichen«, sagte sie.

»Ich nur von Evandro«, entgegnete ich.

»Und was macht er?« Sie beugte sich ein wenig vor.

»Er kommt näher, immer näher.«

»In meinen Träumen ist er schon da.«

»Dann sind die Leichen ...«

»Das sind unsere Leichen.« Sie preßte die Hände im Schoß zusammen und sah sie an, als erwarte sie, daß sie sich von selbst wieder voneinander lösten.

»Ich will nicht sterben, Patrick!«

Ich lehnte mich gegen die Kopfstütze. »Ich auch nicht.«

Sie beugte sich vor. Sie wirkte geheimnisvoll mit den im Schoß zusammengepreßten Händen, dem vorgebeugten Oberkörper und ihrem vom dichten Haar umrahmten, fast versteckten Gesicht.

»Wenn er uns kriegt ...«

»Das schafft er nicht.«

Sie lehnte die Stirn gegen meine. »Doch.«

Das Haus quietschte, kam der Erde einen weiteren Hundertstel Zentimeter näher.

»Wir sind bereit, wenn er kommt.«

Sie lachte, doch klang es kehlig, erstickt.

»Wir sind fertig mit den Nerven, Patrick. Du weißt es, ich weiß es, und er weiß es wahrscheinlich auch. Wir haben seit Tagen nicht mehr richtig gegessen oder geschlafen. Er hat uns emotional und psychisch erledigt, und in jeder anderen Hinsicht auch.« Sie legte ihre feuchten Hände auf meine Wangen. »Wenn er will, macht er uns fertig.«

Ich spürte ein Zittern, so als jagten Stromstöße durch ihre Hände. Ihr Körper bebte vor Aufregung. Ich wußte, daß sie recht hatte.

Wenn er wollte, machte er uns fertig.

Diese Erkenntnis war furchtbar und verheerend, es war die elementarste Form der Selbsterkenntnis: Wir waren nichts anderes, wir beide, als eine Ansammlung von Organen, Muskeln und Sehnen, die hinter einer zerbrechlichen, vergänglichen äußeren Hülle durch Blutadern miteinander verbunden waren. Und Evandro konnte kommen und uns einfach ausschalten, wie man einen Lichtschalter betätigt, und schon würde unser System aus Organen und Venen nicht mehr arbeiten, das Licht würde erlöschen, die Finsternis wäre total.

»Denk dran, was ich dir gesagt habe«, erinnerte ich sie. »Wenn wir sterben, nehmen wir ihn mit.«

»Ja, und?« rief sie. »Was soll das, verdammt noch mal? Ich möchte Evandro aber nicht mitnehmen. Ich möchte einfach nicht sterben. Ich will, daß er mich in Ruhe läßt.«

»Hey«, beruhigte ich sie. »Ist schon gut. Komm!«

Traurig lächelte sie mich an. »Tut mir leid. Das ist nur, weil es jetzt mitten in der Nacht ist und ich noch nie in meinem Leben solche Angst gehabt habe, und weil ich jetzt keine coolen Sprüche klopfen kann. Die klingen in letzter Zeit ziemlich hohl.«

Ihre Augen wurden feucht, ihre Handflächen ebenfalls, wie ich bemerkte, als sie mir über die Wangen strich und sich langsam nach hinten lehnte.

Sanft umfaßte ich ihre Handgelenke, und sie beugte sich wieder vor.

Mit der rechten Hand fuhr sie mir durchs Haar, strich es mir aus der Stirn und senkte sich dabei mit dem Körper auf mich; die Oberschenkel schob sie zwischen meine Beine, mit dem linken Fuß strich sie an meinem rechten entlang, während sie die Bettdecke ans Fußende schob.

Eine Haarsträhne von ihr kitzelte mich am linken Auge, und wir hielten beide inne, unsere Gesichter berührten sich beinahe. Ich roch die Angst in ihrem Atem, in unserem Haar, auf unserer Haut.

Ihre dunklen Augen beäugten mich mit einer Mischung

aus Neugier, Entschlossenheit und den Narben der alten Wunden, über die wir nie gesprochen hatten. Sie grub die Finger tief in mein Haar und preßte das Becken gegen meins.

»Das dürfen wir nicht tun«, flüsterte sie.

»Nein«, erwiderte ich.

»Was ist mit Grace?«

Ich ließ die Frage im Raum schweben, da ich keine Antwort wußte.

»Was ist mit Phil?« fragte ich.

»Phil ist vorbei«, sagte sie.

»Es gibt gute Gründe, warum wir das seit siebzehn Jahren nicht getan haben«, entgegnete ich.

»Ich weiß. Aber sie wollen mir nicht einfallen.«

Ich hob die Hand und strich ihr durch das Haar an der linken Schläfe; sie biß mich zärtlich in den Arm und streckte den Rücken nach hinten, schob das Becken noch weiter vor.

»Renee«, stieß sie hervor und griff mit plötzlicher Wut in das Haar an meinen Schläfen.

»Renee ist vorbei.« Ich griff ihr genauso grob ins Haar.

»Bist du so sicher?«

»Schon mal gehört, daß ich von ihr geredet habe?« Mit dem linken Bein glitt ich an ihrem rechten entlang und verschränkte mein Bein mit ihrem.

»Das ist schon auffällig«, gab sie zurück. Die linke Hand strich über meine Brust und kniff mir kurz über dem Bund der Boxer-Shorts in die Hüfte. »Es ist auffällig, daß du nicht über eine Frau redest, mit der du verheiratet warst.« Mit dem Handrücken schob sie den Hosenbund herunter.

»Ange . . .«

»Sag nicht meinen Namen!«

»Was?«

»Nicht wenn du von dir und meiner Schwester redest.«

Da war es wieder. Seit zehn Jahren hatten wir das Thema kaum gestreift, und jetzt war es mit all seinen schmutzigen Verstrickungen wieder da.

Sie lehnte sich zurück und saß nun auf meinen Oberschenkeln, meine Hände lagen auf ihren Hüften.

»Ich hab schon genug dafür bezahlt«, protestierte ich.

Sie schüttelte den Kopf. »Nein.«

»Doch.«

Sie zuckte mit den Schultern. »Es macht mir aber nichts mehr aus. Im Moment jedenfalls nicht.«

»Ange ...«

Sie legte mir einen Finger auf die Lippen, lehnte sich dann wieder zurück und zog das T-Shirt aus. Sie warf es neben das Bett, griff nach meinen Händen und führte sie über ihren Brustkorb zu ihren Brüsten.

Dann senkte sie den Kopf, so daß ihr Haar über meine Hände fiel. »Siebzehn Jahre lang hast du mir gefehlt«, murmelte sie.

»Du mir auch«, erwiderte ich mit rauher Stimme.

»Gut«, flüsterte sie.

Wieder fiel mir ihr Haar ins Gesicht, während ihre Lippen über meinen schwebten und ihre Knie gegen meine Beine drückten und meine Shorts herunterschoben. Ihre schlanke Zunge berührte meine Oberlippe. »Gut«, wiederholte sie.

Ich hob den Kopf und küßte sie, die rechte Hand in ihren Locken. Als sich meine Lippen wieder von ihren lösten, erwiderte sie den Kuß, öffnete den Mund und ließ die Zunge in meinen Mund gleiten. Ich fuhr ihr mit den Händen über den Rücken, strich ihr mit den Fingern die Wirbelsäule entlang und zog dann am Gummiband ihres Slips.

Sie griff mit dem Arm an das Kopfende des Bettes und zog sich höher, während ich mit der Zunge ihren Hals entlangglitt und ihren seidenen Slip über Hüfte und Po herunterrollte. Dann war ihr Busen in meinem Mund, und sie keuchte leicht und streckte sich. Mit dem Handrücken strich sie mir über den Bauch und an den Lenden entlang, dabei schob sie ihren aufgerollten Seidenslip bis zu den Fußknöcheln herunter und senkte sich auf mich.

Da klingelte das Telefon.

»Ich bring ihn um – egal wer es ist!« fluchte ich.

Leicht stießen wir mit den Nasen zusammen, sie stöhnte, dann lachten wir beide, nur wenige Zentimeter voneinander entfernt.

»Hilf mir mal, daß ich da rauskomme!« bat sie mich. »Ich hab mich ganz verheddert!«

Wieder klingelte das Telefon laut und schrill.

Wir hatten uns mit den Beinen in der Unterwäsche so verwickelt, daß ich mit der Hand heruntergriff, um das Durcheinander zu lösen. Dabei berührte ich Angies Hand – diese unerwartete Berührung war eins der erotischsten Gefühle, die ich je verspürt habe.

Abermals klingelte das Telefon, und Angie legte sich seitwärts übers Bett, wodurch sich unsere Füße entwirrten und ich im Kerzenlicht den Schweiß auf ihrer olivbraunen Haut glänzen sah.

Sie stöhnte, aber es war ein verärgertes, wütendes Stöhnen, und als sie über mich nach dem Telefon griff, rieben unsere Körper aneinander.

»Könnte Officer Dunn sein«, bemerkte sie, »Scheiße!«

»Tim«, verbesserte ich. »Für dich heißt er doch Tim.«

»Du Arschloch!« lachte sie kehlig und schlug mir auf die Brust.

Mit dem Hörer rutschte sie wieder an mir entlang, dann fiel sie neben mir ins Bett – ihre Haut glänzte noch dunkler durch das weiße Bettuch unter ihr.

»Hallo!« meldete sie sich und blies eine nasse Haarsträhne fort, die an ihrer Stirn klebte.

Ich hörte ein kratzendes Geräusch. Schwach, aber unablässig. Am Fenster rechts von mir sah ich die dunklen Zweige an der Scheibe entlangkratzen.

Kratz, kratz.

Angie zog das rechte Bein fort, und mir war plötzlich kalt.

»Ach, Phil, bitte«, sagte sie, »es ist fast zwei Uhr nachts.«

Sie drückte Kopf und Schultern ins Kopfkissen, klemmte sich den Hörer zwischen Ohr und Schulter, hob das Becken an und zog den Slip wieder hoch.

»Das freut mich ja auch, daß es dir gutgeht«, beruhigte sie ihn, »aber können wir nicht morgen früh weiterreden, Phil?«

Wieder kratzten die Zweige am Fenster, während ich meine Boxer-Shorts suchte und sie anzog.

Geistesabwesend streichelte Angie meine Hüfte, dann drehte sie sich zu mir um und verdrehte die Augen, als wolle sie sagen: »Ist das zu glauben?« Plötzlich kniff sie mir ins Fleisch über der Hüfte, wo ich ihrer Meinung nach ein kleines Röllchen hatte, und biß sich auf die Unterlippe, um nicht zu lachen. Es gelang nicht.

»Phil, du hast doch was getrunken, stimmt's?«

Kratz, kratz.

Ich sah zum Fenster hinüber, doch die Zweige waren nicht zu sehen, sie wurden vom starken Wind nach hinten gebogen.

»Das weiß ich doch, Phillip«, sagte sie traurig. »Ich weiß. Ich versuch's ja auch.« Sie ließ die Hand von meiner

Hüfte gleiten, widmete sich ganz dem Telefon und stand auf. »Tue ich nicht. Ich hasse dich nicht.«

Dort stand sie, ein Knie aufs Bett gestützt, und sah aus dem Fenster, das Telefonkabel schnitt sich in die Rückseite ihrer Oberschenkel, während sie sich wieder in das T-Shirt zwängte.

Ich stand ebenfalls auf und zog mir Jeans und Hemd an. Ohne die Wärme eines anderen Körpers war es kalt im Haus, aber ich hatte nicht den Wunsch, wieder unter die Decke zu krabbeln, während sie mit Phil plauderte.

»Ich verurteile dich ja gar nicht«, sagte sie, »aber wenn Arujo zufällig heute nacht bei dir vorbeikommt, wäre es doch besser, wenn du klar im Kopf wärst, oder?«

Ein weißer Lichtstrahl erklomm ihre vom Kerzenlicht beschienene Schulter, dreimal blinkte es gegen die Wand vor ihr. Sie hielt den Kopf gesenkt, so daß sie ihn nicht bemerkte. Deshalb stand ich auf, ging in den Flur, rieb mir die Arme wegen der Kälte und sah durch das Wohnzimmerfenster Tim Dunn über die Straße auf das Haus zukommen.

Als ich den Alarm deaktivieren wollte, merkte ich, daß auch er vom Stromausfall betroffen war.

Bevor er klingeln konnte, öffnete ich die Tür.

»Was ist los?« fragte ich.

Wegen der von den Bäumen heruntertropfenden Nässe hielt er den Kopf gesenkt. Ich bemerkte, daß er auf meine nackten Füße sah.

Im Wohnzimmer rauschte das Walkie-talkie.

»Kalt?« fragte Dunn und zog sich am Ohrläppchen.

»Ja, kommen Sie rein!« lud ich ihn ein. »Machen Sie die Tür hinter sich zu.«

Ich ging voraus in den Flur, als ich Devins Stimme über das Walkie-talkie hörte: »Patrick, sofort raus aus dem

Haus! Arujo hat uns reingelegt! Er hat uns reingelegt! Er ist nicht auf Nahant!«

Ich drehte mich um, Dunn hob den Kopf, und Evandro Arujos Gesicht starrte mich unter der Krempe an.

»Arujo ist nicht in Nahant, Patrick! Er ist hier. Er ist bei euch!«

34

Bevor ich etwas sagen konnte, drückte mir Evandro ein Stilett unter das rechte Auge. Mit der Spitze stach er auf den Knochen und machte gleichzeitig die Tür hinter sich zu.

An dem Messer war schon Blut.

Er sah, daß ich es bemerkte, und lächelte traurig.

»Officer Dunn«, flüsterte er, »wird seinen fünfundzwanzigsten Geburtstag leider nicht mehr erleben. Ganz schöne Niete, was?«

Er drückte mich nach hinten, indem er die Messerspitze härter gegen den Knochen unter dem Auge stieß. Ich wich rückwärts in den Flur aus.

»Patrick«, mahnte er mit der Hand an Dunns Dienstwaffe, »wenn du auch nur das kleinste Geräusch machst, reiß ich dir das Auge aus und erschieße deine Kollegin, bevor sie aus dem Schlafzimmer kommen kann! Verstanden?«

Ich nickte.

Im schwachen Licht der Kerzen aus dem Schlafzimmer erkannte ich, daß er Dunns Uniformhemd trug; es war schwarz vor Blut.

»Warum mußtest du ihn umbringen?« flüsterte ich.

»Er hatte Gel im Haar«, erwiderte Evandro. In der Mitte des Flures, vor der Badezimmertür, legte er die Hand auf den Mund und bedeutete mir anzuhalten.

Ich gehorchte.

Er hatte sich den Spitzbart abrasiert, und das unter der Hutkrempe hervorlugende Haar war honigblond gefärbt. Er trug farbige Kontaktlinsen in einem verblichenen Grau, und ich nahm an, daß die kurzen Koteletten aus Kunsthaar waren, da er sie beim letzten Mal noch nicht gehabt hatte.

»Dreh dich um!« flüsterte er. »Langsam!«

Im Schlafzimmer konnte ich Angie seufzen hören. »Wirklich, Phil, ich bin wirklich müde.«

Sie hatte das Walkie-talkie nicht gehört.

Ich drehte mich um; Evandro hielt die flache Seite des Stiletts an meine Wange gedrückt und ließ es an mir entlanggleiten, als ich den Kopf abwandte. Ich fühlte, wie die Messerspitze zuerst über meinen Nacken sprang und sich dann in den Hohlraum zwischen Wangenbein und Kieferknochen unter dem rechten Ohr bohrte.

»Wenn du mich verarschen willst«, flüsterte er mir ins Ohr, »jage ich dir dieses Ding quer durch den Schädel. Mach kleine Schritte!«

»Phillip«, stöhnte Angie verärgert, »bitte!«

Es gab zwei Türen zum Schlafzimmer. Die eine führte in den Flur, die andere, zwei Meter dahinter in die Küche. Wir waren noch ein Meter zwanzig von der ersten Tür entfernt, als mir Evandro die Stilettspitze ins Fleisch bohrte, damit ich stehenblieb. »Psst!« flüsterte er. »Psst!«

»Nein«, sagte Angie mit müder Stimme. »Nein, Phil, ich hasse dich nicht. Du bist ein netter Kerl.«

»Ich war da draußen nur vier Meter entfernt«, flüsterte Evandro. »Du redest mit deiner Kollegin und dem armen Officer Dunn darüber, wie ihr das Haus vor mir sichern wollt, und ich hocke in der Hecke von den Nachbarn. Ich konnte dich von da sogar riechen, Patrick.«

Ich vernahm ein leises Ploppen, als die Messerspitze

die Haut an meinem Kiefer wie eine Stecknadel durchbohrte.

Ich hatte keine Wahl. Wenn ich versuchte, Evandro mit dem Ellenbogen gegen die Brust zu schlagen, womit er sowieso als erstes rechnete, war es mehr als wahrscheinlich, daß er mir das Messer trotzdem in den Schädel rammte. Alle anderen Möglichkeiten – ihm die Faust in die Eier zu hauen, mit aller Wucht auf seinen Fuß treten, plötzlich nach links oder rechts ausweichen – besaßen ebenso geringe Erfolgschancen. Mit der einen Hand drückte er ein Messer, mit der anderen eine Pistole in mein Fleisch.

»Ruf doch einfach morgen früh wieder an«, schlug Angie Phil vor, »dann können wir weiterreden.«

»Oder auch nicht«, flüsterte Evandro. Er schubste mich vorwärts.

Am Türrahmen angekommen, zog er die Pistole unvermittelt wieder zurück. Die Messerspitze grub sich in die Stelle an meinem Hinterkopf, wo die Wirbelsäule auf den Schädel trifft. Meinen Körper als Schutz vor sich haltend, drehte er sich auf der Türschwelle.

Angie stand nicht mehr neben dem Bett, wo sie vorher gewesen war. Der Telefonhörer lag neben dem Telefon mitten auf dem Laken. Ich hörte, daß Evandros Atem schneller ging, während er den Kopf über meine Schulter reckte, um das Zimmer besser sehen zu können.

Auf dem Bettlaken befanden sich noch immer die Abdrücke unserer Körper. Angies Zigarette qualmte im Aschenbecher vor sich hin. Die Kerzen glühten wie die gelben Augen von Wildkatzen.

Evandro blickte zum Wandschrank hinüber und registrierte, daß sich hinter der Fülle von Kleidern gut ein Mensch verstecken konnte.

Wieder schob er mich vorwärts, und wieder überlegte

ich mir, ihm den Ellbogen gegen den Oberkörper zu schlagen.

Mit Dunns Dienstwaffe zielte er über meine Schulter auf den Wandschrank und spannte den Hahn.

»Ist sie da drin?« flüsterte er und verlagerte das Gewicht nach links, um besser auf den Schrank zielen zu können. Gleichzeitig drückte er mir das Messer noch härter gegen den Kopf.

»Weiß ich nicht«, antwortete ich.

Ich hörte ihre Stimme, noch bevor ich wußte, daß sie da war.

Sie stand fünf Zentimeter hinter mir; vorher jedoch war das harte metallische Klicken eines gespannten Hahnes zu vernehmen.

»Kei-ne Be-we-gung!«

Evandro drehte mir die Messerspitze so heftig in den Hinterkopf, daß ich mich auf die Zehenspitzen stellte und mir das Blut den Nacken herunterlief.

Wegen des Schmerzes wandte ich den Kopf nach links, so daß ich den Lauf von Angies .38er sehen konnte, der in Evandros rechtem Ohr steckte; Angies Handknöchel am Pistolengriff waren schneeweiß.

Mit einem gezielten Stoß schlug Angie Evandro die Pistole aus der Hand. Sie landete am Fußende des Bettes auf dem Boden, und ich erwartete, daß sich ein Schuß löste, doch lag sie einfach mit gespanntem Hahn da und zeigte auf die Frisierkommode.

»Angela Gennaro«, sagte Evandro. »Schön, dich kennenzulernen. Ganz schön schlau, so zu tun, als wärst du noch am Telefon.«

»Ich bin noch am Telefon, du Arschloch! Sieht es etwa so aus, als hätte ich aufgelegt?«

Evandros Augenlider flatterten. »Nein.«

»Und was sagt dir das?«

»Das bedeutet, daß jemand vergessen hat aufzulegen.« Er schnüffelte. »Riecht nach Sex hier. Das Verschmelzen von Körpern. Ich hasse den Geruch. Ihr hattet euren Spaß, hoffe ich.«

»Die Polizei ist jeden Augenblick hier, Evandro, nimm das Messer runter!«

»Das würde ich ja gerne, Angela, aber vorher muß ich dich leider umbringen.«

»Uns beide bekommst du nicht!«

»Du denkst nicht klar, Angela. Wahrscheinlich bist du etwas benebelt vom Sex. Das kommt davon. Das stinkt wie bei den Steinzeitmenschen, dieser Sexgestank. Nachdem ich Kara und Jason gefickt hatte – und das könnt ihr mir glauben, das war nicht meine Idee, sondern ihre –, wollte ich ihnen an Ort und Stelle den Hals durchschneiden. Aber man hat mich überzeugt, daß ich besser wartete. Ich wurde ...«

»Er will dich mit seinem Gerede einlullen, Ange!«

Sie drückte die Pistole härter gegen sein Ohr. »Seh ich so aus, als ob man mich einlullen könnte, Evandro?«

»Denk dran, was du in den letzten Wochen über mich erfahren hast! Ich arbeite nicht alleine – oder hast du das vergessen?«

»Aber im Moment bist du alleine, Evandro. Also nimm das verfluchte Messer runter!«

Er verstärkte den Druck, und in meinem Kopf explodierte ein weißer Blitz.

»Du denkst nicht richtig nach«, erwiderte Evandro. »Du glaubst, wir können euch nicht beide kriegen, aber stattdessen kriegt ihr nicht uns beide!«

»Erschieß ihn!« befahl ich.

»Was?« rief Evandro wild.

»Erschieß ihn!«

Rechts von uns sagte eine Stimme in der Küche: »Hallo!«

Angie wandte den Kopf, und ich roch die Kugel, von der sie getroffen wurde. Sie roch nach Schwefel, Kordit und Blut.

Ihre Waffe entlud sich zwischen Evandro und mir, das Mündungsfeuer brannte mir in den Augen.

Ich machte einen Satz nach vorne und merkte, daß sich das Stilett aus meinem Nacken löste und hinter mir auf den Boden fiel. Evandro kratzte mir mit den Fingernägeln durchs Gesicht.

Ich stieß ihm den Ellenbogen gegen den Kopf und hörte das Geräusch von brechenden Knochen und einen Schrei. Plötzlich ging Angies Pistole zweimal los, in der Küche zerbarst Glas.

Geblendet torkelten Evandro und ich ins Schlafzimmer, wo ich langsam wieder etwas erkennen konnte. Mit dem Fuß trat ich gegen Dunns Waffe auf dem Boden, sie entlud sich mit einem Knall und schlitterte in die Küche.

Evandro krallte sich in meinem Gesicht fest, ich hatte die Hände im Fleisch unterhalb seines Brustkorbs vergraben. Ich drehte mich, griff noch fester um seine unteren Rippen und schleuderte Arujo in den Spiegel über Angies Frisierkommode.

Da löste sich der weiße Fleck vor meinen Augen auf; ich sah seinen dünnen Körper über die Schminksachen fliegen und das Glas zerschmettern. Der Spiegel zerbrach in große dreizackige Scherben. Die Kerzen auf der Kommode knisterten und loderten hell auf, als sie zu Boden fielen. Ich hechtete über das Bett, als Evandro mit der Kommode nach vorne kippte.

Beim Hechtsprung übers Bett griff ich nach meiner Pistole, die auf Angies Nachtschrank lag, kam wieder auf die

Füße und feuerte, ohne zu zögern, in die Richtung, wo ich ihn zuletzt gesehen hatte.

Aber er war nicht mehr da.

Ich sah mich zu Angie um, die auf dem Boden saß. Mit zugekniffenem Auge schielte sie am Lauf des Revolvers und ihrem ausgestreckten Arm entlang, neben ihr auf dem Boden brannte eine Kerze. In der Küche hielten Fußstapfen inne. Angie drückte ab.

Und drückte nochmals ab.

In der Küche schrie jemand.

Von draußen hörte ich ein anderes Geräusch, es war das Kreischen von Metall, das Aufheulen eines Motors, und plötzlich wurde die Küche in grelles Neonlicht getaucht, gefolgt vom Summen der elektrischen Geräte.

Ich trat die brennende Kerze neben Angie aus und ging hinter ihr in den Flur, die Waffe auf Evandro gerichtet. Er hatte uns den Rücken zugewandt, die Arme hingen seitlich herunter. Mitten in der Küche wiegte er sich leicht von links nach rechts, als bewege er sich zu einer Musik, die nur er hören konnte.

Angies erster Schuß war in seinen Rücken eingetreten, in Dunns schwarzer Lederjacke klaffte ein großes Loch. Es füllte sich rot, während wir zusahen, dann hörte Evandro auf zu schwanken und knickte mit einem Knie ein.

Ihr zweiter Schuß hatte ihm ein Stück Fleisch über dem rechten Ohr herausgerissen.

Geistesabwesend hob er die Hand, in der er Dunns Revolver hielt, doch die Waffe entglitt ihm und rutschte über das Linoleum.

»Alles in Ordnung?« fragte ich Angie.

»Blöde Frage!« stöhnte sie. »O Gott! Geh in die Küche!«

»Wo ist der Typ, der auf dich geschossen hat?«

»Er ist in die Küche gegangen. Geh da rein!«

»Scheiß drauf! Du bist verletzt.«

Sie zog eine Grimasse. »Mir geht's gut, Patrick. Aber er kann die Knarre wieder in die Hand nehmen. Gehst du jetzt da rein?«

Ich ging hinein, hob Dunns Waffe auf und stellte mich vor Evandro. Er starrte mich an, während er vorsichtig die Stelle am Kopf befühlte, wo vor kurzem noch Fleisch und Haut gewesen war. Sein Gesicht glänzte grau im Licht der knisternden Neonröhren über uns.

Er weinte lautlos, die Tränen vermischten sich mit dem Blut, das an seinem Gesicht herunterlief, und seine Haut war so blaß, daß er mich an die Clowns von damals erinnerte.

»Tut gar nicht weh«, sagte er.

»Aber bald!«

Er starrte mich mit verwirrtem, einsamem Blick an.

»Es war ein blauer Mustang«, erklärte er mir. Es schien ihm wichtig zu sein, daß ich das verstand.

»Was?«

»Das Auto, das ich geknackt habe. Es war blau und hatte weiße Ledersitze.«

»Evandro«, sprach ich ihn an, »wer ist dein Partner?«

»Die Radkappen glänzten.«

»Wer ist dein Partner?«

»Fühlst du irgendwas für mich?« fragte er mit weit aufgerissenen Augen und flehentlich ausgestreckten Händen.

»Nein«, erwiderte ich mit flacher, ausdrucksloser Stimme.

»Aber wir kriegen dich noch«, sagte er. »Wir gewinnen.«

»Wer ist wir?« fragte ich erneut.

Er blinzelte das Blut und die Tränen weg. »Ich war in der Hölle.«

»Ich weiß.«

»Nein. Nein. Ich bin in der Hölle gewesen!« rief er, und wieder liefen ihm Tränen übers schmerzverzerrte Gesicht.

»Und danach hast du anderen die Hölle gezeigt. Los, Evandro! Wer ist dein Partner?«

»Weiß ich nicht mehr.«

»Blödsinn, Evandro. Sag es mir!«

Er entglitt mir zusehends, wie er so die Hand an den Kopf legte und versuchte, den Blutstrom zu stillen. Gleich würde er vor meinen Augen sterben, das wußte ich, vielleicht im nächsten Moment oder in ein paar Stunden, aber es war nicht mehr aufzuhalten.

»Weiß ich nicht mehr«, wiederholte er.

»Evandro, er hat dich im Stich gelassen. Du stirbst gerade. Er nicht. Los, komm! Ich ...«

»Ich weiß nicht mehr, wer ich war, bevor ich dahin kam. Ich weiß es nicht mehr. Ich weiß nicht mal mehr ...« Seine Brust hob sich unvermittelt, die Wangen bliesen sich auf wie bei einem Kugelfisch, und ich hörte etwas in seiner Brust rumoren.

»Wer ist ...«

»... nicht mal mehr, wie ich als Kind ausgesehen habe.«

»Evandro?«

Er erbrach Blut auf den Boden und betrachtete es kurz. Als er sich mir wieder zuwandte, sah er erschrocken aus.

Mein Gesicht war wahrscheinlich kein großer Trost für ihn, denn als ich sah, was er gerade ausgespuckt hatte, wußte ich, daß er nicht mehr lange zu leben hatte.

»Oh, Scheiße!« sagte er und guckte auf seine ausgestreckten Hände.

»Evandro ...«

Er starb in der Stellung: mit dem Blick auf die Hände, die danach herunterfielen, ein Knie auf dem Boden, der Gesichtsausdruck verwirrt, verängstigt, einsam und allein.

»Ist er tot?«

Ich ging wieder in den Flur, nachdem ich in Angies Schlafzimmer eine Kerze ausgetreten hatte, die ihren Fußboden in Brand setzten wollte. »O ja. Wie geht's dir?«

Auf ihrer Haut glänzten dicke Schweißperlen. »Ich bin ziemlich am Ende, Patrick.«

Ihre Stimme gefiel mir nicht. Sie war höher und schneidender als sonst.

»Wo hat er dich getroffen?«

Sie hob den Arm, so daß ich ein dunkelrotes Loch zwischen Hüfte und Brustkorb erkennen konnte, das zu atmen schien.

»Wie sieht es aus?« Sie lehnte den Kopf gegen den Türrahmen.

»Nicht schlimm«, log ich. »Ich hol mal eben ein Handtuch.«

»Ich habe nur seinen Körper gesehen«, sagte sie, »seinen Umriß.«

»Was?« Im Badezimmer zog ich ein Handtuch vom Halter und kam damit zurück in den Flur. »Von wem?«

»Von dem Arsch, der auf mich geschossen hat. Als ich zurückgefeuert habe, konnte ich ihn sehen. Er ist klein, aber kräftig. Verstehst du?«

Ich drückte ihr das Handtuch in die Seite. »Okay, klein, aber kräftig. Verstanden.«

Sie schloß die Augen. »Ist schwer«, sagte sie.

»Was? Mach die Augen auf, Ange. Los!«

Sie öffnete sie wieder und lächelte müde. »Pistole«, wiederholte sie, »schwer.«

Ich nahm sie ihr aus der Hand. »Jetzt nicht mehr, Ange. Du mußt so lange wach bleiben, bis ich ...«

Es gab einen lauten Knall an der Haustür. Ich wirbelte

herum und zielte auf Phil und zwei Notärzte, die ins Haus stürmten.

Ich senkte die Waffe wieder. Phil kniete sich neben Angie in den Flur.

»O Gott!« rief er. »Schatz?« Er strich ihr das nasse Haar aus der Stirn.

Einer der Notärzte rief: »Machen Sie Platz! Bitte!«

Ich trat einen Schritt zurück.

»Schatz?« rief Phil.

Sie öffnete kurz die Augen. »Hi«, grüßte sie ihn.

»Machen Sie Platz, Sir!« sagte der Arzt. »Machen Sie jetzt Platz!«

Phil ließ sich auf die Unterschenkel fallen und rutschte einen Meter zur Seite.

»Miss«, sagte ein Arzt zu Angie, »merken Sie, wenn ich hier drücke?«

Draußen kamen kreischend Streifenwagen zum Halten und tauchten die Fenster in flammendes Licht.

»Solche Angst«, murmelte Angie.

Der zweite Notarzt klappte im Flur eine Bahre aus und zog einen Metallstab am Kopfende heraus.

Plötzlich gab es einen Knall. Ich blickte herüber und sah, daß Angie mit den Fersen gegen den Boden hämmerte.

»Sie bekommt einen Schock«, sagte der Notarzt. Er packte sie an den Schultern. »Nehmen Sie ihre Beine!« rief er. »Los, Mann, nehmen Sie ihre Beine!«

Ich packte Angies Beine, und Phil jammerte: »O Gott! Tu doch was, tu was, tu was!«

Ihre Beine traten mir in die Achselhöhlen, und ich klemmte sie zwischen Oberkörper und Armen ein und hielt sie fest, während sie die Augen verdrehte, bis nur noch das Weiße zu sehen war, mit dem Kopf vom Türpfosten abrutschte und auf den Boden schlug.

»Los!« sagte der erste Arzt, und der zweite reichte ihm eine Spritze, die dieser in Angies Brust setzte.

»Was macht ihr da?« rief Phil. »Mein Gott, was macht ihr da mit ihr?«

Ein letztes Mal zuckte sie in meinen Armen, dann glitt sie sanft auf den Boden zurück.

»Jetzt heben wir sie hoch«, sagte der Arzt zu mir. »Vorsichtig, aber schnell! Bei drei! Eins ...«

In der Haustür erschienen vier Bullen, die Hände an ihren Waffen.

»Zwei!« zählte der Notarzt. »Gehen Sie verdammt noch mal aus der Tür! Wir kommen mit einer Verletzten raus!«

Der zweite Arzt holte eine Sauerstoffmaske aus seiner Tasche und hielt sie zum Einsatz bereit.

Die Bullen zogen sich auf die Veranda zurück.

»Drei!«

Wir hoben Angie hoch, doch fühlte sich ihr Körper in meinen Armen viel zu leicht an, als hätte sie sich nie bewegt, als sei sie nie gesprungen oder hätte nie getanzt.

Wir legten sie auf die Bahre, und der zweite Arzt setzte ihr die Sauerstoffmaske aufs Gesicht und rief: »Wir kommen raus!« Dann trugen sie sie durch den Flur auf die Veranda.

Phil und ich folgten, doch als wir auf die vereiste Veranda traten, hörten wir das Geräusch von mindestens zwanzig gespannten Waffen, die auf uns gerichtet waren.

»Waffen weg und auf die Knie!«

Ich wußte, daß mit nervösen Polizisten schlecht diskutieren ist.

Deshalb legte ich meine und Dunns Pistole auf den Boden der Veranda und kniete mich mit erhobenen Händen daneben.

Phil machte sich zu viel Sorgen über Angie, als daß er sich hätte vorstellen können, daß auch er gemeint war.

Er ging zwei Schritte hinter der Bahre her, bis ihm ein Bulle mit dem Kolben seiner Waffe aufs Schlüsselbein schlug.

»Das ist ihr Mann!« rief ich. »Das ist ihr Mann.«

»Halt die Schnauze, du Arschloch! Laß die Hände oben, verdammte Scheiße! Los! Mach schon!«

Ich gehorchte. Ich verharrte regungslos auf den Knien, während die Bullen vorsichtig näher kamen, die eiskalte Luft um meine nackten Füße und unter das dünne Hemd wehte, und die Notärzte Angie hinten in den Krankenwagen schoben und mit ihr fortfuhren.

35

Als die Polizei alles geklärt hatte, lag Angie schon seit zwei Stunden im OP.

Gegen vier Uhr morgens durfte Phil gehen – er hatte das Krankenhaus angerufen, aber ich mußte dableiben und die ganze Sache mit vier Polizeibeamten und einem nervösen jungen Staatsanwalt durchkauen.

Timothy Dunns Leiche wurde, nackt in einen Mülleimer gestopft, in der Nähe der Schaukeln auf dem Ryan-Spielplatz gefunden. Man nahm an, daß Evandro ihn dorthin gelockt hatte, indem er Dunn durch verdächtiges Verhalten auf sich aufmerksam machte.

Man fand ein weißes Bettuch, das von einem Basketballkorb herunterhing. Von Dunns Streifenwagen aus mußte es sich genau in seinem Blickfeld befunden haben. Wenn ein Mann um zwei Uhr in einer eisigen Nacht ein Bettuch an einen Basketballkorb hängt, war das wahrscheinlich ungewöhnlich genug, um die Neugier des jungen Polizisten zu wecken, reichte aber nicht als Grund aus, um Verstärkung anzufordern.

Das Bettuch fror am Gestänge des Korbes fest, dort hing es nun, ein weißer Diamant vor einem zinnfarbenen Himmel.

Dunn mußte gerade die Stufen zum Spielplatz hochgestiegen sein, als Evandro hinter ihn trat und ihm das Stilett ins rechte Ohr jagte.

Der Mann, der auf Angie geschossen hatte, war durch die Hintertür ins Haus gekommen. Seine Fußabdrücke der Größe 8 fanden sich überall im Hinterhof, verloren sich aber auf der Dorchester Avenue. Die von Erdham installierten Alarmanlagen waren durch den Stromausfall nutzlos geworden, der Mann brauchte nur noch das drittklassige Bolzenschloß an der Hintertür knacken und war im Haus.

Die beiden Schüsse von Angie hatten ihn verfehlt. Eine Kugel fand sich in der Wand neben der Tür. Die andere war vom Herd abgeprallt und im Fenster über der Spüle eingeschlagen.

Mußte also nur noch das Phänomen Evandro erklärt werden.

Wenn einer der ihren ermordet wurde, werden Polizisten schnell zu beängstigenden Zeitgenossen. Die sonst hinter ihrer Fassade brodelnde Wut kommt zum Vorschein, so daß man das arme Schwein bedauern muß, das sie als nächstes festnehmen.

In dieser Nacht war es noch schlimmer als sonst, weil Timothy Dunn der Verwandte eines hochdekorierten Kollegen war. Er war jung und unschuldig, beruflich vielversprechend, aber man hatte ihn aus seiner blauen Uniform gerissen und in eine Mülltonne gesteckt.

Während ich in der Küche von Detective Cord verhört wurde, einem weißhaarigen Mann mit freundlicher Stimme und gnadenlosem Blick, umkreiste Officer Rogin, ein wahrer Riese, mit geballten Fäusten Evandros Leiche.

Rogin kam mir wir die Sorte Mensch vor, die aus dem gleichen Grund Bulle wird, aus dem andere Gefängniswärter werden: weil sie so, gesellschaftlich sanktioniert, ihren sadistischen Neigungen frönen können.

Evandros Leiche befand sich noch immer in der gleichen Haltung, die den mir bisher bekannten Gesetzen der Anatomie und Schwerkraft trotzte – ein Knie auf dem Boden, die Arme seitlich herunterhängend, der Blick nach unten gerichtet.

Bald würde er in die Leichenstarre eintreten, und das schien Rogin zu stören. Lange betrachtete er Evandro, schnaufte durch die Nase und ballte die Fäuste, so als sei er der Meinung, wenn er nur lange genug dastünde und bedrohlich wirkte, würde er Evandro wieder auferwecken, um ihn erneut erschießen zu können.

Es gelang ihm nicht.

Da machte Rogin einen Schritt nach hinten und trat der Leiche mit seinem Stahlkappenschuh ins Gesicht.

Evandros Leiche fiel auf den Rücken, die Schultern prallten auf den Fußboden. Ein Bein knickte um, der Kopf fiel nach links, und die Augen blickten auf den Herd.

»Rogin, was machst du da für Scheiße?«

»Nur keine Aufregung, Hughie!«

»Das gibt einen Bericht!« stellte Detective Cord fest.

Rogin blickte ihn an. Es lag auf der Hand, daß zwischen den beiden schon früher etwas vorgefallen war.

Rogin zuckte übertrieben mit den Schultern und spuckte Evandro ins Gesicht.

»Jetzt hast du's ihm aber gegeben«, bemerkte ein Beamter. »Das Schwein hatte keinen Bock, zweimal zu sterben, Rogin!«

Dann wurde das Haus von einer tiefen Stille ergriffen. Rogin blinzelte unsicher in den Flur.

Den Blick auf Evandros Leiche gerichtet, betrat Devin die Küche, das Gesicht rot vor Kälte. Oscar und Bolton folgten ihm, hielten sich aber ein paar Schritte zurück.

Devin richtete den Blick eine volle Minute lang auf die

Leiche, niemand sagte etwas. Ich bin mir nicht einmal sicher, ob sich jemand zu atmen traute.

»Jetzt besser?« wandte sich Devin an Rogin.

»Wie bitte, Sergeant?«

»Geht's Ihnen jetzt besser?«

Rogin wischte sich mit der Hand über die Hüfte. »Ich verstehe nicht, wovon Sie reden, Sir.«

»War doch 'ne einfache Frage«, erklärte Devin. »Sie haben gerade eine Leiche getreten. Fühlen Sie sich jetzt besser?«

»Ähm ...« Rogin sah zu Boden. »Ja, schon.«

Devin nickte. »Gut«, sagte er freundlich. »Gut. Ich bin froh, daß Sie das Gefühl haben, etwas geschafft zu haben, Officer Rogin. So was ist wichtig. Was haben Sie heute abend sonst noch geschafft?«

Rogin räusperte sich: »Ich habe den Tatort abgesichert ...«

»Gut. Das ist immer gut.«

»Und ich habe, ähm ...«

»... einen Mann auf der Veranda zusammengeschlagen«, ergänzte Devin. »Stimmt das?«

»Ich dachte, er wäre bewaffnet, Sir.«

»Kann man verstehen«, entgegnete Devin. »Sagen Sie mal, haben Sie an der Suche nach dem zweiten Schützen teilgenommen?«

»Nein, Sir. Das war ...«

»Haben Sie vielleicht eine Decke für den nackten Körper von Officer Dunn besorgt?«

»Nein.«

»Nein. Nein.« Devin schubste Evandros Leiche mit der Schuhspitze und starrte sie teilnahmslos an. »Haben Sie irgendwelche Schritte unternommen, um den Aufenthaltsort des zweiten Schützen ausfindig zu machen, haben Sie

Nachbarn befragt oder Hausdurchsuchungen vorgenommen?«

»Nein. Aber noch mal, ich ...«

»Also, außer eine Leiche zu treten, einen wehrlosen Mann niederzuschlagen und ein bißchen gelbes Absperrungsband zu verkleben, haben Sie nicht viel geschafft, Officer, oder?«

Rogin starrte auf den Herd. »Nein.«

»Wie bitte?«

»Ich sagte, nein, Sir.«

Devin nickte und stieg über die Leiche, so daß er neben Rogin stand.

Im Gegensatz zu Devin war Rogin riesig und mußte sich herunterbeugen, um Devin zu verstehen. Er senkte den Kopf, und Devin flüsterte ihm ins Ohr.

»Verlassen Sie diesen Tatort, Officer Rogin!« befahl Devin.

Rogin blickte ihn an.

Obwohl Devin flüsterte, konnten ihn alle in der Küche verstehen: »Solange Ihre Arme noch am Körper hängen!«

»Wir haben es verbockt«, klagte Bolton, »besser gesagt: Ich habe es verbockt.«

»Nein«, widersprach ich.

»Das ist alles meine Schuld.«

»Das ist alles Evandros Schuld«, korrigierte ich, »und die seines Partners.«

Er lehnte den Kopf nach hinten gegen die Wand von Angies Flur. »Ich war übereifrig. Sie haben einen Köder ausgelegt, und ich habe angebissen. Ich hätte Sie niemals allein lassen dürfen.«

»Sie konnten den Stromausfall doch nicht vorhersehen, Bolton!«

»Nein?« Er hob die Hände und ließ sie dann angewidert fallen.

»Bolton«, beruhigte ich ihn, »Grace ist in Sicherheit. Mae ist in Sicherheit. Phil ist in Sicherheit. Sie sind unbeteiligt. Angie und ich aber nicht.«

Ich wollte durch den Flur ins Wohnzimmer gehen.

»Kenzie!«

Ich drehte mich zu ihm um.

»Wenn Sie und Ihre Kollegin keine Unbeteiligten sind, aber auch keine Bullen, was sind Sie dann?«

Ich zuckte mit den Schultern. »Zwei Idioten, die nicht halb so hart sind, wie sie dachten.«

Später, im Wohnzimmer, bemerkten wir an dem trüben grauen Licht, daß es langsam dämmerte.

»Hast du's Theresa gesagt?« fragte ich Devin.

Er sah aus dem Fenster. »Noch nicht. Ich fahre gleich rüber.«

»Es tut mir leid, Devin.« Das war nicht viel, aber etwas anderes fiel mir nicht ein.

Oscar hustete in die Faust und sah zu Boden.

Devin fuhr mit dem Finger über das Fenstersims und betrachtete den Staub auf seinem Finger. »Mein Sohn ist gestern fünfzehn geworden«, stellte er fest.

Devins Exfrau Helen lebte mit ihren zwei Kindern und ihrem zweiten Ehemann, einem Kieferorthopäden, in Chicago. Helen besaß das Sorgerecht, Devin war vor zwei Jahren nach einem häßlichen Vorfall an Weihnachten das Besuchsrecht entzogen worden.

»Ja? Wie geht's Lloyd denn so?«

Er zuckte mit den Achseln. »Er hat mir vor ein paar Monaten ein Foto geschickt. Er ist ziemlich groß und hat so lange Haare, daß ich seine Augen nicht mal sehen konnte.«

Devin betrachtete seine schweren, vernarbten Hände. »Er spielt Schlagzeug in so ’ner Band. Helen meint, seine Noten leiden drunter.«

Er blickte nach draußen auf die Straße, das trübe Grau schien seine Haut zu spannen. Als er wieder sprach, zitterte seine Stimme. »Schätze, es gibt ’ne Menge schlimmere Sachen, als ein Musiker in einer Band zu sein. Verstehst du, Patrick?«

Ich nickte.

Phil war mit meinem Crown Victoria zum Krankenhaus gefahren, deshalb brachte Devin mich in seinem Wagen zu der Garage, wo ich meinen Porsche verwahrte. Um uns herum wurde es hell.

Wir standen vor der Garage, Devin lehnte sich in seinem Sitz zurück und schloß die Augen, während die Abgase aus dem gerissenen Auspuffrohr das Auto einhüllten.

»Arujo und sein Partner haben in einem verlassenen Haus auf Nahant ein Telefon an ein Computermodem angeschlossen. So konnten sie von einer Telefonzelle hier an der Straße anrufen, und der Anruf wurde über das Modem geleitet. Ziemlich clever.«

Ich wartete, während er sich das Gesicht rieb und die Augen zusammenkniff, als wehre er eine neue Schmerzwelle ab.

»Ich bin ein Cop«, erklärte er. »Etwas anderes kann ich nicht. Ich muß meinen Job machen. Und zwar ordentlich.«

»Ich weiß.«

»Du mußt diesen Typen finden, Patrick!«

»Ja.«

»Mit allen Mitteln!«

»Bolton . . .«

Devin hob die Hand. »Bolton will auch, daß das alles vorbei ist. Vermeide jedes Aufsehen! Laß dich nicht erwischen! Von mir und Bolton aus hast du jede Freiheit. Wir gucken weg.« Er öffnete die Augen wieder und sah mich lange an. »Dieser Typ darf keine Bücher im Gefängnis schreiben oder Interviews geben!«

Ich nickte.

»Die werden bestimmt sein Gehirn untersuchen wollen.« Devin zog an einem losen Stück Plastik, das vom demolierten Armaturenbrett herunterhing. »Aber das können sie nicht, wenn kein Gehirn mehr da ist.«

Ich klopfte ihm auf den Arm und stieg aus.

Angie war immer noch im OP, als ich im Krankenhaus anrief. Ich bat darum, mit Phil zu sprechen, und als er ans Telefon kam, klang er völlig erschöpft.

»Was ist los?« erkundigte ich mich.

»Sie ist immer noch da drin. Die sagen mir einfach nichts!«

»Bleib ruhig, Phil. Sie ist zäh.«

»Kommst du rüber?«

»Gleich«, antwortete ich. »Ich muß erst noch jemanden besuchen.«

»Hey, Patrick!« sagte er besorgt. »Bleib du auch ruhig!«

Eric war zu Hause in seiner Wohnung an der Back Bay.

In einem zerlumpten Bademantel und einer grauen Jogginghose öffnete er die Tür. Er sah abgekämpft aus, graue Bartstoppeln wuchsen in seinem Gesicht. Das Har war nicht wie sonst zu einem Pferdeschwanz gebunden und machte ihn richtig alt, wie es so offen über die Ohren auf die Schultern fiel.

»Ich muß mit dir reden, Eric!«

Er warf einen Blick auf die Waffe in meinem Hosenbund. »Laß mich in Ruhe, Patrick! Ich bin müde.«

Hinter ihm auf dem Boden sah ich eine Zeitung liegen, in der Spüle stapelten sich Teller und Tassen.

»Hör auf mit dem Scheiß, Eric! Ich muß mit dir reden.«

»Ich habe mich schon unterhalten.«

»Mit dem FBI, ich weiß. Aber du hast den Lügendetektor nicht bestanden, Eric.«

Er blinzelte. »Was?«

»Du hast mich gut verstanden.«

Er kratzte sich am Bein, gähnte und blickte durch mich hindurch. »Lügendetektoren sind vor Gericht nicht zulässig.«

»Hier geht's nicht ums Gericht«, erklärte ich. »Hier geht's um Jason Warren. Und um Angie.«

»Um Angie?«

»Sie hat eine Kugel abgekriegt, Eric.«

»Sie ...?« Er streckte die Hand aus, als wüßte er nicht, was er damit anfangen solle. »O Gott, Patrick, wird sie wieder gesund?«

»Das weiß ich noch nicht, Eric.«

»Du mußt kurz vorm Abdrehen sein.«

»Ich bin momentan nicht mehr bei Sinnen, Eric. Behalt das im Hinterkopf!«

Er zuckte zusammen, und kurz war in seinen Augen Bitterkeit und Hoffnungslosigkeit zu lesen.

Er wandte mir den Rücken zu, ließ die Tür offenstehen und ging in seine Wohnung. Ich folgte ihm durch ein total verwahrlostes Wohnzimmer voller Bücher, leerer Pizzakartons, Weinflaschen und Bierdosen.

In der Küche goß er sich eine Tasse Kaffee ein. Die Kaffeemaschine war völlig verschmutzt mit uralten Kaffeeflekken, die er nicht abgewischt hatte. Außerdem war sie nicht eingesteckt. Wer weiß, wie alt der Kaffee war.

»War Jason dein Geliebter?« wollte ich wissen.

Er schlürfte seinen kalten Kaffee.

»Eric, warum hast du die Universität von Massachusetts verlassen?«

»Weißt du, was passiert, wenn Professoren mit Studenten schlafen?« fragte er.

»Profs schlafen doch ständig mit Studenten«, erwiderte ich.

Er lächelte und schüttelte den Kopf. »Männliche Professoren schlafen ständig mit weiblichen Studenten.« Er seufzte. »Und bei der aktuellen politischen Atmosphäre an den meisten Universitäten wird selbst das gefährlich. In loco parentis. Dieser Ausdruck wird erst dann bedrohlich, wenn man ihn in einem Land auf einundzwanzigjährige Frauen und Männer anwendet, das mit allen Mitteln zu verhindern sucht, Kinder erwachsen werden zu lassen.«

Ich fand eine saubere Stelle an der Theke und lehnte mich dagegen.

Eric sah von seiner Kaffeetasse hoch. »Aber stimmt, Patrick, im allgemeinen sieht es so aus, daß männliche Profs mit weiblichen Studenten schlafen können, solange diese Studentinnen nicht den Unterricht dieser Dozenten besuchen.«

»Wo ist dann das Problem?«

»Das Problem sind schwule Profs und schwule Studenten. Diese Art von Beziehung, schwöre ich dir, wird immer noch mißbilligt.«

»Eric«, sagte ich, »warte mal kurz! Wir sprechen hier doch vom akademischen Leben in Boston. Der stärksten Bastion des Liberalismus in Amerika!«

Er lachte leise. »Das glaubst du tatsächlich, was?« Wieder schüttelte er den Kopf, um seine dünnen Lippen spielte ein seltsames Lächeln. »Wenn du eine Tochter hättest,

Patrick, und sagen wir mal, sie wär so um die Zwanzig, sie wär intelligent und ginge nach Harvard, Bryce oder zur Boston University, und du bekämst heraus, daß sie mit ihrem Professor bumst, was würdest du denken?«

Ich sah in seine leeren Augen. »Ich behaupte nicht, daß ich es toll fände, Eric, aber ich würde mich nicht wundern. Ich würde mir denken, sie ist erwachsen, es ist ihre Sache.«

Er nickte. »Jetzt das gleiche Szenario, aber es ist dein Sohn, und er bumst mit einem Professor?«

Das brachte mich zum Nachdenken. Es berührte einen verdrängten, eher puritanischen als katholischen Teil von mir, und das Bild in meinem Kopf – ein junger Mann zusammen mit Eric in einem winzigen Bett – stieß mich ab, bevor ich es kontrollieren und mich von ihm distanzieren konnte, bevor ich es mit Hilfe meines intelligenten sozialen Liberalismus wieder in den Griff bekam.

»Ich würde ...«

»Siehst du?« Er grinste breit, doch war sein Blick noch immer leer und verwirrt. »Die Vorstellung stößt dich ab, oder?«

»Eric, ich ...«

»Hat sie oder hat sie nicht?«

»Ja«, sagte ich leise. Und fragte mich, warum mich das zu einem Reaktionär machte.

Er hielt die Hand hoch. »Schon gut, Patrick. Ich kenne dich seit zehn Jahren, und du bist einer der am wenigsten homophoben Heteros, die ich kenne. Aber ein bißchen homophob bist du doch.«

»Aber nicht in bezug auf ...«

». . . mich und meine schwulen Freunde«, ergänzte er. »Das findest du okay. Das glaube ich dir. Aber wenn du die Möglichkeit in Betracht ziehen mußt, daß dein Sohn und seine schwulen Freunde ...«

Ich zuckte mit den Achseln. »Vielleicht.«

»Jason und ich hatten eine Affäre«, gestand er und goß den Kaffee in die Spüle.

»Wann?« fragte ich.

»Letztes Jahr. Dann war's vorbei. Sie dauerte überhaupt nur einen Monat. Ich war ein Freund der Familie und hatte deshalb das Gefühl, Diandra zu hintergehen. Jason einerseits wollte, glaube ich, jemanden in seinem Alter haben, außerdem wirkte er noch mächtig anziehend auf Frauen. Wir trennten uns in aller Freundschaft.«

»Hast du das dem FBI erzählt?«

»Nein.«

»Eric, um Gottes willen, warum nicht?«

»Dann ist meine Karriere am Ende«, erwiderte er. »Denk an deine Reaktion auf meine hypothetische Frage. Auch wenn du glaubst, an der Uni wär man so liberal, in den Aufsichtsräten der meisten Colleges sitzen weiße Heteros. Oder deren Frauen aus der Oberschicht. Sobald sie den Verdacht hegen, ein schwuler Prof polt ihre Kinder oder deren Freunde zu schwulen Studenten um, machen sie dich fertig. Darauf kannst du wetten.«

»Eric, es kommt auf jeden Fall heraus! Das FBI, Eric! Das FBI! Sie durchforsten dein Leben mit der Lupe. Früher oder später gucken sie in der richtigen Ecke nach.«

»Ich kann es nicht zulassen, Patrick. Es geht nicht.«

»Was ist mit Evandro Arujo? Hast du ihn gekannt?«

Er schüttelte den Kopf. »Nein. Jason hatte Angst, Diandra hatte Angst, deshalb habe ich dich angerufen.«

Ich glaubte ihm. »Eric, überleg dir bitte, ob du nicht doch mit den Agenten redest.«

»Erzählst du ihnen, was ich gesagt habe?«

Ich schüttelte den Kopf. »So was mache ich nicht. Ich erzähle ihnen, daß ich dich nicht für einen Verdächtigen halte, aber ich glaube nicht, daß sie sich ohne Beweise überzeugen lassen.«

Er nickte und ging zur Wohnungstür zurück. »Danke, daß du vorbeigekommen bist, Patrick.«

Im Flur zögerte ich kurz. »Erzähl es ihnen, Eric!«

Er legte mir die Hand auf die Schulter und lächelte mich an, versuchte mutig auszusehen. »In der Nacht, als Jason ermordet wurde, war ich mit einem Studenten zusammen. Meinem Freund. Dessen Vater ist ein einflußreicher Staatsanwalt aus North Carolina und hochrangiges Mitglied der Christian Coalition. Was glaubst du, was der macht, wenn er das herausbekommt?«

Ich blickte auf den staubigen Teppich herunter.

»Ich kann nichts anderes als unterrichten, Patrick. Das ist mein ein und alles. Ohne das kann ich aufgeben.«

Ich sah ihn an, und es schien mir, als ob er sich schon längst aufgegeben hatte.

Auf dem Weg zum Krankenhaus hielt ich kurz beim Black Emerald an, doch war die Kneipe geschlossen. Ich blickte zu Gerrys Wohnung im ersten Stock hinauf. Die Rolläden waren heruntergelassen. Ich suchte nach Gerrys Auto, das normalerweise vor dem Haus geparkt war. Es war nicht da.

Wenn der Täter mich seit Anfang der Mordserie wirklich getroffen hatte, wie Dolquist vermutete, dann war das Feld der Verdächtigen deutlich eingeschränkt. Das FBI hielt sowohl Eric als auch Gerry für verdächtig. Und Gerry war auf jeden Fall körperlich dazu in der Lage.

Aber was für ein Motiv konnte er haben?

Ich kannte Gerry schon, solange ich lebte. Konnte er töten?

Wir alle sind dazu fähig, flüsterte eine Stimme in meinem Kopf. Jeder einzelne.

»Mr. Kenzie!«

Ich drehte mich um und entdeckte Agent Fields, der Abhörgeräte in den Kofferraum eines dunklen Plymouth packte. »Mr. Glynn ist sauber.«

»Wieso?«

»Wir haben sein Haus gestern abend beobachtet. Glynn ging um eins nach oben in seine Wohnung, guckte bis drei Uhr Fernsehen und ging dann ins Bett. Wir sind die ganze Nacht geblieben, aber es hat sich nichts mehr getan. Er ist nicht unser Mann, Mr. Kenzie. Tut mir leid.«

Ich nickte, teils erleichtert, teils mit einem Schuldgefühl, daß ich Gerry überhaupt verdächtigt hatte.

Aber ein anderer Teil von mir war enttäuscht. Vielleicht hatte ich sogar gewollt, daß es Glynn war.

Nur damit es endlich vorbei war.

»Die Kugel hat großen Schaden angerichtet«, erklärte uns Dr. Barnett. »Sie hat ein Loch in die Leber gerissen, beide Nieren gestreift und ist im Dünndarm steckengeblieben. Zweimal hätten wir sie fast aufgegeben, Mr. Kenzie.«

»Wie geht es ihr jetzt?«

»Sie ist noch nicht über den Berg«, antwortete er. »Ist sie eine starke Frau? Hat sie ein starkes Herz?«

»Ja«, bestätigte ich.

»Dann hat sie eine ganz gute Chance. Mehr kann ich Ihnen im Moment leider nicht sagen.«

Nach eineinhalb Stunden im Aufwachraum wurde sie um halb neun auf die Intensivstation gebracht.

Sie sah aus, als hätte sie 25 Kilo abgenommen, ihr Körper schien im Bett zu verschwinden.

Phil und ich standen neben dem Bett, während eine Krankenschwester die Infusionen aufhängte und einen

Monitor anschaltete, der die Lebensfunktionen überwachte.

»Wozu ist der denn da?« fragte Phil. »Ich denke, sie ist jetzt okay. Oder nicht?«

»Sie hat zweimal wieder zu bluten angefangen, Mr. Dimassi. Wir überwachen sie, um aufzupassen, falls es noch mal passiert.«

Phil nahm Angies Hand in seine, sie sah so klein aus.

»Ange?« fragte er.

»Sie wird heute den ganzen Tag schlafen«, erklärte die Krankenschwester. »Sie können jetzt nicht viel für sie tun, Mr. Dimassi.«

»Ich lasse sie nicht allein«, beharrte Phil.

Die Krankenschwester sah mich an, aber ich starrte ausdruckslos zurück.

Um zehn verließ ich die Intensivstation und entdeckte Bubba im Wartezimmer.

»Wie geht's ihr?«

»Die Ärzte glauben, daß sie's schafft.«

Bubba nickte.

»Ich schätze, wir wissen mehr, wenn sie aufwacht.«

»Und wann ist das?« wollte er wissen.

»Heute nachmittag«, entgegnete ich. »Vielleicht heute abend.«

»Kann ich irgendwas tun?«

Ich beugte mich über den Wasserspender und trank wie jemand, der gerade aus der Wüste kam.

»Ich muß unbedingt mit Fat Freddy sprechen«, sagte ich.

»Okay. Warum?«

»Ich muß Jack Rouse und Kevin Hurlihy finden und ihnen ein paar Fragen stellen.«

»Ich glaube nicht, daß Freddy damit ein Problem hat.«

»Wenn sie mir nicht antworten, brauche ich die Erlaubnis, so lange auf sie zu schießen, bis sie's mir sagen.«

Jetzt beugte sich Bubba ebenfalls über den Wasserspender und sah mich ungläubig an: »Meinst du das ernst?«

»Bubba, sag Freddy, daß ich es so oder so mache, auch ohne seine Erlaubnis.«

»Jetzt aber richtig, was?« entgegnete er.

Phil und ich wechselten uns ab.

Wenn einer von uns zur Toilette mußte oder sich etwas zu trinken holte, hielt der andere Angies Hand. Den ganzen Tag lang hielt jemand ihre Hand.

Am Mittag suchte Phil nach einer Cafeteria, und ich führte Angies Hand an meine Lippen und schloß die Augen.

Als ich sie zum ersten Mal sah, fehlten ihr die beiden oberen Schneidezähne, und ihr kurzes Haar war so fürchterlich geschnitten, daß ich sie für einen Jungen hielt. Wir waren in der Turnhalle des Little-House-Freizeitzentrums auf der East Cottage Street, einer Betreuungseinrichtung für Sechsjährige. Damals gab es in unserer Gegend noch nicht viele Horte, die nach der Schule auf die Kinder aufpaßten, aber im Little House konnten die Eltern ihre Kleinen für fünf Dollar pro Woche jeden Nachmittag drei Stunden abgeben. Die Betreuer ließen die Zügel ziemlich locker, solange wir nichts kaputtmachten.

An jenem Tag lagen kastanienbraune Gymnastikbälle, orangefarbene Softbälle, harte Plastikfootbälle, Hallenhockeyschläger, Pucks und Basketbälle auf dem Boden der Turnhalle umher. Dazwischen rannten ungefähr fünfundzwanzig Sechsjährige durcheinander und schrien wie am Spieß.

Von den Pucks waren immer zuwenig da, und ich nahm

mir einen Hockeyschläger und verfolgte das kleine Kind mit dem furchtbaren Haarschnitt, das unbeholfen einen Puck an der Wand der Turnhalle entlangführte. Ich schlich mich dahinter, hob seinen Schläger mit meinem an und nahm ihm den Puck weg.

Daraufhin schubste Angie mich, schlug mir auf den Kopf und holte sich den Puck zurück.

Hier auf der Intensivstation, mit ihrer Hand an meiner Wange, war mir der Tag so präsent wie kein anderer.

Ich beugte mich vor und legte meine Wange an ihre, drückte ihre Hand fest an meine Brust und schloß die Augen.

Als Phil zurückkam, schnorrte ich eine Zigarette von ihm und ging zum Rauchen nach draußen auf den Parkplatz.

Seit sieben Jahren hatte ich nicht mehr geraucht, doch beim Anzünden roch der Tabak wie Parfum, und der Rauch in meinen Lungen fühlte sich in der eisigen Luft sauber und rein an.

»Der Porsche da ist ein toller Schlitten«, sagte jemand rechts von mir. »'66?«

»'63«, erwiderte ich und drehte mich um.

Pine trug einen Kamelhaarmantel und eine bordeauxrote Baumwollhose, dazu einen schwarzen Kaschmirpullover. Die schwarzen Handschuhe saßen wie eine zweite Haut.

»Wie haben Sie den bezahlt?« wollte er wissen.

»Ich habe eigentlich nur den Rahmen gekauft«, erklärte ich. »Die Einzelteile hab ich im Laufe der Jahre gesammelt.«

»Gehören Sie zu den Typen, die Ihr Auto mehr lieben als Frau und Kinder?«

Ich hielt ihm die Schlüssel hin. »Das ist nichts als Chrom, Blech und Gummi, Pine. Im Augenblick ist es mir vollkommen egal. Wenn Sie ihn haben wollen, bitte!«

Er schüttelte den Kopf. »Viel zu auffällig für meinen Geschmack. Ich fahre einen Honda.«

Ich zog ein zweites Mal an der Zigarette und fühlte mich sofort beschwichtigt. Vor mir begann die Luft zu tanzen.

»Auf Vincent Patrisos einzige Enkeltochter zu schießen war eine extrem uncoole Sache«, bemerkte er.

»Stimmt.«

»Mr. Constantine wurde informiert, daß zwei Herren nicht seiner Anweisung gehorcht haben, Ihnen bei Ihren Ermittlungen zu helfen.«

»Das stimmt auch.«

»Und jetzt liegt Ms. Gennaro auf der Intensivstation.«

»Ja.«

»Mr. Constantine läßt Sie wissen, daß Sie freie Hand haben, was die Identifizierung und Ergreifung des Mannes angeht, der auf Ms. Gennaro geschossen hat.«

»Freie Hand?«

»Freie Hand, Mr. Kenzie. Wenn Mr. Hurlihy und Mr. Rouse nicht mehr auftauchen sollten, versichert Mr. Constantine Ihnen, daß weder er noch seine Geschäftspartner jemals den Wunsch verspüren werden, nach ihnen zu suchen. Verstehen Sie?«

Ich nickte.

Er reichte mir eine Karte. Auf der einen Seite stand eine Adresse geschrieben: South Street 411, 4. Etage. Auf der anderen Seite stand eine Nummer, die ich als Bubbas Handynummer erkannte.

»Treffen Sie sich dort so schnell wie möglich mit Mr. Rogowski.«

»Danke!«

Er zuckte mit den Achseln und sah auf meine Zigarette. »Sie sollten besser nicht rauchen, Mr. Kenzie.«

Er verließ den Parkplatz, und ich drückte die Zigarette aus und ging wieder hinein.

Um Viertel vor drei öffnete Angie die Augen.

»Schatz?« fragte Phil.

Sie blinzelte und versuchte zu sprechen, doch war ihr Mund zu trocken.

Wie uns die Krankenschwester vorher angewiesen hatte, reichten wir Angie zerstoßenes Eis, aber kein Wasser. Sie nickte dankbar.

»Ich bin nicht dein Schatz!« krächzte sie. »Wie oft muß ich dir das noch sagen, Phillip?«

Phil lachte und küßte sie auf die Stirn, ich küßte sie auf die Wange, und sie schlug schwach nach uns.

Wir lehnten uns zurück.

»Wie geht es dir?« erkundigte ich mich.

»Was für eine bekloppte Frage!« war die Antwort.

Dr. Barnett ließ Stethoskop und Taschenlampe wieder in seine Tasche verschwinden und sagte zu Angie: »Sie werden bis morgen auf der Intensivstation bleiben, damit wir gut auf Sie aufpassen können, aber es sieht so aus, als schafften Sie es ganz gut.«

»Das tut schweineweh!« stöhnte sie.

Er grinste. »Das denke ich mir. Die Kugel hat einen häßlichen Weg eingeschlagen, Ms. Gennaro. Wir unterhalten uns später darüber, was sie angerichtet hat. Ich kann Ihnen jetzt schon versprechen, daß es eine Menge Nahrungsmittel gibt, die Sie nie wieder essen können. Auch jede Flüssigkeit außer Wasser ist für die nächste Zeit tabu.«

»Scheiße!« fluchte sie.

»Es gibt noch andere Dinge, in denen Sie sich einschränken müssen, aber . . .«

»Was ist mit ...?« Sie warf einen Blick auf Phil und mich, dann sah sie weg.

»Ja?« fragte Barnett.

»Na ja«, meinte sie, »die Kugel ist irgendwie da unten in meinem Unterleib herumgesaust und ...«

»Ihre Fortpflanzungsorgane wurden nicht in Mitleidenschaft gezogen, Ms. Gennaro.«

»Oh!« machte sie und warf mir einen zornigen Blick zu, als sie mich lächeln sah. »Halt bloß die Schnauze, Patrick!«

Gegen fünf Uhr kam der Schmerz mit aller Macht zurück, und man spritzte ihr so viel Schmerzmittel, daß selbst ein bengalischer Tiger narkotisiert gewesen wäre.

Ich strich ihr mit der Hand über die Wange, während sie von der Droge betäubt blinzelte.

»Der auf mich geschossen hat?« brachte sie mit schwerer Zunge hervor.

»Ja?«

»Weißt du schon, wer's ist?«

»Nein.«

»Aber bald, oder?«

»Klar!«

»Also, dann ...«

»Was?«

»Hol ihn dir, Patrick«, sagte sie. »Und mach ihn fertig!«

36

South Street 411 war das einzige leerstehende Gebäude auf einer Straße voller Künstlerateliers, Teppichmacher, Theaterschneider, Secondhandläden und Privatgalerien. Zwei Häuserblöcke lang SoHo-Feeling in Boston.

Das Haus war vier Stockwerke hoch und früher ein Parkhaus gewesen, als es davon noch genügend in der Stadt gab. In den späten Vierzigern wurde es verkauft, und der neue Besitzer machte es zu einem Unterhaltungskomplex für Seeleute. Im Erdgeschoß befanden sich eine Bar und Billardräume, in der ersten Etage war ein Casino und in der zweiten ein Bordell.

Fast mein ganzes Leben lang hatte das Haus leergestanden, so daß mir nie klar war, wofür der dritte Stock benutzt wurde, bis mein Porsche nun in einem uralten Autolift an den unteren dunklen Etagen vorbei nach oben fuhr und sich die Türen auf düstere, muffige Bowlingbahnen öffneten.

Von einer gewölbten Decke hingen hier und dort Lampenfassungen herunter, mehrere der Bahnen waren zu Schutthalden verkommen. In den Kugelfangrinnen lagen weiße Haufen zerbrochener Bowlingkegel, die Vorrichtungen zum Trocknen der Hände waren schon vor langer Zeit aus dem Boden gerissen und wahrscheinlich separat verkauft worden. Doch in einigen Haltern lagen noch Bowlingkugeln, und bei manchen Bahnen konnte ich unter dem Staub und Schmutz noch die Markierungen erkennen.

Wir stiegen aus dem Auto und verließen den Aufzug.

Bubba saß in einem Clubsessel neben der mittleren Bahn. Unten am Stuhl waren noch Schrauben zu sehen, irgendwo hatte er ihn aus dem Boden gerissen. Der Lederbezug war zerschlissen, aus den Löchern quoll Schaumstoff hervor und lag neben Bubbas Füßen auf dem Boden.

»Wem gehört dieser Laden?« fragte ich.

»Freddy.« Er nahm einen Schluck aus einer Flasche Wodka. Sein Gesicht war gerötet, die Augen leicht wäßrig, so daß ich davon ausging, daß er gut und gerne bei der zweiten Flasche war – kein gutes Zeichen.

»Freddy hält sich nur zum Spaß ein leerstehendes Haus?«

Er schüttelte den Kopf. »Die zweite und dritte Etage sehen nur vom Aufzug scheiße aus. In Wirklichkeit sind sie ganz nett. Freddy feiert da manchmal kleine Partys mit seinen Leuten und so.« Ohne jede Freundlichkeit sah er Phil an. »Was willst du denn hier, du Wichser?«

Phil machte einen Schritt nach hinten, hatte sich aber besser im Griff als die meisten Leute, die auf einen völlig abgedrehten Bubba treffen.

»Ich stecke mit in der Sache drin, Bubba. So richtig.«

Bubba grinste, und die Dunkelheit über dem hinteren Teil der Bahnen schien sich auszubreiten. »Na dann«, gab er zurück, »wie schön für dich. Hast einen geärgert, der Angie ins Krankenhaus geschickt hat, und diesmal bist du es nicht selbst gewesen? Arbeitet da noch einer auf deinem Fachgebiet, Tucke?«

Phil rückte einen Schritt näher an mich heran. »Das hat nichts mit dem, was zwischen uns ist, zu tun, Bubba.«

Bubba sah mich mit hochgezogenen Augenbrauen an. »Hat der plötzlich Mumm bekommen, oder ist der einfach nur dumm?«

Ich hatte Bubba schon ein paarmal in diesem Zustand erlebt; für meinen Geschmack war er ein bißchen zu nah am Wahnsinn. Nach meiner korrigierten Schätzung mußte er inzwischen drei Flaschen Wodka intus haben, man konnte nicht sagen, ob er seinen niederen Instinkten die Führung überlassen würde.

Bubba machte sich überhaupt nur aus zwei Menschen etwas: aus Angie und aus mir. Und Phil hatte Angie im Laufe der Jahre einfach zu oft verletzt, als daß Bubba jetzt etwas anderes empfinden konnte als puren Haß. Für jemanden ein Haßobjekt zu sein ist relativ. Wenn dich ein Werbefuzzi haßt, dessen schicken Schlitten du auf der Autobahn geschnitten hast, kann man wahrscheinlich ganz gut damit leben. Aber wenn Bubba einen haßt, ist es keine schlechte Idee, den Kontinent zu wechseln.

»Bubba«, versuchte ich es.

Langsam wandte er den Kopf, um mich anzusehen. Sein Blick war verschwommen.

»Phil ist bei dieser Sache auf unserer Seite. Mehr brauchst du im Moment nicht zu wissen. Er macht mit, egal was wir tun.«

Er zeigte keine Reaktion, wandte sich nur wieder Phil zu und fixierte ihn mit verschwommenem Blick.

Phil hielt ihm so lange wie möglich stand, der Schweiß lief ihm an den Schläfen herunter, doch schließlich schaute er zu Boden.

»Okay, Penner«, sagte Bubba. »Wir lassen dich ein paar Runden zugucken, wenn du das wiedergutmachen willst, was du deiner Frau angetan hast, oder was für einen Dünnschiß du dir jetzt einredest.« Er stand auf und stellte sich vor Phil, bis dieser aufsah. »Nur damit es keine Mißverständnisse gibt: Patrick vergibt. Angie vergibt. Ich nicht. Irgendwann werde ich dir weh tun.«

Phil nickte. »Ich weiß, Bubba.«

Mit dem Zeigefinger hob Bubba Phils Kinn an. »Und wenn irgendwas von dem, was hier heute passiert, nach draußen kommt, dann weiß ich, daß es nicht von Patrick war. Was bedeutet, daß ich dich umbringe, Phil. Kapiert?«

Phil wollte nicken, doch Bubbas Finger hinderte ihn daran.

»Ja«, stieß Phil durch die zusammengepreßten Zähne hervor.

Bubba sah zu einer dunklen Wand hinter dem Aufzug herüber. »Licht!« befahl er.

Hinter der Wand legte jemand den Schalter um, und in den wenigen verbliebenen Lampenfassungen über dem hinteren Teil der Bahnen flackerte ein mattes grünweißes Neonlicht auf. Ein erneutes Flackern, und mehrere dunstiggelbe Lichtstreifen fielen auf die Bowlinggruben.

Bubba hob die Arme, drehte sich um und machte eine ausladende Handbewegung, wie Moses, der das Rote Meer teilt. Wir blickten die Bahnen hinunter, während eine Ratte die Kugelrinne entlang in Sicherheit huschte.

»Heilige Scheiße!« stieß Phil hervor.

»Was gesagt?« fragte Bubba.

»Nein. Nichts«, brachte Phil heraus.

Genau mir gegenüber kniete am hinteren Ende der Bahn Kevin Hurlihy in der Bowlinggrube. Seine Hände waren auf dem Rücken gefesselt, die Beine an den Knöcheln zusammengebunden, um den Hals hatte er eine Schlinge, die mit einem Nagel an der Wand über der Grube befestigt war. Sein Gesicht war geschwollen und glänzte nur so von blutigen Striemen. Bubba hatte ihm die Nase gebrochen;

sie war blau und zerquetscht. Der gebrochene Kiefer war mit Draht zusammengebunden.

Jack Rouse sah noch mitgenommener aus. Er war auf gleiche Art auf der nächsten Bahn gefesselt. Sein fast grünes Gesicht war schweißüberströmt.

Bubba registrierte unsere erschrockenen Mienen und grinste. Er beugte sich zu Phil vor und sagte: »Guck sie dir gut an. Dann kannst du dir vorstellen, was ich eines Tages mit dir mache, Wichser!«

Als Bubba die Bahn herunter auf die beiden zuschlenderte, rief ich: »Hey, hast du sie schon befragt?«

Er schüttelte den Kopf und nahm einen kleinen Schluck Wodka. »Nee. Hatte keine Ahnung, was ich fragen sollte.«

»Wieso hast du sie dann zusammengeschlagen, Bubba?«

Er stand neben Kevin und beugte sich zu ihm herunter, dann sah er mit teuflischem Grinsen zu mir herüber. »Weil mir langweilig war.«

Er zwinkerte mir zu und schlug Kevin ins Gesicht. Kevin schrie durch die verdrahteten Zähne.

»Scheiße, Patrick!« flüsterte Phil. »Scheiße!«

»Reg dich ab, Phil!« mahnte ich, doch auch in mir brodelte es.

Bubba ging zu Jack herüber und schlug ihm so hart gegen den Kopf, daß man das Geräusch im ganzen dritten Stockwerk hörte. Jack schrie nicht, sondern schloß kurz die Augen.

»Okay.« Bubba drehte sich mit fliegendem Trenchcoat um. Er kam zu uns zurückgewankt, seine Springerstiefel klangen wie die Hufe von schweren schottischen Rindern. »Schieß los, Patrick!«

»Wie lange sind die schon hier?« wollte ich wissen.

Er zuckte mit den Schultern. »'n paar Stunden.« Dann

nahm er eine verstaubte Bowlingkugel vom Gestell und wischte sie mit dem Ärmel ab.

»Vielleicht sollten wir ihnen ein bißchen Wasser geben oder so.«

Er schleuderte herum. »Was? Willst du mich verarschen? Patrick ...«, er legte den Arm um mich und zeigte mit der Bowlingkugel in Richtung der beiden, »das ist das Arschloch, das gedroht hat, dich und Grace umzulegen. Schon vergessen? Das sind die Schweine, die schon vor einem Monat alles hätten zu Ende bringen können, bevor auf Angie geschossen wurde, bevor Kara Rider gekreuzigt wurde. Sie sind der Feind!« zischte er, und sein hochprozentiger Atem schwappte wie eine Welle über mich hinweg.

»Stimmt«, bestätigte ich, während Kevin sich unwillkürlich schüttelte. »Aber ...«

»Kein Aber!« rief Bubba. »Kein Aber! Heute morgen hast du gesagt, du bist bereit, die beiden umzulegen, wenn nötig. Stimmt's? Stimmt's?«

»Ja.«

»Ja, und? Was? Da sind sie, Patrick. Jetzt steh zu deinem Wort! Fall mir nicht in den Rücken! Verstanden?«

Er zog den Arm weg, hielt die Bowlingkugel an die Brust und streichelte sie.

Ich hatte gesagt, ich würde so lange auf sie schießen, bis ich meine Antworten bekäme, und das hatte ich auch so gemeint. So was war einfach gesagt, wenn man im Wartezimmer eines Krankenhauses stand, weit entfernt von dem Fleisch, den Knochen und dem Blut der Menschen, die man damit bedrohte.

Hier saßen zwei hilflose, blutüberströmte Menschen vor mir, die mir vollkommen ausgeliefert waren. Keine Phantasiegebilde, sondern atmende Wesen. Zitternde Wesen.

Mir ausgeliefert.

Ich ließ Bubba und Phil stehen und ging die Bahn hinunter auf Kevin zu. Er sah mich kommen, was ihm Stärke zu verleihen schien. Vielleicht hielt er mich für die Schwachstelle.

Als Grace mir erzählt hatte, daß er auf ihren Tisch zugekommen war, hatte ich geantwortet, ich brächte ihn um. Wenn er damals vor mir gestanden hätte, hätte ich das auch getan. Das war blinde Wut.

Dies hier nannte man Folter.

Als ich mich ihm näherte, holte er Luft und schüttelte den Kopf, als wolle er klar werden, dann heftete er seine ausdruckslosen Augen auf mich.

Kevin foltert auch, flüsterte eine Stimme in meinem Kopf. Er tötet Menschen. Es macht ihm Spaß. Er hätte kein Mitleid mit dir. Du brauchst auch keines mit ihm zu haben.

»Kevin«, sprach ich ihn an und hockte mich vor ihm auf die Knie, »dies ist 'ne schlimme Sache. Das weißt du genau. Wenn du mir nicht sagst, was ich wissen will, spielt Bubba Spanische Inquisition mit dir.«

»Fick dich!« brachte er mit brüchiger Stimme durch die verdrahteten Zähne hervor. »Fick dich, Kenzie, verstanden?«

»Nein, Kevin. Nein. Wenn du mir jetzt nicht hilfst, machen wir dich fertig, auf alle nur möglichen Arten. Fat Freddy hat mir freie Hand bei dir gegeben. Und bei Jack.«

Seine linke Gesichtshälfte sackte leicht ab.

»Das ist die Wahrheit, Kevin.«

»Blödsinn!«

»Glaubst du, wir wären sonst hier? Du hast zugelassen, daß auf Vincent Patrisos Enkeltochter geschossen wurde.«

»Ich hab nicht ...«

Ich schüttelte den Kopf. »So sieht er es aber. Egal, was du jetzt sagst.«

Mit roten, hervorquellenden Augen schüttelte er den Kopf und sah zu mir hoch.

»Kevin«, sagte ich leise, »erzähl mir, was zwischen dem EES und Hardiman und Rugglestone vorgefallen ist. Wer ist der dritte Mann?«

»Frag doch Jack!«

»Das tue ich auch, aber zuerst frage ich dich.«

Er nickte, und die Schlinge schnitt ihm in den Hals, so daß er gurgelnde Geräusche von sich gab. Ich lockerte das Seil an seinem Adamsapfel, und er seufzte, die Augen auf den Boden gerichtet.

Störrisch schüttelte er den Kopf, und ich wußte, daß er nichts sagen würde.

»Achtung!« rief Bubba.

Kevins Augen weiteten sich, sein Hals in der Schlinge zuckte zurück, und ich trat einen Schritt zur Seite, als die Bowlingkugel immer schneller die Bahn entlanggeschossen kam, über die Splitter in dem alten Boden hüpfte und schließlich gegen Kevin Hurlihys Leiste prallte.

Er heulte auf, riß an der Schlinge, doch ich hielt ihn an den Schultern zurück, damit er sich nicht erwürgte. Tränen liefen über seine Wangen.

»Nur ein Spare!« rief Bubba.

»Hey, Bubba«, sagte ich, »warte mal!«

Aber Bubba war schon mittendrin. Ein Bein vor das andere gekreuzt, stand er an der Abwurflinie und warf die Kugel. Sie flog in einem Bogen über die Pfeilmarkierungen und traf die Bahn mit einem kleinen Rückwärtsdrall, dann raste sie über das Holz und zerbrach Kevins linkes Knie.

»O Gott!« jaulte Kevin und zuckte nach rechts.

»Jetzt bist du dran, Jack!« Bubba nahm eine neue Kugel und betrat die nächste Bahn.

»Ich sterbe, Bubba.« Jack sprach leise und resigniert, so daß Bubba kurz innehielt.

»Nicht wenn du redest, Jack«, erklärte er.

Jack sah mich an, als bemerke er mich erst jetzt. »Weißt du, was der Unterschied zwischen dir und deinem Vater ist, Patrick?«

Ich schüttelte den Kopf.

»Dein Alter hätte die Bowlingkugel selbst geworfen. Aber du, du läßt die anderen quälen, das machst du nicht selber. Du bist der letzte Dreck!«

Ich blickte ihn an und verspürte plötzlich diesselbe wahnsinnige Wut wie bei Grace zu Hause. Dieser irische Mafia-Killer, dieses Stück Scheiße, wollte mir Vorträge halten? Während Grace und Mae irgendwo in Nebraska oder sonstwo in einem FBI-Bunker hockten und Grace' Karriere ruiniert war? Während Kara Rider gekreuzigt, Jason Warren in Einzelteile zerlegt worden war, Angie im Krankenhaus lag und Tim Dunn ausgezogen und nackt in eine Tonne gesteckt worden war?

Wochenlang hatte ich zugesehen, wie Menschen wie Evandro, sein Partner, Hardiman, Jack Rouse und Kevin Hurlihy aus Spaß Gewalt an Unschuldigen ausübten. Weil sie die Schmerzen anderer genossen. Weil sie stärker waren.

Da war ich plötzlich nicht mehr nur wütend auf Jack, Kevin oder Hardiman, sondern auf jeden Menschen, der willentlich gewalttätig wurde. Auf Menschen, die Abtreibungskliniken in die Luft jagten, Bomben in Flugzeugen hochgehen ließen, ganze Familien abschlachteten, U-Bahn-Tunnel vergasten, Geiseln erschossen und Frauen umbrachten, nur weil sie vielleicht der Frau ähnelten, die sie einst verschmäht hatte.

Alles unter dem Vorwand verletzter Gefühle. Oder ihrer Prinzipien. Oder ihres Vorteils.

Ich hatte ihre Gewalt, ihren Haß und meine Moralvorstellungen einfach satt, weil sie im vergangenen Monat Menschen das Leben gekostet hatten.

Trotzig starrte Jack zu mir hoch, und ich fühlte das Blut in meinen Ohren rauschen und hörte immer noch Kevin vor Schmerzen durch die zusammengedrahteten Zähne zischen. Ich sah Bubba in die Augen und bemerkte darin ein Leuchten, das mich anspornte.

Ich fühlte mich allmächtig.

Die Augen auf Jack gerichtet, zog ich die Pistole hervor und drückte den Lauf gegen Kevins knirschende Zähne.

Voller Angst stieß er einen ungläubigen Schrei aus.

Ich packte in sein fettiges, öliges Haar, wobei ich Jack nicht aus den Augen ließ, setzte ihm den Lauf an die Schläfe und spannte den Hahn.

»Mach den Mund auf, Jack, wenn dir dieser Typ irgendwas bedeutet!«

Jack sah Kevin an, und ich merkte, daß es ihn berührte. Wieder einmal wunderte ich mich darüber, daß zwischen Menschen, die so wenig Liebe kennengelernt hatten, eine solche Bindung bestehen konnte.

Jack öffnete den Mund und sah plötzlich uralt aus.

»Du hast fünf Sekunden, Jack. Eins, zwei, drei . . .«

Kevin stöhnte, die gebrochenen Zähne klapperten gegen den Draht in seinem Mund.

»Vier.«

»Dein Vater«, sagte Jack leise, »hat Rugglestone vier Stunden lang von Kopf bis Fuß verbrannt.«

»Das weiß ich. Wer war noch dabei?«

Wieder öffnete er den Mund und sah Kevin an.

»Wer noch, Jack? Oder ich fange wieder an zu zählen. Aber diesmal bei vier.«

»Wir alle. Timpson. Kevins Mutter. Diedre Rider. Burns. Climstich. Ich.«

»Was passierte?«

»Wir fanden Hardiman und Rugglestone versteckt in diesem Lagerhaus. Wir hatten die ganze Nacht lang nach dem Wagen gesucht und fanden ihn am Morgen, direkt bei uns um die Ecke.« Jack fuhr sich mit einer fast weißen Zunge über die Oberlippe. »Dein Vater hatte die Idee, Hardiman auf einen Stuhl zu fesseln und ihn zugucken zu lassen, während wir Rugglestone erledigten. Zuerst wollten wir eigentlich alle auf ihn schießen, dann Hardiman fertigmachen und dann die Polizei rufen.«

»Warum habt ihr das nicht gemacht?«

»Keine Ahnung. Irgendwas ging in uns vor da drinnen. Dein Vater fand eine Kiste unter den Bodenbrettern versteckt. Sie war in einem Kühlgerät und steckte voller Körperteile.« Jack sah mich wild an. »Körperteile. Von Kindern. Von Erwachsenen auch, aber, Mann, da war ein Kinderfuß drin, Kenzie. Der steckte noch in einem kleinen roten Turnschuh mit blauen Punkten drauf. O Gott! Als wir den sahen, war es vorbei mit uns. Dein Vater holte das Benzin. Und wir nahmen die Eispickel und die Rasierklingen.«

Ich winkte ab, weil ich nichts mehr über die braven Bürger vom EES und davon, wie systematisch sie Charles Rugglestone erledigten, hören wollte.

»Wer tötet jetzt für Hardiman?«

Jack guckte verwirrt. »Wie heißt der noch mal? Arujo. Den deine Kollegin gestern nacht erledigt hat. Oder?«

»Arujo hat einen Partner. Weißt du, wer das ist, Jack?«

»Nein«, antwortete er. »Weiß ich nicht. Kenzie, wir haben einen Fehler gemacht damals. Wir haben Hardiman am Leben gelassen, aber ...«

»Warum?«

»Warum was?«

»Warum habt ihr ihn am Leben gelassen?«

»Weil das unsere einzige Möglichkeit war, nachdem G. uns entdeckt hatte. Das haben wir mit ihm ausgemacht.«

»G.? Von wem redest du, verdammt noch mal?«

Er seufzte. »Wir wurden entdeckt, Patrick. Als wir um Rugglestone herumstanden und zuguckten, wie sein Körper in Flammen aufging. Alle voller Blut.«

»Wer hat euch entdeckt?«

»G. Hab ich dir doch gesagt.«

»Wer ist G., Jack?«

Er runzelte die Stirn. »Gerry Glynn, Kenzie.«

Plötzlich wurde mir schwindelig, als hätte ich noch eine Zigarette geraucht.

»Und er hat euch nicht festgenommen?« fragte ich Jack.

Jack nickte leicht. »Er meinte, es sei verständlich. Er meinte, die meisten Leute hätten so reagiert wie wir.«

»Das hat Gerry gesagt?«

»Über wen rede ich hier denn die ganze Zeit, verdammt noch mal? Ja. Gerry. Er stellte klar, daß wir ihm nun alle was schuldeten, dann hat er uns weggeschickt und Alec Hardiman festgenommen.«

»Was meinst du damit, ihr schuldetet ihm was?«

»Wir mußten ihm ein paar Gefallen tun und so was, für den Rest unseres Lebens. Dein Vater ließ seine Beziehungen spielen und hat ihm die Konzession und die Alkohollizenz für seine Kneipe beschafft. Ich habe ihm ein bißchen Geld besorgt. Die anderen haben wieder was anderes gemacht. Wir durften nicht miteinander sprechen, deshalb weiß ich nicht, wer ihm was gegeben hat, außer von mir und deinem Alten.«

»Wer hat euch verboten, miteinander zu sprechen? Gerry?«

»Ja, sicher!« Er starrte mich an, die Adern an seinem Hals traten hellblau hervor. »Du hast keine Ahnung, was für einer Gerry wirklich ist, stimmt's? O Gott!« Er lachte laut. »Heilige Scheiße! Du hast ihm den ganzen Scheiß mit dem Freund und Helfer abgekauft, nicht?« Er zerrte an seiner Halsschlinge. »Kenzie, Gerry Glynn ist ein verdammtes Monster. Daneben seh ich wie ein Gemeinedepfarrer aus!« Wieder lachte er, doch klang es schrecklich schrill. »Glaubst du etwa, dieses alte Taxi bei ihm vor der Tür bringt die Leute immer dahin, wo sie hinwollen?«

Ich erinnerte mich an die Nacht in der Kneipe, an den betrunkenen Jungen, den Gerry mit zehn Dollar zum Taxi geschickt hatte. War er jemals zu Hause angekommen? Und wer war der Taxifahrer gewesen? Evandro?

Bubba und Phil waren inzwischen zu mir gekommen, und ich sah sie an, während ich die Pistole herunternahm.

»Wußtet ihr das?«

Phil schüttelte den Kopf.

Bubba meinte: »Ich wußte, daß Gerry 'n bißchen undurchsichtig ist, daß er hin und wieder Stoff verkauft und 'n paar Nutten laufen hat und so, aber das war's auch schon.«

»Er hat euch allen was vorgemacht«, sagte Jack, »eurer ganzen Generation. Jungejunge!«

»Etwas genauer, bitte!« wies ich ihn an. »Bitte etwas genauer, Jack!«

Er grinste uns an, seine alten Augen flatterten. »Gerry Glynn ist eines der fiesesten Schweine, die diese Gegend je hervorgebracht hat. Sein Sohn ist tot. Wußtest du das?«

»Er hatte einen Sohn?«

»Klar hatte er einen Scheißsohn! Brendan. Ist '65 gestorben. Hatte so 'ne seltsame Blutung am Stammhirn. Konnte nie einer erklären. War erst vier Jahre alt und packt sich plötzlich an den Kopf und fällt tot um in Gerrys Hofeinfahrt, als er mit Gerrys Frau am Spielen ist. Gerry ist ausgerastet. Hat seine Frau umgebracht.«

»Schwachsinn!« erwiderte Bubba. »Der Typ war ein Bulle!«

»Ja, und? Gerry hatte die fixe Idee, daß sie schuld daran war. Daß sie ihn betrogen hatte und Gott sie bestraft hatte, indem er das Kind sterben ließ. Er hat sie totgeschlagen und es irgend 'nem Bimbo in die Schuhe geschoben. Der Nigger wurde eine Woche nach seiner Vernehmung in Dedham abgestochen. Fall erledigt.«

»Wie kommt Gerry denn an einen Typ, der hinter Gittern sitzt?«

»Gerry hat in Dedham gearbeitet. Damals durften Bullen noch zwei Jobs haben. Irgendein Zeuge, ein Knastbruder, hatte angeblich gehört, daß Gerry seine Finger im Spiel hatte. Eine Woche, nachdem der entlassen wurde, hat Gerry ihn am Scollay Square totgeprügelt.«

Jamal Cooper. Opfer Nummer eins. O Gott.

»Gerry gehört zu den unheimlichsten Typen auf diesem Planeten, du hohle Birne!«

»Und dir ist kein einziges Mal in den Sinn gekommen, daß er Hardimans Partner sein könnte?« fragte ich.

Alle sahen mich an.

»Hardimans ...?« Wieder stand Jack der Mund offen, die Kiefermuskeln arbeiteten unter der Haut. »Nein, nein. Ich meine, Gerry ist gefährlich, aber er ist doch kein ...«

»Was ist er nicht, Jack?«

»Na ja, er ist doch kein verrückter Psycho-Serienmörder!«

Ich schüttelte den Kopf. »Ganz schöne Hohlbirne!«

Jack sah mich an. »Scheiße, Kenzie, Gerry ist doch von hier! Solche Verrückten kommen doch nicht von hier!«

Wieder schüttelte ich den Kopf. »Du bist auch von hier, Jack. Mein Vater auch. Denk doch dran, was ihr beiden in dem Lagerhaus abgezogen habt!«

Ich blickte mich um und sah, wie Kevin trotz der Schmerzen versuchte, bei Bewußtsein zu bleiben. Sein Gesicht war blutverschmiert.

»Ich hab keinen umgebracht, Jack.«

»Aber wenn ich nichts gesagt hätte, dann hättest du's getan, Kenzie. Dann ja!«

Ich drehte mich wieder um und ging weiter.

»Du möchtest dich wohl gerne als guten Menschen sehen, Kenzie, was? Denk mal drüber nach, was ich gerade gesagt habe! Was du beinahe getan hättest.«

Aus der Dunkelheit vor mir kamen Schüsse.

Ich sah das Mündungsfeuer, fühlte die erste Kugel an meiner Schulter vorbeisausen.

Ich ließ mich fallen, als eine zweite Kugel durch die Finsternis ins Licht sauste.

Hinter mir hörte ich zwei dunkle Geräusche von Metall auf Fleisch. Schlürfende Geräusche.

Als Pine aus dem Dunkeln trat, drehte er den Schalldämpfer von seiner Pistole ab. Die Hand war von Rauch umhüllt.

Ich wandte mich um und sah nach hinten.

Phil war auf die Knie gefallen und hielt die Hände über dem Kopf.

Bubba hatte den Kopf in den Nacken gelegt und ließ sich Wodka in den Hals fließen.

Kevin Hurlihy und Jack Rouse starrten mich ausdruckslos an, beide hatten Einschußlöcher mitten in der Stirn.

»Willkommen in meiner Welt«, sagte Pine und streckte mir die Hand entgegen.

37

Mir gefiel nicht, wie Pine Phil ansah, während wir mit dem Aufzug nach unten fuhren. Phil hielt den Kopf gesenkt und hatte die Hände auf das Dach des Porsche gelegt, als müsse er sich dort abstützen, um nicht umzufallen. Pines Blick wankte keine Sekunde.

Als wir uns dem Erdgeschoß näherten, sagte Pine etwas zu Bubba, doch der stopfte die Hände in die Taschen seines Trenchcoats und zuckte mit den Schultern.

Dann öffneten sich die Türen des Aufzugs, und wir stiegen in die Autos. Ich fuhr mit Phil hinten aus dem Gebäude heraus und bog in die nächste kleine Straße ein, die zur South Street führte.

»Oh, Mann!« brachte Phil heraus.

Langsam fuhr ich die Straße hinunter, die Augen auf das Licht der Scheinwerfer gerichtet, die vor uns durch die tiefe Dunkelheit schnitten.

»Halt mal eben an!« sagte Phil verzweifelt.

»Nein, Phil.«

»Bitte! Mir wird schlecht!«

»Ich weiß«, antwortete ich. »Aber du mußt aushalten, bis wir außer Sicht sind.«

»Warum, verdammt noch mal?«

Ich bog auf die South Street. »Weil Pine und Bubba glauben, daß sie dir nicht vertrauen können, wenn sie dich kotzen sehen. Jetzt reiß dich zusammen!«

Ich fuhr einen Häuserblock weit, bog dahinter rechts ab und beschleunigte dann auf der Summer Street. Am Bahnhof South Station fuhr ich hinter dem Postamt rechts ab, prüfte dort die einzelnen Ladebuchten, um sicherzugehen, daß noch keine Lkws beladen wurden, und hielt schließlich hinter einem Müllcontainer an.

Phil sprang aus dem Auto, bevor wir endgültig zum Stehen gekommen waren. Ich drehte das Radio auf, damit ich die Geräusche seines Körpers nicht hören mußte, der gegen das rebellierte, was er gerade erlebt hatte.

Ich stellte die Musik noch lauter, bis die Fensterscheiben vibrierten. Die scharfen Gitarrenriffs von »Plowed« von Sponge dröhnten aus den Lautsprechern und schnitten durch meinen Schädel.

Zwei Männer waren tot, und es hätte genausogut ich sein können, der den Abzug betätigte. Sie waren alles andere als unschuldig. Sie waren alles andere als unbefleckt. Aber trotzdem waren es Menschen.

Phil kam zurück zum Auto, und ich reichte ihm ein Kleenex aus dem Handschuhfach und stellte das Radio wieder leiser. Phil drückte sich das Taschentuch auf den Mund, und wir fuhren wieder los, die Summer Street hinunter Richtung Southie.

»Warum hat er sie umgelegt? Sie haben uns doch gesagt, was wir wissen wollten.«

»Sie haben seinem Boss nicht gehorcht. Stell dir nicht zu viele Fragen, Phil!«

»Aber, Mann! Der hat die einfach abgeknallt! Der hat einfach die Knarre gezogen, und die saßen gefesselt da, und ich steh daneben und gucke sie an und dann ... Scheiße! Kein Geräusch, nichts, nur diese Löcher.«

»Phil! Hör mir zu!«

Bei einem dunklen Straßenabschnitt in der Nähe des Araban Coffee Building fuhr ich rechts heran. In der Luft lag das Aroma von gerösteten Kaffeebohnen, doch es konnte den öligen Gestank von den Hafendocks links von uns nicht übertünchen.

Phil hielt sich die Augen zu. »Oh, Scheiße, Mann!«

»Phil! Guck mich an, verdammt noch mal!«

Er ließ die Hände sinken. »Was?«

»Es ist nichts passiert!«

»Was?«

»Es ist nichts passiert. Verstanden?« schrie ich ihn an, und Phil versuchte, sich mir im dunklen Auto zu entwinden, doch das war mir jetzt egal. »Willst du auch sterben? Ja? Darum geht es hier nämlich, Phil!«

»O Gott! Ich? Warum?«

»Weil du ein Zeuge bist.«

»Ich weiß, aber ...«

»Hier gibt es kein Aber. So einfach ist das, Phil! Du bist nur am Leben, weil Bubba keinen umbringen würde, der mir etwas bedeutet. Du bist am Leben, weil er Pine überzeugt hat, daß ich dich auf Kurs halte. Ich bin am Leben, weil sie wissen, daß ich nichts sage. Und im übrigen würden wir beide, du und ich, wegen zweifachen Mordes in den Knast wandern, wenn wir den Mund aufmachen würden, nur weil wir dabei waren. Aber so weit würde es nie kommen, Phil, weil Pine nämlich, wenn er einen Grund dazu sieht, dich umbringt, dann mich umbringt und Bubba wahrscheinlich auch.«

»Aber ...«

»Hör mit dem scheiß Aber auf, Phil! Ich flehe dich an! Red dir besser ein, daß da heute nichts passiert ist. War nur ein böser Traum. Kevin und Jack sind irgendwo im Urlaub.

Weil, wenn du das nicht auseinanderhältst in deinem Kopf, dann redest du irgendwann.«

»Tu ich nicht.«

»Doch. Irgendwann erzählst du's deiner Frau oder deiner Freundin oder irgend jemandem in der Kneipe, und dann sind wir alle tot. Und der, dem du das erzählt hast, ist auch tot. Verstehst du das?«

»Ja.«

»Außerdem lassen sie dich beobachten!«

»Was?«

Ich nickte. »Find dich damit ab und leb damit! Eine Zeitlang werden sie dich beobachten.«

Er schluckte, seine Augen quollen hervor. Ich befürchtete, ihm würde wieder schlecht.

Doch statt dessen drehte er den Kopf weg, starrte aus dem Fenster und drückte sich tiefer in den Sitz.

»Wie kannst du das machen?« flüsterte er. »Tagein, tagaus?«

Ich lehnte mich zurück, schloß die Augen und lauschte dem Brummen des Motors.

»Wie kannst du mit dir selbst leben, Patrick?«

Ich legte den ersten Gang ein und sagte nichts mehr, während wir durch Southie fuhren und dann in unseren Stadtteil.

Ich ließ den Porsche vor meinem Haus stehen und ging auf den Crown Victoria zu, der einige Autos weiter hinten geparkt war, weil ein Porsche Baujahr '63 so ungefähr der letzte Wagen ist, mit dem man durch unsere Gegend fährt, wenn man nicht bemerkt werden will.

Phil stand neben der Beifahrertür, doch ich schüttelte den Kopf.

»Was?« fragte er.

»Du kannst nicht mitkommen, Phil. Das mache ich alleine!«

Jetzt schüttelte er den Kopf. »Nein. Ich war mit ihr verheiratet, Patrick, und dieses Arschloch hat auf sie geschossen.«

»Soll er dich auch erschießen, Phil?«

Er zuckte mit den Schultern. »Glaubst du, ich komme nicht klar damit?«

Ich nickte. »Ich denke, damit kommst du nicht klar, Phil.«

»Warum nicht? Wegen der Sache auf der Bowlingbahn? Kevin, den kenne ich schon seit meiner Kindheit. War früher ein Freund. Ja gut, ich kam nicht gut damit zurecht, daß er erschossen wurde. Aber Gerry?« Er legte seine Hand mit der Waffe auf das Dach des Wagens, betätigte den Schlitten und schob eine Kugel in die Kammer. »Gerry ist der letzte Dreck. Gerry muß sterben!«

Ich sah ihn an und wartete darauf, daß auch er merkte, wie albern er aussah, als er die Pistole wie ein Filmschauspieler lud und coole Sprüche von sich gab.

Er hielt meinem Blick stand und richtete die Mündung seiner Waffe langsam über das Wagendach auf mich.

»Willst du mich jetzt erschießen, Phil, oder was?«

Seine Hand zitterte nicht. Die Waffe verharrte regungslos in der Luft.

»Sag schon, Phil! Willst du mich erschießen?«

»Wenn du die Tür nicht aufmachst, Patrick, dann schieße ich ins Fenster und klettere durch!«

Ich ließ die Waffe in seiner Hand nicht aus den Augen.

»Ich liebe sie auch, Patrick.« Er ließ die Pistole sinken.

Ich stieg ein. Er klopfte mit der Waffe gegen das Fenster, und ich atmete tief ein, weil ich wußte, daß er mir, wenn nötig, zu Fuß hinterherkommen oder in das Fenster von meinem Porsche schießen und ihn kurzschließen würde.

Gegen Mitternacht begann es zu regnen. Zuerst nieselte es kaum, einige Tropfen vermischten sich mit dem Schmutz auf der Windschutzscheibe und liefen zu den Scheibenwischern herunter.

Wir hatten vor einem Altersheim auf der Dorchester Avenue geparkt, ein paar Häuser vom Black Emerald entfernt. Plötzlich goß es in Strömen, der Regen peitschte auf das Wagendach und rauschte wie eine schwarze Wand auf die Straße herunter. Der Regen war eiskalt, so wie gestern, und er bewirkte nur, daß die Eisschicht auf den Bürgersteigen und Häusern etwas sauberer, aber auch gefährlicher aussah.

Anfangs waren wir dankbar dafür, da unsere Fensterscheiben beschlugen und wir beide im Innern des Autos nur dann zu sehen waren, wenn sich jemand direkt neben uns stellte.

Doch bald war es gar nicht mehr günstig, weil wir die Kneipe und den Eingang zu Gerrys Wohnung nicht mehr richtig sehen konnten. Das Gebläse war kaputt, die Lüftung auch, die feuchte Kälte stieg an uns hoch. Ich machte das Fenster einen Spaltbreit auf, und Phil tat es mir nach. Dann wischte ich mit dem Ellbogen über die beschlagene Scheibe, bis die Eingänge zu Gerrys Wohnung und dem Emerald wieder verschwommen zu sehen waren.

»Warum bist du dir so sicher, daß es Gerry war, der mit Hardiman zusammengearbeitet hat?« wollte Phil wissen.

»Bin ich mir gar nicht«, erwiderte ich. »Kommt mir nur logisch vor.«

»Und warum rufen wir dann nicht die Bullen?«

»Und was erzählen wir denen? Zwei Typen mit frischen Einschußlöchern in der Stirn hätten uns gesagt, Gerry ist ein böser Junge?«

»Und was ist mit dem FBI?«

»Wir haben keine Beweise. Und wenn es Gerry ist und wir es ihm zu früh zeigen, entwischt er uns vielleicht wieder, macht einen Winterschlaf oder so und killt irgendwelche Penner, die keiner vermißt.«

»Und warum sind wir dann hier?«

»Weil ich sehen will, wenn er sich bewegt. Die kleinste Bewegung, Phil.«

Phil wischte über seine Windschutzscheibe und spähte auf die Kneipe. »Vielleicht gehen wir einfach rein und stellen ihm ein paar Fragen.«

Ich starrte ihn an: »Bist du verrückt?«

»Warum nicht?«

»Weil, wenn er es ist, bringt er uns um, Phil!«

»Aber wir sind zu zweit, Patrick. Beide bewaffnet.«

Ich merkte, daß er es sich einzureden versuchte, daß er versuchte, den Mut zusammenzunehmen, der nötig war, um diese Türschwelle zu überschreiten. Aber er war noch weit davon entfernt.

»Das ist die Anspannung«, erklärte ich. »Vom Warten.«

»Was ist damit?«

»Manchmal kommt einem das Warten viel schlimmer vor als eine direkte Auseinandersetzung, so als müßte man einfach irgendwas tun, und dann würde man das Gefühl loswerden, daß man sich so unwohl fühlt in seiner Haut.«

Er nickte. »Ja, so fühlt sich das an.«

»Das Problem ist nur, Phil, daß die Auseinandersetzung mit Gerry, wenn er denn derjenige ist, viel schlimmer sein wird als das Warten. Er bringt uns um, ob mit oder ohne Waffen.«

Er schluckte kurz, dann nickte er.

Eine ganze Minute lang ließ ich den Eingang zum Emerald nicht aus den Augen. Seit wir hier waren, hatte ich niemanden hinein- oder hinausgehen sehen. Das war mehr als seltsam für eine Kneipe so kurz nach Mitternacht in dieser Gegend. Der Regen rauschte vor uns auf die Straße herab, in der Ferne heulte der Wind.

»Wie viele Menschen?« fragte Phil.

»Was?«

Phil zeigte mit dem Kopf in Richtung des Emerald. »Wenn er es ist, wie viele hat er dann umgebracht, was meinst du? Sein Leben lang? Ich meine, wenn man bedenkt, daß er im Lauf der Jahre vielleicht die ganzen Penner abgemurkst hat und vielleicht noch einen Haufen Leute, von denen keiner was weiß und . . .«

»Phil!«

»Ja?«

»Ich bin schon nervös genug. Es gibt ein paar Sachen, über die ich jetzt nicht nachdenken will.«

»Oh.« Phil rieb sich über die Bartstoppeln am Kinn. »Gut.«

Ich starrte zur Kneipe hinüber und zählte noch einmal bis hundert. Niemand ging hinein oder kam heraus.

Plötzlich klingelte mein Handy. Phil und ich zuckten so zusammen, daß wir mit dem Kopf gegen die Wagendecke stießen.

»Oh, Mann!« fluchte Phil. »Lieber Gott!«

Ich klappte das Handy auseinander. »Ja?«

»Patrick, ich bin's, Devin. Wo bist du?«

»In meinem Auto. Was ist los?«

»Ich habe gerade mit Erdham vom FBI gesprochen. Er hat einen Teilfingerabdruck unter den Bodendielen in deiner Wohnung genommen, wo die Wanzen versteckt waren.«

»Und?« Das Blut erstarrte in meinen Adern.

»Es ist Glynn, Patrick. Gerry Glynn.«

Ich blickte durch die beschlagene Fensterscheibe und konnte die Umrisse der Kneipe so gerade erkennen. In mir stieg eine Angst auf, wie ich sie noch niemals gespürt hatte.

»Patrick? Noch da?«

»Ja. Hör mal, Devin, ich steh bei Gerry vor der Wohnung.«

»Bitte wo bist du?«

»Du hast mich verstanden. Ich bin vor 'ner Stunde zu der gleichen Lösung gekommen.«

»O Gott, Patrick! Hau ab da! Los! Mach keinen Scheiß! Los, hau ab!«

Ich wollte ja auch, wirklich.

Aber wenn er jetzt da drinnen war, sich Eispickel und Rasierklingen in die Tasche stopfte und sich auf seinen nächsten Ausflug vorbereitete, wo er das nächste Opfer ...

»Ich kann nicht, Dev. Wenn er hier ist und etwas macht, werde ich ihm folgen.«

»Nein, nein, nein. Nein, Patrick! Hast du mich verstanden? Hau jetzt ab da, verfluchte Scheiße!«

»Ich kann nicht, Dev.«

»Scheiße!« Er schlug gegen etwas Hartes. »Okay. Ich komme jetzt mit einer ganzen Armee herüber. Verstanden? Du bleibst da sitzen, wir sind in fünfzehn Minuten da. Wenn was passiert, rufst du die folgende Nummer an!«

Er nannte mir eine Nummer, die ich auf einen am Armaturenbrett befestigten Notizblock schrieb.

»Beeil dich!« sagte ich.

»Ich beeile mich.« Devin legte auf.

Ich warf Phil einen Blick zu. »Jetzt ist es sicher. Gerry ist unser Mann.«

Phil sah auf das Telefon in meiner Hand, sein Gesichtsausdruck schwankte zwischen Übelkeit und Verzweiflung.

»Verstärkung ist unterwegs?« fragte er.

»Verstärkung ist unterwegs«, bestätigte ich.

Inzwischen waren die Fenster vollkommen beschlagen, so daß ich wieder über meines wischte. Dabei merkte ich aus dem Augenwinkel heraus, daß sich an der Hintertür etwas Dunkles, Schweres bewegte.

Dann wurde die Tür geöffnet, und Gerry Glynn sprang ins Auto und legte seine nassen Arme um mich.

38

»Wie geht's euch, Jungs?« rief Gerry.

Phil hatte die Hand in seine Jacke geschoben, doch ich warf ihm einen Blick zu, damit er wußte, daß er im Auto nicht die Waffe ziehen sollte.

»Gut, Gerry!« antwortete ich.

Ich blickte ihn durch den Rückspiegel an, er schaute freundlich und leicht belustigt drein.

Mit seinen dicken Pranken klopfte er mir auf den Rükken. »Hab ich dich erschreckt?«

»Ja«, erwiderte ich.

Er kicherte. »Tut mir leid. Hab euch beiden bloß hier sitzen sehen und mich gefragt, warum sitzen Patrick und Phil nachts um halb eins bei strömendem Regen in einem Auto auf der Dorchester Ave?«

»Wir unterhalten uns ein bißchen, Gerry«, erklärte Phil, doch wirkte sein lockerer Ton gezwungen.

»Oh«, sagte Gerry. »Na ja. Klasse Zeitpunkt dafür.«

Ich betrachtete seine nassen Unterarme.

»Willst du es mit mir verderben?« fragte ich.

Er kniff die Augen zusammen, wie ich im Rückspiegel sehen konnte, und blickte dann auf seine Arme.

»Oje!« Er ließ mich los. »Ups. Hab vergessen, daß ich ganz naß bin.«

»Hast du die Kneipe heute gar nicht aufgemacht?« erkundigte sich Phil.

»Hm? Nein, nein.« Er legte die Arme auf die Rückenlehnen zwischen unseren Kopfstützen und beugte sich vor. »Im Moment ist die Kneipe geschlossen. Ich hab mir gedacht, bei so einem Wetter, wer geht da schon vor die Tür?«

»Schade«, gab Phil zurück und stieß ein verunglücktes Lachen aus. »Hätte jetzt gut einen Drink gebrauchen können.«

Ich blickte aufs Lenkrad, damit niemand meinen wütenden Gesichtsausdruck sah. Mensch, Phil, dachte ich, wie kannst du nur so einen Spruch bringen?

»Für Freunde ist die Kneipe immer auf«, erwiderte Gerry fröhlich und schlug uns auf die Schulter. »Überhaupt kein Problem.«

»Ich weiß nicht, Gerry«, zögerte ich, »es wird ein bißchen spät für mich und ...«

»Einen aufs Haus«, schlug Gerry vor. »Ich geb einen aus, Freunde. Ein bißchen spät«, wiederholte er und stieß Phil an. »Was ist mit dem Mann los?«

»Hm ...«

»Los, kommt! Nur ein Glas, los!«

Er sprang aus dem Wagen und öffnete meine Fahrertür, bevor ich mich umgedreht hatte.

Phil warf mir einen verzweifelten Blick zu, der Regen fiel mir durch die geöffnete Autotür auf Gesicht und Nacken.

Gerry beugte sich vor: »Los, kommt, Jungens! Soll ich hier draußen ersaufen?«

Als wir zur Kneipentür liefen, behielt Gerry die Hände in der Bauchtasche seines Thermo-Kapuzensweaters. Um die Tür aufzuschließen, zog er nur die rechte Hand heraus. Im Dunkeln und bei dem Wind und Regen konnte ich nicht erkennen, ob er eine Waffe dabeihatte, aber ich hatte nicht vor, meine zu ziehen und hier auf der Straße zusammen mit einem Nervenbündel neben mir eine Festnahme zu versuchen.

Gerry öffnete die Tür und bedeutete uns mit einer Handbewegung, an ihm vorbei hineinzugehen.

Ein schwaches gelbes Licht beleuchtete die Theke, der Rest der Kneipe lag im Dunkeln. Der Billardraum im hinteren Teil war stockduster.

»Wo ist denn dein Hund?« fragte ich.

»Patton? Oben in der Wohnung, träumt süße Hundeträume.« Gerry schloß wieder zu, Phil und ich drehten uns nach ihm um.

Er lächelte. »Ich will nicht, daß irgendwelche Stammgäste vorbeikommen und sich ärgern, weil ich eben noch zuhatte.«

»Will er nicht«, wiederholte Phil und lachte wie ein Verrückter.

Gerry sah ihn verwundert an und warf mir einen Blick zu.

Ich zuckte mit den Schultern. »Wir beide haben schon seit ein paar Tagen nicht mehr ordentlich geschlafen, Gerry.«

Sofort nahm sein Gesicht einen weichen Ausdruck tiefster Teilnahme an.

»Das hätte ich fast vergessen. O Gott! Angie wurde letzte Nacht angeschossen, stimmt's?«

»Ja«, bestätigte Phil, doch klang seine Stimme zu forsch.

Gerry ging hinter die Theke. »Mensch, das tut mir wirklich leid. Aber sie kommt durch, oder?«

»Es geht ihr gut«, entgegnete ich.

»Bleibt sitzen, Jungs«, sagte Gerry und wühlte im Kühlschrank herum. Mit dem Rücken zu uns fuhr er fort. »Angie, na ja, die ist irgendwie ... was Besonderes. Versteht ihr?«

Wir setzten uns, und er wandte sich wieder um und stellte zwei Flaschen Bud vor uns. Ich zog meine Jacke aus und versuchte, mich normal zu geben, schüttelte die Regentropfen von den Händen.

»Ja«, bestätigte ich. »Das ist sie.«

Mit gerunzelter Stirn blickte er auf seine Hände, während er die Flaschen öffnete. »Sie ist ... na ja, hin und wieder gibt es jemanden hier, der einzigartig ist. Voller Leben und Schwung. So ist Angie. Ich würde mein Leben dafür geben, daß so einem Mädchen nichts passiert.«

Phil umfaßte die Bierflasche so fest, daß ich befürchtete, sie würde gleich zerbrechen.

»Danke, Gerry«, erwiderte ich. »Aber sie kommt wieder in Ordnung.«

»Na, darauf müssen wir einen trinken!« Er goß sich einen Whiskey ein und hob das Glas. »Auf Angies Gesundheit!«

Wir stießen an und tranken.

»Aber du bist in Ordnung, Patrick?« erkundigte er sich. »Ich hab gehört, du warst mittendrin in der Schießerei.«

»Alles klar, Gerry.«

»Dafür können wir Gott danken, Patrick! Wirklich.«

Plötzlich brach hinter uns Musik los. Phil zuckte auf seinem Stuhl zusammen. »Scheiße!«

Gerry lächelte und betätigte einen Schalter unter der Theke. Daraufhin nahm die Lautstärke umgehend ab, und der Lärm wurde zu einem Lied, das ich kannte.

»Let It Bleed«. Absolut perfekt.

»Wenn ich durch die Tür komme, springt automatisch zwei Minuten später die Jukebox an«, erklärte Gerry. »Sorry, daß ich euch erschreckt habe.«

»Schon in Ordnung«, sagte ich.

»Alles klar, Phil?«

»Hä?« Phils Augen waren groß wie Untertassen. »Ja. Klar. Warum?«

Gerry zuckte mit den Schultern. »Du wirkst ein bißchen schreckhaft.«

»Nein.« Phil schüttelte heftig den Kopf. »Ich nicht. Nee!« Er lachte uns beide breit an. »Mir geht's super, Gerry!«

»Okay.« Gerry lachte zurück und warf mir noch einen fragenden Blick zu.

Dieser Mann bringt Menschen um, flüsterte eine Stimme. Aus Spaß. Dutzende von Menschen.

»Gibt's was Neues?« wollte Gerry von mir wissen.

Er tötet, flüsterte die Stimme.

»Hä?« fragte ich.

»Gibt's was Neues?« wiederholte Gerry. »Ich meine, außer daß du letzte Nacht in eine Schießerei gekommen bist und so.«

Er nimmt die Menschen auseinander, während sie noch leben. Und schreien.

»Nein«, brachte ich heraus. »Abgesehen davon ist eigentlich alles wie gehabt, Gerry.«

Er kicherte. »Schon ein Wunder, daß du es so weit gebracht hast, Patrick, bei deinem Lebenswandel!«

Sie flehen ihn an. Und er lacht. Sie betteln ihn an. Und er lacht. Dieser Mann, Patrick. Dieser Mann mit dem offenen Gesicht und den freundlichen Augen.

»Das Glück der Iren!« erwiderte ich.

»Davon kann ich ein Liedchen singen!« Er hob das Whiskeyglas, blinzelte kurz und stürzte es herunter. »Phil«, sagte er dann, während er sich ein neues Glas eingoß, »und was machst du momentan so?«

»Was?« schreckte Phil hoch. »Wie meinst du das?«

Phil hockte auf seinem Stuhl wie eine Rakete kurz vor dem Start, als hätte der Countdown schon begonnen, und er würde jeden Moment durch die Decke katapultiert werden.

»Deine Arbeit«, erklärte Gerry. »Arbeitest du noch für die Galvin Brothers?«

Phil blinzelte. »Nein, nein. Ich, ähm, bin jetzt selbständiger Bauunternehmer, Gerry.«

»Gut zu tun?«

Dieser Mann hat Jason Warren aufgeschnitten und seine Gliedmaßen amputiert, hat ihm den Kopf abgetrennt.

»Was?« Phil nuckelte an seiner Flasche. »Ach ja, nicht schlecht.«

»Ihr seid heute nicht besonders gesprächig, Jungens«, bemerkte Gerry.

»Ha-ha«, brachte Phil schwach hervor.

Dieser Mann hat Kara Rider an den Händen auf dem gefrorenen Boden festgenagelt.

Er schnippte vor meinem Gesicht mit den Fingern.

»Bist du noch da, Patrick?«

Ich lächelte. »Gib mir noch ein Bier, Gerry!«

»Ja, klar.« Er ließ mich nicht aus den Augen, beobachtete mich neugierig, während er hinter sich in den Kühlschrank griff.

Nach »Let It Bleed« war jetzt »Midnight Rambler« zu hören; die Mundharmonika klang wie ein Lachen aus dem Grab.

Gerry reichte mir ein Bier. Für einen Moment berührte er meine Hand an der eisigen Flasche. Ich mußte mich zusammenreißen, um nicht zurückzuzucken.

»Das FBI hat mich verhört«, erzählte er. »Wußtet ihr das?«

Ich nickte.

»Und was die mich gefragt haben! Mein Gott! Klar, die tun nur ihre Pflicht, schon klar, aber das sind echt erbärmliche Wichser, ehrlich!«

Er warf Phil ein Lächeln zu, aber es paßte nicht zu seinen Worten, und plötzlich bemerkte ich einen Geruch, der schon seit unserem Eintreten dagewesen war. Es war ein schweißiger Moschusgeruch, vermischt mit dem Gestank dampfender, verfilzter Haare.

Er kam nicht von Gerry, Phil oder mir, denn es war kein menschlicher Geruch. Es war der Geruch eines Tieres.

Ich warf einen Blick auf die Uhr hinter Gerry. Vor genau fünfzehn Minuten hatte ich mit Devin gesprochen.

Wo blieb er nur?

Ich spürte noch immer die Stelle, an der er mich eben mit der Hand gestreift hatte. Die Haut brannte.

Diese Hand hat Peter Stimovichs Augen herausgerissen.

Phil saß nach rechts gelehnt da. Er beäugte etwas an der Ecke der Theke. Gerry sah uns beide an, und plötzlich löste sich sein Lächeln auf.

Ich spürte, daß das Schweigen schwer auf uns lastete und uns verdächtig machte, wußte aber nicht, wie ich es brechen sollte.

Wieder stieg mir der Geruch in die Nase; er war unangenehm warm, und ich wußte, daß er von rechts kam, aus dem stockdunklen Billardraum.

»Midnight Rambler« war vorbei, und einen Moment lang erfüllte Stille die Kneipe.

Ich konnte ein schwaches, kaum wahrnehmbares rhythmisches Geräusch aus dem Billardraum hören. Das Geräusch von Atem. Patton war irgendwo da hinten im Dunkeln und beobachtete uns.

Sag was, Patrick. Sprich oder stirb.

»Und, Gerry«, fragte ich mit trockenem Mund, fast erstickte ich an den Worten, »was gibt's Neues bei dir?«

»Nicht viel«, gab er zurück, doch jetzt war der Small talk vorbei. Gerry beobachtete Phil nun ganz unverhohlen.

»Abgesehen davon, daß du vom FBI verhört worden bist und so?« grinste ich in dem Bemühen, wieder ungezwungen zu klingen.

»Abgesehen davon, ja«, gab Gerry mit dem Blick auf Phil zurück.

Nach »Midnight Rambler« war jetzt »The Long Black Veil« zu hören. Noch ein Lied über den Tod. Klasse.

Phil starrte etwas an der Ecke der Theke auf dem Boden an, das ich nicht sehen konnte.

»Phil«, fragte Gerry, »ist da was Interessantes?«

Phil blickte rasch hoch, die Augen fast geschlossen, als sei er völlig verblüfft.

»Nein, Gerry.« Er lächelte und streckte die Hände aus. »Ich gucke nur die Schale mit dem Hundefutter da an, und weißt du, das Futter da drin ist feucht, als hätte Patton gerade was gefressen. Ist er wirklich oben?«

Es sollte wohl beiläufig klingen. Aber es war das genaue Gegenteil.

Die Freundlichkeit wich aus Gerrys Augen und machte einer eiskalten Schwärze Platz. Er sah mich an, als sei ich eine Wanze unter dem Mikroskop.

Jetzt war jede Tarnung dahin.

Ich griff nach meiner Waffe, während draußen Autos mit einem Quietschen zum Halten kamen. Gerry faßte unter die Theke.

Phil war noch immer wie erstarrt, als Gerry rief: »Jago!«

Das war nicht nur der Name einer Person bei Shakespeare, sondern ein Angriffsbefehl.

Meine Pistole hielt ich in der Hand, bevor Patton aus

dem Dunkel hervorsprang. Dann sah ich das kalte Glitzern einer Rasierklinge in Gerrys Hand.

Phil stöhnte: »O nein! Nein.« Er duckte sich.

Patton sprang über Phils Schulter auf mich zu.

Gerrys Arm schnellte hervor, und ich wich ihm aus, doch schnitt er mir mit der Klinge in die Wange, und Patton prallte wie eine Abrißbirne gegen mich, so daß ich vom Stuhl fiel.

»Nein, Gerry! Nein!« schrie Phil mit der Hand hinterm Gürtel, als suche er nach seiner Pistole.

Die Zähne des Hundes rutschten an meiner Stirn ab, er riß den Kopf zurück, öffnete die Schnauze und stürzte sich auf mein rechtes Auge.

Jemand schrie.

Ich griff Patton mit der freien Hand ins Nackenfell. Er gab ein komisches Geräusch von sich, eine wilde Mischung aus Geschrei und Gebell. Ich würgte ihn, doch entglitt mir der Muskel. Meine Hand rutschte am schweißigen Hundefell ab, und er stürzte sich wieder auf mein Gesicht.

Ich drückte ihm die Pistole gegen den Brustkorb, er trat mir mit den Hinterbeinen gegen den Arm, und als ich zweimal abdrückte, schlug sein Kopf nach hinten, als habe jemand seinen Namen gerufen. Dann zuckte er und schauderte. Seiner Schnauze entrang sich ein tiefer, zischender Ton. In meinen Händen wurde er weich, dann rutschte er rechts herunter zwischen die Barhocker.

Ich setzte mich auf und feuerte sechs Schüsse auf den Spiegel und die Flaschen hinter der Theke, doch Gerry war nicht mehr da.

Phil lag neben seinem Barhocker auf dem Boden und griff sich an den Hals.

Während ich zu ihm hinüberkroch, wurde die Eingangstür aus den Angeln gehoben, und ich hörte Devin schreien:

»Nicht schießen! Nicht schießen! Der Mann ist in Ordnung! Kenzie, nimm die Waffe runter!«

Ich legte sie neben Phil auf den Boden.

Aus einer Wunde rechts am Hals kam das meiste Blut, dort hatte Gerry ihm den ersten Schnitt verpaßt, bevor er ihm die Kehle einmal quer durchgeschnitten hatte.

»Einen Krankenwagen!« schrie ich. »Wir brauchen einen Krankenwagen!«

Verwirrt blickte Phil zu mir auf, während ihm das helle Blut über Finger und Hand lief.

Devin reichte mir ein Handtuch, das ich auf Phils Hals drückte. Mit beiden Händen hielt ich es fest.

»Scheiße!« stöhnte er.

»Nicht reden, Phil!«

»Scheiße!« sagte er nochmals.

In seinen Augen stand die Niederlage geschrieben, so als hätte er sie von Geburt an erwartet, als käme man schon als Gewinner oder Verlierer auf die Welt, als hätte er immer schon gewußt, daß er eines Nachts mit durchschnittener Kehle auf dem Boden einer Kneipe liegen würde, der schale Geschmack von Bier auf den Gummifliesen ringsherum.

Er versuchte zu lächeln, und Tränen rannen ihm aus den Augen, liefen über die Schläfen und verloren sich in seinem dunklen Haar.

»Phil«, beruhigte ich ihn, »du schaffst das.«

»Ich weiß«, erwiderte er.

Und starb.

39

Gerry war in den Keller gelaufen und von da ins Nachbarhaus gelangt. Dieses verließ er durch die Hintertür, wie er es auch in der Nacht getan hatte, als er auf Angie schoß. Dann sprang er in seinen Fiat Grand Torino, der in der kleinen Gasse hinter der Kneipe geparkt war, und fuhr in Richtung Crescent Avenue.

Beim Verlassen der Gasse stieß er fast mit einem Streifenwagen zusammen, und als er mit quietschenden Reifen auf die Dorchester Avenue abbog, wurde er bereits von vier Polizeiautos verfolgt.

Von der anderen Seite kamen noch zwei Streifenwagen und ein Lincoln vom FBI; zusammen bildeten sie an der Ecke Harborview Street eine Straßensperre, auf die Gerry mit seinem Auto zugerutscht kam.

Beim Ryan-Spielplatz riß Gerry das Lenkrad herum und fuhr einfach die Treppe hinauf, die mit einer so dicken Eisschicht überzogen war, daß sie einer Sprungschanze glich.

Er bremste mitten auf dem Spielplatz, und als die Beamten von Polizei und FBI aus den Autos sprangen und auf ihn anlegten, öffnete er den Kofferraum und holte seine Geiseln heraus.

Es handelte sich um eine einundzwanzigjährige Frau namens Danielle Rawson, die seit dem Morgen von ihren Eltern in Reading vermißt wurde. Die andere Geisel war ihr zweijähriger Sohn Campbell.

An Danielles Kopf war mit Isolierband eine doppelläufige Flinte geklebt.

Gerry schnallte sich Campbell mit dem Trageriemen auf den Rücken, den Danielle bei der Entführung getragen hatte.

Beide waren offensichtlich betäubt worden; jedoch kam Danielle zu sich, als Gerry den Finger drohend an den Abzug des Gewehrs legte und sich selbst und Danielle mit Benzin übergoß. Den Rest goß er in einem Kreis um sich und seine Geiseln aufs Eis.

Dann fragte er nach mir.

Ich war noch in der Kneipe.

Dort kniete ich neben Phils Leiche und weinte an seiner Brust.

Seit meinem sechzehnten Lebensjahr hatte ich nicht mehr geweint, und jetzt, wo ich neben der Leiche meines ältesten Freundes kniete, strömten die Tränen nur so hervor. Ich fühlte mich beraubt, all der Dinge beraubt, durch die ich je gelernt hatte, mich und meine Umwelt zu definieren.

»Phil!« schluchzte ich und legte den Kopf auf seine Brust.

»Er fragt nach dir«, sagte Devin.

Ich blickte zu ihm hoch und fühlte mich weit weg von allem und jedem.

Auf Phils Hemd, dort wo mein Kopf gelegen hatte, bemerkte ich einen frischen Blutfleck. Mir fiel wieder ein, daß Gerry mich geschnitten hatte.

»Wer?« fragte ich.

»Glynn«, antwortete Oscar. »Er sitzt auf dem Spielplatz fest. Mit Geiseln.«

»Habt ihr Scharfschützen?«

»Ja«, bestätigte Devin.

Ich zuckte mit den Achseln. »Dann erschießt ihn doch!«

»Geht nicht.« Devin reichte mir ein Handtuch für die Wange.

Dann erzählte mir Oscar von dem Baby, das sich Glynn auf den Rücken geschnallt hatte, und von der Schrotflinte, die er an den Kopf der Mutter geklebt hatte, und vom Benzin.

Es kam mir alles so irreal vor.

»Er hat Phil umgebracht«, klagte ich.

Devin faßte mich grob am Arm und zog mich auf die Beine.

»Ja, Patrick, das hat er. Und jetzt bringt er vielleicht noch zwei Menschen um. Willst du uns helfen, das zu verhindern?«

»Ja«, erwiderte ich, doch klang meine Stimme nicht wie sonst. Sie klang leer. »Klar.«

Sie folgten mir nach draußen zum Auto, wo sie mir eine schußsichere Weste zum Überziehen gaben und meine Beretta neu luden. Bolton gesellte sich auf der Straße zu uns.

»Er ist umzingelt«, sagte er, »er sitzt in der Falle.«

Ich fühlte mich so abgestumpft wie noch nie zuvor, als hätte man mich aller Gefühle beraubt, in einer Geschwindigkeit, wie man einen Apfel entkernt.

»Mach schnell!« trieb Oscar mich an. »Du hast noch fünf Minuten, dann fängt er an, die erste Geisel zu verstümmeln.«

Ich nickte und zog auf dem Weg zum Wagen Hemd und Jacke über die Weste.

»Du kennst doch Bubbas Lager«, rief ich.

»Ja.«

»Der Zaun um Bubbas Grundstück geht auch um den Spielplatz herum.«

»Das weiß ich«, sagte Devin.

Ich schloß das Auto auf, öffnete das Handschuhfach und leerte den Inhalt auf die Sitze.

»Was machst du da, Patrick?«

»In dem Zaun ist ein Loch«, erklärte ich. »Im Dunkeln kann man das nicht sehen, weil es nur ein Schnitt im Maschendraht ist. Aber wenn man dagegendrückt, geht er auf.«

»Gut.«

Ich entdeckte den Rand des kleinen Stahlzylinders, der auf meinem Sitz unter dem Haufen von Streichholzbriefchen, Garantiebriefen, verschiedenen Papieren und Schrauben hervorlugte.

»Das Loch ist oben links im Zaun, wo die Pfeiler an Bubbas Grundstück grenzen.«

Devin warf einen Blick auf den Zylinder, während ich die Tür zuwarf und die Straße hoch auf den Spielplatz zuging.

»Was hast du denn da in der Hand?«

»Das ist ein One-Shot.« Ich lockerte das Armband meiner Uhr und schob den Zylinder zwischen Leder und Haut.

»Ein One-Shot?«

»Weihnachtsgeschenk von Bubba«, erklärte ich. »Schon lange her.« Ich ließ es ihn kurz sehen. »Eine Kugel. Wenn ich auf den Knopf hier drücke, ist das wie ein Abzug. Dann kommt die Kugel aus dem Zylinder.«

Devin und Oscar sahen sich die Waffe genau an. »Das ist ein stinknormales Entstörgerät mit ein paar Angeln und Schrauben, einer Sprengkapsel und einer Kugel. Die reißt dir die Hand ab, Patrick!«

»Schon möglich.«

Vor uns lag der Spielplatz, umgeben von einem viereinhalb Meter hohen, eisüberzogenen Zaun. Schwer hing das Eis in den schwarzen Bäumen.

»Wozu brauchst du das überhaupt?« fragte Oscar.

»Weil er mit Sicherheit verlangt, daß ich die Pistole ablege.« Ich drehte mich zu ihnen um. »Das Loch im Zaun, Leute!«

»Ich schicke einen Mann rüber«, sagte Bolton.

»Nein.« Ich schüttelte den Kopf und nickte in Richtung von Devin und Oscar. »Einer von den beiden. Das sind die einzigen, denen ich vertraue. Einer von euch geht da durch und kriecht von hinten an ihn heran.«

»Und was dann? Patrick, er hat . . .«

». . . ein Baby auf den Rücken geschnallt. Vertrau mir! Du mußt es auffangen!«

»Ich mache es«, sagte Devin.

Oscar schnaubte. »Mit deinen Knien? So'n Quatsch! Du kommst doch keine drei Meter weit auf dem Eis!«

Devin sah ihn an. »Ja? Wie willst du denn deinen Elefantenarsch über den Spielplatz kriegen, ohne daß dich einer sieht?«

»Ich bin schwarz wie die Nacht, Kollege! Mich sieht keiner im Dunkeln.«

»Wer denn nun?« wollte ich wissen.

Devin seufzte und zeigte mit dem Daumen auf Oscar.

»Der Elefantenarsch«, grummelte Oscar. »Ha.«

»Bis gleich also«, verabschiedete ich mich und ging über den Bürgersteig zum Spielplatz.

Die Treppe kam ich nur hoch, indem ich mich am Geländer entlangzog.

Die Straßen waren im Laufe des Tages mit Salz oder Maschinen vom Eis befreit worden, doch der Spielplatz war so glatt wie eine Eislaufbahn. In der Mitte, wo der Asphalt abfiel und sich Wasser gesammelt hatte, befand sich eine mindestens fünf Zentimeter dicke dunkle Eisschicht.

Die Bäume, Basketballkörbe, Klettergerüste und Schaukeln wirkten wie aus Glas.

Gerry stand in der Mitte des Spielplatzes in einer Anlage, die eigentlich ein Springbrunnen oder Froschteich hätte sein sollen, aufgrund der knappen öffentlichen Kassen aber nur noch ein schlichtes Zementbassin mit Bänken drumherum war. Ein Ort, wo Kinder spielen konnten und man selbst sehen konnte, was mit seinen Steuergeldern angestellt wird.

Gerrys Auto war seitlich des Bassins geparkt. Ich kam näher; er stand gegen die Motorhaube gelehnt. Aus meinem Winkel konnte ich das Baby auf seinem Rücken nicht sehen, doch die auf dem Eis kniende Danielle Rawson zu seinen Füßen hatte den leeren Blick eines Menschen, der den eigenen Tod bereits akzeptiert hat. Durch die zwölf Stunden im Kofferraum war ihr Haar an der linken Seite flachgelegen, schwarze Mascaraspuren liefen ihr an den Wangen herunter, die Augenwinkel waren vom Benzin gerötet. Sie schien zu wissen, daß ihr Leben nicht mehr zu retten war.

»Hi, Patrick«, grüßte mich Gerry. »Bleib da stehen!«

Ich hielt zwei Meter vor dem Wagen an, eineinhalb Meter von Danielle Rawson entfernt. Mit den Fußspitzen stand ich schon im Benzin.

»Hi, Gerry!« grüßte ich zurück.

»Du bist schrecklich ruhig.« Er hob die Augenbraue, sie war mit Benzin getränkt. Das rostrote Haar klebte ihm am Kopf.

»Müde«, verbesserte ich.

»Du hast rote Augen.«

»Wenn du das sagst.«

»Phillip Dimassi ist tot, nehme ich an.«

»Ja.«

»Du hast um ihn geweint.«

»Ja, das stimmt.«

Ich sah Danielle Rawson an und versuchte, die Kraft aufzubringen, die für ein Gefühl der Anteilnahme notwendig war.

»Patrick?«

Er lehnte sich ein bißchen weiter zurück, so daß Danielle Rawsons Kopf durch die an ihm befestigte Schrotflinte mit nach hinten gezogen wurde.

»Ja, Gerry?«

»Hast du einen Schock?«

»Keine Ahnung.« Ich drehte mich um und betrachtete das glitzernde Eis um mich herum, den Nieselregen, die blau-weißen Lichter der Polizeiwagen, die Polizisten und Agenten, die auf den Motorhauben lagen, auf Telefonmasten hockten oder auf den Dächern rund um den Spielplatz knieten. Alle zielten auf den einen Mann.

Gewehre überall. Hundert Prozent geballte Gewalt.

»Ich glaube, du hast einen Schock.« Gerry nickte sich zu.

»Und wenn, Gerry«, erwiderte ich und kratzte mich am Kopf, der vom Regen klatschnaß war. »Ich hab seit zwei Tagen nicht geschlafen, und du hast fast jeden, der mir was bedeutet, umgebracht oder verletzt. Keine Ahnung, wie soll ich mich da schon fühlen?«

»Neugierig«, erwiderte er.

»Neugierig?«

»Ja, neugierig«, wiederholte er und drehte am Gewehr, so daß Danielle Rawson den Hals verrenkte und mit dem Kopf gegen sein Knie schlug.

Ich sah sie an; sie zeigte weder Angst noch Wut. Sie war besiegt. Genau wie ich. Ich wollte aus dieser Gemeinsamkeit ein Bündnis entstehen lassen, wollte das Gefühl in mich hineinzwingen, doch es passierte nichts.

Ich blickte zurück auf Gerry.

»Neugierig worauf, Gerry?« Mit der Hand auf der Hüfte fühlte ich nach dem Kolben meiner Pistole. Er hat nicht nach der Pistole gefragt, fiel mir auf. Seltsam.

»Auf mich«, antwortete er. »Ich habe viele Menschen umgebracht, Patrick!«

»Gerüchte«, gab ich zurück.

Wieder drehte er an dem Gewehr, und Danielle Rawson mußte die Knie anheben.

»Findest du das komisch?« fragte er und legte den Finger an den Abzug des Gewehrs.

»Nein, Gerry«, widersprach ich, »ich bin apathisch.«

Hinter dem Kofferraum des Autos konnte ich sehen, wie ein Teil des Zaunes nach vorne gedrückt wurde, so daß ein gähnendes Loch entstand. Dann fiel der Zaun wieder zurück – es war kein Loch mehr zu sehen.

»Apathisch?« wiederholte er. »Dann wollen wir mal sehen, wie apathisch du bist, Pat.« Er griff nach hinten und holte das Baby hervor, mit der Faust hielt er es an der Kleidung fest und hob es bäuchlings in die Luft. »Ist leichter als so mancher Stein, den ich geworfen habe«, bemerkte er.

Das Baby war noch immer betäubt. Vielleicht auch schon tot, ich wußte es nicht. Die Augen waren zugekniffen, als habe es Schmerzen, auf dem kleinen Köpfchen wuchs ein zarter blonder Flaum. Es schien so weich wie eine Feder.

Danielle Rawson blickte auf und schlug dann mit dem Kopf gegen Gerrys Knie, ihre Schreie wurden von dem Klebeband über dem Mund gedämpft.

»Willst du das Baby fallen lassen, Gerry?«

»Klar«, sagte er. »Warum nicht?«

Ich zuckte mit den Achseln. »Warum nicht. Ist ja nicht meins.«

Danielles Augen quollen hervor, ihr Blick verdammte mich.

»Du bist ausgebrannt, Pat.«

Ich nickte. »Ich bin völlig fertig, Gerry.«

»Hol die Waffe raus, Pat!«

Ich gehorchte, wollte sie in den gefrorenen Schnee werfen.

»Nein, nein«, korrigierte er, »halt sie fest!«

»Festhalten?«

»Ja, sicher. Nein besser: Lade sie und leg auf mich an! Los! Das wird lustig!«

Ich tat, wie mir geheißen, hob den Arm und zielte auf Gerrys Stirn.

»Schon viel besser!« lobte er. »Tut mir irgendwie leid, daß du so ausgebrannt bist, Patrick.«

»Nein, das stimmt nicht. Darum ging's doch bei der ganzen Sache hier, oder nicht?«

Er lächelte. »Wie meinst du das?«

»Du wolltest deine scheiß Entmenschlichungstheorie anwenden, hab ich recht?«

Er zuckte mit den Schultern. »Manche Leute halten sie nicht für Scheiße.«

»Verrückte gibt's immer, Gerry!«

Er lachte. »Bei Evandro hat's ganz gut funktioniert.«

»Hast du deshalb zwanzig Jahre gebraucht, bis du zurückgekommen bist?«

»Ich war gar nicht weg, Patrick. Aber was mein Experiment mit der menschlichen Verfassung als solcher und was meinen Glauben an die Vorteile und den Charme von der

Arbeit im Trio angeht, stimmt, da mußten Alec und ich so lange warten, bis du erwachsen warst und bis Alec in Evandro einen würdigen Schüler gefunden hatte. Dazu kam die jahrelange Planung und Alecs Arbeit mit Evandro, bis wir sicher sein konnten, daß er einer von uns war. Ich würde sagen, es war ein großer Erfolg, oder?«

»Klar, Gerry. Wie du meinst.«

Er senkte den Arm, so daß der Kopf des Babys zu Boden zeigte, und begutachtete den vereisten Grund, als suche er nach der besten Aufschlagstelle.

»Was hast du vor, Patrick?«

»Ich glaub nicht, daß ich irgendwas tun kann, Gerry.« Er lächelte. »Wenn du mich erschießt, stirbt auf jeden Fall die Mutter und das Kind wahrscheinlich auch.«

»Stimmt.«

»Wenn du mich jetzt nicht erschießt, schleuder ich das Kind vielleicht einfach mit dem Kopf auf das Eis.«

Danielle riß am Gewehr.

»Und dann«, fuhr er fort, »verlierst du beide. Du mußt dich also entscheiden. Deine Entscheidung, Patrick.«

Oscar warf einen Schatten auf den vereisten Boden unter Gerrys Auto, als er Zentimeter für Zentimeter näher rückte.

»Gerry«, lenkte ich ein, »du hast gewonnen. Okay?«

»Wie siehst du die Sache?«

»Korrigiere mich, falls ich mich irre. Ich sollte dafür büßen, was mein Vater Charles Rugglestone angetan hat. Stimmt's?«

»Teilweise«, gab er zu und betrachtete den Kopf des Babys, drehte den Kleinen so, daß er das Gesicht mit den zusammengekniffenen Augen sehen konnte.

»Okay. Alles klar. Erschieß mich, wenn du willst. Kein Problem!«

»Ich wollte dich nie umbringen, Patrick«, sagte er mit Blick auf das Kind. Er spitzte die Lippen und machte gurrende Geräusche. »Gestern abend bei deiner Kollegin, da sollte Evandro eigentlich sie umbringen, damit du mit der Schuld zurückbleibst, mit dem Schmerz.«

»Warum?«

Oscars Schatten fiel neben das Auto, legte sich auf die Steintiere und Schaukelpferde direkt hinter Gerry. Der Schatten wurde von der Straßenlaterne im hinteren Teil des Spielplatzes geworfen, und ich fragte mich, welches Genie wohl vergessen hatte, sie auszuschalten, bevor Oscar durch den Zaun stieg.

Gerry mußte nur den Kopf zur Seite drehen, und die Situation würde sofort eskalieren.

Gerry bewegte die Hand und schaukelte das Kind hin und her.

»Früher habe ich meinen Sohn so gehalten«, bemerkte er.

»Über dem Eis?« fragte ich.

Er grinste. »Hmm. Nein, Patrick. Hab ihn nur in den Armen gewiegt, an ihm geschnuppert und ihn hin und wieder auf den Kopf geküßt.«

»Und dann starb er.«

»Ja.« Gerry blickte das Baby an und ahmte dessen zusammengekniffenen Gesichtsausdruck nach.

»Ja, wie, Gerry? Deswegen soll das hier irgendeinen Sinn ergeben?«

Da war es: In meiner Stimme, ich weiß nicht, warum und wieso, war eine Spur von Emotion zu erkennen.

Gerry bemerkte es ebenfalls. »Wirf deine Waffe nach rechts.«

Ich tat so, als hätte ich ihn nicht richtig verstanden, als hätte ich die Waffe gar nicht bemerkt.

»Los!« Gerry ließ los, und das Baby fiel herunter.

Danielle kreischte lautlos und stieß mit dem Kopf gegen das Gewehr.

»Okay«, gab ich nach, »okay.«

Kurz bevor der kleine Junge mit dem Kopf auf dem Boden aufschlug, bekam ihn Gerry an den Knöcheln zu fassen.

Ich warf meine Pistole in die matschige Sandgrube unter dem Klettergerüst.

»Und jetzt die andere!« befahl er und schwang das Kind wie ein Pendel hin und her.

»Arschloch!« sagte ich und beobachtete, wie achtlos er das Kind festhielt.

»Patrick«, erwiderte er mit erhobenen Augenbrauen, »hört sich an, als kommt jetzt wieder Leben in dich. Die andere!«

Ich holte die Waffe hervor, nach der Phil gegriffen hatte, als Gerry ihm die Kehle durchschnitt, und warf sie neben meine eigene.

Oscar mußte seinen eigenen Schatten bemerkt haben, denn er verzog sich rückwärts hinter das Auto, so daß seine Füße wieder zwischen den Vorder- und Hinterreifen zu sehen waren.

»Als mein Sohn starb«, begann Gerry und zog Campbell Rawson an sich, liebkoste dessen samtene Haut, »gab es keine Warnung. Er war draußen auf dem Hof, vier Jahre alt, machte Lärm und dann ... plötzlich nicht mehr. Eine Ader in seinem Gehirn war geplatzt.« Er zuckte mit den Achseln. »Einfach so. Der Kopf füllte sich mit Blut. Dann starb er.«

»Netter Abgang!«

Er lächelte mich weich und nachsichtig an. »Noch eine solche Bemerkung, Patrick, und ich zerschmettere dem

Kind den Schädel!« Er neigte den Kopf und küßte Campbell auf die Wange. »Also, dann war mein Sohn tot. Und ich merkte, daß es keine Möglichkeit gab, vorherzusagen oder zu verhindern, was mit ihm geschehen war. Gott hatte entschieden, daß Brendan Glynn an dem Tage starb. Und so war es auch.«

»Und deine Frau?«

Er strich mit der Wange über Campbells Haar, doch dessen Augen blieben geschlossen.

»Tja, meine Frau. Ich hab sie umgebracht, stimmt. Nicht Gott. Ich war's. Keine Ahnung, was für Pläne Gott mit der Frau hatte, aber ich hab ihm einen Strich durch die Rechnung gemacht. Ich hatte auch Pläne für Brendan, aber da hat er mir einen Strich durch gemacht. Wahrscheinlich hatte er auch Pläne für Kara Rider, aber dann muß er halt umdisponieren, nicht?«

»Und Hardiman?« fragte ich. »Was hatte der damit zu tun?«

»Hat er dir von seinem Kindheitserlebnis mit Hornissen erzählt?«

»Ja.«

»Hmm. Das waren keine Hornissen. Alec malt es gerne schön aus. Ich war dabei: Es waren Moskitos. Er verschwand in einer ganzen Wolke, und als er wieder hervorkam, konnte ich sehen, daß er sein Gewissen verloren hatte.« Er grinste, in seinen Augen sah ich die Insektenwolke und den dunklen See. »Und danach habe ich mit Alec ein Verhältnis aufgebaut, ein Lehrer-Schüler-Verhältnis, aus dem später sehr viel mehr wurde.«

»Und er ist . . . er ist absichtlich in den Knast gegangen, um dich zu schützen?«

Gerry zuckte mit den Schultern. »Das Gefängnis hat für jemanden wie Alec keine Bedeutung. Er ist absolut frei,

Patrick. Im Kopf. Gitter können ihn nicht einsperren. Im Gefängnis ist er freier als die meisten Leute draußen.«

»Und warum mußte dann Diandra Warren bestraft werden, die ihn doch dahin geschickt hatte?«

Er runzelte die Stirn. »Sie hat Alec reduziert auf das, was sie in ihm sehen wollte. Im Zeugenstand. Sie war der Ansicht, sie könnte ihn einer Jury von Schwachköpfen erklären. Es war eine scheiß Beleidigung!«

»Aha, dann geht es also bei all dem hier«, ich machte mit dem Arm eine ausgreifende Bewegung, »nur darum, daß du und Alec sich an wen auch immer rächen wollen?«

»An wem«, korrigierte er mich und lachte wieder.

»An Gott?« fragte ich.

»Das ist etwas zu einfach ausgedrückt, aber wenn das die Art von Gesabber ist, die du hinterher an die Medien verkaufst, wenn ich tot bin, dann bitte schön!«

»Du wirst sterben, Gerry? Wann denn?«

»Sobald du in Aktion trittst, Patrick. Entweder bringst du mich um«, er wies mit dem Kopf in Richtung der Polizei. »Oder die da.«

»Was ist mit den Geiseln, Gerry?«

»Einer von beiden geht drauf. Mindestens. Du kannst sie nicht beide retten, Patrick. Keine Chance. Das mußt du akzeptieren.«

»Hab ich schon.«

Danielle Rawson studierte mein Gesicht, um zu sehen, ob ich es ernst meinte. Ich sah ihr so lange in die Augen, bis sie davon überzeugt war.

»Einer von beiden stirbt«, wiederholte Gerry, »sind wir uns da einig?«

»Ja.«

Ich drehte den linken Fuß nach rechts, zur Mitte und wieder nach rechts. Für Gerry sah das hoffentlich wie eine geistesabwesende Bewegung aus. Für Oscar hoffentlich nicht. Ich konnte aber nicht riskieren, noch einmal zum Auto hinüberzusehen. Ich mußte einfach darauf vertrauen, daß er da war.

»Vor einem Monat«, begann Gerry erneut, »hättest du alles getan, um beide zu retten. Du hättest dir das Hirn zermartert. Jetzt nicht mehr.«

»Nein. Du hast mir viel beigebracht, Gerry.«

»Wie viele Leben hast du zerstört, um mich zu bekommen?« wollte er wissen.

Ich dachte an Jack und Kevin. An Grace und Mae. Und an Phil natürlich.

»Genügend«, antwortete ich.

Er lachte. »Gut! Gut. Das ist lustig, nicht? Ich meine, gut, du hast nie jemand absichtlich umgebracht. Oder? Aber das kann ich dir sagen, ich habe mir das auch nicht gerade als Lebensaufgabe ausgesucht. Nachdem ich meine Frau in einem Anfall von Jähzorn getötet hatte, das war überhaupt nicht geplant, wirklich ... nachdem ich sie umgebracht hatte, fühlte ich mich schrecklich. Ich mußte mich übergeben. Zwei Wochen lang brach mir immer wieder der kalte Schweiß aus. Und dann, eines Abends, fuhr ich auf einer alten Straße in der Nähe von Mansfield, meilenweit kein anderes Auto in Sicht. Ich fuhr an so einem Typ auf dem Fahrrad vorbei und spürte plötzlich einen Drang – den stärksten Drang in meinem Leben. Ich fahre rechts an ihm vorbei, sehe sogar die Reflektoren am Fahrrad, sein ernstes, konzentriertes Gesicht, und eine Stimme sagt zu mir: ›Stoß an den Reifen, Gerry! Stoß an den Reifen!‹ Das habe ich getan. Ich mußte die Hand nur ein paar Zentimeter nach links strecken, und schon flog er gegen den nächsten Baum. Dann ging ich zu ihm zurück, er war schon fast tot, und beobachtete ihn beim Sterben. Ich fühlte mich klasse. Und es wurde immer besser. Dieser kleine Nigger, der wußte, daß ich jemand anders für den Tod meiner Frau verantwortlich gemacht hatte, und all die anderen nach ihm, Cal Morrison zum Beispiel. Es wurde einfach immer besser. Ich bedaure gar nichts. Tut mir leid, ist aber so. Wenn du mich also umbringst . . .«

»Ich bringe dich nicht um, Gerry!«

»Was?«

»Du hast mich verstanden. Soll dich doch jemand anders ins Jenseits befördern. Du bist ein Fliegenschiß, Mann! Ein Nichts. Du bist die Kugel nicht wert und den Fleck auf meiner Seele auch nicht!«

»Willst du mich wieder ärgern, Patrick?« Er nahm Campbell von der Schulter und hielt ihn wieder hoch.

Ich krümmte das Handgelenk, und der Zylinder fiel mir in die Hand. Ich zuckte die Achseln. »Du bist eine Witzfigur, Gerry. Ich sage einfach, wie ich es sehe.«

»Ach, ja?«

»Sicher.« Ich blickte in seine harten Augen. »Nach dir kommt ein anderer, so ist das immer, vielleicht schon in einer Woche, ach, höchstens in einer Woche! Dann kommt irgendein anderer beschränkter, kranker Typ an, bringt ein paar Leute um und steht in allen Zeitungen. Dann bist du schon Schnee von gestern. Deine fünfzehn Minuten sind um, Gerry! Und du hast keinen großen Eindruck hinterlassen!«

Er drehte Campbell Rawson in seiner Hand, hielt ihn wieder an den Füßen nach unten. Mit dem Finger drückte er den Abzug des Gewehrs einige Millimeter nach unten, und Danielle schloß ein Auge in Erwartung des Schusses, das andere Auge hielt sie auf ihr Baby gerichtet.

»Das vergessen sie nicht!« prahlte Gerry. »Das kannst du mir glauben!«

Er holte mit dem Arm Schwung wie ein Werfer beim

Baseball. Campbell schnellte in die Dunkelheit hinter ihm, sein kleiner weißer Körper verschwand, als sei er in den Mutterleib zurückgekehrt.

Doch als Gerry den Arm wieder nach vorne schwang, um das Baby in die Luft zu schleudern, hielt er Campbell nicht mehr in der Hand.

Verwirrt blickte er nach unten, und ich sprang vor, fiel mit den Knien aufs Eis und schob den linken Zeigefinger zwischen Abzug und Bügel des Gewehrs.

Gerry drückte auf den Abzug. Er traf auf den Widerstand meines Fingers, sah mich an und drückte dann so fest zu, daß mein Finger brach.

In seiner linken Hand blitzte die Rasierklinge, und ich schob ihm den One-Shot in die rechte Hand.

Er schrie schon auf, bevor ich abgedrückt hatte. Es war ein extrem hohes Geräusch, das Gejaule einer ganzen Horde von Hyänen. Die Rasierklinge, die in meinen Hals sank, fühlte sich an wie die Zungenspitze einer Geliebten. Sie blieb an meinen Kieferknochen hängen.

Ich drückte auf den Abzug des One-Shot, doch nichts passierte.

Gerry schrie noch lauter, zog die Rasierklinge kurz aus meinem Fleisch, nur um sie sofort wieder hineinzudrücken. Ich kniff die Augen zusammen und drückte dreimal wie wahnsinnig auf den Abzug.

Gerrys Hand explodierte.

Meine auch.

Die Rasierklinge fiel neben meinem Knie auf den Boden, ich ließ den One-Shot fallen, und das Feuer kletterte das Isolierband hoch, erfaßte das Benzin auf Gerrys Arm und fing sich in Danielles Haar.

Gerry warf den Kopf in den Nacken, riß den Mund auf und brüllte in Ekstase.

Ich griff nach der Klinge und konnte sie kaum spüren, offensichtlich funktionierten die Nerven in meiner Hand nicht mehr richtig.

Mit der Klinge durchschnitt ich das Isolierband am Ende des Gewehrlaufs, und Danielle fiel auf den Boden und wälzte den brennenden Kopf im vereisten Sand.

Ich zog den gebrochenen Finger aus dem Gewehr. Gerry holte aus, um mir mit dem Lauf auf den Kopf zu schlagen.

Die beiden Mündungen der zweiläufigen Flinte kamen wie ein gnadenloses, seelenloses Augenpaar durch die Dunkelheit auf mich zu. Ich hob den Kopf, in den Ohren das Geheul von Gerry, um dessen Hals das Feuer züngelte.

Auf Wiedersehen, dachte ich. Ihr alle. War schön.

Die ersten beiden Schüsse von Oscar traten in Gerrys Hinterkopf ein und aus der Stirn aus, der dritte blieb im Rücken stecken.

Die Schrotflinte in Gerrys brennendem Arm wurde nach oben gerissen, dann kamen mehrere Schüsse von vorne, und Gerry drehte sich wie eine Marionette und fiel zu Boden. Im Fallen ging die Flinte zweimal los und schlug Löcher in das Eis vor ihm.

Er landete auf den Knien, und einen Moment lang fragte ich mich, ob er wirklich tot war. Das rostrote Haar stand in Flammen, der Kopf fiel nach links, während ein Auge von den Flammen erfaßt wurde. Das andere blickte mich durch die Hitzewellen noch immer an, die Pupille schien amüsiert zu lachen.

Patrick, sagte das Auge im wabernden Qualm, du weißt noch immer nichts.

Oscar erhob sich hinter Gerrys Körper, Campbell Rawson an seine breite Brust gedrückt, die sich vor Anstrengung schnell hob und senkte. Dieser Anblick – etwas so

Kleines, Weiches in den Armen eines so riesigen Klotzes – brachte mich zum Lachen.

Oscar kam auf mich zu, ging um Gerrys brennenden Körper herum, und ich fühlte die Hitzewelllen auf mich zukommen, als der Kreis aus Benzin um Gerry Feuer fing.

Verbrenne, dachte ich. Verbrenne. Gott helfe mir.

Oscar hatte den Kreis noch gerade rechtzeitig verlassen, jetzt brannte alles lichterloh, und ich mußte über seinen Anblick noch lauter lachen, doch er war nicht im geringsten beeindruckt.

Ich fühlte einen kalten Kuß auf meinem Ohr, doch als ich mich umdrehte, war Danielle schon an mir vorbei und stürzte auf ihr Kind in Oscars Armen zu.

Sein riesiger Schatten ragte über mir, ich sah zu ihm auf, und er hielt dem Blick lange stand.

Dann fragte er mit einem breiten Lächeln: »Wie geht's dir, Patrick?«

Und hinter ihm verbrannte Gerry auf dem Eis.

Aus irgendeinem Grund war alles so verdammt witzig, obwohl ich wußte, daß es nicht so war. Das wußte ich. Wirklich. Aber ich lachte noch immer, als sie mich in den Krankenwagen schoben.

Epilog

Einen Monat nach Gerry Glynns Tod wurde sein Beutelager in der ehemaligen Cafeteria der seit langem geschlossenen Strafvollzugsanstalt Dedham entdeckt. Abgesehen von vielen Körperteilen seiner Opfer, die er in einem halben Dutzend Kühltruhen aufbewahrte, fand die Polizei auch eine von Gerry erstellte Liste aller Menschen, die er seit 1965 umgebracht hatte. Mit siebenundzwanzig ermordete Gerry seine Frau, bei seinem Tod war er achtundfünfzig Jahre alt. In den dazwischenliegenden einunddreißig Jahren tötete er entweder alleine oder mit der Hilfe von Charles Rugglestone, Alec Hardiman und Evandro Arujo vierunddreißig Menschen.

Ein Polizeipsychologe vermutete allerdings, die tatsächliche Zahl könne noch höher liegen. Jemand mit Gerrys Ego, argumentierte er, würde ohne weiteres zwischen »minderwertigen« und »hochwertigen« Opfern unterscheiden.

Unter den vierunddreißig Opfern befanden sich sechzehn vermißte Jugendliche, einer in Lubbock, Texas, und ein Mädchen aus dem nicht eingemeindeten County Dade in Florida, genau wie Bolton vermutet hatte.

Dreieinhalb Wochen nach Gerrys Tod veröffentlichte Cox Publishers ein Buch mit dem reißerischen Titel *Die*

Hacker von Boston, geschrieben von einem Reporter der *News*. Zwei Tage lang verkaufte es sich gut, dann wurde das Lager in Dedham entdeckt, und die Menschen verloren das Interesse an dem Krimi, denn das Buch konnte nicht mit der Realität Schritt halten.

Eine interne Untersuchung der Polizei ergab, daß die Beamten und Agenten bei Gerry Glynns Tod »notwendige extreme Gewalt« eingesetzt hätten, als Scharfschützen ihm vierzehn Kugeln in den Körper jagten, nachdem Oscar ihn mit den ersten drei Schüssen bereits getötet hatte.

Bei seiner Rückkehr aus Mexiko wurde Stanley Timpson auf dem Logan Airport verhaftet. Es wurde Anklage gegen ihn erhoben wegen Teilnahme an einer Mordverschwörung und wegen Behinderung einer bundesstaatlichen Ermittlung.

Nach erneuter Durchsicht des Falles Rugglestone entschied der Staat, die Strafverfolgung von Timpson den Bundesbehörden zu überlassen, da die einzigen Zeugen für den Mord an Rugglestone eine geisteskranke Insassin einer Irrenanstalt, eine mental zerrüttete Alkoholikerin und ein Aidskranker waren, der den Prozeß nicht mehr erleben würde. Außerdem gab es keine Beweisstücke mehr.

Als letztes hörte ich, Timpson plane die Eingabe eines Schuldgeständnisses für den Anklagepunkt der Justizbehinderung, damit im Gegenzug die Anklage wegen Mordes fallengelassen würde.

Alec Hardimans Anwalt ersuchte den Obersten Gerichtshof um unverzügliche Annullierung des Urteils gegen seinen Klienten und unverzügliche Aufhebung der Haftstrafe aufgrund der inzwischen gegen Timpson und den EES erhobenen Vorwürfe bezüglich des Mordes an Rugglestone.

Dann erhob er eine zweite Klage vor dem Zivilgericht gegen den Staat Massachusetts, den jetzigen Gouverneur und Polizeichef sowie gegen die Männer, die diese Positionen im Jahre 1974 innegehabt hatten. Aufgrund der widerrechtlichen Haftstrafe, argumentierte der Anwalt, habe Alec Hardiman Anspruch auf 60 Millionen Dollar Schadenersatz – drei Millionen Dollar für jedes Jahr hinter Gittern. Seinem Klient, führte der Anwalt an, sei vom Staat ein weiteres Mal Schaden zugefügt worden, als er sich infolge unzureichender Bewachung seiner Mithäftlinge den Aids-Virus zuzog. Er solle unverzüglich entlassen werden, solange er noch etwas vom Leben habe.

Eine Aufhebung des Hardiman-Urteils ist momentan anhängig.

Jack Rouse und Kevin Hurlihy verstecken sich angeblich auf den Kaiman-Inseln.

Ein anderes Gerücht, das aber nur selten in den Zeitungen auftauchte, besagte, sie seien auf Anordnung von Fat Freddy Constantine ermordet worden. Lieutenant John Kevosky von der Einheit für Schwerverbrechen sagte: »Negativ. Sowohl Kevin als auch Jack sind immer dann verschwunden, wenn es zu heiß wurde. Außerdem hatte Freddy keinen Grund, sie umzubringen. Sie haben ihm Geld eingebracht. Sie verstecken sich irgendwo in der Karibik.«

Oder auch nicht.

Diandra Warren gab ihre Beratertätigkeit in Bryce auf und schloß fürs erste ihre Privatpraxis.

Eric Gault unterrichtet weiterhin in Bryce, sein Geheimnis ist noch unentdeckt.

Evandro Arujos Eltern verkauften ein Tagebuch ihres Sohnes, das dieser als Jugendlicher verfaßt hatte, für 20 000 Dollar an einen Privatsender. Später klagten die Produzenten auf Rückgabe des Geldes, da sich in dem Tagebuch nur die stinknormalen Aufzeichnungen eines damals noch vollkommen gesunden Hirns befanden.

Die Eltern von Peter Stimovich und Pamela Stokes taten sich zu einer zweiten Gemeinschaftsklage gegen den Staat, den Gouverneur und die Strafanstalt Walpole zusammen, da diese Evandro Arujo auf freien Fuß gesetzt hatten.

Wie ein Wunder, sagten die Ärzte, trug Campbell Rawson keine bleibenden Schäden von der Überdosis Chloroform davon, die Gerry Glynn ihm verabreicht hatte. Eigentlich hätte er einen irreparablen Hirnschaden erleiden müssen, doch wachte er lediglich mit ein wenig Kopfweh auf.

Seine Mutter Danielle schickte mir eine Weihnachtskarte mit überschwenglichen Dankesbekundungen und lud mich ein, wann immer ich in Reading sei, bei ihr vorbeizukommen und die Gastfreundschaft ihrer Familie zu genießen.

Zwei Tage nach Gerrys Tod kehrten Grace und Mae aus dem abgesicherten Haus im Staat New York zurück. Grace bekam ihre Stelle im Beth-Israel-Krankenhaus zurück und rief mich an, als ich aus dem Hospital entlassen wurde.

Es war eins dieser merkwürdigen Gespräche, in denen höfliche Reserviertheit die frühere Intimität ersetzt, und als es sich seinem Ende näherte, fragte ich sie, ob sie irgendwann noch mal mit mir ausgehen würde.

»Ich glaube nicht, daß das eine gute Idee wäre, Patrick.«

»Ausgeschlossen?« hakte ich nach.

Es folgte eine lange Pause, die schon an sich eine Antwort war. Dann sagte sie: »Du wirst mir immer etwas bedeuten.«

»Aber?«

»Aber meine Tochter kommt an erster Stelle, und ich kann sie nicht noch einmal deinem Leben aussetzen.«

Ich fühlte eine abgrundtiefe Leere in mir.

»Kann ich mit ihr sprechen? Mich von ihr verabschieden?«

»Ich glaube, das wäre nicht sehr gut. Für euch beide nicht.« Ihre Stimme brach, sie atmete schnell, es klang wie ein feuchtes Zischen. »Manchmal ist es besser, die Dinge einfach ausklingen zu lassen.«

Ich schloß die Augen und senkte kurz den Kopf.

»Grace, ich . . .«

»Ich muß Schluß machen, Patrick. Paß gut auf dich auf! Das meine ich ernst. Paß auf, daß dein Job dich nicht fertigmacht. Okay?«

»Okay.«

»Versprochen?«

»Ich verspreche es dir, Grace. Ich . . .«

»Tschüs, Patrick.«

»Tschüs.«

Angie verschwand einen Tag nach Phils Beerdigung.

»Er ist tot, weil er uns zu sehr liebte und wir ihn nicht genug liebten«, sagte sie.

»Wie kommst du darauf?« Ich starrte auf das offene Grab, das in die harte, gefrorene Erde geschnitten war.

»Es war nicht sein Kampf, und trotzdem hat er mitgemacht. Für uns. Und wir haben ihn nicht genug geliebt, um ihn da rauszuhalten.«

»Ich weiß nicht, ob das so einfach ist.«

»Ist es«, versicherte sie mir und warf die Blumen auf den Sarg im Grab.

In meiner Wohnung stapelt sich die Post: Rechnungen und Anfragen von Boulevardzeitschriften, lokalen Fernsehsendern und Radiotalks. Reden, reden, reden, dachte ich bei mir, ihr könnt so viel reden, wie ihr wollt, es ändert doch nichts an der Tatsache, daß es Glynn gegeben hat. Und daß es noch viele wie ihn gibt.

Das einzige, was ich aus dem Stapel gezogen und gelesen habe, ist eine Postkarte von Angie.

Sie kam vor zwei Wochen aus Rom. Vögel flattern über dem Vatikan.

Patrick,

hier ist es wunderschön. Was glaubst du, welche Pläne schmieden die Jungs in diesem Palast momentan wohl für mich? Hier kneifen einem die Typen ständig in den Arsch, bald haue ich einen um, und dann wird daraus ein internationaler Zwischenfall, ich weiß es genau. Morgen geht's in die Toskana. Und dann – wer weiß? Renee läßt dich grüßen. Sie meint, du sollst dir keine Gedanken über den Bart machen, sie habe immer schon gedacht, daß dir einer gut stehen würde. Typisch Schwester! Paß auf dich auf!

Du fehlst mir,
Ange

Du fehlst mir.

Auf Anraten von Freunden konsultierte ich in der ersten Dezemberwoche einen Psychiater.

Nach einer Stunde teilte er mir mit, ich leide an klinischer Depression.

»Das weiß ich«, gab ich zurück.

Er beugte sich vor. »Und wie können wir Ihnen da helfen?«

Ich warf einen Blick auf die Tür hinter ihm, ich nahm an, es sei ein Wandschrank.

»Haben Sie Grace oder Mae Cole da drin versteckt?«

Er drehte sich tatsächlich um. »Nein, aber ...«

»Und Angie?«

»Patrick ...«

»Können Sie Phil wieder auferwecken oder die letzten Monate ungeschehen machen?«

»Nein.«

»Dann können Sie mir nicht helfen, Doktor.«

Ich stellte ihm einen Scheck aus.

»Aber, Patrick, Sie haben starke Depressionen, und Sie brauchen ...«

»Ich brauche meine Freunde, Doktor. Tut mir leid, aber Sie sind ein Fremder für mich. Sie können mir viel raten, aber es bleibt der Rat eines Fremden, und den nehme ich nicht an. Das hat mir meine Mutter beigebracht.«

»Trotzdem brauchen Sie ...«

»Ich brauche Angie, Doktor. So einfach ist das. Ich weiß, daß ich Depressionen habe, aber ich kann's im Moment nicht ändern und will es auch gar nicht.«

»Warum nicht?«

»Weil es natürlich ist. Natürlich wie die Jahreszeiten. Wenn Sie erlebt hätten, was mir passiert ist, dann wären Sie verrückt, wenn Sie keine Depressionen hätten. Stimmt's?«

Er nickte.

»Vielen Dank, daß Sie sich die Zeit genommen haben, Doktor.

Heiligabend, 19.30 Uhr

Hier sitze ich also.

Auf meiner Veranda. Vor drei Tagen hat jemand auf einen Priester im Lebensmittelladen an der Ecke geschossen. Ich warte darauf, daß mein Leben wieder beginnt.

Mein verrückter Vermieter Stanis hat mich tatsächlich für morgen zum Essen eingeladen, aber ich habe abgelehnt, habe gesagt, ich hätte schon etwas vor.

Vielleicht gehe ich zu Richie und Sherilynn. Oder zu Devin. Er hat mich zusammen mit Oscar eingeladen, ein Junggesellen-Weihnachten zu feiern. Truthahn aus der Mikrowelle und Jack Daniels in rauhen Mengen. Hört sich verlockend an, aber . . .

Ich war früher auch schon Weihnachten allein. Des öfteren. Aber so war es noch nie. So habe ich mich noch nie gefühlt, so vollkommen allein, so verzweifelt.

»Man kann mehrere Menschen gleichzeitig lieben«, hatte Phil gesagt. »Menschen sind chaotisch.«

Ich auf jeden Fall.

Wie ich hier auf der Veranda saß, liebte ich Angie, Grace, Mae, Phil, Kara Rider, Jason und Diandra Warren, Danielle und Campbell Rawson. Ich liebte sie alle und vermißte sie.

Und fühlte mich nur noch einsamer.

Phil war tot. Das wußte ich, hatte es aber immer noch nicht ganz akzeptiert. Voller Verzweiflung wünschte ich mir, er sei noch am Leben.

Ich sah uns als Kinder zu Hause aus dem Fenster klettern und draußen treffen, erleichtert über die gelungene Flucht lachend zusammen die Straße hinunterlaufen und durch die düstere Nacht zu Angies Fenster rennen, wo wir klopften und sie nach draußen zu uns zwei Desperados holten.

Dann zogen wir drei los, verloren in der Nacht.

Ich weiß nicht mehr, was wir bei unseren mitternächtlichen Ausflügen machten, worüber wir redeten, wenn wir uns durch den dunklen Zementdschungel kämpften.

Ich weiß nur, daß wir glücklich waren.

Du fehlst mir, hatte sie geschrieben.

Du fehlst mir auch.

Du fehlst mir mehr als die zerschnittenen Nerven in meiner Hand.

»Hi!« sagte sie.

Ich hatte im Stuhl auf der Veranda gedöst und öffnete die Augen. Die ersten Schneeflocken dieses Winters. Ich schüttelte den Kopf darüber, ihre Stimme klang so furchtbar süß und lebendig, daß ich einen Moment lang wie ein Narr bereit war zu glauben, es sei kein Traum gewesen.

»Ist dir nicht kalt?« fragte sie.

Jetzt war ich wach. Die letzten Worte gehörten nicht zu meinem Traum.

Ich drehte mich um, und sie trat vorsichtig auf die Veranda, als sorge sie sich, sie könne die sanft fallenden jungfräulichen Schneeflocken auf dem Holz stören.

»Hi!« grüßte ich sie.

»Hi!«

Ich erhob mich, und sie blieb zwei Meter vor mir stehen.

»Ich mußte unbedingt zurückkommen«, erklärte sie.

»Ich freue mich.«

Der Schnee lag auf ihrem Haar und glitzerte kurz, bevor er schmolz.

Zögernd trat sie noch einen Schritt vor, und ich kam ihr ebenfalls entgegen, und dann hielt ich sie in den Armen, während der Schnee auf uns fiel.

Es war richtig Winter geworden.

»Du hast mir gefehlt«, sagte sie und drückte sich an mich.

»Du mir auch«, erwiderte ich.

Sie küßte mich auf die Wange, fuhr mir mit der Hand durchs Haar und blickte mir lange in die Augen, während sich auf ihren Wimpern Schneeflocken sammelten.

Dann senkte sie den Kopf. »Und er fehlt mir auch. Ganz furchtbar.«

»Mir auch.«

Als sie den Kopf wieder hob, war ihr Gesicht naß. Ich wußte nicht, ob das nur der geschmolzene Schnee war.

»Schon was vor für Weihnachten?« erkundigte sie sich.

»Schlag was vor!«

Sie rieb sich das linke Auge. »Ich würde irgendwie ganz gerne was mit dir machen, Patrick. Ist das in Ordnung?«

»Das ist das Beste, was ich in diesem Jahr gehört habe, Ange.«

In der Küche machten wir uns eine heiße Schokolade und starrten uns über die Ränder unserer Tassen hinweg an, während das Radio im Wohnzimmer die neuesten Wetternachrichten brachte.

Der Nachrichtensprecher erzählte, der Schnee sei Teil des ersten großen Sturmtiefs, das diesen Winter Massachusetts erreicht habe. Wenn wir morgen früh aufwachten, versprach er uns, seien dreißig bis vierzig Zentimeter Neuschnee gefallen.

»Echter Schnee!« staunte Angie. »Wer hätte das gedacht?«

»Wird langsam Zeit!«

Der Wetterbericht war vorbei, jetzt kamen die neuesten

Nachrichten über den Zustand von Reverend Edward Brewer.

»Was glaubst du, wie lange kann er durchhalten?« fragte Angie.

Ich zuckte mit den Schultern. »Ich weiß es nicht.«

Wir nippten an der Schokolade, während der Nachrichtensprecher von der Forderung des Bürgermeisters nach strengeren Waffengesetzen und der des Gouverneurs nach strengerer Handhabung von Unterlassungsverfügungen berichtete. Damit nicht noch einmal ein Eddie Brewer zur falschen Zeit in den falschen Lebensmittelladen gehen würde. Damit eine andere Laura Stiles mit ihrem gewalttätigen Freund Schluß machen könnte, ohne Angst um ihr Leben haben zu müssen. Damit die James Faheys dieser Welt aufhörten, uns Angst einzuflößen.

Damit unsere Stadt eines Tages so sicher wie das Paradies vor dem Sündenfall sein würde, Schmerzliches und Zufälliges unser Leben nicht mehr berühren konnte.

»Laß uns ins Wohnzimmer gehen«, schlug Angie vor, »und das Radio ausmachen!«

Sie streckte die Hand aus, und ich ergriff sie in der Dunkelheit der Küche, während der Schnee weiße Muster auf die Fenster malte. Dann folgte ich ihr durch den Flur ins Wohnzimmer.

Eddie Brewers Zustand war unverändert. Er lag noch immer im Koma.

Die Stadt warte, sagte der Nachrichtensprecher. Die Stadt, versicherte er uns, halte den Atem an.